Emma Braslavsky

Das Blaue vom Himmel über dem Atlantik

Emma Braslavsky

Das Blaue vom Himmel über dem Atlantik

Roman

claassen

Die Arbeit an diesem Roman wurde durch ein Grenzgänger-Stipendium der Robert Bosch Stiftung und ein Arbeitsstipendium der Stiftung Preußische Seehandlung Berlin gefördert.

Die auf S. 291 verwendeten Auszüge aus der Erzählung *Das blaue Fenster des Theokrit* von Gennadi Gor stammen aus der Anthologie *Das Raumschiff – wissenschaftlich-phantastische Erzählungen aus aller Welt* (hrsg. von Edwin Orthmann, Berlin 1977, S. 158, 192; deutsch von Aljonna Möckel).

claassen ist ein Verlag
der Ullstein Buchverlage GmbH

ISBN 978-3-546-00432-9

Gesetzt aus der Janson
Satz: LVD GmbH, Berlin
Druck und Bindung: Bercker, Kevelaer
Printed in Germany

Für meine Mutter V. M.

Ich bin derjenige, der sterben muss, wenn der Zeitpunkt zum Sterben für mich gekommen ist. Lasst mich bitte auch so leben, wie ich will.

James Marshall (Jimi) Hendrix

Vorspann

Wenn sich an diesem frühen Morgen hier in Lauterbach die Haustüren öffnen, wird so gut wie jeder Einwohner nur noch über seinen Ausweis zu identifizieren sein (sofern er schon einen besitzt). Über Nacht haben die Menschen, die großen wie die kleinen, sich verwandelt. In Sheriffs, Cowboys, Zombies, Billy Idols, Einsteins, Indianer, Lincolns, Pippi Langstrumpfs, Monroes, in undefinierbare Gestalten aller Art, Sumokämpfer, Elvisse, Außerirdische, Goethes, Beckenbauers und Metallicas, in Hexen, Zauberer, sogar in alle möglichen Tiere und Pflanzen, in griechische Götter und römische Kaiser, in Kosmonauten und Mozarts, in Luthers, Jesusse, Nenas und Teufel. Aber sie werden sich nicht in antifaschistische Widerstandskämpfer, Hitlers, Lenine, Eislers oder in Helden des Großen Vaterländischen Kriegs, auch nicht in ein einziges Mitglied des hiesigen Politbüros oder gar in Breschnews verwandelt haben. So beginnt der Tag, den ich mir für meine trügerische Geschichte ausgesucht habe – ein idealer Tag, weil gerade heute der Karnevalsbeginn mit der Staatstrauer um den gestern verstorbenen Genossen Breschnew zusammenfällt; ein ebenso närrischer wie trauerwürdiger Elfterelfter in diesem Jahr 1982, an dem sich zeigen wird, wie es um die Seelen der Menschen steht und dass sich wegen einer ranghohen Leiche keiner so leicht aus seinen Cowboystiefeln schmeißen lässt, eben ganz nach dem Motto *Wir müssen alle mal leben*. So beginnt auch der Tag, an dem meine ebenfalls am Vortag gestorbene Mutter Elfriede Stamm-Bluhme, geborene Wiehler, beerdigt wird. Schwarz und beherrscht kommt mir die Atmosphäre in der Nikolaikirche vor, in der Mutter in ihrem atlantikblauen Kostüm aufgebahrt liegt (als lebte sie noch) und zu der meine sieben Geschwister gerade aus allen Himmelsrichtungen unterwegs sind. Der hier spricht, ist ein toter Mann, Herbert, der älteste Bruder. Ich will dieses Zusammentreffen zum Anlass nehmen, endlich meinen Tod im Jahr 1972 (ich war gerade wegen einer Konferenz in Wrocław) aufzuklären, dessen Ursache nur ich kenne und der aus meiner Sicht im direkten Zusammenhang mit einem Augenzeugenbericht unserer Großmutter aus dem Jahr 1919 steht, die viele Jahre später spurlos verschwand. Jeder und jede meiner Brüder und Schwestern reimt sich inzwischen eine andere Geschichte über sie zusammen. Eines vielleicht noch: Die Regie für den Fortgang des Tages werde ich sicherlich nicht übernehmen können, denn ein Toter wie ich hat keine Möglichkeit mehr, die Ereignisse des Lebens zu lenken. Ich kann froh sein, wenn ich überhaupt mal zu Wort komme.

I Die Aufbahrung

Herbert

Vorbemerkung. Wo fange ich also an? Am besten hier: Auf Mutters Trockenboden steht immer noch der Karton mit meinen restlichen Sachen, zusätzlich zu all den anderen Dingen, die in einem Karton im Archiv des Polizeipräsidiums in Wrocław mit der Aufschrift »Herbert Wiehler« aufbewahrt werden. Hier ist die Fellkapuze, dort die dazugehörige Jacke; hier das Etui, dort meine (unglaublicherweise) heil gebliebene Nickelbrille. Und hier ist sogar noch das Paar nagelneuer schwarzer Schnürsenkel, die ich vor der Abreise vergessen hatte einzufädeln (ich fand schwarze Schnürsenkel in braunen Schuhen schrullig und fuhr lieber mit den abgerissenen und ausgefransten, nur noch wenige Zentimeter aus den letzten beiden Ösen herausragenden Bändern zur Konferenz). Von den braunen Schuhen gibt es dort nur noch einen, den linken, der vollkommen aufgeweicht und verrottet ist. Meine handschriftlichen Aufzeichnungen zur Familiengeschichte, die ich im Verborgenen gegen Mutters Willen betrieben habe, sind sogar noch lesbar, aber offenbar bis heute ungelesen – nicht mal das Papier ist geblättert worden, so glatt ist es. Das letzte Kapitel, das Originalmanuskript des Augenzeugenberichts, verfasst am 20. Februar 1919 von Großmutter Esther, der, wenn man's genau nimmt, meinen Vater und mich das Leben gekostet hat und vermutlich auch mit Großmutters spurlosem Verschwinden in Zusammenhang steht, das dürfte nach wie vor noch im Polizeiarchiv in Wrocław verwahrt sein, obwohl man es unbedingt in einer Staatsbibliothek öffentlich zugänglich machen sollte. Wo meine Abschrift davon jetzt ist, weiß ich nicht. Ich glaube, Mutter hat sie nach meinem Tod verbrannt. »Herbert unvollständig« steht am Karton auf dem Trockenboden. Am Karton in Wrocław steht unter meinem Namen »Fall nicht aufklärbar«. Sie hätten wohl besser »Wer ist Johanna Schmidt?« dranschreiben sollen. Denn der Fall Herbert Wiehler lässt sich ohne ihren Namen nicht aufklären. Zwei Generationen reicht er zurück, über eine Zeit hinweg, über die nur eine verminte Brücke führt, mit großen Schlag- und unzähligen Einschusslöchern.

Ich starb auf dem Höhepunkt meiner Laufbahn, 1972, während der Internationalen Konferenz zur Entwicklungsgeschichte Ost- und Mitteleuropas in Wrocław. Ich wollte unbedingt teilnehmen und hatte einen Vortrag zur slawischen Bildungsgeschichte angeboten (etwas Unverfängliches, das nicht weiter besprochen werden würde). Ich wollte eigentlich die Gelegenheit nutzen, um nach so langer Zeit mein schlesisches Heimatdorf aufzusuchen, wo ich hoffte, unser ehemaliges Haus wiederzufinden, vor allem das Toilettenhäuschen, in dem ich am 12. April 1945 Großmutters handschriftlichen Bericht hinter einem lockeren Holzpaneel vergessen hatte. In den folgenden siebenundzwanzig Jahren gab es kaum einen Tag, an dem ich nicht daran dachte, an dem ich mir nicht einen Plan zurechtlegte, wie ich das Originalmanuskript dort herausholen könnte. Aus unserer Außentoilette im schlesischen Lauterbach.

Helga

»Ich glaub, Mutter hat Großmutters spurloses Verschwinden immer sehr belastet. Wenn sie nicht daran gestorben ist, dann würd ich sagen, Eastwood hat sie auf dem Gewissen«, sag ich.

»Helga, sie hatte einen Hirnschlag. Komm, jetzt hilf mir doch mal! Wir müssen sie aus dem Sarg herausheben, wenn wir sie in die Kirche bringen wollen. Da kannst du dich aufregen, so viel du willst, Goldstein betritt keine Kirchen, das weißt du doch. Und du hast schließlich auf einer Aufbahrung bestanden. Also nun fass schon an den Füßen an, dann schaffen wir's auch ohne ihn«, sagt Richard. Herr Goldstein will ja nur in keine Kirche, damit er sich nicht am Ende vielleicht vor dem Herrn verantworten muss. Ob er an ihn glaubt oder nicht. Ich wollte Mutter unbedingt noch mal ansehen, ja, ich wollte die Aufbahrung, aber auch für meine Geschwister. Die haben sie ja lange nicht gesehen, dann können sie sie wenigstens noch mal anschauen. Aber ich schaff's nicht, ich kann sie nicht anheben, sie ist zu schwer. Ihre Beine fallen wie Baumstämme in den Sarg zurück. Es ist auch nicht meine Aufgabe, Leichen zu tragen. Goldstein macht sich's leicht.

»Hirnschlag oder nicht, Richard. Wenn du dein Leben lang nicht über deine Mutter reden kannst, bringt dich das früher oder später ins Grab.«

»Darüber sprechen wir später. Sag mal, hast du denn gar keinen Mumm in den Knochen?«

Ich schüttle den Kopf. Mutter hat eben noch mit einer Tasse Tee und ihrem Wellensittich Cowboy auf der Schulter vorm Fernseher gesessen. Sie hat am frühen Morgen wieder ihren Western angeschaut und geschwiegen. *Hängt ihn höher*. Meistens hat sie ihre Filme nachmittags geguckt. Wenn sie den Eastwood schon morgens sehen wollte, dann war sie trübsinnig. Sie hat auch so komisch dagesessen. So schief, als hätte sie Schmerzen gehabt. Ich hab sie aus dem Augenwinkel beobachtet. Dabei hab ich mir wie jeden Morgen beim Kaffee die Karte von Nordamerika angesehen. Ich stelle mir oft vor, wo ich überall sein könnte. Als Eastwood, im Film heißt er ja Cooper, jedenfalls, als der sich gerade Miller geschnappt und ihm die Knarre an den Kopf gehalten hat, kippt Mutter plötzlich auf die Sessellehne, fast so, als hätte sie jemand erschossen. Das hat Mutter in letzter Zeit oft gesagt, jemand soll sie einfach erschießen. Ich denk, sie hat sich zu viele von diesen Western angesehen. Und zu viel verschwiegen. Dafür müssen wir das ganze Leben mit einer wildfremden Großmutter leben. Keiner von uns hat sie gekannt. Doch! Herbert, der hat sie sogar noch gesehen. Mutter wollte nie über sie sprechen. Sie war eines Tages spurlos verschwunden. Nur einmal hat Mutter von ihr erzählt, ein einziges Mal. Einmal hab ich gedacht, sie könnte vielleicht in Amerika sein, weil Mutter immer von Amerika sprach. Seit ich bei Mutter lebe, hab ich ihr oft angeboten, mit ihr zusammen nach Amerika zu gehen, allein würd ich mich nicht trauen. Sie hat sich ja auch nicht getraut. Sie hat immer gesagt, sie ist inzwischen zu alt dafür. Sie hat gesagt, nach Amerika muss man gehen, wenn man jung ist.

Oder wenn man Geld hat. Geld hat sie auch keins gehabt. Ich hab ihr immer gesagt, dass ich Arbeit finden werde, bin doch erst 38 und nicht auf den Kopf gefallen, aber ich geh nur, wenn sie mitkommt. Vor ein paar Tagen war sie plötzlich einverstanden und wollte nur noch ein bisschen Zeit zum Nachdenken. Jetzt ist sie tot. Und ich hab gedacht, jetzt hängst du hier fest, Helga, wie Mutter, allein mit Cowboy. Dann sind gestern Nachmittag plötzlich diese zwei netten Männer aufgetaucht. Cassidy und Farnsworth heißen sie. Die hat mir der Himmel geschickt, hab ich gedacht.

Richard

Als Helga mich gestern Morgen anrief, habe ich mir zuerst Sorgen um sie gemacht. Als ich Mutter vor etwa einer Woche zum letzten Mal sah, da wirkte sie schon ziemlich müde und verwirrt. Helga wollte das nicht wahrhaben. Sie war gestern Abend so aufgewühlt von etwas, das sie mir noch nicht erzählen wollte. So glücklich habe ich Helga seit Jahren nicht gesehen. Wenn ich mir um Katharina nicht solche Sorgen machen müsste, könnte ich mich mehr um Helga kümmern. Helga ist ja auch so hilflos. Was soll sie denn jetzt ohne Mutter machen? Erst das mit ihrem Mann. Der hat sie einfach verlassen, nur weil sie nach einem Jahr noch nicht schwanger geworden war. Gut, das ist auch bald zwanzig Jahre her. Gestern im Krankenhaus erschien sie mir noch so elend. Sie weinte die ganze Zeit über und hielt sich an mir fest. Ich bot ihr an, vielleicht bei mir und Katharina zu bleiben. Das beruhigte sie zunächst.

Der Notarzt sagte noch, es könnte ein schwerer Schlaganfall gewesen sein. Der Pathologe meinte aber, ein Herzinfarkt müsse die Todesursache sein. Der Oberarzt, der Mutter schon seit Jahren kennt, konnte sich das überhaupt nicht vorstellen und schloss auf einen Lungeninfarkt. Helga und ich, wir blickten uns ratlos an, jeder unserer Geschwister wird danach fragen. Am Ende hieß es, sie habe wahrscheinlich einen schweren Schlaganfall, einen Herz- und einen Lungeninfarkt gleichzeitig gehabt.

»Als hätte sie jemand von innen kaltgemacht«, sagte Helga ganz benommen.

Dann der nächste Schock. Der Pathologe meinte, Mutter könne nicht bleiben, das Kühlhaus wäre voll und wir sollten im Institut anrufen. Damit war das Bestattungsinstitut Goldstein in Mihla gemeint, das einzige weit und breit. Helga sagte sofort, ich müsse das machen, Mutter hätte das so gewollt. Helga kommt mit diesem Goldstein nicht klar. Sie findet ihn gruselig. Natürlich habe ich eingewilligt. Mit dem Bestatter arrangiere ich mich schon, dachte ich. Chaim Goldstein und seine Frau haben Buchenwald gerade so überlebt, das weiß jedes Kind in dieser Gegend. Nur sagt es mir Goldstein manchmal ein bisschen zu oft. Er wird ja in jede Schule und zu jeder Diskussion über die Naziverbrechen eingeladen, trotzdem macht man es ihm hier nicht leicht. Helga sagte, hinter vorgehaltener Hand erzähle man sich, dass er ein Kapo gewesen sei, dass er im KZ seine eigenen Landsleute verraten habe, deshalb soll er hier als Opfer untergetaucht sein. Er soll Glück gehabt haben, sagen sie, dass er nicht gelyncht worden sei. Goldstein selbst redet nie darüber. Sie erzählen sich lauter schreckliche Sachen über ihn. Sie sagen, dass er nach dem Krieg hier das Institut aufmachen wollte, um sich zu rächen, dass er ein besonderes Faible für Feuerbestattungen habe und es genießen würde, wenn er Rauch aus dem Schornstein des Krematoriums aufsteigen sehe. Ich sehe aber nur einen kleinen gebrochenen Mann vor mir; meinetwegen, ein wenig sonderbar wirkt er schon. Dass er keine Kirchen betreten will, deute ich als Nachkriegsmacke, die er sich vielleicht zu seinem eigenen Schutz zugelegt hat.

»Guten Tag, Herr Goldstein.« Ich schüttelte ihm die Hand.

»Ich grüße Sie. Mein herzliches Beileid. Wo ist sie?«

Wir gingen in die Pathologie, und als ich ihm sagte, dass hier kein Platz mehr sei und wir eine Erdbestattung wünschten, schnalzte er laut, schüttelte den Kopf und sagte, sein Kühlhaus sei nur klein und ebenfalls randvoll. Wir müssten sie schon am nächsten Tag begraben, notfalls halt einäschern. Ich appellierte an sein Herz.

»Herr Goldstein, Sie kannten doch unsere Mutter, bitte helfen Sie uns. Eine Feuerbestattung kommt gar nicht infrage. Besorgen Sie uns bitte ein Einzelgrab, koste es, was es wolle.«

Goldstein sah uns eine Weile an, überlegte und ging kurz darauf telefonieren. Es ist beinah unmöglich, von einem Tag auf den anderen ein freies Einzelgrab zu finden, gerade in dieser Gegend ist die Dichte an christlichen Bestattungen besonders hoch. Eine angemessene Beerdigung so kurzfristig zu organisieren ist hier schwieriger, als über Nacht das Elternbegrüßungsgeld für Fünflinge zu beschaffen. Eine schöne Bescherung war das! Es dauerte nicht lange und Goldstein war zurück.

»Richard, mein Froind, ich kann jetzt noch nicht mit Bestimmtheit sagen, ob ich morgen eins für Sie habe. Ich nehme Ihre verstorbene Mutter jetzt mit. Wir sehen uns morgen um sechs im Institut und besprechen das, nicht?«, sagte er.

»Aber wir müssen doch heute an unsere Geschwister Telegramme schicken, wenn morgen schon die Beerdigung stattfinden soll. Ach, und meine Schwester wünscht eine Aufbahrung im offenen Sarg in der Kirche, könnten Sie Mutter dafür vorbereiten?«, fragte ich.

»Tatsächlich? Aufbahren? In der Kirche? Nu, was soll ich sagen? Wir sehen das morgen in der Frühe. Und schicken Sie halt die Telegramme. Sie können morgen immer noch andere schicken.«

Goldstein versprach uns, bis zum nächsten Tag irgendwo ein freies Grab zu organisieren. Er habe da ganz außerordentliche Beziehungen. Ich sagte ihm, dass wir für die Beerdigung keine Kosten scheuen würden, wir seien eine große Familie. Daraufhin ging Helga zur Post und verschickte die Telegramme. Doch als ich am nächsten Morgen ins Institut kam, um meine tote Mutter aus dem Kühlschrank des Bestattungsinstituts Goldstein hier in die Nikolaikirche zu bringen, da war ich wirklich drauf und dran, dem Goldstein die Hölle an den Hals zu wünschen. Ich war besonders zeitig ins Institut gekommen und wurde von Frau Goldstein mit einer Urne empfangen. Sie verzog keine Miene, bat mich noch um eine Unterschrift. Nein, dachte ich, der Goldstein wird es nicht gewagt haben; ich öffnete das Gefäß. Ich betrachtete die Asche genau, als könnte ich darin irgendetwas erkennen.

»Ist das meine Mutter, Elfriede Stamm-Bluhme?«, fragte ich.

»So steht es jedenfalls hier drauf«, antwortete Frau Goldstein mit zitternden Händen.

»Sie haben eine fromme Frau gegen ihren Wunsch verbrannt?« Ich spürte, wie meine Stimmbänder nachgaben, wie meine Töne sich ausdünnten. Da kam der alte Goldstein aus dem Büro, schnalzte wieder und klopfte mir auf die Schulter.

»Stellen Sie sich das mal vor, Richard!«, sagte er ernst und zeigte auf die Tür mit dem Schild *Maske*. »Hier entlang, doch bittescheen. Das war ein Missverständnis, aber kein schlechter Witz für den 11. 11., nicht?«

Ich war nah dran, die Polizei zu rufen. Aber was hätte die das schon interessiert. Es bedarf hierzulande jemanden, der schlechte Witze, die ja auch moralische Verbrechen sind, bestrafen könnte.

Goldstein öffnete den vorderen Kühlschrank und zog einen rundlichen, leblosen Körper heraus. Mutter war heil, mit ihrem atlantikblauen Zweiteiler bekleidet, und sah unglaublich lebendig aus.

»Nu, was sagen Sie jetzt, Richard? Täuschend echt für den Faschingsbeginn, nicht? Und alles für Sie, mein Froind. Und für Ihre Mutter.« Goldstein höchstpersönlich hatte sie präpariert; er lachte wie eine Hyäne. »Ich habe ein freies Grab für sie bekommen. In Bischofroda.«

»Danke, Herr Goldstein, und entschuldigen Sie.« Ich wollte es dabei belassen und quittierte still die Übergabe.

»Sie brauchen sich nicht zu entschuldigen, mein Froind. Wir stehen praktisch am selben Abgrund, nicht?«

Ich nickte, wenngleich ich diese Bemerkung nicht richtig verstand. Mir war in diesem Moment nicht nach lebensphilosophischen Spitzfindigkeiten zumute.

Ich habe, mit gutem Gewissen, die Exquisitvariante für Mutter gewählt; das heißt, der Transport des Körpers zum gewünschten Aufbahrungsort ist inbegriffen. Mit dem Bestattungswagen hierher war das auch keine Schwierigkeit. Nur weigert sich Goldstein, wie gesagt, eine Kirche zu betreten. Zwingen kann man ihn nicht.

Ich bat ihn, heute eine Ausnahme zu machen, aber er blieb hart und sagte nur, irgendwo müsse auch er hier Jude sein dürfen. Was sollte ich dagegen sagen?

Helga war schon da, sie wirkte auf einmal vollkommen gefasst, fast kaltblütig kam sie mir vor. Sie sagte nur, sie habe schon einen Ausweg für sich und für Mutter gefunden, und grinste mich an. Was sie damit meinte, wollte sie mir später sagen. Sie muss jetzt mal mit anfassen, sonst kriegen wir Mutter nicht in die Kirche. Leider ist sie vollkommen unsportlich und hat keinerlei Armmuskulatur.

»Dafür gibt's doch sicher so 'ne Pritsche mit Rädern?«, fragt sie Goldstein.

»Kaputt, leider, meine Froindin.«

»Was machen wir denn jetzt, Richard?«, fragt sie mich und läuft frierend in die Kirche.

»Tja. Die Sargträger werden erst in zwei Stunden vor Ort sein, und von unseren Geschwistern ist noch nichts zu sehen«, sage ich.

»Dass der Goldstein sich so anstellt! Hast du sein teuflisches Grinsen gesehen, als er Mutters toten Körper aus der Pathologie abgeholt hat?«, fragt sie.

»Ich glaube, das hast du dir eingebildet«, sage ich und gehe zum Wagen zurück. Ich habe nichts gesehen. Er lacht manchmal leise und schrecklich, mag sein, aber das geht in diesem Beruf wahrscheinlich nicht anders.

Schließlich nehmen Goldstein und ich ein dickes langes Brett, legen Mutter gemeinsam darauf und schnüren sie daran fest.

»Die Hände, mein Froind, schützen Sie die Hände, binden Sie sie rechts und links am Brett mit an, damit sie nicht noch abbrechen«, ruft Goldstein.

So trage ich meine tote Mutter – tonnenschwer erscheint sie mir jetzt – mit dem Brett auf dem Rücken in die Kirche, ohne dabei ihre Maske zu beschädigen. Drinnen, nachdem ich die Bänder gelöst habe, lasse ich sie mit Helgas Hilfe langsam in den wunderschönen, mit Stoff verkleideten Sarg gleiten. Ein weißer Eichensarg, der hätte Mutter gefallen. Helga zupft unentwegt am Stoff und schiebt den Sarg hin und her. »Mutter hat mir erst vorgestern gesagt, wenn wir sie jemals aufbahren wollten, dann bitte mit dem Blick Richtung Westen. Zum Atlantik. Und das Fenster öffnen! Du weißt doch, sie will immer den Himmel im Blick haben.«

Oder der Himmel sie. Wir drehen Mutters Sarg einfach nach Gefühl.

»Ich muss ihr noch die Finger brechen, damit ich die Hände über dem Bauch falten kann«, sage ich.

»Ist das nicht Goldsteins Arbeit?«

Helga hält das Geräusch nicht aus und geht raus. Ich habe so was noch nie gemacht und frage mich erst jetzt, warum ich ihre Arme nicht an der Seite lassen konnte. Mir ist speiübel. Ich muss raus. Ich setze mich zu Helga auf die Stufen, Goldstein hat sich an die Eingangstür gelehnt. Wir warten.

»Grau ist es heute, schade«, sagt Helga.

»Ja«, sagt Goldstein. »Der Himmel trauert.«

»Um Mutter, meinen Sie?«, frage ich.

»Wenn sie da oben genug Einfluss hat. Vielleicht um Breschnew«, sagt er und lacht.

»Sagen Sie, Herr Goldstein, wollten Sie schon immer Bestatter werden?«, frage ich.

»Seit ich denken kann. Ich hatte mich früher für die *Hevre Kaddischa* beworben, das ist die ehrenwerte jüdische Bestattungsgesellschaft, wissen Sie. Aber die hatten mich abgelehnt, weil ich angeblich einen Hang zur Nekrophilie hätte, und das nur, weil ich die Toten zu lebensecht präpariert hätte, stellen Sie sich das mal vor.« Erst schweigt er, und dann lacht er wieder verlegen. »Alles Schmonzes. Alles Gecks«, sagt er seufzend.

»Waren Sie wirklich ein Kapo?«, fragt Helga allen Ernstes.

»Kapo? Jeder kämpft um sein eigenes Überleben, meine Liebe. Es hat etwa so viele Kapos unter den Juden gegeben wie Antifaschisten unter den Deitschen«, sagt er.

Ich weiß nicht, ob das ein Vorwurf oder ein Bekenntnis ist. Aber Goldsteins Seele wünsche ich natürlich trotzdem nur das Beste.

Helga

Dieser Goldstein hat sich schön rausgeredet. Richard mag ihn. Das kann ich überhaupt nicht verstehen, aber ich vertraue Richard. Er hat eine gute Menschenkenntnis. Die hat er schon als kleiner Junge gehabt. Er hat sich immer um Schwache und Hilfsbedürftige gekümmert. Er wusste von Anfang an, dass er Pfarrer werden wollte, evangelischer, klar. Das Zölibat wäre nichts für ihn. Aber das mit Katharina, mit seiner Frau, das wird ihn noch kaputt machen. Sie ist seine einzige Schwäche, und er ist besessen von ihr.

Richard und ich, wir waren uns schon als Kinder sehr nah. Wie Zwillinge. Nicht wie Wolfgang und Viktoria, die richtige Zwillinge sind, aber sich immer ankeifen müssen. Richard ist ja keine zwei Jahre älter als ich. Er hat mich damals verstanden, als ich '68 mit Günther nach Westberlin abgehauen bin und drei Monate später wieder hier war. Mein Gott, ich war blutjung, ich hab noch nicht gewusst, was ich wollte. Mir blieb ja nichts übrig. Ich musste hier dann sofort heiraten, sonst hätten die mich gleich in den Bau gesteckt. Ein Studium oder eine Karriere konnte ich sowieso vergessen. Auf diese ganzen Arbeitskollektive hab ich heute noch keine Lust. Aber auf Westberlin irgendwie auch nicht mehr. Ich will weg, weit weg. Ich muss jetzt noch mal neu anfangen.

»Es ist noch früh. Bin mal auf Günther gespannt«, sag ich.

»Hoffentlich fährt er wieder unter falschem Namen, unser Philosoph. Sonst müssen wir wohl auf Wolfgang verzichten«, sagt Richard.

»Mensch, nicht so laut. Wer weiß, ob Wolfgang überhaupt kommen kann.«

Goldstein regt sich nicht, hockt da wie 'ne schlummernde Kröte. Diskret, ja, da hat Richard recht gehabt.

Herbert

Johanna Schmidt. Nahezu mein gesamtes Leben gehörte Johanna Schmidt und ihrem mysteriösen Verschwinden, über das Großmutter Esther in ihrem Bericht aus dem Jahr 1919 schreibt. Denn sie selbst verschwand auf ebenso unerklärliche Weise wie Johanna, am 3. September 1939 (obwohl ich der einzige Augenzeuge bin, kann ich für meine Beobachtungen in jener Nacht keine schlüssige Erklärung finden. Meine Geschwister und ich, wir wissen kaum etwas über sie, und uns fehlen die Zusammenhänge), und ich bin mir bis heute nicht sicher, ob das eine Verschwinden mit dem anderen etwas zu tun hat. Wenn dem aber so sein sollte, dann ergäbe das alles endlich einen Sinn für mich. Deshalb bin ich damals nach Polen gefahren, weil ich die Spuren der beiden Frauen aufnehmen wollte. Während meine Geschwister über Großmutters Leben in sich hinein spekulierten und Mutter darüber schwieg, blieben Johanna und der Bericht mein großes Geheimnis. Ich glaubte, durch sie etwas Wahres über meine Großmutter herauszufinden. Ob es Johanna überhaupt jemals wirklich gegeben hat oder ob sie am Ende bloß das Gleichnis für einen astronomischen Zwischenfall war, wusste ich bis zu dieser letzten Reise nach Polen nicht. In meinem Leben jedenfalls war sie der Vollmond, den ich alle achtundzwanzig Tage anstarrte, sie war der Boden unter meinen Füßen und vor allem all das, was blau war. An jedem wolkenlosen, sonnigen Tag starrte ich hoch und dachte an Johanna. Ich dachte sogar an sie, wenn ich blaue Anzughosen trug. Ich suchte überall nach möglichen rationalen Erklärungen für das, was Großmutter und die Hebamme Emma Grimm an jenem Tag beobachtet und aufgeschrieben hatten. Jahrelang durchsuchte ich alle möglichen Archive östlich der Elbe, medizinische, theologische oder einfach nur Geburten-, Hochzeits- und Sterberegister, um Hinweise auf Johanna Schmidt zu finden. Nach all den Jahren der Erfolglosigkeit fragte ich mich aber auch, ob es in Großmutters Beschreibungen überhaupt um ein konkretes Erlebnis ging oder eher um eine symbolische Geschichte. Ich durchforstete religiöse Schriften und Gotteserfahrungsberichte, von denen es mehr gibt als Kartoffeln zwischen Oder und Amur. Doch der Erklärung kam ich keinen Schritt näher. Und Großmutters Vermächtnis an mich lautete: Behalte es so lange für dich, bis du eine Erklärung dafür gefunden hast. Ich schwor mir, eines Tages loszuziehen und der Sache auf den Grund zu gehen.

Günther

Sehe diesmal Therese zum Verwechseln ähnlich. So leicht habe ich die Grenze noch nie passiert. Kann nur als Therese Stein, kann gar nicht mehr als Günther Bluhme hier rein, sonst lande ich sofort im Kittchen. Therese ist schon vierzig, aber das haben die mir abgenommen. Blind zu sein war wieder schwer für mich, aber auch das haben sie mir abgenommen. Therese ist blind, Therese sieht deshalb womöglich viel klarer als ich. Traf sie im ersten Jahr nach meiner Flucht in einer Vorlesung, hatte mich für Philosophie eingeschrieben, ihre Gedanken schienen prägnanter als die der anderen zu sein, ihr Geist schärfer als bei den meisten Sehenden. Da dringt nichts von außen ein, was sie nicht selbst erzeugt hat. Vom ersten Tag an wollte ich sein wie sie. Klar, bloß geistig. Manchmal schloss ich die Augen, kniff sie fest zusammen, zusammenwachsen, anwachsen, doch der Fluss der Bilder zog weiter durch meine Gedanken. Wer einmal sieht, muss schwimmen lernen. Schwimm, rudere mit den Armen. Der Bilderfluss rauscht. Diese Bildlosigkeit, mit der Therese denkt, ist für mich unerreichbar. Jeder Tag dreht da noch am *Volume*, Augen zu, rudern. Menschen wie Therese oder Herbert, mein großer Bruder, waren meine Rettungsboote, wenn ich den Strom meiner Vaterbilder durchschwamm. Durfte in

Mutters Nähe Vaters Namen nicht mal mehr aussprechen. Konnte es in Mutters Nähe nicht mehr aushalten, konnte es in dieser Provinz nicht mehr aushalten, die Vater so kaputt gemacht, in mir diesen Ekel vor ihm erzeugt hat. Herbert half Helga und mir nach Westberlin, mit Geld, mit Informationen. Aber Helga jammerte bloß drei Monate lang herum, heftete sich andauernd an meine Fersen, wollte nur das machen, was ich machte, bis ich ihr riet zurückzugehen. Klar tat sie mir leid, hielt sie aber einfach nicht mehr aus. Und vier Jahre später kam Herbert plötzlich ums Leben. Bis heute weiß keiner von uns, wie. Ich wollte auf jeden Fall zu seiner Beerdigung. Therese kam auf diese Idee: Sie schlug mir vor, ihre Identität anzunehmen. Skrupel hatte ich zuerst, wegen Vater. Eigentlich wegen Mutter. Wenn sie mich so in Frauenklamotten sieht. Wollte ihr nicht wehtun. Hatte umgekehrt aber auch keine andere Wahl, weil ich sonst festgenommen worden wäre. Damals war mein Make-up noch nicht so perfekt wie diesmal, geklappt hat es trotzdem, gefühlt wie ein Mann, kein bisschen Frau, eher dämlich, außen Therese, innen *Günther plus Therese unerreicht*. Mutter traf fast der Schlag, als sie mich so sah, aber sie hat es auch überlebt. Und sogar Wolfgang, die Armeebonzen haben ja auch nichts mitgekriegt. Kann nicht sagen, mir stünde eine dunkelblonde Perücke oder dieser schwarz-grau gemusterte Zweiteiler besonders gut, bin aber auch nicht sehr eitel.

War bloß zufällig zu Hause, als Helgas Telegramm mich gestern am späten Nachmittag erreichte, hätte längst bei den Theaterproben sein sollen. Mein neues Stück heißt: *Die Überwindung der Leiden des jungen Werther*. Finde, es ist Zeit aufzuhören, sich wegen Liebeskummer umzubringen. Gerade entsteht auch mein erstes großes philosophisches Traktat, an dem ich seit ein paar Jahren sitze, wird heißen: *Die Vernunft der Kritik*. Wird mein Durchbruch, denke ich. Bin seit zwei Jahren Theaterautor, das wird von meinen Geschwistern überhaupt nicht wahrgenommen. Sie nennen mich bloß *Günther, der Philosoph*, meinen es eher scherzhaft. Viktoria sagt *Jüngster* zu mir, Wolfgang bloß *VV*, für Vaterlandsverräter. Für einen wie ihn, in so einer Uniform, muss ich das sein. Ist mir egal. Bloß an meine Familie zu denken reicht schon. *Himmel glutblau und scheußlich wolkenlos*, meiner hängt voller beschissener Väter, Allväter, Niemandsväter, Arno. Fahre so selten nach Lauterbach, fühle dort immer, wie ich kleiner werde, mein Denken ist dann total verkrebst. Könnte sofort wieder umdrehen.

Der Zug fährt auf einmal schneller, jetzt, nur noch wenige Kilometer bis zum Ziel; der Lokführer dieser Nachtschicht will schlafen, so schnell es geht, hinter uns am Horizont geht die Sonne gerade auf, vor uns noch tiefste Nacht, Antimaterie der Träume. Fahre geografisch weiter Richtung Westen, gerate aber immer tiefer in den Osten hinein. Schon dreimal umgestiegen, musste einmal in die entgegengesetzte Richtung fahren, um den richtigen Anschlusszug zu erwischen. Nase richtig an die Scheibe drücken, mit den Händen Scheuklappen an die Augen, kann draußen in der Dunkelheit die Landschaft verfolgen, mit den Blicken fangen, was geht. Seit einer Weile wird es hügeliger, welliger, weniger Täler; eher kahle Höhen mit Burgen und Festungen durchziehen wie Brüste die Gegend hier, was mir sagt: Bis nach Hause kann es nicht mehr weit sein. Muss zum Klo, mein Darm und mein Denken sind verdammte Alliierte.

Mein Puls rast, wenn ich an Wolfgang denke. Warum,

weiß ich nicht. Klar weiß ich's. Dieser Blick, mit dem er mich das letzte Mal angesehen hat. Ein Blick, dem ich ausweichen muss, weil er dermaßen kalt ist. Nicht mal Mutter hätte ihn so hingekriegt, und sie ist die Spezialistin der eiskalten Blicke. War. Wolfgang lässt nie Gefühle durchscheinen, hat mich aber früher wenigstens wie ein Mensch angesehen, heute bloß feindliche Blicke. Vielleicht hat die Zeit diesen Blick etwas aufgewärmt. Wenn mein Fuß jetzt auf den Hebel tritt, öffnet sich die Luke unten am Klobecken, dann rutscht diese stinkende Faulheit aus verdauter Westnahrung als Hiobspost auf die Reichsbahngleise. Nein, lasse sie drin, nur den Deckel runter, lasse sie als umgefallene Siegessäule in der reisenden Kloschüssel, denn den Ort der Kindheit darf man nicht beschmutzen, sehe da schon Lauterbach. Habe lange Zeit gedacht, hier hätten die schweren Mühlen unserer langen Familiengeschichte gemahlen, bis Herbert mich aufgeklärt hat. Das Lauterbach, von dem in den Geburtsurkunden meiner Geschwister die Rede ist, liegt nicht bloß woanders, es ist heute ganz und gar von der Landkarte verschwunden. Da wusste ich: Muss auch weiterziehen. Vom Bahnhof aus sind es nur wenige Minuten bis zur Nikolaikirche. Wie läuft man bloß in diesen Blockabsätzen? Bei Therese sieht das immer einfach aus. Bizarre Gestalten! Lauter verkleidete Kinder huschen lautlos in dieser Dunkelheit an mir vorbei. Sie grinsen mich an oder nicken mir zu wie Verbündete.

»Hi«, sage ich ein paarmal.

»Machst du mit?«, fragt ein kleiner Sheriff.

Wolfgangs Blick erwischt mich von schräg gegenüber, spüre ihn an der rechten Schulter, als wär's ein Schlaganfall. Er beobachtet mich durch das geöffnete Kirchenfenster.

»Später vielleicht«, sage ich zum kleinen Sheriff.

Bleibe auf meiner Straßenseite stehen, sehe Wolfgang einige Minuten von fern in die Augen. Tontechnik, jetzt die Mundharmonika. Di di di daun di di. Wind. Schatten in den Gesichtern. Kein Wort inzwischen von keinem von uns. Sein Blick wird wärmer. Nur etwas. Ein Bulle kommt in meine Richtung. Muss abhauen.

Wolfgang

Nee, da hat man keine Worte. VV hat es mal wieder hierher geschafft. Und sieht aus wie so 'ne Schwuchtel. Das Einzige, was Mutter sich nicht für ihn gewünscht hätte. Na ja, ich werd den Tag schon überstehen. Er hoffentlich auch. Im Prinzip tut er mir leid. Mein kleiner Bruder.

»VV ist d-d-da«, sag ich zu Helga und Richard.

Helga rennt raus. Sie fällt ihm gleich um den Hals.

Günther

Bestatter schüttelt mir an der Tür mitfühlend die Hand, warme Hand mit unebener Haut, der könnte eine Rolle in *Third Reich'n'Roll* der *Residents* bekommen, so sieht keiner mehr in Wirklichkeit aus. Mit dem mache ich noch was, den baue ich in ein Stück ein. »Ist das derselbe wie bei Herberts Beerdigung?«, flüstere ich Richard zu, sehe aber Wolfgang an und zeige dabei auf Goldstein.

»Und exakt derselbe wie bei der Beerdigung deines V-V-V-Vaters«, sagt Wolfgang.

»Du bist aber früh gekommen. Ist alles gutgegangen?«, fragt Helga.

Lasse Wolfgangs Bemerkung besser unbeantwortet, ertrage stattdessen Helgas heftige Umarmung.

»Alles gutgegangen: Schlagbaum mit aller Gewalt überwunden, zwei Grenzposten überwältigt und erschossen, Wartburg geklaut, nach einer Verfolgungsjagd über Hunderte Kilometer auf schlammigem Ackerboden erst hier zum Stehen gekommen. Verfolger abgehängt. Die trauen sich nicht in die Kirche«, sage ich, renne geduckt zum Fenster, da steht immer noch der Bulle, beobachtet die Straßen wie ein Raubtier. Dachte erst, er wäre im Faschingskostüm, wie der kleine Sheriff, weil sein Gesicht gar nicht zu dieser Montur passt. Der Bulle sieht doch aus wie Heraklit in Uniform, mit seinem Vollbart, dem dunklen, gelockten Haar, das löwenhaft um sein kugelrundes Gesicht hängt, seine Augen von Falten umspült wie zwei Inseln. Eben ging ich mit meiner Perücke und meinen albernen Blockabsätzen an Heraklit vorbei, er zwinkerte mir zu, sagte: »Hej, Schnucki!« Mein Puls schlug bis in die Augen, *sehend, nicht blind, Günther plus Therese unerreicht*, auch wenn ich mit Thereses Pass eigentlich nichts zu befürchten habe – aber auch wegen Wolfgang. Bin trotzdem aus Westberlin. Erst kurz vor mir hielt Heraklit eine echte Krankenschwester an, wollte sofort ihren Ausweis sehen, ermahnte sie, sich der Staatstrauer angemessen zu kleiden. Erst hörte es sich so an, als hätte sie ihm eine Ohrfeige verpasst, weil es einmal laut klatschte, so deftig, wie Mutter das hinkriegte, war aber bloß die Fahne auf Halbmast daneben, vom Wind gepeitscht. Die Krankenschwester tippte aufgeregt auf ihr Namensschild, Heraklit fasste sich verlegen an die Stirn.

Wolfgang steht steif an der Tür, die Hände auf dem Rücken verschränkt. Sein ganzes Leben bloß formelhafte Posen, hat sich herumkommandieren lassen, selbst nur Befehle gegeben.

»Wie geht's Petra?«, frage ich ihn, bilde mir ein, ihn damit aus der Reserve zu locken.

»Blendend. A-a-a-alles paletti«, sagt er, stellt sich dabei kurz auf die Zehenspitzen.

Gehe auf die andere Seite des Sargs. Da fällt das Licht besser auf Mutters Gesicht, so ein Licht wie ein leicht diffuses Spotlight, kann so Wolfgang gut beobachten. Er ist still. Hoffentlich geht es heute nicht wieder so verrückt zu wie bei Herberts Beerdigung vor zehn Jahren. Als wir uns dort das letzte Mal sahen, uns eigentlich wie unter Brüdern hätten in die Arme fallen sollen, gingen wir uns stattdessen bereits auf dem Friedhof an den Kragen, wollten unsere Kräfte erproben, schlossen eine Wette ab, wer mehr Wodka verträgt, setzten uns in Herberts offenes Grab auf seinen Sarg, ich in den Schneidersitz, er in die Hocke. Wie die Wilden tranken wir die Flaschen leer, ich eine ganze, er zweimal so viel. Keiner von uns hat gewonnen, wir waren zu besoffen. Ausgerechnet Mutter musste uns nach Jahrzehnten ohne Fahrpraxis mit Wolfgangs Auto nach Hause fahren, ein Glück bekam er von der Fahrt nichts mit.

»Du hast gewonnen vor zehn Jahren. Du verträgst eindeutig mehr Wodka als ich«, sage ich.

Wolfgang

»Das war vor zehn J-J-Jahren, VV.«

Wie er mich jetzt anschaut. Ich hab keine Lust, mich

groß in ein Gespräch reinziehen zu lassen. Ich hab eigentlich auch keine Lust, mich noch weiter mit ihm rumzustreiten. Er lebt sein Leben, ich leb meins. Ich erklär ihm nichts und er mir nichts. Das wird uns diesen Tag erleichtern.

»Hör zu«, sag ich. »Ich würd sagen, w-w-wir üben Waffenstillstand. Ich sag auch nichts mehr über deinen V-V-V-Vater, und du hörst auf zu sticheln. Ist das gebongt?«

Er nickt und schweigt. So was. Das war so einfach. Dabei hab ich's nicht mal angeordnet, ich hab's doch im Prinzip nett gesagt, find ich.

»Wie Mutters letzte kastanienrote Strähnen sich in diesem Licht durch das dicke weiße Haar schlängeln. Wie Goldstein es zu zwei geflochtenen Zöpfen zusammengebunden hat; so sehen sie auf den weißen Kissen aus wie zwei dieser Zuckerstangen, die man hier eigentlich immer zu Faschingsbeginn in rauen Mengen bekommen hat«, sagt er.

»Nee, wirklich kein großer Sch-Sch-Spaß, Mutters Leiche da liegen zu sehen. Aber dieser Goldstein hat sich echt Mühe g-g-g-g-gegeben. Ich hab schon totere Leichen gesehen.«

»Ja, sie hat immer noch rotes Haar zwischen dem weißen. Mutter hasste ihre roten Haare«, sagt Helga.

Richard kann einen richtig totquatschen! Jedem erzählt er lang und breit, dass er alles alleine machen musste. Wie er Mutter reingeschleppt hat. Wie er mit dem Bestatter verhandelt hat. Das will er uns zwar nicht vorwerfen, aber er will uns klarmachen, wie unentbehrlich er ist. So ist diese Familie. So arbeitet diese Kirche.

»Krieg dich a-a-a-ein, Richard, ich hab heute mitten in der Nacht einen Einsatz gehabt. Dann anschließend

Staatstrauerappell durchgeführt. Das Gewehr salutiert. Meine Mannschaft instruiert. Glaub mir, ich hätte lieber u-u-u-unsre tote Mutter hier reinbugsiert. Mit dem Goldstein da draußen wär ich schon fertig geworden. Was willst du von so ’nem Bestatter? Wie soll der nach allem n-n-n-normal sein?«

Helga

Wolfgang hat einfach nicht verstanden, dass Richard auch mal ein Held sein will. Er hat manchmal überhaupt kein Taktgefühl. Ihm hat Vater am meisten gefehlt, würd ich sagen. Vielleicht ist er deshalb zur Armee gegangen. Ich glaub, wir Frauen sind am besten ohne Väter ausgekommen. Die Brüder sind allesamt … wie soll man das nennen … von Minderwertigkeitsgefühlen geplagt. Herbert hat ein ausgeprägtes Bewusstsein für die Familienhistorie gehabt. Er hat eine interessante Geschichte gebraucht. Er wurde unehelich geboren, was mir immer egal war, aber Wolfgang ist ständig drauf herumgeritten, weil er der Stammhalter sein wollte. Als Zwilling streitet Wolfgang bis heute mit Viktoria um den ersten Platz. Mutter hat immer gesagt, sie wäre zuerst da gewesen. Wolfgang hat gemeint, dass Mutter damals so allein wohl kaum Sinn dafür gehabt hätte, und die Hebamme hat auch nichts dazu geschrieben. Als Wolfgang dann von Herberts Tod erfuhr, soll er, laut Petra, seiner Frau, geheult haben, zu der Zeit noch in Oberstleutnantuniform. Und dann soll er fast eine Woche lang zu Hause kein Wort gesagt haben. Erst wieder, als Günther unter falschem Namen aus Westberlin zur Beerdigung gekommen ist. Günther und Herbert waren seelenverwandt, im Kopf und im Geist sehr ähnlich, und beide mit einer schwierigen Vatergeschichte. Ich glaub, Wolfgang fühlt sich da sogar mit Günther verbunden. Er nimmt Vaters anonymen Tod sehr schwer. Als Günther, damals auch so geschminkt wie heute, mit Perücke und in Frauensachen zu Herberts Beerdigung erschien, hat Mutter beinah der Schlag getroffen. »Jetzt fängst du auch noch damit an!«, hat sie geschimpft, daran erinnere ich mich noch genau. Das »wie dein Vater« konnte sie sich gerade noch verkneifen. Günthers Vater, ihr dritter Mann, ist Mutters größte Schande gewesen. Kaum verheiratet und sie mit vierzig noch mal schwanger, da fing der an, Mutters Kleider anzuziehen. Die Männer waren die großen Fehlschläge in ihrem Leben. Wie oft hat sie zu mir gesagt: »Helga, ich wollte nicht auf meine Mutter hören. Sei so gut, und hör du wenigstens auf mich. Pack deine Sachen und geh nach Amerika.« Sie hat da zum ersten Mal so respektvoll über ihre Mutter gesprochen. Wenn ich nur wüsste, was hinter all dem Schweigen über Großmutter steckt? Wenn heute endlich mal wieder die ganze Familie zusammenkommt, dann sollte man der Sache auch mal gemeinsam auf den Grund gehen, find ich. Aber wer hat schon Zeit, da im Dunkeln herumzustochern. *Ja, Mutter*, hab ich immer gesagt, hab's mich aber nicht getraut. Ich hab Angst vorm Alleinsein. Aber jetzt muss ich ein neues Leben beginnen, jetzt muss alles anders werden. Bei Richard und Katharina will ich nicht leben. Ach ja, und Richard, der hat sich schon als kleiner Junge hinter der Religion versteckt.

Herbert

Großmutter Esthers Augenzeugenbericht. An Großmutter Esthers Bericht geriet ich an meinem neunten Geburtstag, dem erwähnten 3. September 1939, als am frühen Morgen aus heiterem Himmel eine Gruppe geschniegelter Jungs zusammen mit einer Kolonne modernster, wie außerirdisch glänzender Armeefahrzeuge singend durch unser Dorf zog und Großmutter Esther in der folgenden Nacht spurlos verschwand. Mein Stiefvater (mein leiblicher Vater ist vier Jahre zuvor von Dorfbauern erschlagen worden) war wieder einmal auf Montage. Als Mutter am Morgen die Parade sah, rannte sie aufgeregt mit mir zum Dachboden hinauf, holte Sachen aus einer Kiste und brachte uns Kinder – die Zwillinge Wolfgang und Viktoria waren drei und Lilian nicht einmal ein Jahr alt – zu Großmutter ins Haus (was sie vorher noch nie getan hatte und uns auch nicht weiter erklärte). Sie ließ uns dort, zur Sicherheit, wie sie sagte. Großmutters überraschtes Gesicht werde ich nie wieder los. Ich hatte sie schon lange nicht mehr gesehen, wie überhaupt sehr selten, ganze fünf Mal in meinem Leben. Mein Großvater war schon lange vor meiner Geburt ums Leben gekommen (darüber wird ebenfalls spekuliert). Sie drückte mich an sich, nahm uns mit in die Küche und kochte Kartoffelsuppe. Diesen Geburtstag werde ich nie vergessen, dieses fünfte und letzte Mal werde ich nie vergessen. Sie habe schon den ganzen Tag über Kopfschmerzen, sagte Großmutter, so wie lange nicht mehr, so wie damals im Februar 1919. Sie habe eine Vorahnung, bloß keine Ahnung, wovon, es sei wohl eher die Unruhe wegen der politischen Entwicklungen, wegen der schwierigen Auftragslage und vor allem wegen der dürftigen Ernte. Sie legte meine kleinen Geschwister schlafen, nahm mich an der Hand und ging mit mir in die Stube. Dort sagte sie plötzlich, sie wolle mir etwas anvertrauen, ich sei zwar noch zu klein, aber sie habe so ein Gefühl, es sei besser jetzt als später, sie wisse nicht, wann sie mich jemals wiedersähe. Ich verstand nicht, wovon sie sprach; sie öffnete dabei den großen Schrank, der sonst immer verschlossen war und in dem sich ihr ganzes Leben zu befinden schien. Ein Schrank voller Dinge von hohem ideellen Wert, vielleicht auch von materiellem, davon verstand ich damals nichts. Ich dachte zuerst, das wäre alles von Großvater, er wäre womöglich ein Reisender gewesen, aber sie lachte nur und strich mir über den Kopf. Papiere, Schachteln, kleine, seltsame Figuren, Fotos, Bücher, exotische Utensilien, gerollte Plakate, Stoffe, Ordner, eine Kamera, alles Mögliche räumte sie auf den Tisch. Währenddessen murmelte sie in einer fremden Sprache einige unverständliche Wörter. Bis heute weiß ich nicht, welche Sprache das war. (In dem Moment kam Großmutter mir unheimlich vor, als gehörte sie gar nicht zu unserer Familie.) Wann immer ich Mutter fragte, warum wir Großmutter nicht öfter besuchen könnten, ignorierte sie mich zuerst, und sobald ich weiterbohrte, seufzte sie und sagte bloß, der wenige Kontakt zu ihr sei besser als nichts, wir würden sowieso bald von hier weggehen. Ich versuchte manchmal heimlich, Großmutter zu treffen, aber nie war sie da. (Warum sie ausgerechnet an jenem Tag zu Hause war und Mutter das wusste, kann ich mir bis heute nicht erklären. Vielleicht ist's bloßer Zufall gewesen.) …

Günther

Drei kleine Zombies schleichen in die Kirche, verstecken sich zwischen den Sitzreihen. Goldstein steht in der Tür, beobachtet die Kinder, sagt:

»Die sind so geschickt an mir vorbeigehuscht.«

Richard knöpft sie sich vor, ganz freundlich, natürlich, in seiner sozialpädagogischen Art.

»Was wollen denn diese kleinen Gerippe hier in der Kirche?«

»Der Polizist draußen sagt, wir sollen die Kostüme ausziehen«, sagt einer.

»Wegen Breschnew«, sagt ein zweiter Zombie.

Der dritte weint. Die Kleinen sind nicht älter als sieben, acht Jahre.

»Ich weiß gar nicht, was ich jetzt für euch tun kann. Ihr müsst doch in die Schule«, sagt Richard.

»Ich zieh mein Kostüm aber nicht aus! Unsre Lehrerin lässt es durchgehen, das weiß ich, die ist so. Ich hab das ganze Jahr dran gearbeitet, mit Omi«, sagt der Erste.

»Warum wollt ihr denn unbedingt Zombies sein? Dann seid ihr doch tot. Ist es nicht besser, lebendig zu sein?«, frage ich.

»Wieso? Wir sind ja lebendig. Zombies sind lebendig«, sagt der Kleine.

»Aber zuerst müssen sie tot sein«, sage ich.

»Wir sind doch alle zuerst tot, bevor wir lebendig sind, sagt Omi«, sagt der kleine Zombie.

»Du meinst, wir sind alle Zombies?«, frage ich.

»Logo, irgendwie schon«, sagt er.

»Und die tote Frau im Sarg dort? Was ist die dann?«, frage ich.

»Die ist noch tot, aber die ist auch bald 'n Zombie, spätestens, wenn man sie eingegraben hat und die Geisterwürmer an ihr rumfressen«, sagt er nickend, die beiden anderen nicken auch.

Unsichere Blicke. Goldstein steht wie eine Geistersilhouette schweigend im Türrahmen. Nehme das nicht ernst. Mich erstaunt bloß diese Leichtigkeit, mit der sie Leben und Tod verwechseln. Aber das verstehen sie noch nicht. Versteh's selbst nicht. Am 11.11. ging ich früher immer als Matrose, einmal auch als Hering, weil Mutter mein Matrosenkostüm an Richard weitergegeben hatte, für seine Klassenfeier auf dem kleinen Dampfer »Skorbut«, mit dem sie auf dem nahegelegenen Stausee immer im Kreis fuhren, bis es ihnen schlecht wurde. Mutter liebte das Wasser und alles darin, deshalb trugen wir meistens Fischverkleidungen, später auch Vogelkostüme. Dann sagte sie einmal: »Wenn du kannst, dann schwimm bis zum Atlantik, mein Schlauer; am besten noch durch ihn hindurch.« Kreuzberg liegt zwar an keinem nennenswerten Gewässer, aber dort geht es einigermaßen transatlantisch zu.

»Die Luft ist rein, der Polizist ist gerade um die Ecke gegangen, ihr könnt in die Schule, na los, lauft schon. Jetzt seid ihr unsichtbar«, flüstere ich.

Weg sind sie. Nachdenkliches Atmen um Mutters Sarg herum, warten auf unsere Schwestern. Viktoria, Anna, Lilian fehlen noch. So eine große Familie. Therese kann ich nie wirklich etwas über uns erzählen. Nur Ereignisse schildern. Wenn man nur einen Bruder oder eine Schwester hat, drehen sich die Geschichten nur um ihn oder sie – aber bei uns?

Richard

»Viktoria kommt. Sie ist ja schon wieder per Anhalter gefahren«, sage ich.

»Geld mal wieder k-k-knapp. Sie verbrät doch alles für Farben und Ziegenfutter! Das hält n-n-n-nicht mal ’ne stramme Staatskasse aus«, sagt Wolfgang.

Seit Herberts Tod sind sie die ältesten von uns. Im Dezember werden sie schon sechsundvierzig. Um Viktoria habe ich mir schon viele Sorgen gemacht. Sie ist manchmal so verbittert. Sie hasst Menschen, sie liebt nur Pflanzen und Tiere und lebt allein. Äußerlich ist sie Mutter am ähnlichsten, nur sie hat die roten Locken geerbt. Sie redet wenig, aber wenn sie etwas sagt, dann kommandiert sie herum, schwärmt oder gibt bissige Kommentare ab. Die geborene Kritikerin, hat Günther gesagt. Eine verschlossene Naturreligiöse auf einem kleinen Bauernhof in Friemar ist sie geworden, mit ihren zehn Ziegen, Hühnern und Katzen. Sie hat ein Regal voller Bücher fragwürdigen Inhalts, so Alchemie und Naturreligionen, und verfügt über ein Atelier randvoll mit ihren verblüffend realistischen Naturmalereien. Damit bewältigt sie, glaube ich, ihr Trauma. Viktoria hat nach der Ausbildung zuerst als Gärtnerin in Eisenach gearbeitet. Sie war in der Nutzpflanzenzüchtung tätig und traf dort Alfred, einen Biophysiker, der die Schallschwingungen von Pflanzen untersuchte. Irgendwann später hat Lilian erzählt, Viktoria müsse sehr in ihn verliebt gewesen sein, weil sie angeblich als Versuchskaninchen in seinem Experiment mitmachte. Was genau dabei passiert ist, weiß ich bis heute nicht. Sie wollte nie mit mir darüber reden. Ich kann mich aber noch genau an den Tag erinnern, als Mutter mich anrief und sagte, sie sei ratlos. »Viktoria sitzt seit zwei Tagen hier bei mir auf dem Sofa«, sagte sie mir am Telefon. Viktoria soll andauernd »Sie schreien so entsetzlich, sie leiden richtig, wie Schweine im Schlachthof« gejammert haben. Und von einem Laborunfall war die Rede. Ich versuchte zu helfen, Mutter hasste es, wenn jemand von uns zimperlich war. Aber Viktoria war vollkommen unzugänglich geworden und ist es bis heute geblieben. Kurz darauf hörte ich von Wolfgang, dass dieser Alfred tot und sie von der Polizei verhört worden sei. Sie hat dann ein paar Monate unter Aufsicht eines Psychologen bei Mutter gelebt. Als sie sich stark genug fühlte, bot man ihr den kleinen Bauernhof für eine geringe Pacht an; dafür verpflichtete sie sich, Ziegenkäse herzustellen und frische Eier für den Dorfkonsum zu liefern. Es gab seither keinen anderen Mann oder Menschen in ihrem Leben. Nur noch Tiere, vor allem die Ziegen, mit Namen von griechischen oder römischen Göttern. An Herberts Grab sagte sie: »Der Tod ist so aufdringlich wie stinkender Kompost im Garten. Den kann ich zwar auch nicht ignorieren, aber ich muss auch nicht ständig an ihn denken.« Das tröstet irgendwie, finde ich. Trost ist und bleibt das Allerheilsserum im Leben. Und vielleicht auch im Tod. Höre man sich bloß mal diese Zombies an!

Viktoria

Vor mir: Kopfsteinpflaster. Steinhäuser. Über mir: Grau, Indigo, Marine und noch viel Schwarz. Es graut gerade, das weiße Licht zieht erst jetzt in den Himmel ein. Der frühe Morgen ist die beste Tageszeit. Es ist still, der Blick zieht noch ungestört durch die Natur. In der Stadt würde ich umkommen. Zu Mutter fuhr ich immer gern. Und wenn ich zu ihr kam, dann brachte ich ihr jedes Mal etwas mit. Auch heute rücke ich nicht mit leeren Händen an, wenn wir schon mal alle zusammenkommen, so traurig der Anlass auch ist. Ich bin aber froh, dass ich meine Geschwister nicht andauernd in meiner Nähe ertragen muss. Sie sind so ganz anders als ich. Doch einmal im Jahr halte ich das aus. Für jeden habe ich einen frischen Ziegenkäse mitgebracht, für Anna und ihre Kinder extra noch eine große Tüte schöner heller Schafswolle und Eier, worum sie mich niemals bitten würde, im Gegensatz zu Wolfgang, der glaubt, ich wäre dazu verpflichtet. Seit Stunden schleppe ich das Zeug in meinem Rucksack durch die Gegend. Erst stand ich ewig an der Straße, also: Teer, Acker, Wald. Wie verhext war das, zuerst kam kein Auto vorbei, und dann wurde ich zwei Mal einfach übersehen. Ich habe Mutter mal per Anhalter in nur anderthalb Stunden erreicht. Ich hasse diese Mitfahrten. Jeder fragt einen aus, immerzu muss man reden und nett sein. Ich rede lieber, was ich will. Der Erste fuhr in einem halb verrosteten Traktor, der machte ohrenbetäubende Geräusche, da musste ich wenigstens nicht mit dem sprechen, der hat mich bis an den Rand des nächsten Ortes gebracht, zu einer belebten Kreuzung, also: Allee trifft auf Dorfstraße, Romantik kreuzt Realismus. Dort stand ich eine

Weile, bis einer mich in seinem Moskwitsch ein gutes Stück mitnahm und mir von seiner Nachtschicht erzählte, wissen wollte er nichts, ein Glück. Erst der Letzte, ein Lehrer, ich stand hinter Eisenach: links eine Pappel, rechts eine Pappel, in der Mitte ein Bach, ach, jedenfalls bohrte und bohrte der, dass ich am liebsten ausgestiegen wäre. Immerhin hat er mich bis vor die Kirche gebracht. Ich sagte einfach danke, und er fing wieder an zu erzählen. Ich rede gern mit meinen Tieren, und wenn schon mit Menschen, dann am liebsten mit mir selbst, eigentlich nur mit mir selbst. Meine Gedanken sind jedenfalls klarer dabei als bei Unterhaltungen mit anderen Menschen. Außerdem fallen mir oft keine Fragen ein. Wenn ich etwas denke und der Gedanke zu Ende ist, dann ist er auch gleich wieder weg. Was soll ich da noch fragen? Und wenn ich irgendwas frage, bekomme ich sowieso keine befriedigende Antwort. Ich kann stundenlang schweigen, bloß einen Baum ansehen, am liebsten Kirschbäume, ich habe mir spät einen Lebensbaum gepflanzt, einen Sauerkirschbaum. Die meisten Menschen sind zu blöd zum Schweigen. Die Tiere nicht. Die Ziegen quatschen auch nicht dauernd auf der Weide herum, dabei würde man ja verrückt werden. Mir graut's schon vorm Rückweg. Da steht Wolfgangs Auto. Er könnte mich eigentlich später zurückfahren. Wenn man einen Zwilling hat, na gut, Wolfgang und ich sind zweieiige, dann ist es so, als hätte man eine Option mehr als andere im Leben, so jedenfalls sieht es Wolfgang, und warum sollte ich es nicht auch so sehen können.

In Kirchen gehe ich gern, die katholischen sind mir fast die liebsten, weil sie die Menschen mit derselben Macht auf sich selbst verkürzen, wie es sonst nur die Natur kann, und weil sie deswegen irgendwie heiliger wirken, aber das würde ich Richard so nie sagen. Diese Nikolaikirche hier, die kommt mir ein bisschen klein und armselig vor, wie ein gotisches Kulturzentrum, es fehlen nur noch Gardinen, Topfpflanzen und Vitrinen. Die protestantischen Kirchen sehen mir zu gesellig aus, sie sind nicht für den Schöpfer gebaut, sondern für den Menschen, die haben meistens keine große Aura, na gut, jedenfalls diese hier hat keine, soweit ich mich erinnere.

»Viktoria! Komm doch rein. Hier sind wir«, ruft Richard und winkt aus einem offen stehenden Kirchenfenster.

Ich winke zurück und überquere die Straße. Noch ist es so schön ausgestorben hier. Bis auf diese Kinder.

»Mein Beileid«, sagt ein Mann, der sich mir gleich vor der Tür als der Bestatter Goldstein vorstellt. »Der einzige Bestatter weit und breit.« Dabei kennt ihn hier jeder.

»Wollen Sie einen Ziegenkäse?«, frage ich ihn. »Ich habe viele im Rucksack.«

Im nächsten Moment bereue ich den Satz schon, aber ich weiß nicht, was ich ihm hätte antworten sollen, und ich will nicht unhöflich sein.

»Oi«, sagt er. »Doch, herzlich gern. Vielen Dank.«

Richard und Helga sehen mich entgeistert an, während ich dem Mann neben dem Leichenwagen einen Käse überreiche.

»Wollen Sie nicht mit rein?«, frage ich ihn.

»Ich bin Jude«, sagt er und hebt die Schultern wie zur Rechtfertigung.

»Na und? Ich bin naturreligiös, deshalb stehe ich auch nicht bloß unter Bäumen rum. Bei einer katholischen kann ich das verstehen, aber bei der hier, wenn das überhaupt eine echte Kirche ist, Herr Goldstein«, sage ich. Der Bestatter bleibt dabei, na gut.

Drinnen: Reihen von Holzbänken, abgewetzter Holzboden, keine Mosaiken an den Fenstern, aber viele Quadrate. Mariafreske, schöne Mariafreske. Ich nehme das mit dem Kulturzentrum zurück, war ja schon ewig nicht mehr hier. Die habe ich nie bemerkt, ich habe mich früher auch geweigert, mit Mutter in die Kirche zu gehen. Ich habe mich lieber im Wald versteckt.

»Hast du mir einen Käse mitgebracht?«, fragt Wolfgang.

»Für jeden einen.«

Dann erst begrüßt er mich wie einen Kameraden. Auf seinem ovalen Gesicht zeigt sich wieder diese Selbstgewissheit. Damit ist er auf die Welt gekommen. Als Mutter ihn sah, soll sie gleich gesagt haben: »Seht euch diesen schlauen Burschen an! Der wusste schon, dass er kommen wird. Aus dem wird mal was.« Danach seufzte sie so laut, als wäre ich bloß die totale Versagerin. Ich hasse diese Begrüßungen, ich will sie nicht fragen, wie's ihnen geht, ich kann mit den Antworten meist wenig anfangen, ich seh's ihnen sowieso an.

Mutter liegt so lebendig in diesem Sarg, da kriegt man ja einen richtigen Schreck.

»Warum trägt Mutter eine Maske? Warum darf sie nicht tot aussehen, wenn sie tot ist?«, frage ich, bekomme aber keine Antwort.

Ich betrachte Mutter aufmerksam, berühre sie an den kalten Armen und im kalten Gesicht. Die Augen geschlossen, die Haut behandelt, die Haare frisiert, in Ausgehkleidung, in ihrem Lieblingskostüm, ultramarin, sie sagte dazu: atlantikblau. Sie wirkt noch so lebendig, sie reagiert aber nicht mehr auf mich und fühlt sich so eisig an, dass mir die Haare zu Berge stehen. Mir wäre lieber, sie hätte aschfahle Haut, zerzauste Haare und würde nackt im Sarg liegen, nein, am besten einfach den Deckel schließen. Sie ist tot, jetzt ist es endgültig. Jetzt geistert ihre Seele so lange herum, bis sie eine neue Aufgabe gefunden hat.

»An welcher Stelle in ihrem Körper, glaubt ihr, hat bei Mutter das Sterben angefangen? Mir ist beim letzten Besuch noch gar nichts aufgefallen«, sage ich.

»Hirnschlag«, sagt Helga.

»Herzschlag«, sagt Richard im selben Moment.

Wolfgang und ich, wir wechseln kurz einen Blick, so einen flüchtigen und unsicheren.

»Totalschaden«, sagt Günther nachdenklich.

Das war nicht meine Frage. Es ist meist nur das letzte Stadium, das die Ärzte dann feststellen, das Sterben aber beginnt schon viel früher. Seit ich bei einem Fest diesen wundersamen Chinesen getroffen habe, interessiert mich der medizinische Grund für den Tod nicht mehr. Abseits unter einer jungen Buche hat er gesessen, es roch nach nasser Erde, neben ihm hing ein selbstgeschriebenes Schild. Darauf versprach er, er könne die Lebenserwartung und die Todesart eines Menschen voraussagen. Er wollte nichts dafür, kein Geld. Ich dachte mir, weil er wahrscheinlich wenig Deutsch spricht, wird er nicht viel reden wollen und ich werde nicht viel sagen müssen. Ich fasste Mut und ging zu ihm. Er sprach gebrochen Deutsch, sang es eher, und sagte mir ein langes Leben voraus. Über neunzig soll ich werden. Was ich bis dahin machen soll? Weiß auch nicht. Einen plötzlichen Tod durch Herzstillstand hat er mir prophezeit. Er erklärte mir, der Tod gehe immer von einer bestimmten Stelle im Körper aus. Natürlicherweise vom Herzen, wo das Leben beginne. Er seufzte und hustete ganz komisch und meinte, die Menschen heutzutage würden nicht mehr von ihrem natürlichen Anfang – nein, von ihrer Mitte her, sagte er –, von ihrer Mitte her sterben. Sie würden von den absurdesten Stellen her verenden: vom Kopf, vom Unterleib und sogar von den Gliedmaßen her. Das würde von jahrelangen Überlastungen an diesen Stellen kommen, von energetischen Verschiebungen im Körper, so hat er das genannt. Willensstarke Menschen würden meist vom Magen her sterben. Zweifelnde vom Unterleib. Ängstliche vom Kopf. An mehr erinnere ich mich nicht. Sein Deutsch war wirklich schwer zu verstehen, das meiste musste ich mir zusammenreimen.

»Der Tod hat immer einen energetischen Ausgangspunkt«, sage ich. »So wie ich Mutter kenne, ist sie vom Unterleib her gestorben.«

»Ich würde sagen, sie ist am Westen gestorben«, sagt Günther.

»Vielleicht ist sie an Großmutter Esther gestorben«, sagt Helga.

»Wie meinst du das?«, frage ich.

»Wer ein Geheimnis hat, stirbt daran.«

Dazu fällt gerade keinem von uns etwas ein.

»Sicher ist, dass Großmutter Esthers Geist heute auch hier ist«, sage ich.

Wie Wolfgang jetzt wieder die Gesichtsmuskulatur anspannt und Geräusche macht, ahne ich, dass dieser Tag wieder in die Annalen unserer Familiengeschichte eingehen wird. Ich sollte mir von diesem Tag eigentlich Skizzen für eine Familienbilderserie in Öl machen, obwohl ich nicht gern Menschen male. Meine Bilder sind das Gegenteil von Stillleben. Sie zeigen die lebende Natur ohne Zerstörer. Äpfel an Bäumen und nicht in der Schale, Blumen auf dem Beet und nicht in der Vase.

Lebende, pickende Hühner und keine abgenagten Broiler. Eben die unbewusste Natur ohne Verwendungszweck, die nicht immer nur dem Menschen dient. Trotzdem, diesen Tag halte ich fest. Also, Ölbild Nummer 1 wäre: Mutter liegt aufgebahrt auf dem Podium. Licht und Luft kommen durch das geöffnete Fenster, die Kirchenbänke sind unbesetzt. Ich halte Helgas Hand und sie die meine. Günther steht neben mir. Richard und Wolfgang stehen uns gegenüber. Wir alle schweigen und sehen Mutter an, bis auf Wolfgang, der aus dem Fenster schaut. Lilian und Anna fehlen noch.

Herbert

Großmutter Esthers Augenzeugenbericht. ... Großmutter Esther fand schließlich in ihrem Schrank, wonach sie gesucht hatte. Sie sah mich aufmerksam an; sie nahm meine Hände, legte sie an ihre Schläfen, sah mir in die Augen und sagte, ich solle es nicht vor meinem 14. Geburtstag lesen, dann aber solle ich es genau lesen und abwarten, bis ich alles verstanden hätte. Ich dürfte nicht denselben Fehler machen wie mein Vater, dem die Aufzeichnungen zum Verhängnis geworden seien. Großmutter verließ sich auf mich, nicht auf Mutter. Und dann übergab sie mir die handgeschriebenen Seiten. Fünf dicke, karierte, vergilbte, von Feuchtigkeit gewellte Blätter, einseitig beschrieben, am linken Rand mit einem Faden zusammengenäht. Sie rochen nach Sandelholz und Apothekenschrank. Die Schrift zog sich stur und zackig über die Seiten, bestand praktisch nur aus Spitzdächern, hatte kaum Rundungen, nur leicht in den kleinen as oder ds, und über den kleinen us schwebten Spitzwannen. Allein durch sein kantiges Schriftbild erschien mir dieser Text ernst und schwerwiegend zu sein. Großmutter betrachtete mich eine Weile stumm. Auch ich sagte erst einmal nichts, lavierte meinen Blick an den scharfen Buchstaben vorbei, zwischen ihnen hindurch auf das steife Papier, das beim Befühlen auswich und dabei dumpf knirschte. Sie sagte, das sei mein Geburtstagsgeschenk. Ich nickte, steckte es (meine Wangen glühten) unter meinen Pullover und klemmte es unter den Gürtel. Sie sagte, dies sei das Original, es habe noch eine Abschrift gegeben, aber die sei damals nach Vaters Lynchmord vernichtet worden. Dann meldeten sich auch schon meine Geschwister zurück, und wir verbrachten den Rest des Tages mit dem Ohr am Radio. Ich schlief zum ersten Mal bei Großmutter (und fand keinen Schlaf oder träumte mit offenen Augen; ich weiß es nicht mehr). Sie verschwand mitten in der Nacht, einfach so (ich beobachtete alles, so glaube ich heute, vom Fenster aus, aber damals kam es mir am nächsten Morgen vor wie ein Traum. Großmutter allerdings blieb verschwunden). Mutter holte uns noch vor dem Frühstück nach Hause. Ich begann ihr zu erzählen, was ich in der Nacht beobachtet hatte, aber sie hielt mir den Mund zu und wollte es nicht wissen. Großmutter Esther kam nie wieder zurück. Meinen Geschwistern erzählte ich auch später nichts, weil ich den Verdacht hegte, dass all das mit der bereits erwähnten Johanna Schmidt zu tun hatte. Der Einzige außer mir, der die Geschichte kennt, ist mein Kollege Jan Klemm, mit dem zusammen ich mich vor zehn Jahren auf Spurensuche begeben habe. Ich erzählte sie ihm am Tag meines Todes …

Günther

»Finde die Vorstellung, Mutter könnte ein Zombie werden, rein philosophisch betrachtet, anti-platonisch, was ich als Anti-Platoniker zwar begrüßen müsste, aber aus existenzphilosophischem Blickwinkel nicht glauben kann«, sage ich.

»*Er zog mich aus der grausigen Grube, aus lauter Schmutz und Schlamm*, Psalm 40,3«, flüstert Richard und grinst. »Keiner kann sich einfach so mit dem Tod abfinden, Kinder sowieso nicht. Die Kinder in meinem Religionsunterricht glauben, sie verwandeln sich nach dem Sterben in Vögel oder auch in Pflanzen.«

»Das ist ja großartig!«, sagt Viktoria. »Genau das, was ich auch glaube. Zombies sind Quatsch, aber Geister, die sich zeitweise unsichtbar zwischen den Welten bewegen, bis sie eine neue Bestimmung gefunden haben, das ist doch so alt wie der Mensch. Daran glaube ich.«

Wolfgang lacht, geht mit Helga raus zu Goldstein, das ist ihm wahrscheinlich zu hoch. Richard und ich, wir schütteln nur den Kopf.

»Wenn der Körper stirbt, ist der Mensch tot. Für immer und ewig. Heidegger sagt etwas umständlich dazu, die beständige Gegenwärtigkeit des Nicht-Seins im Sein. Epikur sagt, der Tod gehe uns nichts an, um auch einen antiken Philosophen heranzuziehen. Der Tod ist unerklärlich, meint Kierkegaard. Wir erfinden doch bloß Paradiese oder Totenwelten, weil wir den Gedanken an den Tod nicht aushalten, weil wir von ihm wissen. Wüssten wir nicht um den Tod, bräuchten wir alle Geister, alles Seelenheil nicht, würden einfach friedlich sterben«, sage ich und glaube für eine Sekunde, dass Mutters Hand sich bewegt hat.

»Wie die Tiere. Aber so einfach ist das nicht, Günther. Du immer mit deiner Philosophie«, sagt Viktoria.

»Woran haltet ihr bedauernswerten Agnostiker euch eigentlich fest?«, fragt Richard aufgebracht.

»Am Leben, Richard, am Leben! Warum ein Leben lang bescheiden sein, damit die bescheuerte Seele Spaß im Tod hat, der niemanden etwas angeht? Seele und Körper gibt es nur zusammen, nur im Leben. Auch wenn mir eigentlich mehr am Geist als am Körper liegt, will ich meine sinnlichen Erfahrungen zu Lebzeiten machen. Nicht nach dem Tod streben, auch nicht auf ihn warten. Jenseits interessiert mich nicht. Den Scheiß hat schon Platon erzählt: *Die Seele soll die Geißel des Leibes verlassen*. Gerade die Menschen, die Spaß am Leben, an ihrem Körper haben, sind auch am wenigsten böse«, sage ich.

»Das ist typisch Mann! Ihr denkt doch nur ans Ficken«, sagt Viktoria.

»Hast mal wieder gar nichts kapiert!«, sage ich.

»Ich lebe nicht im Zölibat, auch wenn ich mir da im Moment nicht so sicher bin, na ja, die sinnlichen Freuden des Lebens sind doch hier gar nicht Gegenstand unserer Diskussion. Dass das Leben den Glauben des Menschen bestimmen soll, ist auch meine Meinung, wie übrigens auch Luthers. Hier geht es vielmehr um moralische Fragen. Wie verhalte ich mich zu Lebzeiten, um Gottes Reich auf Erden zu erbauen, um das Paradies auf

Erden mitgestalten zu können. Gott entscheidet das, Günther, und er leitet dich auch, ob du es glaubst oder nicht. Gott ist in jedem von uns, und Gott ist mit uns, auch nach dem Tod. Ich glaube ganz fest, dass Mutters Seele im Jenseits ihr ewiges Leben finden wird«, sagt Richard und lächelt.

»Wieso bist du dir da so sicher?«, frage ich ein wenig zu laut.

»Die Natur ist weiblich! Ihr Männer habt euch diesen Gott und die Moral doch nur einfallen lassen, um Macht über die weibliche Natur zu bekommen, der ihr eigentlich gar nicht gewachsen seid. Ihr seid so unverschämt, das Weibliche als Sünde zu bezeichnen. Ihr schlappen Pfaffenschwänze! Mit dem Paradies vertröstet ihr euch doch nur selbst!«, sagt Viktoria, die schon hektische Flecken im Gesicht bekommt.

»Ich *dulde* keine Blasphemie in einem Gotteshaus! Stellt euch vor, Mutter könnte euch hören! Worüber regt ihr euch denn so auf!«, sagt Richard.

»Jetzt hört schon auf mit dem Sch-Sch-Stuss! Es steht jedem von uns frei, an irgendwas zu glauben, verdammt und z-z-z-z-zugenäht«, sagt Wolfgang, der mit Helga wieder reingekommen ist. Er hat mich mit dieser Bemerkung wirklich überrascht, Richard offenbar auch, denn er nickt, klopft Viktoria und mir versöhnlich auf die Schulter.

Wolfgang

»Wisst ihr, ich lese jeden Sonntag die T-T-T-Todesanzeigen in der Wochenendausgabe. Das beruhigt mich. Das nimmt mir die A-A-Angst vorm Tod«, sag ich.

Jeden Sonntag. Wenn ich nicht in der Kaserne bin. Petra schmiert mir meine Brötchen. Unsere Tochter ist schon groß. Auf der oberen Hälfte mag ich die Butter dick mit Marmelade drauf. Die untere esse ich mit Aufschnitt. Das zweite Brötchen esse ich mit Edamer oder eingelegtem Fisch. Petra ist ein Schatz. Sie würde alles für mich tun, damit es mir gutgeht. Petra liest dann die Lokalseite. Sie liest gern über Orte, die sie kennt, sonst kann sie mit den Nachrichten nichts anfangen. Sie sagt, ihr fehlt sonst der Bezug. Ich lass mir das dann von ihr erzählen. Für jede Todesanzeige nehme ich mir viel Zeit. Ich überlege lange, ob ich den Toten kenne. Ich bedaure ihn nur, wenn er jung gestorben ist. Wenn er nicht normal gestorben ist. Wenn irgendwas an seinem Tod auffällig ist. Zum Beispiel, wenn keine Ehefrau zurückbleibt und um ihn trauert. Oder wenn er keine Kinder hat. Und tote Kinder gehen mir richtig unter die Haut. Das kann ich gar nicht vertragen. Wenn ein Mensch alt stirbt, dann freue ich mich. Jeden Sonntag gibt es einen Gewinner. Einen ältesten Toten. Mutter war noch nicht so alt.

»Wie alt ist Mutter a-a-a-eigentlich geworden?«, frag ich.

»Einundsiebzig«, sagt Richard.

»Habt ihr eine Todesanzeige aufg-g-gegeben?«, frag ich.

»Kommt am Samstag raus«, sagt Helga.

Die schneid ich mir aus. Sie ist zwar nicht alt geworden, aber wenn sie Glück hat, wird sie trotzdem Tagessieger.

»Da kommt Lilian«, sagt Helga.

Lilian

»Grüßt euch, Kinders. Lasst mich zuerst Mutter ansehen. ... Was sagste dazu! Ein Engel von einer Toten, nich?«, sag ich.

Keiner von uns weint, wir haben alle klare Augen. Ist das Erleichterung? Ich meine, für Mutter? Als der Bestatter Goldstein draußen eben sein Beileid ausgesprochen hat, da hatte ich für eine Sekunde ’nen Kloß im Hals. Aber jetzt sehe ich Mutter da liegen und: nichts.

»Lasst euch drücken«, sag ich und umarme jeden reihum, bis mir dann doch das Wasser in den Augen steht.

»Anna noch nich da, was?«, frag ich. »Wölfchen, mein Gutster, du musst mehr Vitamine essen. Siehst blass aus. Vicki, ach entschuldige, soll dich ja nich so nennen. Wie jeht’s, wie steht’s denn? Die Ziegen? Kommste klar im Moment, was? ... Mensch, meine Helga, komm lass dich drücken. Was machste denn jetzt. Wir finden ’ne Lösung, nich, Richard? ... Jut siehste aus, Richard, richtich jut, ehrlich. ... Ach, Güntherchen, mein Kleener, da wohn wa schon in derselben Stadt und ham nich mal was davon. ... Nee, Kinders, war das wieder ’ne Weltreise! Viermal musste ich umsteigen.«

Günther

Lilian, Möwe, kreischende, kreisende Möwe, sie mag die Großstadt. Kaum dorthin gezogen, fing sie an, uns anzuberlinern. Mich immer durchs Telefon, einmal habe ich Therese mithören lassen, sie sagte, diese Quasselstrippe am Telefon brauche Ventile, Gucklöcher, Öffnungen in Herz und Gehirn, die jemand mit Sperrmüll zugestellt haben müsse. *Jemandes Abfall drückt auf ihre Seele.* Lilian finde ich fast übernatürlich schön. Sie hat mich zu einer Figur in meinem neuen Stück inspiriert. Ihr schwarzes glattes Haar, jetzt ganz kurz, grau durchwirkt, hat einen blauen Schimmer, ihre Augen sind türkis, ihr Gesicht ist symmetrisch, die Lippen voll und gut durchblutet. Sie ist grazil, sehr schmal, aber perfekt proportioniert. Sogar ihre geraden Zähne sind wie ihre makellose Haut: weiß wie Kalkstein. Eine perfekte griechische Mythengestalt, eine Medea. Als Kind war Lilian mir unheimlich. Kann nicht vergessen, wie sie mich minutenlang eiskalt anstarrte, dann vollkommen gefühllos haarsträubende Geschichten erzählte. Meistens ging es um Blut. Einmal erläuterte sie beim gemeinsamen Abendbrot, ich muss so etwa acht Jahre alt gewesen sein, die Herstellung und den Grund für die Beschaffenheit der Blutwurst im Zusammenhang mit der Schöpfungstheorie. Grausige Geschichte von Aderlass und Verstopfung, die sie ohne eine Regung im Gesicht schilderte, während sie eine dicke Scheibe der frischen, herrlich würzigen Blutwurst verschlang, die Mutter immer von Bauer Baldebert bekam. Klang wie eine Rassentheorie, wobei nicht klar war, von welcher Rasse sie sprach. Seit sie ihren Mann, einen linken, jüdischen, ex-amerikanischen Arzt kennt, der 1972 zusammen mit Dean Reed in die DDR gezogen ist, ist sie bekennende Philosemitin und wesentlich milder. Sie lächelt, wenngleich selten. Sie stimmt zu, wenngleich mit einem Aber, doch sie redet zu viel, mehr als vorher, ein Redefluss, der mir fremd vorkommt, mit diesem geliehenen Berlinton, eine verbale Maske. Sie sagt, sie habe seitdem meistens warme Hände, mit Jonathan, ihrem Mann, fließe ihr Blut schneller. Zum Teil durch den Alkohol, der ihren roten Saft etwas flüssiger macht. Aus ihrem Mund hörte ich den treffendsten Satz, der zur Parole der Sozialistischen Internationale werden sollte: »Ein mächtiger Linker ist ein kolossaler Trinker!« Lilian ist vor neun Jahren zu ihrem Mann nach Ostberlin gezogen, oder: Sie hat ihn geheiratet, um nach Ostberlin ziehen zu können. Jedenfalls arbeitet sie dort als Hebamme in einer Poliklinik, hat inzwischen fünf Söhne, alle beschnitten.

Lilian

»Wie ist es passiert, Helgachen?«, frag ich.

Kurz vorm Spätdienst hab ich Helgas Telegramm gekriegt. Ich hab's x-mal gelesen und mit auf die Arbeit genommen, hab's mir in die Kitteltasche gesteckt. Jonathan war nicht erreichbar, seit einem Tag Einsatz im OP. Oder er war wieder versackt. Die Jungs waren schon im Kindergarten und in der Schule. Ich musste die Nachricht allein mit mir rumschleppen. Hab's nur der Oberschwester erzählt, weil ich für heute Urlaub brauchte. Und ausgerechnet gestern kam ein Kind nach dem anderen auf die Welt. Am späten Nachmittag hatte ich sogar drei Frauen auf einmal, die alle kurz vor den Presswehen standen. Ich hab aber bloß zwei Hände und einen Kopp. Ich hab auch bloß ein Herz, Mensch. Und das war schwer. Ich hatte die ganze Zeit Angst, eines der Kinder könnte tot auf die Welt kommen. Das ist bei mir schon passiert. Zum Glück nicht oft. Ich arbeite für das Leben und nicht für den Tod. Ich hab Angst vorm Tod. Wenn ein Kind tot geboren wird, ist das paradox. Das versteh ich nicht. Auch gestern hatte eine Frau große

Probleme, da hab ich schon gedacht, jetzt passiert's wieder. Beim Kind setzten dauernd die Herztöne aus, und sie hatte überhaupt keine Kraft mehr. Stundenlang hat sie sich rumgequält. Ich hatte solche Angst, ich dachte sogar zwischendurch, besser sie stirbt als das Kind. Ich meine das natürlich nicht so. Ich hab ja Erfahrung, und wir haben's am Ende mit 'ner Glocke hingekriegt. Dreimal hatte das Kind die Nabelschnur um den Hals gewickelt, als wär's ihm im Mutterbauch zu langweilig gewesen. Und wenn die kleinen Biester dann plötzlich nach Luft schnappen und anfangen zu atmen und zu zappeln, geht mir vor Freude jedes Mal 'ne warme Dusche den Rücken runter. Ich find's klasse, wie lebendig Mutter aussieht. Ich find's nicht gut, jemanden tot in Erinnerung zu behalten. Gute Arbeit von diesem Goldstein.

»Ach, wisster was, ist doch egal, woran Mutter gestorben ist. Lasst uns nich über ihr Sterben reden. Lieber über ihr Leben, was?«, sag ich.

»Sehr gute Idee, Lilian. Denken wir an Mutters Leben«, sagt Richard.

»Ich muss jetzt aber draußen schnell 'ne Zigarette rauchen«, sag ich.

»Komme mit«, sagt Günther.

Herbert

Großmutter Esthers Augenzeugenbericht. ... Ich versteckte Großmutters Text in den Jahren danach draußen im Toilettenhäuschen hinter einem lockeren Holzpaneel an der Decke. Mutter sagte ich davon natürlich kein Wort. Jedes Mal, wenn ich musste (und ich musste immer öfter), sah ich nach, ob die Blätter noch da waren. Lesen durfte ich es noch nicht. Großmutter hatte gesagt, ich müsse die Zeit abwarten.

Ich las den Bericht im Morgengrauen meines vierzehnten Geburtstags, am 3. September 1944. Ich hatte wieder schlecht geschlafen, die Nächte wurden immer unruhiger. Ich las ihn Seite für Seite, auf dem Klo, immer wieder, bis zum nächsten April. Als Mutter dann Hals über Kopf mit uns in den Westen ging, blieb er im Toilettenhäuschen hinter dem Holzpaneel zurück (obwohl ich wusste, dass wir bald weggehen würden, wurde ich von ihrer Eile überrascht). An meinem fünfzehnten Geburtstag stahl ich Papier aus dem Materialienraum meiner neuen Schule im thüringischen Lauterbach, setzte mich aufs Klo und begann, den Text (wie ich ihn behalten hatte) aus dem Kopf niederzuschreiben. Ich wusste, ich würde eines Tages zurückkehren müssen, um das Original zu holen und um herauszufinden, was mit Großmutter in jener Nacht geschehen war.

In den ersten Jahren malte ich mir noch aus, wem der Text in die Hände gefallen sein könnte. Heute weiß ich, er geriet nicht an den KGB, an die katholischen Kirche und auch nicht an den polnischen Geheimdienst oder gar an die Öffentlichkeit. Gut, dass ich ihn nicht vergraben hatte, denn in den Gärten schauten die meisten neuen Hausherren zuerst nach den zurückgelassenen Schätzen. Leider hatte Großmutter mir an jenem Tag nichts über den Fehler meines Vaters gesagt. Ich hatte aber verstanden, sein grausamer Tod musste etwas damit zu tun gehabt haben. Und eines wurde mir schnell klar: Vater hatte offenbar nie versucht, eine Erklärung für die Ereignisse vom 20. Februar 1919 zu finden.

Günther

»Wie geht's Therese?«, fragt Lilian.

»Kannst es an mir sehen: saugut. Wir arbeiten zusammen an meinem neuen Theaterstück. Sie versteht so viel von Stimmen.«

»Klar, sie hört ja nur. Wovon handelt's?«

»Eine moderne Werther-Geschichte. Eigentlich eine Neufassung. Werther geht nicht in den Freitod, sondern überwindet seinen Liebeskummer, findet ein anderes Glück. Wollte mal was Positives machen.«

Lilian nickt, scheint mit den Gedanken schon woanders zu sein, hängt mit den Augen bereits am nächsten Bild, irgendwo gegenüber neben der Schule. Sie zieht lange an der Zigarette, bis ihre Wangen ausgehöhlt sind, atmet den Rauch in kurzen Stößen aus. Eigentlich müsste sie fragen, welches neue Glück Werther denn findet. Therese hätte das gefragt. Sie würde sich nicht ablenken lassen, sie kann stundenlang zuhören, fragt nach, wenn sie etwas irritiert oder nicht versteht. Therese nimmt nichts hin. Das ist nicht einfach, erfordert von mir gedankliche Präzision …

»Sag mal, haste eigentlich was Richtiges mit Therese? Immer wenn wir uns sprechen, erzählste bloß von ihr.«

»Was meinst du mit richtig?«

»Na, Sex, Geschlechtsverkehr oder wie du's nennen willst.«

Warum sagt sie nicht: Liebe? »Warum sagst du nicht Liebe?«

Sie lächelt mich an. »Güntherchen, das ist jetzt Haarspalterei.«

»Sehe ich nicht so.« Frage mich manchmal selbst, warum ich in all den Jahren nicht mit Therese schlafen wollte. »Du denkst, ich bin schwul?«

»Quatsch! Du kennst mich doch. Und wenn's so wär, wär's mir auch wurscht. Ich bin bloß neugierig.«

»Ich schlaf mit vielen unbekannten Frauen. Da arbeitet nur mein Schwanz. Therese weiß davon nichts. Keine von denen bedeutet mir was, warum also über Bedeutungslosigkeiten reden.«

Was erzähle ich da? Frauen interessieren mich im Grunde nicht so. Männer auch nicht. Als ich vorhin von sinnlichen Erfahrungen sprach, meinte ich nicht nur Sex.

»Haben einmal miteinander geschlafen«, sage ich.

»Einmal?!«

Therese wollte es. Vorgestern, nachdem wir bei ihr noch mal die Dialoge durchgegangen sind. Sie war so aufgewühlt. Vielleicht lag's am Stück, an Werther, an seinen Sätzen, Gedanken, die ich äußerte. Sie bezeichnete mich als Platoniker, aus heiterem Himmel. Sie lachte mich aus. Sie sagte, sie masturbiere manchmal, fragte mich: »Und du?« Erst dachte ich, sie hätte was genommen oder getrunken, aber Therese braucht das nicht. Masturbiere ganz selten, meistens wenn ich besoffen bin. Denke dabei nie an Therese, nur an mich, denke an meine Haut, an den Schweiß auf meiner Stirn, in meinen Achseln, zwischen meinen Beinen, an meinen Brustwarzen entlang, dieser Schweiß, wie er unter meiner Haut entsteht, denke an die Hitze, die meine Schweißdrüsen reizt, meine Gedanken, die von Alkohol getrieben nur bei meinem Körper bleiben. War an dem Abend total gestresst, weil ich Therese nicht unglücklich machen wollte. Machte einfach alles, was sie wollte. Sie, *Therese Stein minus Günther*, war mir plötzlich so fremd, so geil, sie ekelte mich fast. Brauchte lange, bis ich überhaupt wollte, schloss meine Augen, dachte an den Schweiß, an meinen, während sie mich über den ganzen Körper hinweg küsste, streichelte. Ich suchte in Gedanken nicht nach ihren verschwitzten Zonen, weil sie mich nicht erregen würden, *Therese außen minus Günther innen*, dachte nur an mich, und dann ging's. Das war furchtbar, aber schön.

»Erst vorgestern, war etwas ganz Besonderes für mich«, sage ich.

»Sex verjüngt die Liebe«, sagt Lilian, legt ihren Kopf an meine Schulter.

Sage lieber nichts weiter, muss Entscheidungen fällen, eine Lösung finden, wie es mit mir und Therese weitergeht, ob ich das kann, ob ich eine Therapie brauche, ob ich es einfach trainieren soll mit ihr, einstudieren, wie einen Text. Denke morgen darüber nach.

»Wollt ihr nicht wieder reinkommen?«, fragt Helga.

»Sehe da hinten Anna«, sage ich.

Lilian steht auf. »Na, endlich! Komm, lass uns reingehen. Herr Goldstein, wenn Se nich aufhörn, den Käse so in sich reinzustopfen, dann kriegen Se noch Hörner und 'nen Ziegenbart.«

Er lacht. »Besser das, als ein Loch im Bauch und eine Wolfsmähne. Hatte hoite früh keinen Hunger.«

Viktoria schaut aus dem Fenster, winkt Anna zu. Die anderen stehen um Mutters Sarg. Die ganze Zeit still um den Sarg gestanden, still, still.

Richard

Endlich schweigen sie mal. Jetzt ist Anna gleich da, und wir sind vollzählig. Die Zeit schreitet voran, es ist schon nach zehn. Um halb zwölf kommen die Sargträger und müssen den Deckel versiegeln. Und ich wollte so gern, dass hier jeder von uns noch kurz von einem Erlebnis mit Mutter erzählt. Es wäre schade, wenn sie einfach so aus unserem Leben verschwände, so wie ihre Mutter gegangen ist.

»Entschuldigt die Verspätung«, sagt Anna und stellt sich ohne Begrüßung gleich zu uns an den Sarg.

»Annalein ist mal wieder die Letzte!«, sagt Lilian.

Anna sieht Mutter noch immer sehr ähnlich, früher hatte sie so schwarzes Haar wie Lilian. Jetzt hat sie sich eine blonde Dauerwelle machen lassen. Dabei gibt es eigentlich nur dunkles oder rotes Haar in unserer Familie. Wenn das damals mit Eduard nicht passiert wäre und man ihr das Singen und Musizieren nicht verboten hätte, würde sie heute noch ihr langes schwarzes Haar tragen; da bin ich mir sicher. Aber sie brauchte vielleicht nach alldem eine andere Schale, in der sie weitermachen konnte. Wenn Eduard sich jemals wirklich wieder an sie erinnert hätte, wäre er sicher gegen diese Frisur gewesen, sie steht ihr eigentlich nicht. Ich habe ihn schon lange nicht mehr gesehen. Mutter fand gerade seine Gedächtnislücken erfrischend. »Er ist ein glücklicher Mann«, hat sie gesagt und meinte es auch so. Arme Anna, bei dem Geschwätz in der Buchhaltung der Musikschule, das sie sich den lieben langen Tag statt ihrer eigenen Kompositionen anhören muss, und dem Filterkaffee, den sie tassenweise in sich hineinschüttet, greift jede Frau irgendwann zu Färbung und Lockenwicklern. Ein Hohn ist das:

Obwohl er der Mathematiker ist, schlägt sie sich nun den ganzen Tag mit Zahlen herum; und obwohl sie die Musikerin, arbeitet er jetzt acht Stunden am Tag in der Tontechnik des Erfurter Opernhauses und mischt eine Arie nach der anderen.

Anna

Auf Lilians blöde Bemerkung werde ich gar nicht eingehen. Ich schaue lieber erst Mutter an, solange ich das noch kann. Schön, dass ich sie noch mal sehe.

»Mutter sieht gar nicht tot aus«, sage ich.

»Goldsteins Werk«, sagt Richard.

Ewig habe ich sie nicht gesehen. Ich berühre ihre Hände, sie fühlen sich an wie Steine. Doch sie sieht lebendiger aus als wir. Wolfgang ist alt geworden. Alle sieben Jahre, sagt man. Solange habe ich ihn nicht gesehen. Jeder hat sich ein bisschen verändert. Bis auf Günther, ihm scheint die Zeit nichts anzuhaben, aber bei der Schminke kann man sich da kaum sicher sein. Für Helga wird's ohne Mutter schwer. Sie braucht einen Hund, glaube ich.

»Helga, du kannst dir jetzt doch so einen schönen Hund kaufen, wie die Nachbarn ihn haben«, flüstere ich.

»Einen Cockerspaniel?«

»Ja.«

»Und Cowboy?« Sie lächelt nur, und die anderen schweigen. Sie könnte sich auch einer Musikgruppe anschließen. Musik ist das Allheilmittel. Wieso gibt es hier keine Musik?

»Vielleicht singen wir für Mutter? Was meint ihr?«, sage ich.

Sie schweigen, die Banausen.

»Na los, lasst uns Mutters Lieblingslied singen, stellt euch nicht so an! Ich fang an: *In einen Harung dick und lang, bobobo pstada tiralala, der im blauen Atlantik schwamm …* Wieso singt ihr nicht? Singt! … *verliebte sich, oh Wunder, die alte Flunder, die alte* –«

»Heringe schwimmen nich im Atlantik, Annalein«, sagt Lilian.

»Weil du nicht dran glaubst, deshalb nicht. Heringe können noch ganz andere Sachen, meine liebe Lilian, von denen du nicht mal träumst. Sie können die Zeit ohne Uhr fühlen. Ganz präzise, hat mir Eduard erzählt.«

»Dann kauf dir 'nen Hering fürs nächste Mal, damit du nich wieder zu spät kommst.«

»Jetzt will ich dir mal erzählen, liebe Großmaulschwester, warum ich zu spät gekommen bin. Während du mit deinem wohlhabenden privilegierten Arztjuden noch beim Frühstück die Zeitung durchblättern kannst, werden deine süßen Jungs von deinem angolanischen Hausmädchen gefüttert und angezogen. Danach fährt dich dein Göttergatte zuerst mit seinem Lada zum Bahnhof, alle machen noch schön winke, winke, und er bringt die Kinder dann in die Schule. Ich dagegen habe in derselben Zeit die Wohnung gesaugt, Frühstück für fünf gemacht, zwischendurch Wäsche gewaschen und aufgehängt sowie die nächste Maschine gleich wieder gefüllt. Ich habe drei Kinder gekämmt, angezogen, die Schulranzen kontrolliert, zehntausend Fragen beantwortet, nebenbei zwei, drei Dinge für die Reise eingepackt, die Kinder zu Fuß in die Schule gebracht, noch ein kurzes Gespräch mit einem Lehrer geführt und bin dann zum Bahnhof gehetzt, mit der Zeitung unterm Arm, und habe den Zug gerade mal um eine Minute verpasst. Das ist Präzision, Lilian!«

Das muss ich mir von ihr nicht bieten lassen. Ich geh jetzt raus und schnappe erst mal Luft.

»Lass uns doch nich streiten, Anna«, sagt Lilian und setzt sich zu mir.

»Nein«, sage ich und stoße ungewollt einen Seufzer aus.

»Wie geht's?«

»Eduard liegt mit einer Grippe im Bett, hab's nicht früher rausgeschafft. Meine Kinder sind ja schon groß, die gehen die paar Straßen bis zur Schule allein«, sage ich und muss lachen. »Und die Wäsche macht meine Schwiegermutter, ein Segen.«

Lilian grinst mich an und streichelt mir übers Haar. »Wann haste denn die Locken machen lassen? Zusammen sehn wir jetzt aus wie Baccara.«

Ich lache. »Ich wollte mal was anderes probieren.«

»Ich meinte eigentlich, wie's dir geht. Eduard und du, ihr scheint unzertrennlich zu sein. Erst macht ihr so 'nen Krawall und lasst euch scheiden, klebt aber aneinander wie Pech und Schwefel«, sagt Lilian.

»Die Scheidung war ein Versuch, sein Gedächtnis anzuregen. Ich wollte ihm einen Schock versetzen. Ich dachte, durch Abwesenheit könnte ich in seine Erinnerungen zurückkehren. Hat leider nicht funktioniert. Alle haben nur darunter gelitten, vor allem die Kinder. … Weißt du, eine Musikerkarriere kann ich in diesem Leben eh nicht mehr machen, ich spiele zwar noch manchmal zu Hause für die Kinder, aber das ist nicht dasselbe. Ich beschäftige mich seit einer Weile mit Musiktheorie, vielleicht darf ich irgendwann sogar unterrichten. Ich kann Eduard nicht einfach aufgeben, dann bin ich total verschwunden. Ich weiß, ich existiere noch irgendwo in einem unbeachteten Winkel seines Gehirns. Ich glaube nicht, dass Erinnerungen sich einfach so auflösen. Verdammt! Das ertrage ich nicht! Ich lebe schon ohne meine Musik. Aber mich nicht mehr in Eduard wiederzufinden, damit finde ich mich einfach nicht ab! Ich will nicht! Ich möchte so gern, dass er sich wieder an mich erinnert, an mich von damals, dass er mich wieder so anschaut, mir wieder seine Theorien erklärt, von denen ich nicht einen Deut kapiert habe. Ich möchte, dass er wieder so ein Projekt hat wie damals sein Uhrwerk. Er hat mir immer gesagt, dass die Zeit das Salz in allen natürlichen Vorgängen sei, und jeder Vorgang brauche seine Zeit. Wenn ich Geduld habe, dann tauche ich irgendwann wieder vor seinem inneren Auge auf. Das wird meine Wiedergeburt sein. Ich glaube, es hat sich auch schon gelohnt. Stell dir vor, vor ein paar Tagen hat er mir ein Akkordeon geschenkt. Auch wenn das kein Hinweis auf eine konkrete Erinnerung ist. Ich versuche, ihn mit Schwingungen seiner alten Funkgeräte und mit Musik zu stimulieren. Heute Morgen wollte ich einfach das Ende der Kassette abwarten.«

»Komm, lass dich erst mal drücken, Annalein. … Es wird alles gut. Keene Angst. Eduard will sich wenigstens erinnern. Mutter hat dagegen absichtlich vergessen und wollte, dass Großmutter aus unserem Gedächtnis verschwindet oder gar nich erst darin auftaucht.«

»Die andere Großmutter ist doch viel eher aus unseren Erinnerungen verschwunden. Ich weiß nicht mal mehr, wie sie heißt. Wir wissen, sie ist an Typhus gestorben, wir wissen sogar, wo ihr Grabstein steht. Da konnten wir sie getrost vergessen. Solange wir von Großmutter Esther nichts wissen, solange wir keinen Stein haben, müssen wir sie im Kopf behalten.«

»Da haste recht. Ach weißte, dein Eduard ist zwar ein bisschen verwirrt, aber ein guter Mensch, er trinkt nich, er schlägt nich, er ist harmlos. Und auch wenn de recht hast, dass es bei uns finanziell besser geht als bei den meisten und ich Hilfe im Haushalt habe, das würde ich alles hergeben, wenn Jonathan dafür mit dem Saufen aufhören würde. Wenn er besoffen ist, und das ist er inzwischen jeden Tag nach der Arbeit, dann existiere ich für ihn auch nich mehr. Ich lebe praktisch allein mit den Jungs, denen ich auch bald nüscht mehr vormachen kann.«

»Wie stehst du das durch, Lilian?«

»So wie du, ganz einfach. Wir sind Mutters Töchter, Anna, wir lassen uns nich so leicht aus der Fassung bringen. Wie de schon sagtest, die Zeit ist entscheidend. Jonathan wird wieder trocken, irgendwann. Dann spiel ich für ihn auch wieder die erste Geige.«

Ich streiche Lilian über ihren kurzen Haarschnitt. Lange Haare stehen ihr besser. Was soll's.

»Lass uns reingehen, solange wir Mutter noch ansehen können«, sagt sie.

Herbert

Großmutter Esther. Wie erwähnt, hatte ich Großmutter Esther vor ihrem Verschwinden nur vier Mal gesehen (das heißt, jedenfalls soweit ich mich erinnern kann). Das erste Mal sah ich sie am Tag vor Vaters Tod, am 10. Juli 1935, da kam sie zu uns nach Hause. Unser Haus war groß, ganz aus rotem Backstein und mit einem dunkelblauen Dach, zwei Stockwerken und einem großen Boden darüber. Es gab einen Stall ohne Tiere, weil Mutter keine Zeit dafür hatte und Vater und später auch mein Stiefvater sich nicht darum kümmern konnten. Sie waren nie da. Das Haus hatte Großmutters Vater gehört, Großmutter war sein einziges überlebendes Kind. Und weil Mutter die Erste war, die einen Sohn geboren hatte, wurde es ihr überlassen; Großmutter zog zur Miete in ein kleineres Haus. Ich habe mich oft gefragt, wieso sie nicht bei uns gelebt hat. Mutter sagte, sie wollte es so. Großmutter verdiente Geld, das steht fest, aber womit konnten Frauen zu dieser Zeit Geld verdienen? Sie hatte die höhere Mädchenschule besucht, sie war vielleicht gebildeter als der Durchschnitt der Frauen in dieser Gegend, aber welchen Beruf kann sie ausgeübt haben? Was gab es dort schon, was Frauen tun konnten und was genug einbrachte? Schwerindustrie? Mühlenwerk? Brauerei? (Ich stellte mir Großmutter lange Zeit als Angestellte in der Stadtsparkasse vor: Wie sie das Geld zählte und bündelte, wie sie Zahlen in eine Liste schrieb, die sie anschließend abstempelte. Heute kann ich mir das gar nicht mehr vorstellen.)

Sie war damals, an diesem 10. Juli 1935, erst 45 Jahre alt. Ich spielte draußen mit meinem Roller, als eine Frau mit langem grauem Haar vor mir stand. Sie beobachtete mich eine Weile und fragte dann, ob ich Herbert sei. Ich nickte, und sie blickte mich wieder einige Sekunden lang an, bis Mutter, damals 24 Jahre alt, aus dem Haus kam. (Sie umarmte mich nicht, ich wusste ja in dem Moment nicht, dass sie meine Großmutter war, aber heute frage ich mich, wieso umarmte sie mich nicht oder strich mir wenigstens übers Haar?) Auch Mutter umarmte sie nicht. Sie standen einander gegenüber. Mutter bot ihr einen Tee an. Ich ging ihnen nach. Großmutter sagte, Vater müsse sofort aus Lauterbach verschwinden, Bischof Zänker habe die Bauern aufgehetzt, die wollten ihn lynchen. Mutter trank stumm ihren Tee. Dann sah sie zu mir und sagte, es sei für uns an der Zeit zu gehen. Sie wolle noch in dieser Nacht aufbrechen. Wir würden viele Züge wechseln müssen, bis wir das Schiff erreichten, das uns nach Amerika brächte. Großmutter schüttelte den Kopf und lachte. Sie stand auf, umarmte mich plötzlich und flüsterte mir ins Ohr, sie sei meine Großmutter, ich würde sie bestimmt bald wiedersehen, sie müsse jetzt gehen und habe immer wenig Zeit. Ich solle mir wegen Mutters Bemerkung keine Sorgen machen. Zum Schluss sagte sie laut: Würde sie es bloß endlich wahr machen! Sie winkte und ging. (Mutter hatte mir Großmutter nicht einmal vorgestellt. Sie sagte nicht: Herbert, das ist deine Großmutter Esther. Als würde mich das nichts angehen) …

Lilian

»Schön, dass wir uns nun endlich in Ruhe um den Sarg versammeln können«, sagt Richard.

Mensch, wir haben uns all die Jahre nicht gesehen. Wir kommen bloß zusammen, wenn einer stirbt oder heiratet. Komisch, wenn ein Mensch geboren wird, ist das keine Feier wert. Eigentlich bin ich neugierig, wie's allen geht. Vicki bleibt für mich immer ein Rätsel. So allein und ohne Mann und Kinder. Obwohl sie glücklich aussieht. Viel Glück im Leben hat sie nicht gehabt. Aber reden will sie auch nicht.

»Ach, Kinders, das Schlimmste ist, wenn de vom Glück verlassen wirst, so stell ich mir Sterben vor. Da verringerste dich merklich vor den eigenen Augen. Das Blut wird dicker, der Geist indolenter, als hättste 'nen Fuß auf dem Vitalschlauch. Und dann komm' se, die besorgten Blicke der andern, und fragen: ›Was ist los?‹ Wenn das Glück ausbleibt, dann verringert sich automatisch die Lebensgeschwindigkeit. Bis zur Erschöpfung. Bis zum Stillstand kann das so gehen. Dann schneidste dir entweder die Pulsadern auf, dann kannste bloß hoffen, dass das halb geronnene Blut trotzdem noch schnell genug abfließt, oder dann verlässte einfach die Stadt«, sag ich und muss seufzen.

Günther

»Ach, Lilian, wie ich dich vermisst habe«, sage ich.

»Wenn du mir das früher gesagt hättest, Lilian, wäre ich heute unter Umständen schon tot. Das Glück muss man auch vor Weisheiten schützen«, sagt Viktoria.

Lilian stellt sich neben sie, legt den Arm um ihre Hüfte. Ihr Flüstern unterbricht das Knarren einer alten Tür, das es nur in Kinderbüchern gibt, in den alten Schlössern, in denen es nach Zaubertränken riecht: *Hühnerklein, Spinnenbein, Apfelkeim, Krötenschleim, Glitzerstein.*

»Entschuldigen Sie die Störung. Richard, kann ich Sie mal kurz sprechen?« Ein Mann ist aus einem Nebenraum gekommen, aus so einem Nebenraum für nichtöffentliche Angelegenheiten. Ein Mann mit breitem Gesicht, kleinen Augen, schmalen Lippen, so ein Mann, wie man ihm sonst nur in Heizungskellern und Aufzugschächten begegnet, ein Mann, vor dem es normalen Menschen gruselt.

»Ich bin gleich zurück. Nicht streiten, bitte«, sagt Richard.

»Der geht mir mit seinem Benimm auf den Senkel«, sagt Wolfgang.

»Schäfchen zähmen ist sein Beruf«, sagt Helga.

»Was gibt's an Schäfchen schon zu zähmen. M-meiner ist es, Wölfe zu kommandieren.«

»Deshalb wirste auch in der Hölle schmoren, mein Gutster«, sagt Lilian.

»Lieber schmor ich da unten, als da oben 'ne w-w-w-w-weiche Birne zu kriegen.«

Wolfgang kennt Richard nicht, hat nie in sein Innerstes geschaut. Konnte meinerseits als Kind mit Richard auch am wenigsten anfangen, er kam mir eher wie ein

Heiliger vor, nicht wie ein Mensch. War immer klar: Der wird mal Pfarrer. Blickte aber dann eines Tages tief in sein Innerstes. Richard glaubt, ein Teil Luthers sei in ihm wiedergeboren. Jedes Mädchen, jede Frau, die ihm begegnete, verglich er mit Katharina von Bora. Sie sollte rote Haare haben, dunkle Augen, breite Wangenknochen, eine schmale, spitze Nase, schmale Lippen. Er wusste genau, wen er wollte, nein, wie sie aussehen sollte, welchen Götzen er brauchte, ein Bilderverehrer ist er, ein echter Pfaffe. Fast wäre Herbert damals seinetwegen nicht zur Konferenz gefahren, wir waren beide endlich mal wieder gleichzeitig zu Besuch bei Mutter, als uns die unglaubliche Nachricht erreichte: Richard hatte sich verliebt, hatte wenige Tage zuvor seine »Katharina von Bora« nachts vor der schlimmsten aller Kaschemmen in Eisenach getroffen; eine sechzehnjährige Prostituierte, die ihre Tageszeit damit zubrachte, an Klebstofftuben zu schnüffeln. An dem Tag stellte er sie uns vor. Sie roch nach Kohlenkeller, war high wie eine läufige Hündin, saß die ganze Zeit über mit offenem Mund da. Richard freute sich wie ein kleiner Junge über den »Schatz«, den er gefunden hatte. »Sie sieht doch haargenau aus wie die Bora! Sie heißt sogar Katharina«, sagte er. Helgas Blick ging unschlüssig zwischen Mutter und uns beiden hin und her. Vergesse nie Mutters Blick, sekundenlang stumm zu Katharina, dann: »Richard, du bist nicht bei Trost.« Keine Ahnung, wie ich wohl aussah, war einem Lachanfall nahe. Richards Miene zwischen gütig und grantig: »Mutter, selbst die Bora musste damals aus ihrem Nonnenleben befreit werden; ich befreie Katharina heute wieder.« Lachen, nieste zwei Mal vor lauter Überreizung. Plötzlich schloss Katharina den Mund, Richard hatte recht: Mit geschlossenen Lippen glich sie der Bora wie eine Dublette, im Bildnis, abgöttisch. Er wollte Katharina unbedingt heiraten. Mutter bat mich und Herbert um Hilfe. Sollten sie ihm ausreden, sollten die Bösen sein. Sie verlangte, ihn zu Verstand zu bringen, sonst würde es den ihren kosten; wir sahen ihr an, wie ernst sie das meinte. Fanden es umgekehrt leichter, Mutter irgendwie von Katharina zu überzeugen, als Richard, einem Besessenen, von ihr abzuraten, nach all den Jahren der Suche, der Vergleiche. Machten uns noch in jener Nacht eine Liste mit mehr oder weniger schlüssigen Argumenten.

1. Mutter, Katharina flieht vor einem versoffenen, geilen Vater. Richard rettet sie davor und erfüllt sich einen Lebenstraum. Das ist sein Atlantik.

2. Mutter, Richard wird nie wieder so eine echte Bora finden. Irgendwann wird er sich von Gott verlassen fühlen, das Amt noch an den Nagel hängen und zu saufen beginnen.

3. Mutter, wir haben uns eingehend mit Katharina befasst und festgestellt, dass sie tatsächlich eine Heilige ist und uns nur herausfordern will. Richard ist es natürlich sofort aufgefallen. Siehst du.

Mutter überzeugte das Argument Nummer 4: Mutter, sieh dir doch Richard mal an. Endlich hat er eine Frau gefunden, die in gewissen Teilen des Lebens erfahrener ist als er. Daraufhin brach sie in Gelächter aus, wieherte, gackerte, sagte, der erste Schock habe sich schon gelegt, er solle machen, wonach ihm die Pfaffennase stehe. Richard steckte Katharinas Eltern, armseligen, asozialen Alkoholikern, Geld zu, erwirkte damit die Erlaubnis. Einen Monat später heirateten sie, Katharina wirkte nüchtern, benutzte die Klebstofftuben wohl bloß noch, um mit Kindern nach der Schule zu basteln. Da war Herbert leider schon tot.

Viktoria

Jetzt scheint die Sonne herein, im steilen Winkel. Sie zeichnet einen Pfad auf den Holzboden vom Fenster bis zum Sarg. Es riecht so unnatürlich, kommt diese Luft von draußen? Weshalb kommt mir dieser Sonnenschein hier drinnen so merkwürdig vor? Warum steht überhaupt das Fenster offen? In einer Kirche ist das so paradox wie die Floskel »fromm und frei«, als würde man vor einem nackten Prediger sitzen.

»Warum steht denn das Fenster offen?«, frage ich.

»Mutter wollte das so«, sagt Helga.

»Haste recht, Vicki, da geht das Innengefühl verloren, da fühlste dich wie in ’nem zerbrochenen Ei, aus dem man bloß noch rausschauen kann. So verloren muss sich ein Embryo fühlen, wenn die Fruchtblase geplatzt ist. Dieser schreckliche Moment der Irritation, der Orientierungslosigkeit und der Entlassung. Obwohl ich seit Jahren Kinder auf die Welt bringe, hab ich den Grund für diese grausame Eröffnung des Lebens bis heute nich begriffen«, sagt Lilian.

»Logisch wäre dann, wenn man am Ende des Lebens wieder irgendwo hineinkriechen könnte. Ich meine nicht in den Sarg; der ist bloß eine billige Lösung. In etwas Organisches, Schönes, Warmes, Sicheres am Ende, in etwas Natürliches«, sage ich.

»Oder in ein Raumschiff. Würde das Sterben wirklich erträglicher machen, vielleicht wieder zu erträglich«, sagt Günther.

»Das mit dem Raumschiff g-g-gefällt mir. Aber es ist ja unerschwinglich«, sagt Wolfgang.

Das stimmt uns nachdenklich. Keiner sagt was, wir alle stehen an einer Seite des Sargs, dem offenen Fenster gegenüber, und betrachten Mutter. Richard kommt gerade wieder und stellt sich zu uns. Er schüttelt den Kopf und sieht sich konzentriert in der Kirche um. Gerade will ich ihn fragen, da legt er den Finger auf meine Lippen und schließt die Augen. Wie ich so was hasse! So sähe also Ölbild Nummer 2 aus: Ein überirdisches Sonnenlicht schlägt Falten in die Trauergesichter einiger Geschwister; ein paar Sekunden lang baden sie darin mit geschlossenen Augen und stehen da wie die Orgelpfeifen: Viktoria am Fußende des Sargs, neben ihr und einen Schritt außer der Reihe Wolfgang, dann Lilian, Anna, Richard mit dem Finger auf meinem Mund und der Miene einer afrikanischen Riesenschildkröte, Helga neben ihm und schließlich Günther, die falsche Therese im taillierten Kostüm und mit schwarzen Blockabsätzen.

Herbert

Großmutter Esther. ... Wir brachen nicht zum Atlantik auf, und Vater wurde am nächsten Tag auf offener Straße erschlagen. Großmutter Esther sah ich erst zwei Jahre später wieder, an meinem siebten Geburtstag, am 3. September 1937. Wo sie sich in der Zwischenzeit aufgehalten hatte, wusste Mutter nicht. In ihrem Haus traf ich sie nie an. (Mutter fragte nicht nach ihr und brauchte sie nicht. Sie hatte einen Monat nach Vaters Tod Walter Stamm, meinen Stiefvater, getroffen und ihn ein halbes Jahr später geheiratet. Vier Monate darauf kamen Wolfgang und Viktoria auf die Welt.) Großmutter tauchte an diesem Tag ebenso unvermittelt auf wie zwei Jahre zuvor. Diesmal fuhr sie einen Wagen, einen nagelneuen Opel Olympia (ein Prachtstück). Ich verließ gerade die Schule, als Großmutter mit dem Auto auf mich wartete. Sie wollte mir zur Feier des Tages die Wetterstation zeigen und dort mit mir ein Picknick machen, sie sagte, der Tag sei ideal. Ich erwiderte, ich müsse Mutter Bescheid geben, sie warte mit dem Essen. Großmutter umarmte mich und behauptete, Mutter wisse Bescheid. Nach der Besichtigung der Station schenkte sie mir zum Geburtstag ein kleines Teleskop und meinte, so etwas brauche jeder, der über den Himmel hinauswolle. Wir aßen. (Großmutter hatte Knackwürste, Gurken, Brot und Äpfel dabei.) Sie gab sich wie eine Großmutter. (Aus heiterem Himmel.) Ich hatte so viele Fragen an sie. (Und sie fütterte mich mit Knackwürsten.) Und sie stellte eine nach der anderen. Zur Schule, zu Walter, zu den Zwillingen und schließlich zu Mutter. Endlich fand ich die Pause, um auch eine Frage zu stellen. Ich fragte sie, warum Mutter nie über sie redete und ob sie ihre Tochter nicht mögen würde. Ich weiß noch, wie Großmutter lachte. Ihre Antworten hatte ich damals nicht wirklich verstanden, als hätte sie das gewusst, ich habe sie aber nicht vergessen und verstehe sie heute umso besser. Mutter sei früher ein wunderbar eigensinniges Mädchen gewesen. Viel eigensinniger als ihre Schwestern. Fast über Nacht sei sie dann aber normal geworden. Wie die meisten Frauen hier. Sie habe bloß noch von den Kerlen geredet und dabei ihren Traum aus den Augen verloren. Deshalb habe Großmutter sie aber nicht ins Internat geschickt, sie habe gehofft, sie würde aus ihrem Eigensinn mehr machen. Natürlich habe sie nie gedacht, Mutter würde wirklich nach Amerika gehen. Den Mut habe sie nicht (den Satz hörte ich Großmutter mein Leben lang sagen). Das traue sie ihr nicht zu. Aber eine besondere Lebensaufgabe schon. So wie sie selbst eine habe. Sie könne es nicht ertragen, Mutter so zu sehen, es tue ihr weh und erinnere sie an das, was sie sich erspart habe. Deshalb lebe sie nicht bei uns. Ich redete ihr ins Wort und fragte sie, welche Lebensaufgabe sie denn habe. Sie lächelte und antwortete, das erkläre sie mir später einmal. Es sei nichts, was sie auf einer Wiese sitzend einem siebenjährigen Naseweis in wenigen Minuten begreiflich machen könne. Alles zu seiner Zeit, sagte sie. Als Entschädigung brachte sie mir das Autofahren bei. Auf der Waldstraße nach Lauterbach fuhr ich Großmutter am Steuer des Opel Olympia bis zur Dorfgrenze. (Ich fuhr wohl nicht mehr als 15 Kilometer in der Stunde, damals aber hatte ich das Gefühl zu fliegen.) Großmutter kurbelte das Fenster herunter, steckte ihren Kopf hinaus und sang etwas in dieser mir bis heute fremden Sprache. Ab der Dorfgrenze fuhr sie mich den Rest des Weges bis nach Hause. Sie wollte nicht mit ins Haus kommen, küsste mich nur und fuhr wieder weg. Mutter trat aus der Tür und ohrfeigte mich. Großmutter hatte gelogen, sie hatte Mutter nicht Bescheid gesagt. Ich musste sofort ins Bett, von wo aus ich mit meinem Teleskop die Sterne beobachtete und mich fragte, ob die überhaupt voneinander wissen oder in irgendeiner Beziehung zueinander stehen. Da kam Mutter mit einer heißen Schokolade und einer Kerze, gratulierte mir zum Geburtstag und schenkte mir eine große Weltkarte, die ich mir gleich an die Wand heftete. Ich entschuldigte mich, erzählte aber nicht, dass Großmutter mich angelogen hatte, ich wollte sie nicht verraten. Ich zeigte Mutter das Teleskop. Sie war nicht böse, es gefiel ihr. Sie habe sich immer gewünscht, einmal ein solches Geschenk von ihrer Mutter zu bekommen. Die aber habe sie immer nur ausgelacht. (Mutter tat mir so leid in dem Moment, weshalb ich ihr vorschlug, sofort die Sachen zu packen und gemeinsam nach Amerika aufzubrechen. Sie lachte und nickte und sagte, morgen sei auch noch ein Tag) …

Lilian

»Dass der Vopo da draußen nich aufhören kann, die armen Kinder zu schikanieren, dieser Schinder. Seht euch das mal an! Der durchsucht ihre Schulranzen und beschlagnahmt die Kostüme und die Schminke. An so einem wichtigen Tag. Der schickt sie zum Umziehen glatt wieder nach Hause, der Blödmann. Siehste, jetzt weint se. Ja, da siehste schön blöd aus, dummer Vopo. Da kannste ihr die Wange tätscheln bis übermorgen. Das kann doch Breschnew nich gewollt haben. Wolfgang, sag du doch auch mal was dazu. Das ist doch unmenschlich!«, sag ich.

»Was soll ich dazu sagen. Fasching gibt's jedes J-J-J-Jahr. Genosse Breschnew stirbt nur einmal.«

»Aber Fasching ist Tradition! Kinder brauchen Fasching. Mit Toten veranstalten die hier mehr Zirkus als mit Lebenden. Die armen Kinder! Auf den Tag haben sie sich das ganze Jahr gefreut«, sagt Anna.

»T-T-T-Tradition für wen, fragt sich«, sagt Wolfgang.

Günther

»Für die Lebenden. Für die mit wenig Bewegungsraum, geistigem wie physischem. Für Menschen, die nach einer anderen Realität streben. Der Tod darf nicht das Leben bestimmen, Wolfgang. Auch Breschnews Tod nicht. Seine Zeit ist um, unser Leben geht weiter«, sage ich.

»Was redest du da? Er ist ein Held«, sagt Wolfgang.

»Ein Held für wen, fragt sich«, sage ich leise.

»Für die, die ihm dieses L-L-L-Leben verdanken«, sagt er.

Richard zieht an meiner Hand, ich soll es dabei belassen. Zwinkere ihm zu, sage deshalb: »Mutter ist gleichzeitig mit Breschnew gestorben. Jetzt klopfen die beide zusammen an die Himmelspforte.«

»Schöne Bescherung!«, sagt Helga kichernd.

»S-s-s-so ein Unsinn! Aber Respekt, dass dir das auch auffällt, VV«, sagt Wolfgang grinsend.

»Breschnew schmort doch in der Hölle«, sagt Anna.

»Hör auf zu provozieren!«, sagt Richard.

»Verkleiden darfste dich heute nich, aber verstellen doch?«, sagt Lilian.

»Du verwechselst verstellen mit benehmen«, sagt Wolfgang.

»Ich lege mich gleich neben Mutter, wenn das so weitergeht. Wie lange stehen wir noch hier in der kalten Kirche herum?«, sagt Viktoria.

»Schade, Herbert ist nicht mehr da«, flüstere ich.

Richard

»Hört auf zu meckern! Wir stehen nicht bloß in der Kirche herum, sondern nehmen Abschied von Mutter. Helga hat sich diese Aufbahrung gewünscht, und Goldstein hat sich solche Mühe gegeben, Mutter noch mal Leben ins Gesicht zu zaubern. Auch wenn das nicht allen gefällt, könntet ihr wenigstens das bisschen Trauerarbeit leisten«, sage ich laut.

Und was machen sie? Sie verziehen nur den Mund. Wenn das so weitergeht, wird Mutters Begräbnis noch zum Komödiantenball. Anstatt Mutter anzusehen und ihrer zu gedenken, ist doch jeder hier nur mit sich selbst beschäftigt. Wir könnten uns Geschichten über Mutters Leben erzählen, statt bloß mit verschränkten Armen demonstrativ in der Kirche auf und ab zu gehen und wie Häftlinge darauf zu warten, wieder entlassen zu werden. Aber wer nicht mehr an das Leben nach dem Tod glaubt, für den haben diese Rituale eben ihren Reiz verloren. Gott sei Dank sind die Schwager und Schwägerinnen nicht auch noch mitgekommen.

Günther

Stehen, stehen, stehen. Gedenken, gedenken, gedenken. Was will Richard? Sehe eine Tote in Lebenskostüm, die mich nicht zum Weinen bringt, vielleicht weil sie zu lebendig aussieht. Sehe nicht Mutter, sondern die Erinnerung an sie.

»Herbert sagte mal zu mir, Mutter wird nur uns hinterlassen. Wir selbst seien das Erbe«, sage ich.

Sehe das jetzt auch so. Andere Mütter und Väter reden von sich, von der Sippe, vermachen die beschriebene, gegerbte Gänsehaut ihres schweren Lebens plus noch etwas Geld. Mutter hinterlässt keine Vergangenheit und kein Geld. Mutter hinterlässt bloß Gegenwart und das Blau ihres Atlantiks, das Blau des Westens, wie sie es nannte. *Blau wie der Verstand. Blau wie der Wille, wie die Aussichten.* Tiefblau. *Glutblau.* Aber jeder hat doch auch ein Recht auf Vergangenheit, hatte ich mal zu Mutter gesagt. »Jeder auf seine«, hatte sie geantwortet.

Viktoria

Wir stehen hier in der kalten Kirche herum, starren auf eine Tote. Das ist ungefähr so blöd, wie stundenlang einen Misthaufen anzuglotzen. Als ob da Mutter liegen würde. Na gut, die Idee von Richard vorhin, sich Geschichten über sie zu erzählen, finde ich besser, denn in ihnen liegt Mutter jetzt noch am ehesten. Im Apfelbaum vor ihrem Haus oder in ihrem Wellensittich ist inzwischen mehr von ihr als in diesem Kadaver hier. Und das Schlimmste ist, der riecht nicht mal nach Kadaver. Mutters Leiche verströmt einen Geruch von Formaldehyd und Lavendelparfüm. Als ob sie zu Lebzeiten jemals so gerochen hätte. Nichts an ihr ist mehr natürlich, da könnte man gleich eine eingelegte Gurke anstarren. Eine Abart ist das, den Hinterbliebenen als letzten Anblick das lebensechte Bild einer synthetisch aufgetakelten Leiche vorzusetzen, das sie dann jahrelang nicht mehr aus dem Kopf kriegen können. Mir hat keiner was von dieser Aufbahrung gesagt. Aber ich halte lieber meine Klappe.

Helga

Mit der Aufbahrung hab ich es gut gemeint. Ich wollte an die lebende Mutter erinnern und keinen verärgern. Wenn ich die Augen schließe, seh ich prompt Mutters Wellensittich Cowboy vor mir. Ein azurblauer Vogel mit schwarz-grauen Flügeln und Kappe, mit weißem Gesicht und schwarzen Koteletten, ein Süßer. Der größte Teil seines Wortschatzes stammt aus dem Western *Hängt ihn höher*. Cowboy ist immer Mutters zweites Ich gewesen, vielleicht auch ihr einziges. Sie hat ihn so genannt, weil er so ein »frecher Vogel« ist, ein Draufgänger. Er hat sich gleich Zugang zum ganzen Haus verschafft, hat in der ersten Nacht den Käfig aufgebrochen und sich ganz oben auf die Wohnzimmerlampe gesetzt. Er ist dort mehrere Tage sitzen geblieben und hat den Wohnzimmertisch vollgekackt. Mutter hat Cowboy mit einer Wasserpistole angespritzt, um ihn runterzuscheuchen, aber er hat das da oben genossen, hat sich Wasser aus der Tasse oder der Badewanne geholt und ausschließlich grünen Salat und Schwarzbrot direkt vom Tisch gegessen. Dann nach einer Woche hat Cowboy schon die zwei Worte gesagt, die Mutter am häufigsten benutzte: »Hej, du!« Und eine Woche später die drei, die sie am zweithäufigsten benutzte: »Sag mal was.« Und das musste sich ausgerechnet Mutter den ganzen Tag anhören. Sie hat es mit der Zeit auch immer weniger gesagt, hat viel öfter gepfiffen, damit Cowboy auch was anderes lernt. Heute verfügt er über einen beachtlichen Wortschatz, neben dem aus dem Eastwood-Film auch noch über einiges aus *Bonanza*. Vor allem seit Günther Mutter den Videorekorder und die Kassette dazu gebracht hatte, lief der Eastwood bei uns mehrmals wöchentlich. Cowboy sagt zum Beispiel: »Ich brauch 'nen Drink«, und fliegt gleich zum Wassernapf. Oder er kreischt »Hände hoch!«, und wenn einer seine Hände nicht hochnimmt, dann imitiert Cowboy einen derart echten Schuss, dass man zuerst vollkommen verstört an sich runterschaut. Wann immer sie konnte, schaute Mutter sich jeden Western im Westfernsehen an.

»Ich muss gerade an Cowboy denken. Ich hoffe, er kommt ohne Mutter klar«, sag ich.

»Ach, Tiere haben dem Menschen oft so viel voraus. Und Pflanzen erst! Ich musste an Mutters Apfelbaum vorm Haus denken. Der trägt auf der Höhe des Schlafzimmers die meisten Äpfel, als hätte er sie da extra für Mutter produziert. Sie pflückte sie jedes Jahr überall dort, wo sie vom Haus aus hinreichte. Und jedes Jahr wurden es an diesen Stellen mehr«, sagt Viktoria.

»Cowboy hat schon viele Sommer auf diesem Baum verbracht, er fliegt zum Fenster rein und raus, ist aber noch nie weggeflogen«, sag ich.

Schon wieder verschwindet Richard ins Hinterzimmer, ohne zu sagen, warum. Was geht hier vor?

Günther

»Was glaubt ihr, habt ihr von Mutter abgekriegt?«, frage ich.

»Genetisch meinste?«, fragt Lilian.

»Kenne mich mit der Genetik nicht so aus, vielleicht ja. Meine jedenfalls den Charakter, das Aussehen, das Sichtbare«, sage ich.

So intensive Blicke auf Mutters Gesicht, jetzt, als Tote – als Lebende blickte sie keiner von uns so an –, als könnten wir jetzt noch etwas erfahren. Nein, sie bleibt stumm, friedlich, war nie an einer Weltbewegung interessiert. Wenn sie aufgewühlt war, was nicht oft vorkam, weil sie nicht neugierig war, keine Nachrichten verfolgte, als Letzte von etwas Notiz nahm, und wenn, dann bloß aus einem Augenwinkel, dann, wenn beinah alle es schon wieder vergessen hatten, wenn also nun diese wenigen veralteten Meldungen sie dann doch in Rage versetzten, begann sie Kartoffeln zu schälen, vor sich hin zu singen; fünf Kilo Kartoffeln schälte sie meist. Die mussten anschließend aufgegessen werden. Wehe nicht! So gelangte ihr Kummer auf geheimnisvolle Weise in unsere Mägen. Kann Kartoffeln bis heute nicht mehr unbeschwert essen; sie erregen in mir immer einen Verdacht. Muss wissen, wer sie geschält hat, sie bereiten mir schon mein Leben lang Verdauungsprobleme. Schlimmer noch, sie führen in der ganzen Familie zu heftigen Verstopfungen. Ahne schon, Helga hat zum Leichenschmaus Kartoffelsuppe gekocht.

»Ich habe Mutters Nase und ihren sch-sch-sch-starken Charakter«, sagt Wolfgang.

»Ich habe ihre Haare, ihre Haut, vielleicht noch ihre Hände«, sagt Viktoria.

»Ich hab von Mutter die Beine geerbt, leider«, sagt Helga. »Und ihre Träume, die hab ich auch gekriegt. Ich hab Cowboy.«

»Eduard hat früher gesagt, ich hätte von ihr das weiche Lächeln, nur das, sie lächelte nicht oft«, sagt Anna.

»Und was denkst du?«, frage ich sie.

»Keine Ahnung. Von wem ich die Liebe zur Musik und das Talent zum Singen habe, vielleicht eher von Großmutter. Vielleicht konnte auch Vater singen, wer weiß. Mutter konnte überhaupt nicht singen. Ich hab's halt irgendwie abgekriegt. Meinen Hintern, jedenfalls, habe ich inzwischen von der Konditorei, an der ich täglich nicht vorbeikomme.«

Lilian lacht. »So kannste der Genetik auch 'nen Streich spielen. Ich glaube, uns allen hat se auf jeden Fall ihr Stehvermögen vermacht.«

Schweigen legt sich über die Gedanken. Jeder macht seine Reise zu sich selbst, berührt die Meilensteine, die Mutter in ihm hinterlassen haben könnte. Stehvermögen, Unbeugsamkeit, Eigensinn, Beharrlichkeit … Inkonsequenz. Das erreicht man, wenn man weiterdenkt, ob linear oder assoziativ oder dialektisch. Das hängt mit dran am Erreichten. Diese Inkonsequenz, die in Mutters Stehvermögen so unsichtbar mitschwang, ist das eigentliche Erbe von Elfriede Stamm-Bluhme, geborene Wiehler. Die steckt in ihrem Namen. Und die steckt in jedem von uns. Hielt Herbert als Einzigen von uns nie für inkonsequent. Aber konsequente Menschen sterben früher, sehe das heute so. Inkonsequenz gehört wie Beharrlichkeit zum Überleben, vor allem zum Glück. Da hat Viktoria recht, vor allem das Glück muss man vor Weisheiten schützen. Wären wir konsequent, hätten wir Mutter niemals erlaubt, über Großmutter Esthers Leben zu schweigen. Wir hätten fragen müssen. Und dann? Wie würde ich dann dastehen? Und Wolfgang und Richard? Dann wären wir dran mit Schweigen. Einer muss schweigen, sonst geht die Geschichte nicht weiter.

Herbert

Großmutter Esther. ... Zum dritten Mal in meinem Leben sah ich Großmutter am 17. Mai 1938 in der Bücherei. Ich musste ein Referat über ein Tier aus dem heimischen Wald vorbereiten und hatte mir den Habichtskauz ausgesucht (weil ich mir so einen immer für zu Hause gewünscht hatte, wenn Mutter ihn nicht so unheimlich gefunden hätte; sie sagte, er sähe aus wie ein verdecktes Suchgerät für die Spionageabwehr). Ich wartete gerade auf meine zwei Bücher und malte an einem Porträt des Vogels, als ich Großmutter Esther an einem Regal über Technik stehen sah, mit einem Aktendeckel unterm Arm. Ich sprach sie an, sie war überrascht (nicht unangenehm etwa), sie umarmte und küsste mich gleich. Sie setzte sich zu mir. Als ich sie fragte, wo sie so lange gewesen sei, sagte sie bloß, im Ausland und sie werde mir das irgendwann alles erklären. Wann, fragte ich. Wenn ich genug gelernt hätte, sagte sie. Ich fragte sie, was sie denn an Technikbüchern interessiere. Da öffnete sie den Aktendeckel (dabei fiel das Foto eines Mannes heraus, das sie sofort unkommentiert wieder zurücksteckte) und zeigte mir eine technische Zeichnung. Sie fragte mich, ob ich mir darunter etwas vorstellen könne. Meine Begeisterung für Technik hielt sich schon damals in Grenzen. Ich beschäftigte mich viel lieber mit Tieren (später mit Menschen, aber das ist ja zwangsläufig so). Mich interessierte, wie und warum Kriege geführt wurden, nicht womit. Und dieses Ding auf dem Papier sah aus wie etwas, was fliegen kann, weil es einer Turbine ähnlich war, aber es könnte genauso gut eine Bombe gewesen sein. Es hatte keine Ähnlichkeit mit irgendeinem fliegenden Tier auf diesem Planeten, das wunderte mich. Es hatte die Form eines Kegels, der für eine Bombe eigentlich über einen zu großen Durchmesser verfügte. Deshalb tippte ich auf ein fliegendes Gerät, vielleicht für vier bis fünf Menschen, den Maßangaben nach zu urteilen. Aber was wusste ich schon? Großmutter sagte jedenfalls noch, sie stelle die Nachforschungen im Auftrag von jemand anderem an.

Nachdem ich meine Bücher ausgehändigt bekommen hatte, kam sie mit zu uns nach Hause. Mutter war nicht böse, dazu war sie zu schwach, sie lag noch mit Lilian im Wochenbett. Ich setzte mich an den Küchentisch und begann mit der Vorbereitung des Referats. Großmutter ging zu den Zwillingen, die noch keine zwei Jahre alt waren. Sie seufzte, schüttelte den Kopf und streichelte sie über die Wangen. Sie fragte Mutter, wie es Walter gehe, wie sie mit den Kindern klarkomme, wie es ihr gehe (das fragte sie erst zum Schluss). Und Mutter, wortkarg, wie sie war, sagte bloß, es laufe alles gut, solange Walter noch Geld nach Hause bringe. Das tat er. Sie kümmere sich gut um uns, sagte ich, weil ich Mutter imponieren wollte. Sie sprach nur von Amerika. Wenn Walter und sie genug Geld zusammenhätten, sagte sie, dann käme er zurück, und wir gingen alle zusammen nach Amerika. Auch er wolle weg, weil man hier nicht genug verdiene. Großmutter stand in der Tür und sah sie lange kritisch an. Dann machte sie für uns alle Abendbrot. Beim Essen betrachtete ich Großmutter genau. Ich dachte, vielleicht könnte ich irgendetwas aus ihrem Gesicht herauslesen. Sie sorgte sich. Ich konnte sehen, dass sie mit etwas beschäftigt war, das war aber auch schon alles. Während des Essens wurde bei uns nie viel geredet. (Es wurde auch nie gebetet. Es herrschte Nachdenklichkeit. Und das Nachdenken verdarb mir nicht selten den Appetit.) Und so kam es, dass Großmutter schon wieder fortmusste und sagte: »Wenn es irgendwann gar nicht mehr geht, kannst du die Kinder auch mal zu mir bringen, wenn ich da bin.« Mutter sagte: »Du bist nie da.« Großmutter antwortete: »Bald wahrscheinlich viel öfter, als dir lieb ist.« Sie küsste jeden von uns und ging. Von da an lief ich täglich an Großmutters Haus vorbei, um zu sehen, ob sie da war. Wann dieses Bald kommen würde, von dem an sie öfter da sein werde, das hatte sie nicht gesagt …

Viktoria

»Du schaust uns an, als hättest du gerade eine Begegnung der dritten Art gehabt. Eben haben wir über Mutter gesprochen, und du warst nicht da. Ist was?«, sage ich zu Richard, der aus dem Nebenraum zurückgekommen ist.

Ich hasse diesen geheimnistuerischen Gesichtsausdruck! Langes Gesicht, zusammengepresste Lippen, vielsagender Blick. Den hat Richard geübt, seit er aus den Augen gucken kann. Für diesen Blick ist er wahrscheinlich sogar Pfarrer geworden. Na gut, da hat man am meisten Verwendung dafür, da kann man ihn kultivieren. Wie er diese Lippen aufeinanderpresst und absichtlich an uns vorbeischaut, da könnte ich ihn umbringen, diesen großtuerischen Sittenprediger. Dazu faltet er dann noch die Hände vor dem Bauch, hält den Rücken gerade, macht seinen Hals steif, sagt aber keinen Ton.

»Mensch, spuck's aus, Richard!«

»Das gehört jetzt nicht hierher, lasst uns bei Mutter bleiben.«

»Na los, rück schon raus damit! Das hältste ja nich aus!«, sagt Lilian.

Jetzt kommt dieser unheimlich schwere Seufzer. Hier zeigt er sein wahres Gesicht. Ein Peiniger des Verdachts ist er. Wenn auch sein Schulwissen »unter aller Sau«

war, wie Mutter immer sagte, hat er sich durch seine Gutmensch-Qualifikationen bis an die Spitze einer Glaubensgemeinde gearbeitet; für die Wissensgesellschaft hat es eben nicht gereicht.

Anna

»Sind irgendwo Ufos gelandet, oder was soll dieses Getue, Richard?«, frage ich. »He, Cowboy, was machst du denn hier?«

Erst dachte ich, draußen hätte jemand geschossen, heute ist ja alles möglich, und jetzt sehe ich, Cowboy ist ausgebüxt und hat sich ans geöffnete Kirchenfenster gesetzt. Wahrscheinlich ist er durch die angelehnte Toilettenluke rausgeschlüpft, meint Helga. Sie rennt aufgeregt zum Fenster. Cowboy flattert hilflos durch die Kirche und versucht immer mal eine Landung auf Mutter. Er spürt wahrscheinlich diese Kälte, die von ihr ausgeht, und dreht eine neue Runde. Schließlich setzt er sich auf den offenen Fensterflügel.

»Der arme Cowboy, wie soll er ohne Mutter weiterleben?«, frage ich, pfeife und zwitschere, versuche ihn zu mir zu holen.

»Marshall-Mister-Reno«, krächzt er laut und schießt wieder. Hoffentlich wird nicht der Grüne draußen aufmerksam, das fehlt uns noch.

»Schsch, Cowboy, komm her, na komm, Süßer, komm zur Anna. Ps-ps-ps. Komm, komm her, Cowboy. Ps-ps-ps«, sage ich.

»Lass mich mal. Ich kenne das schon. Hey, Cowboy! Aufsitzen!« Der hört aufs Wort, wenn Helga mit ihm spricht. Jetzt sitzt er auf ihrer Schulter.

»Hört Cowboy nur auf so blöde Kommandos?«
»Du kennst doch Mutter.«
Jetzt schießt der wieder! »Schsch, aufhören!«
»Lass das Schießeisen stecken, Cowboy!«
»Mein Gott, wie Mutter den abgerichtet hat!«
Er kommt auch bei Helga nicht zur Ruhe, kreist wieder wie ein Geier über dem Sarg.
»Hey, Cowboy, aufsitzen!«, sage ich, aber er fliegt hoch zur Decke und setzt sich auf den Stuck.
Ach du liebe Zeit, Cowboy kackt auf die Mariafreske. Auch wenn ich nicht religiös bin, finde ich das doch ein bisschen entwürdigend. Schließlich ist sie, mal ganz untheologisch gesagt, der Inbegriff der Reinheit, und auch wenn es sich bloß um das Kackhäufchen eines dummen Vogels handelt, geht das jetzt zu weit.
»Cowboy, komm da runter! Ps-ps-ps. Aufsitzen, na los, du Vieh! … Helga, hilf mir doch mal, Cowboy hat auf Maria gekackt, hol ihn endlich da runter!«
»Hey, Cowboy, auf den Boden!« Cowboy fliegt zu Mutters Sarg und setzt sich auf die Kante. Da bleibt er. Vorerst.
»So. Richard, raus mit der Sprache. Was sollte diese konspirative Miene vorhin?«, frage ich.

Richard

»Gut, aber ganz kurz: Dieser Mann, den ihr eben gesehen habt, heißt Martin und ist ein sehr erfinderischer Ingenieur aus Mihla. Er hält seit einiger Zeit hier im Dachstuhl Fledermäuse«, sage ich.
»Und? Was ist dabei?«, fragt Viktoria.
Günther klatscht affektiert und lacht.

Wolfgang geht mich natürlich sofort an. »Was?! D-d-d-deswegen machst du so ein blödes Gesicht!«

Ich weiß, ich sollte besser schweigen. Vor allem Wolfgang fehlt es an Vorstellungskraft.

»Wollt ihr nun weiterhören oder nicht?«

»Na los«, sagt Viktoria.

»Also, Martin, dieser brillante Ingenieur, untersucht hier seit einigen Jahren vermittels dieser Fledermäuse und mithilfe von Spezialgeräten, ich kenne mich damit nicht aus, sogenannte bio-photone Energiefelder in der Kirche. Er ist gerade hier und jetzt am Werk, versteht ihr?«

»Nö!«

»Was für Felder?«

»Wozu denn das?«

»Das hat doch was mit Ufos zu tun?«

»Was soll der Quatsch? Willst du uns jetzt etwa so 'nen m-m-m-mysteriösen Mist auftischen?«

»Halt den Rand, Wolfgang. Lass ihn erklären.«

»Wenn ihr alle durcheinanderredet, kann keiner irgendwas verstehen!«

»Schscht, Menschenskinder, Mutter ist tot.«

»Was de nich sagst, Helga. Aber warum darfste in Gegenwart der Toten eigentlich bloß flüstern?«

»Das hat nichts mit Ufos zu tun. ... Er geht Strahlungen nach, Wärmestrahlungen, Schwingungen. Sagen wir ruhig, unsichtbaren Existenzen, bio-photonen Existenzen«, sage ich.

»Du meinst, er könnte auf diese Weise Gottes Anwesenheit, zum Beispiel, bei der Andacht als Energiefeld sichtbar machen?«, fragt Helga.

»So ein Quatsch! Komm, K-K-K-Cowboy, erschieß mich! Wenn ich heute Morgen gewusst hätte, dass ich mir so einen Stuss anhören muss, hätte ich lieber eigenhändig das Attentat auf den P-P-P-Papst verübt«, sagt Wolfgang.

»Jetzt red mal Klartext, Richard«, sagt Anna.

»Während seiner Messungen seit heute früh, also seit wir Mutters Sarg aufgebahrt haben, hat er, wie er sagte, ungewöhnliche, geradezu enorme Bewegungen unter den Fledermäusen und auf seinen Messgeräten verzeichnet. Er kann das nicht deuten und wollte mir das nur mitteilen. Meine Interpretation wäre: Es könnte sich bei der momentan hohen Dichte an bio-photoner Energie vielleicht um unsere Ahnen handeln«, sage ich.

Sie sehen mich an, als würde ich ihnen das Blaue vom Himmel erzählen, als würde ich sie zum Narren halten. Dabei ist es nunmal so, nicht wahr, dass die Familie sich zu einer Beerdigung vereint, wer soll denn sonst noch zu wem gehören. Oder nicht? Mit wem rede ich eigentlich? Natürlich teilen wir uns hier in zwei Lager. Wolfgang, Lilian und Günther, die grinsen und schütteln den Kopf. Viktoria, Helga und Anna, die sehen einander mit funkelnden Augen an. Ich stehe hier natürlich auch zwischen den Stühlen. Gott braucht keine bio-photone Energie für seine Anwesenheit. Aber andererseits, vielleicht ist das gerade in diesen materialistischen Zeiten sein Angebot an uns. Martin ist hier vom diensthabenden Pfarrer offiziell nur geduldet, obwohl der durchaus am Erfolg des Experiments interessiert ist. Der Bischof darf davon aber nichts erfahren, deshalb hat man ihm den Raum als Hobbyraum zur Verfügung gestellt, für den er monatlich ordentlich spendet. Vor einigen hundert Jahren hätte man ihn dafür auf den Scheiterhaufen gebracht.

»Wenn du von unseren Ahnen sprichst, meinst du damit auch Herbert?«, fragt Helga.

»Wie bitte?«

»Helga sagte Herbert, ob der auch hier über uns schweben könnte?«, feixt Günther.

»Und Großmutter Esther?«, fragt Viktoria sehr ernst.

»Ich glaube, wir sollten uns nun wieder auf Mutter konzentrieren, wenn wir jetzt auch noch mit Großmutter Esther anfangen, gibt es wieder Streit«, sage ich.

Günther

Was tun die Menschen hier nicht alles, um ihrer tristen Realität zu entkommen. Bio-photone Energien! Als reichte die sichtbare Welt nicht schon. Viele heimliche Ufoforscher soll es hier geben, eine Gruppe Templer soll sich hier irgendwo treffen. Ein anderer Ingenieur aus Bischofroda soll an einer Zeitmaschine bauen. Helga sagt, sie gehe einmal in der Woche zur Séance bei einer Freundin. Die Menschen flüchten hier in unsichtbare, imaginäre Welten, forschen heimlich in ihren Kellern, entwickeln Geheimsprachen oder Surrogate, die sichtbar oder unsichtbar machen können. Anna sagt, Eduard verbringe fast jeden Nachmittag bis zum Abendbrot im Keller. Das machen fast alle Männer hier so. Der Nachbar soll sich zusammen mit Eduard eine umfangreiche Funkanlage in den Keller gebaut haben. Aber mit wem sprechen die dann?

»Sagen wir mal, Richard hat recht. Sagen wir, Herbert ist wirklich anwesend. Sollten wir ihn dann nicht begrüßen und fragen, was damals passiert ist?«, frage ich.

»Ich wüsste nicht, wie«, sagt Anna. »Gib mir die Technik, und ich mach's.«

»Dann können wir auch gleich Großmutter begrüßen

und ihr alle Fragen stellen, die uns Mutter nicht beantworten wollte«, sagt Helga.

»Zum Beispiel?«, frage ich.

»Wer bist du?«, fragt Helga ernst.

»Ach du liebe Zeit! Seht mal, was Cowboychen da angerichtet hat!«, ruft Lilian.

Cowboy sitzt auf Mutters Stirn, hackt in ihren Haaren, ihrem Gesicht herum. *Pick, pick, das Leben von ihr ab, pick.*

Herbert

Großmutter Esther. … Zum vierten und vorletzten Mal sah ich Großmutter am 2. Mai 1939. Ich war mit Mutter und den kleinen Geschwistern, die ich in einem großen Kinderwagen schob, auf dem Markt, weil Walter am nächsten Tag auf Kurzurlaub kommen sollte und sie die Speisekammer aufstocken wollte. Ich schaute gerade lange auf einen Sack mit süßlich duftendem Tabak, da sah ich Großmutter mit drei Männern in Anzügen und Mänteln, mit Hüten und Sonnenbrillen aus einem Haus kommen. Ein Mann trug eine Aktentasche und führte so einen Bullterrier neben sich an der Leine. Ich rannte zu ihr, hörte noch, wie Mutter mir irgendetwas nachrief, und Großmutter erschrocken aufblickte, als sie mich auf sie zulaufen sah. Je näher ich kam, desto deutlicher konnte ich die Gesichter der Männer erkennen, unbekannte zuerst, dann wieder doch nicht – einen hatte ich schon einmal gesehen, wusste aber erst nicht, wo, bis mir das Foto aus dem Aktendeckel wieder einfiel, den Großmutter letztes Jahr in der Bücherei dabeigehabt hatte. Die Männer verschwanden sofort in einem der nächsten Häuser, und Großmutter empfing mich mit offenen Armen. Als ich sie fragte, wer die Männer gewesen seien, sagte sie bloß: »Weder Teufel noch Engel.« Die Frage, was sie mit denen zu schaffen habe, beantwortete sie nicht mehr, weil sie wieder so viele Fragen an mich hatte. Dann kam auch schon Mutter mit dem Kinderwagen, ohrfeigte mich, weil ich ihn einfach stehen gelassen hatte. Sie grüßte Großmutter kurz, sagte, sie habe es eilig, und zog mich hinter sich her. Großmutter winkte und schaute mir mitleidig nach. Da sah ich sie zuletzt vor meinem neunten Geburtstag, am 3. September 1939, an dem sie bereits spurlos verschwand.

Helga

Ein entsetzlicher Anblick. Cowboy hackt wie wild auf Mutter herum.

»Mutter!«, sag ich laut, als hätte ich vergessen, dass sie tot ist. Der freche Cowboy hat Mutter ein paar unschöne Löcher im Gesicht beschert, wie eine Mondlandschaft sieht es jetzt aus.

»Cowboy! Tsch, tsch. Verzieh dich!«, ruf ich und laufe zum Sarg. Wenn das Mutter sehen würde. Sie hätte mich angeschrien. Keiner durfte Cowboy herumscheuchen, er war ja praktisch sie selbst. Er sollte alles machen, was sie nicht konnte. Sie wollte ihm beibringen, irgendwann über den Atlantik zu fliegen. Das hat dem Vogel eine Menge Rechte eingebracht. Er kam noch vor mir und allen anderen.

»Helga, Mutter ist tot. Und Cowboy ist einfach einsam«, sagt Viktoria.

»Das ist mir egal. Dieses Vieh soll aufhören, Mutter kaputt zu machen!«

»Mutter ist schon kaputt«, sagt Anna und hält mich fest.

Cowboy ist vollkommen außer sich und krallt sich verängstigt am Stuck fest.

»Wir schauen Mutters Leiche doch sowieso kaum an, der Sarg wird bald zugemacht, und dann sieht's ja keener mehr«, sagt Lilian. Aber für diesen Satz hab ich kein Verständnis.

»Ich will, dass Mutters Leiche heil bleibt! Ich will sie so in Erinnerung behalten und nicht zerlöchert«, sag ich und merke, wie meine Lippen zittern. Ich will sie doch so lebendig mitnehmen, wenn das klappt, was Cassidy und Farnsworth gestern vorgeschlagen haben. So kann ich Mutter doch nicht rüberbringen!

»Weißte Helga, unter dieser Maske hier ist der Verwesungsprozess schon längst losgegangen«, sagt Lilian.

»Helga, komm. Ist ja gut. Also, dann schlage ich vor, wir bitten Goldstein, das fix wieder herzurichten«, sagt Richard.

»Dann frag ihn, bitte«, sagt Lilian.

»Frag du ihn, bitte«, sagt er.

Lilian

Also frag ich ihn. Eben haste Goldstein noch wie so 'nen steinernen Löwen vorm Eingang gesehen, jetzt hörste den plötzlich im Wagen schnarchen. Er sieht aus wie einer von diesen hässlichen Zwergen aus unsren alten Kinderbüchern. Ihm wachsen Warzen am Hals und an den Händen. Ekelhaft. Das kommt von den vielen toten Häuten. Ich könnte nie mit Toten arbeiten. Von mir aus können die den Sarg schließen und basta.

»Herr Goldstein, hören Se bitte! Wachen Se auf.«

»Guten Tag, Bestattungen Goldstein, einziges Institut –«

Er braucht eine Weile, ich hab ihn aus dem Tiefschlaf gerissen, er sagt seinen Telefonspruch auf, den ich hier für reine Zeitverschwendung halte; es ruft sowieso keiner an, die Leute gehen direkt hin, er ist ja der Einzige in der Gegend, aber das sitzt bei ihm richtig tief. Ich berichte ihm kurz, was passiert ist. Er zischt dabei so komisch durch die Zähne, dass es einem schlecht werden kann.

»Ich kann das repräparieren, wenn Sie sie herbringen.«

»Jetzt werden Se nich verrückt! Nun, kommen Se doch schnell mit rein und erledigen das drin.«

Er betritt keine Kirche, sagt er mir noch mal. Basta. Den kalten Wind hier draußen könne er noch eher ertragen als die dicke Luft da drin. Ich sage ihm, er sei doch kein Religiöser und solle sich nicht so anstellen. Das sei hier beruflicher Art. Da kurbelt der mir doch glatt das Fenster vor der Nase hoch.

Günther

So andächtig geht Helga zur Holzbank, sinkt auf den äußersten Platz. Empfinde plötzlich Mitleid mit ihr. Unfassbar, sie hat Tränen in den Augen, wirkliche Tränen. Helga kann sich nicht verstellen. Richard hat sie zu Recht wahrhaftig genannt, ich fügte noch naiv hinzu, was nichts anderes sagen, es bloß garstig meinen will. Muss sie umarmen. Warum nur sie, keine Ahnung, sie tut mir derart leid, als wäre sie gestorben, weil Helga irgendwie schutzlos ist, arglos. Während der Umarmung müsste uns ein Spotlight anstrahlen. Brauche hier mehr Dramaturgie. Wo ist die Technik, der Ton? Nein, auch die Sonne scheint jetzt nicht dramatisch auf uns herab. Der helle Lichtstrahl trifft auf Helgas Handtasche, entdecke sie neben einem Balken nahe der dunklen Nische.

Die Sonne weiß wohl gerade nicht, wo sie hinleuchten soll? Vermute darin: keine geheimen Dokumente, keine Waffen, keine verdächtigen Fotos, kein Bündel Geldscheine, ach Helga, nicht mal einen Schundroman, ein prall gefülltes Adressbuch oder einen benutzten Slip. Womöglich: nur einen Kamm, Frisiercreme, ein gebügeltes Taschentuch, ihren Personalausweis, ein Zehnerpack Busfahrkarten in einer Geldbörse mit einem Fünfmarkschein und Passbildern von Neffen und Nichten, ein Kopftuch und einen gewaschenen Apfel. Aber: keinen schwarzen Kugelschreiber mit dem eigenen Namen eingraviert, keinen Notizblock von Braugold und keine Schachtel Zigaretten, was fast jeder hier bei sich trägt. Halt. Da lugt aber ein geschlossenes dickes Kuvert heraus. Ein Geisterbrief. Vielleicht vom bio-photonen Phantom höchstpersönlich.

Richard

Es beruhigt mich ein wenig, dass Lilian diesen Goldstein auch nicht in die Kirche bewegen konnte. Ich dachte schon, es hätte an mir gelegen. Lilian schlägt vor, einfach den Sargdeckel zu schließen und ein Foto von Mutter draufzustellen, aber Helga, Günther und Wolfgang finden das geschmacklos. Helga ist schon wieder den Tränen nahe, sie kann und will Mutter einfach nicht loslassen. Ich hätte dieser Aufbahrung besser nicht zustimmen sollen. Aber jetzt gibt es kein Zurück mehr. Viktoria und Anna sind auf Lilians Seite; was für abgebrühte Frauen gibt es in unserer Familie. Was würde Mutter machen? Sie sehen mich fragend an, sie wollen, dass ich entscheide. *Was hätte Luther getan?* Cowboy sitzt immer noch ganz verängstigt oben auf dem Stuck.

»Ich finde Lilians Idee, offen gesagt, auch nicht passend. Vielleicht versuchen wir noch einmal alle zusammen, an Goldsteins Herz zu appellieren. Was denkt ihr?«, sage ich.

Nicht, dass meine Idee auf Begeisterung stößt, aber sie bietet wenigstens einen Ausweg. Und sie zwingt uns endlich wieder zu gemeinsamem Handeln. Ich gehe sogar freiwillig als Erster durch die Tür nach draußen, führe die Bande sozusagen an. Ich kann nicht leugnen, das für den Moment des Weges ordentlich zu genießen. Dann stellt Wolfgang sich wieder an die Spitze und will versuchen, mit Goldstein zu reden.

»Guten Morgen, Geno…, Herr Goldstein. Sehen Sie, in unserem Vaterland sind wir alle deshalb so g-g-glücklich, weil der Sozialismus die menschenunwürdigen Unterschiede zwischen uns aufgehoben hat und uns alle gleichstellt. Sehen Sie, deshalb kann sich jemand wie ich ohne Probleme in einer K-K-K-Kirche aufhalten, ohne sich diskriminiert oder bedroht zu fühlen, weil auch diese K-K-Kirche inzwischen nichts weiter ist als ein normales Haus. Der Sozialismus neutralisiert einfach alles, verstehen Sie, mein l-l-l-lieber Herr Goldstein. Sie können beruhigt sein, in diesem Land ist sogar ein Jude kein richtiger J-J-J-Jude mehr. Ich meine, er ist natürlich noch ein Jude, aber das bedeutet hier nicht mehr dasselbe, weil jeder im Sozialismus willkommen ist, der den Sozialismus will«, sagt er und lächelt aufrichtig.

Wir, einschließlich Goldstein, brauchen ein, zwei Sekunden, um uns diese Ansprache zu vergegenwärtigen. Goldstein kurbelt auch sofort das Wagenfenster wieder hoch. Ich blicke Wolfgang bloß fassungslos an, Viktoria und Anna regen sich auf, Helga wimmert. Und Günther mit seiner Perücke und seinem Zweiteiler verliert ausgerechnet hier draußen die Fassung und beschimpft ihn laut als linken Fundamentalisten, was ja sofort die Aufmerksamkeit des Polizisten auf sich ziehen kann. Ich hole schnell alle in die Kirche zurück und schlage vor, den Sarg gemeinsam zu Goldstein nach draußen zu tragen.

»Ich will ihn lebend«, krächzt Cowboy plötzlich von da oben. Die Vorstellung, diesen Tag auch noch mit diesem Wellensittich durchstehen zu müssen, macht mich fast wahnsinnig, da kann ich nur auf Gottes Beistand hoffen.

»Sie ist schon tot, mein Kleener«, sagt Lilian und versucht, ihn sich auf ihre Schulter zu holen. »Hey, Cowboy, aufsitzen!« Und er kommt tatsächlich. Hoffentlich bleibt er da.

Herbert

Mutter. Ich frage mich, was ich über meine Mutter sagen kann. Es sollte mir im Grunde leichter fallen, über meinen Vater zu sprechen, als spiegelten sich Männer lieber im Leben der Väter. Aber alles, was ich über meinen Vater berichten kann, ist schnell erzählt. Wenn ich über mich erzählen will, muss ich über Mutter sprechen, und das ergibt das dialektische Bild, sagen wir, einer platonischen Hure. Aus meiner heutigen Sicht waren die meisten Frauen dort damals so (ausgenommen vielleicht Großmutter): stark in der Moral des Leibes und schwach in der des Geistes. Dem Mann waren sie treu und sich selbst eine Hure. Ich hätte es umgekehrt besser gefunden, vielleicht wäre auf diese Weise der Welt einiges erspart geblieben.

Mutter hatte einen starken Willen, war aber verschlossen. Zugegeben, ich interessierte mich damals nicht wirklich für ihren Seelenzustand. Kein Junge um mich herum sprach mehr über seine Mutter, als für sein Heranwachsen nötig war. Je älter ich wurde, desto mehr kam mir der Traum vom Auswandern wie ein wolkenloser Himmel vor, den sie von Zeit zu Zeit anseufzte. Sie tat nichts, was jemand tun müsste, um sich diesen Traum zu erfüllen. Und damals wanderten zwei Familien aus der Umgebung tatsächlich nach Amerika aus. Mutter hätte, wie Großmutter das wohl wollte, eigenes Geld dazuverdienen müssen, um überhaupt genügend für die Reise zusammenzubekommen. Denn Vater brachte nur gerade genug zum Leben. Sie aber engagierte sich in jeder freien Minute ehrenamtlich bei den Freimaurern.

Von dem Tag an, an dem Großmutter verschwand, zog Mutter sich noch mehr in sich zurück. Von Auswanderung hörte ich einige Jahre gar nichts mehr. Dafür wurde sie immer strenger mit uns, als wollte sie ihre Enttäuschung an uns auslassen. Ich sorgte mich um Großmutter, ich vermisste sie. Ich sagte sogar einmal zu Mutter, dass ich glaubte, Großmutter sei nach Amerika gegangen. Obwohl ich nicht dachte, sie hätte uns dann nicht mitgenommen. Je weniger Mutter über Amerika und Großmutter reden wollte, desto mehr dachte ich darüber nach. Ich fragte Mutter in größeren Abständen, ob Großmutter jetzt wohl tot sei. Und sie sagte darauf, wenn sie tot sei, dann hoffe sie, Großmutter habe rechtzeitig für ihre Seele gesorgt. Jeder müsse hier in diesen Teufelszeiten schon im Leben für seine tote Seele vorsorgen. Nie werde ich vergessen, wie ich im *Breslauer Anzeiger* einmal die Annonce eines Berliner Seelsorgers, ich glaube aus dem Jahr 1943, gelesen habe: *Angst um Ihre Seele nach dem Tod? Profitieren Sie von meinen langjährigen Erkenntnissen dazu gegen Einsendung von M 1,– franko. Dr. Dr. theol. phil. nat. Walther L. Friedrich sen., Seelsorgeberatung.* Was für ein Titel! Ausgerechnet dieses Inserat hatte Mutter sich angestrichen. Die Zeitung lag noch wochenlang offen auf dem Fenstersims. Ich weiß nicht, ob Mutter das Porto jemals abschickte, eine Antwort erhielten wir jedenfalls nie. Um aber von Mutters Seelenzustand zu erzählen, muss ich über ihre Männer sprechen.

Viktoria

Familienölbild Nummer 3: Sieben, ein Glück nicht neutralisierte, total unterschiedliche Kinder, mehr oder weniger in Schwarz, bis auf Günther und den blauen Wellensittich Cowboy, tragen ihre nun auf ewig im Osten gefangene, weil hier gestorbene Mutter im atlantikblauen Kostüm, den Blick gen Himmel, im offenen Sarg aufgebahrt und mit ihrem gefiederten Alter Ego auf einer der Töchter Schultern aus der sozialistisch-evangelischen Kirche in den Leichenwagen eines ehemaligen Kapojuden.

Im Wagen: schwarze Kunstlederbezüge. Es riecht nach Chemie und toter Maus. Der Kofferraum ist so groß wie eine Anstaltszelle. Goldstein grinst schadenfroh; er hat gewonnen. Er beteuert, wir hätten Glück, weil er seinen zweiten Präparationskoffer nicht immer dabeihabe. Nur ich und Lilian, die immer noch Cowboy auf der Schulter trägt, schauen ihm beim Präparieren zu; auch wenn ich selbst nicht weiß, warum ich mir das antue. Goldstein schluckt unentwegt, als liefe ihm dabei das Wasser im Mund zusammen, oder vielleicht ekelt er sich auch und unterdrückt nur seinen Brechreiz. Mutters Wiederherstellung dauert nicht länger als zehn Minuten, die ich als reine Vergeudung betrachte. Vorsichtig tragen wir Mutter im Sarg wieder zurück in die Kirche.

Richard

Jetzt kann es Gott sei Dank weitergehen. Ein paar Minuten Gedenkzeit haben wir ja noch.

»Wollen wir uns für die letzten Minuten der Aufbahrung vielleicht einfach um den Sarg versammeln und uns in Ruhe von Mutter verabschieden?«, frage ich.

Endlich sind sie mal still! Und der Vogel hat sich auch beruhigt.

Anna

Auch des Edlen schlummernde Gebeine hüllt das Dunkel der Vergessenheit, Moos bedeckt die Schrift der Leichensteine, und sein Name stirbt im Lauf der Zeit. Hm, hm, hmhm. Richard sagt, unsere Ahnen sind gerade mit uns. Unbekannte Tote, keine Grabsteine, jedenfalls nicht, dass ich davon wüsste. *Lass ruhn, lass ruhn die Toten …* Wie ging das? Diese Ahnen tauchen nicht in meinen Erinnerungen auf, als hätte sie jemand ausgebrannt, mit Elektroschocks. Ich denke nicht an sie, nur an Großmutter, und auch nur manchmal, wenn es dazu kommt. Die Ahnen sind verschwunden, wie ein Lied ausgeklungen. Verschwinden ist schmerzhaft. Ist das überhaupt möglich? Dort unter der Decke könnten sie also schweben und uns zuschauen.

»Meinst du, die schweben da oben unterm Gewölbe?«, sage ich leise zu Günther, muss aber lachen, denn wer kann die Frage schon beantworten.

»Und dabei liegt Mutter ja noch hier, die müsste dann auch dort herumschweben«, sagt Helga.

»Gute Frage: Liegt sie da?«, flüstert Günther.

»Wie meinst du das?«, frage ich ihn.

»Sie ist nicht mehr. Nur ihr Leichnam. Eigentlich liegt sie nicht mehr hier. Zumindest rein philosophisch kann man nicht mehr von ihr als Existenz sprechen, sondern nur von ihr als Erfahrung und Abbild. Wobei auch die Erfahrung so eine Sache ist. Man müsste hier, glaube ich, von einer Erfahrung in der Vergangenheit sprechen. Oder von einem Abbild des Unsichtbargewordenen eher, denke, das käme hin. Hier liegt ihr dreidimensionales Abbild des Unsichtbargewordenen oder des Nicht-Seins im Sein. Allerdings, wie sollte man sich diese Energie erklären? Wenn sie tatsächlich hier oder da … also ist … ist wirklich schwer zu glauben«, murmelt mir Günther ins Ohr, was er damit allerdings sagen will, ist mir schleierhaft.

»Wisst ihr, ich habe irgendwo gelesen, dass jeder Mensch mit einem bestimmten Ausdruck im Gesicht stirbt, in dem man die große Wahrheit seines Lebens erkennen kann«, sage ich laut.

»Oder die Lüge«, sagt Viktoria.

Viktoria

Mit der Bemerkung habe ich sie ganz schön verunsichert. Wie sie Mutter anstarren! Das ergäbe das nächste prächtige Ölbild, Nummer 4: Sogar Wolfgang blickt sie an. Und ab und zu schaut einer ganz verstohlen nach oben an die Decke. Helga blickt eine Weile auf Mutters gefaltete Hände, berührt sie mit der Hand und sieht sich dabei suchend im oberen Luftraum um. Je länger ich jedes einzelne Gesicht meiner Geschwister betrachte, desto mehr kann ich diese vermeintlich erkannten Wahrheiten oder Lügen sich darin spiegeln sehen, als hätten sie sich nach Mutters Tod da hineinvererbt, irgendwohin mussten sie ja, um noch mal auf die Erbschaft zu sprechen zu kommen. Wolfgangs Gesicht ist voller Spott; seine Augenbrauen angehoben, an den Augen links und rechts kleine lustige Falten, sogar die Grübchen sind an ihn weitergegangen, aber kein Lachen, sondern nur ein ganz breiter, gerader Strich, der sein Kinn so ein bisschen nach vorn verschiebt. Lilian, die Selbstgewisse, macht auf einmal eine ängstliche Miene, na so was! Ihr Mund steht offen, ihr Blick ist eingefroren, die Nasenlöcher geweitet. Die horizontalen Falten sehen aus wie Linien im Schulheft mit dem Bericht vom Wochenende bei Opa. Und Anna, ach du meine Güte! Ihr sonst so abgeklärter Blick ist nun um die Dimension des Flehens reicher geworden. Zähne fest zusammengebissen, Lippen klein und schmal aufeinandergepresst, und die Augen an der Realität vorbei. Doch am erschütterndsten finde ich Richards Mienen-Erbschaft; er steht da wie Pius IX. Seine Augenbrauen scheinen buschiger und dichter an den Augen zu liegen, sein Blick ist kalt und starr; um den Mund herum hat sich dieser unheimliche Krater gezogen. Aber ich weiß nicht, wen ich mehr bedauern soll, wenn ich sehe, wie sich Günthers sonst so abwesendes Gesicht in eine Mitleidsmiene verwandelt hat. Armer Philosoph. Und Helga, sie hat scheinbar nichts abbekommen; sie blickt bloß jeden an, wie immer lieb und neidisch, und starrt dann wieder fast besinnungslos an die Decke. Na gut, wer weiß, welche Erbschaft ich angetreten habe.

»Was ist denn jetzt los?«, ruft Richard. Da draußen geht ein Rasseln, Pfeifen, Schreien, Sirenengetöse los.

»Es ist 11:11 Uhr, Kinders!«, sagt Lilian.

Auf der Straße toben Kinder aller Altersgruppen mit

Masken oder Perücken, als Indianer, Cowboys, Hexen und Engel auf der Straße herum und machen einen Krach, dass einem die Äpfel vom Baum fallen könnten. Kein Wunder, gleich nebenan ist die Schule. Der Polizist versucht ziemlich zwecklos, Herr über die maskierte Horde zu werden.

»Was macht der denn da draußen? Klettert der etwa auf den Fahnenmast?«, frage ich.

»Vopo, das glaubste nich, willste tatsächlich von da oben Ordnung schaffen?«, sagt Lilian.

Da verliert er beinah den Halt, kann sich im letzten Moment noch an der Fahne festhalten. Die Kordel scheint aber an den Ösen morsch geworden zu sein, der Stoff reißt von der Stange, und er stürzt auf das Blumenbeet, na gut, keine drei Meter. Die abgelöste Fahne breitet sich wie ein Fallschirm über ihm aus. Plötzlich stößt Wolfgang unwillkürlich die Hacken zusammen und salutiert. Das male ich auch in Öl, Nummer 5. Wir lachen, können es uns nicht verkneifen.

»Tot kann er nicht sein«, sagt Helga.

»Aber das war ein echter Salto mortale«, sagt Anna.

»Und sofort auf dem Rücken gelandet, noch dazu unter einem immergrünen Magnolienbaum und einer Landesflagge. Wie ein Pionier«, sagt Günther.

Na gut, der Polizist ist am Leben, aber bevor er sich wieder auf die Beine stellen kann, sind die Kinder schon über alle Berge. Jetzt ist es wieder schön ruhig. Gleich ist die Aufbahrung zu Ende. Ein Glück!

Herbert

Mutter und Vater. Wie mein leiblicher Vater, der evangelische Pastor Matthias Dehmel, ins Leben meiner Mutter getreten ist, muss ich mir aus ihrer kurzen Bemerkung dazu selbst zusammenreimen. Als ich sie fragte, wie sie sich kennengelernt hätten, sagte sie, nicht im Vollbesitz ihrer geistigen Kräfte, aber aus schierer Notwendigkeit heraus. Sehr wahrscheinlich ist, dass es im Spätherbst 1929 passierte, nach dem großen Börsencrash und mitten in der Weltwirtschaftskrise. (Ich sehe Mutter vor mir, noch rebellisch und eigensinnig und endlich 18 Jahre alt, mit ihrem Traum, bald in die freie Welt zu gehen – der aber gerade vor ihren Augen am Horizont der Unsicherheit und des Hungers untergeht. Sie traut sich nicht, sie will aber ihr eigenes Leben leben und sucht sich den erstbesten Halt, der ihr begegnet.) Wie es ihr passieren konnte, in der damaligen Zeit von ihm, einem Geistlichen, schwanger zu werden, ohne mit ihm verheiratet zu sein, muss ebenfalls in diesem Zusammenhang gesehen werden. Auf meine Frage antwortete Mutter nur, sie sei jung und schön gewesen, so wie er. Sie war umwerfend schön mit ihren langen roten Locken und den stechend grünen Augen. Vater war braunhaarig, eher schmächtig und klein (so wie ich), ein typisch vergeistigter Mensch, der nicht gerade vor Vitalität strotzte, eher ein kontemplatives Leben führte. (Er wirkte auf sie anfangs vertrauenswürdig, sie versprach sich Geborgenheit, da bin ich heute sicher.) Sie muss ihn sich eines Tages einfach geschnappt haben, anders kann ich es mir nicht erklären. Dass sie das bald bereute, konnte ich ihr immer ansehen und weiß es von Vater, den ich vor seiner Ermordung im Juli 1935 nur einmal in meinem Leben gesehen hatte, jedenfalls kann ich mich nur daran erinnern, ich war fast fünf Jahre alt, es muss der 5. Juni gewesen sein. Vater hatte vier Jahre vorher in der Dorfkirche den Johanna-Orden gegründet, weil er Großmutters Augenzeugenbericht gelesen hatte. Damals erzählte er mir, wie ich geboren wurde, und er erzählte vom Geburtstag Johanna Schmidts am besagten 20. Februar 1919, dem Tag, von dem auch Großmutters Bericht erzählt. (Jedenfalls habe ich das so bis heute in meinem Gedächtnis.) Ich glaube, die Aufzeichnungen wären wohl nie in Vaters Hände gelangt, hätte mich nicht am Tag meiner Geburt dieselbe Hebamme auf die Welt gebracht, die mit Großmutter Esther gemeinsam Zeugin dieses überirdischen Geschehens gewesen war: Emma Grimm. Sie jedenfalls hat meine Geburt ins Register eingetragen. Ich rekonstruiere mir das heute so: Vater war gegen Mutters Wunsch dazugekommen; er hatte nie ein Kind gewollt, konnte sich das gar nicht vorstellen, aber er war Christ und wollte Mutter beistehen. Sie verweigerte sogar sein Heiratsangebot (sie konnte sich ein Leben mit ihm nicht vorstellen, ich schon). Als die Hebamme mich dann im Arm hielt, damit Vater mich anschauen konnte, weil Mutter eingeschlafen war, soll sie gesagt haben, ich sähe fast aus wie die kleine Johanna. Sie sah Mutter schlafen, so wie damals die Mutter von Johanna, bekreuzigte sich, blickte durch das Fenster zum Himmel und hoffte, dass mir nicht einmal das Gleiche blühen würde wie ihr. Die Hebamme küsste mich dreimal auf die Stirn. Vater wurde natürlich sofort neugierig, und Emma Grimm erzählte ihm von diesem Ereignis, von der kleinen »heiligen« Johanna, ihrem schrecklichen Schicksal und dem Augenzeugenbericht. Sie bat ihn, einen redlichen Geistlichen, sich einmal ein Bild davon zu machen. Daraufhin gab sie ihm die Abschrift, die Großmutter damals vom Original für sie angefertigt hatte …

II Der Trauerzug

Günther

Halb zwölf auf den Glockenschlag genau, ein kilometerlanger Trauermarsch liegt vor uns. *We were just the nameless souls that sit inside wishing that we were someone on the outside.* Wir stehen wie Mannequins einer Herbstmützenkollektion vorm Kirchentor. Viktoria in Wolle, Helga mit Tuch auf dem Kopf und Cowboy auf der Schulter, Lilian mit Baskenmütze, Richard jetzt mit Barett zu seiner Amtstracht. Mein Kopf wird von der Perücke warm gehalten. Wolfgang ganz ohne Kopfbedeckung, ohne militärische, ohne zivile, lieber den kalten Wind um die Ohren pfeifen lassen. Sein Kopf, ein kleiner behaarter Eierkopf. Wirkte von Geburt an anziehend, so dass oft Soldaten auf der Straße ihm oft zum Spaß ihre Mützen oder Helme aufsetzten. Ob es daran gelegen hat? Kein Priester, kein Maler, kein Bankier, kein Jude, kein Koch und auch kein Magier ist jemals auf diese Idee gekommen, vielleicht noch ein Förster oder ein Jäger. Wolfgangs Kopf eignet sich bloß für eine militärische Kopfbedeckung. Anna zieht noch eine unmodisch gewordene schwarze Kunstfellkappe heraus, ein Modell aus den 60ern. Identifiziere zwei Kopfformen in unserer Familie: den eben erwähnten Eierkopf plus das kugelrunde Mondgesicht, geschlechterübergreifend verteilt. Mutter trug nur Kopftücher. Wie Helga – oder Helga wie sie. Mondgesicht von schwarzblau kariertem Polyester umgeben, Mutters Look in der kalten Jahreszeit. Die vier freiwilligen Sargträger kommen, tragen schwarze Zylinder, halten den weiß gestrichenen Eichensarg verblüffend leicht auf ihren Schultern, als hätten sie ihn gerade aus ihren Hüten gezaubert. Kein weißer Hase, nur ein Sarg.

»Ich habe die Träger gebeten, Mutters Sarg bis nach Bischofroda zu tragen, die Herren sind stark und geübt. Der Sargwagen ist heute außerdem in Mihla. Herr Goldstein, lassen Sie Ihren Wagen einfach an der Kirche stehen, bis wir zurück sind«, sagt Richard.

Er nimmt das Ritual des Zu-Grabe-Tragens wortwörtlich. So wie er nichts im übertragenen Sinn versteht. Bare Münze, nackte Wahrheit. Richard hat irgendwann mal gesagt, nur Lügen bräuchten symbolische Gewänder. Leute wie er lesen die Oberfläche der Bibel, können sich nicht vorstellen, Gott im Himmel könnte auch eine Metapher für die Sonne sein.

»Wieso ich mich darauf einlasse? Das alles zu Fuß! Nu, bittescheen, wie die Herrschaften wollen. Ich sage kurz meiner Frau Bescheid, damit sie den Wagen für einen anderen Transport zurück ins Institut fährt. Ich hoffe nur, es regnet nicht«, sagt Goldstein, der den treffenden Vornamen Chaim trägt, was, wie mir Richard verraten hat, *Leben* heißt. Dann hebt er die Hand, sagt: »Also los«, was Cowboy sofort zum Anlass nimmt, einen Schuss abzufeuern und Goldsteins Schultern anzufliegen.

»Wie ist dein Name, mein Froind?«, fragt Goldstein.

»Sie nennen ihn Cowboy«, sagen wir.

Langer Treck setzt sich in Bewegung. Wind. Wolken. Keine Schatten, schon gar keine der Vergangenheit,

Figuren mit Zukunft in den Augen. Jetzt wieder die Mundharmonika. Di di di daun di di.

Viktoria

Ölbild Nummer 6: Einige Weiden säumen die gepflasterte Hauptstraße, in der Ferne gibt es noch Pappeln und Kastanien, die man heute kaum erkennen kann, so diesig ist es. Immer mehr Grautöne ziehen am Himmel auf. Die Bordsteine des Gehwegs kommen einem an so einem Tag besonders schäbig vor. Da wirken die bunten Apachenkostüme und Indianergesichter, die stumm hinter Büschen und Hecken hervorlugen, fast wie ein Trost. Richard und Goldstein schreiten respektvoll voran, im uneinigen Gespräch über die Angemessenheit der Bestattungszeremonie, gefolgt von den Trägern, die, zwei links, zwei rechts, Mutters Sarg schultern, danach Lilian und ich. Uns folgen Anna und Helga mit Günther in ihrer Mitte, der auf dem groben, unebenen Bordstein so seine Schwierigkeiten mit den Absätzen hat; Wolfgang marschiert als Letzter, wie ein Wächter des Trauerzugs. Friedlich sehen wir aus, das muss man sagen.

Viktorias Mutmaßungen über die Großmutter

Die Malerei kann ich nur von Großmutter haben. Und die starke Verbundenheit mit der Natur habe ich auch von ihr.

Sie malt Sargporträts. Sie ist eine Prußin, und Esther steht bloß eingedeutscht für Aster, ein uraltes Prußengeschlecht, denke ich. Die Nachnamen sind wahrscheinlich im Laufe der Zeit zu Vornamen geworden. Na gut, vielleicht hat sie sogar einen leichten Hang zum Übernatürlichen, kann sein. Manchmal melkt sie ihre Ziegen durch ein Sieb aus Gundelreben, das sie dann unsichtbar unter einem Tuch auf dem Kopf trägt, um Hexen aufzuspüren. Nur zum Schutz! Für eine Alchimistin halte ich sie auf keinen Fall. Großmutter ist mit der Natur und dem Universum so im Einklang, dass sich ihre Wünsche meistens erfüllen, denn sie wünscht sich nichts Unnatürliches, keine künstlichen Dinge, sondern ganz kosmische Vorgänge. Zum Beispiel wünscht sie ihrem Pachtherren, dem alten Halsabschneider und Sklaventreiber Markwart, den Tod an den Hals. Und am Tag darauf, noch vor Sonnenaufgang, bleibt tatsächlich sein Herz stehen. Die Markwarts haben viel Grundbesitz und stinken vor Geld, das sie ihren Pächtern regelrecht aus den Rippen leiern. Auch Großmutter muss für ihr Haus jedes Jahr mehr bezahlen. Dafür erhöht sie den Preis für die Porträts, zuletzt an Markwarts Todestag. Noch bevor das ganze Dorf davon erfahren hat, sucht Markwarts Sohn sie auf, der gleiche Prahlhans wie sein Vater, bringt ihr einige Fotografien von ihm und bestellt ein Sargporträt bis zum nächsten Tag. Großmutter arbeitet für gutsituierte deutsche Familien und höhere Geistliche. Für die einfachen Leute sind die Farben zu teuer. Was sonst über zwei Jahrhunderte nur bei den Sarmaten gemacht wurde, ist hier erst vor einigen Jahren bei den wohlhabenden Deutschen in Mode gekommen. So ein Porträt ist nicht etwa bloß ein Porträt – es muss die lebendige Natur feiern, es muss den Verstorbenen nochmal lebendig werden lassen, so wie er den Hinterbliebenen in Erinnerung bleiben soll. Markwarts Sohn, der einzige männliche Erbe des Familienbesitzes, hat Großmutter drei Fotos als Vorlage gegeben, auf denen der alte Markwart immer allein und in der typischen Montur eines Großbauern abgebildet ist: mit Reitpeitsche und Hut, mit gebürstetem Schnurrbart und Lederstiefeln, einmal mit Pfeife, einmal mit Zigarre. Nur das Gesicht, die Augen, die Falten und Kanten sind auf den Aufnahmen schwer zu erkennen. Doch das allein ist Gegenstand eines Sargporträts.

Was sie braucht: Kupferblech. Frischen Knoblauch. Ölfarben. Ungebleichtes Baumwolltuch. Eine geruchsstarke Pflanze, um die Nase abzulenken. Ein gutes Foto vom Gesicht des Toten. Zuerst grundiert Großmutter das achteckige Kupferblech dick mit Knoblauch, den sie klein gehackt darüber verteilt und mit dem Baumwolltuch in kreisenden Bewegungen verreibt. Mit der Nase prüft sie jede Ecke – sie riecht über das ganze Blech, zwischendurch meistens kurz an einer Thymianpflanze, um ihren Geruchssinn aufzufrischen. Als die Fläche ganz mit Knoblauchsaft bedeckt ist, kann sie mit den Ölfarben beginnen. Die Flüssigkeit der Knolle fördert die Brillanz und Haltbarkeit der Farben und – vor allem daran glaubt Großmutter – schützt das Porträt nachhaltig vor Fehlglauben; der Knoblauch beschützt das wahre Gesicht im Abbild.

Bevor Großmutter überhaupt anfangen kann, versucht sie, sich Markwarts Gesicht in Erinnerung zu rufen und einige Züge auf einem Papier zu skizzieren. Sich deswegen den Toten noch mal anzusehen wäre fatal für die Aura des Porträts. Ein Sargporträtmaler blickt nur aufs Leben. Auf keinem der Fotos kann sie seine Stirn, die Ohren oder eine Frisur erkennen, und Großmutter denkt, was ich von ihm kenne, kennen auch alle anderen. Sie setzt den Pinsel an und zeichnet die Nase. Noch nie hat sie mit der Nase begonnen, sonst malt sie zuerst die Augen, aber die spart sie sich diesmal auf bis zum Schluss.

Großmutter hasst die christlichen Begräbnisrituale, die sie als todessüchtig und zugleich armselig empfindet. Sie glaubt aber an die bildliche Verlebendigung des Toten, ein Bild, das am Grab wie ein Teil seiner Seele über ihn wacht.

Bei den Markwarts entwickeln sich die Begräbnisfeierlichkeiten meist zu protzigen Zeremonien, so dass von Armseligkeit hier nicht die Rede sein kann. Der ungewöhnlich breite Holzsarg ist mit schwarzem Klavierlack überzogen und glänzt wie eine gewienerte Limousine in der Januarsonne. Keiner darf den alten Markwart tot sehen. Großmutter hört von einem Angestellten der Markwarts, als er das Porträt bei ihr abholt und sie bezahlt, wie sie ihn allein, breitbeinig erstarrt in seinem Bett gefunden hätten: Ihm soll die Zunge aus dem Mund gehangen haben, mit einer Hand hielt er seinen erschlafften Penis umklammert, der kurz zuvor Sperma auf das Bettlaken abgegeben hatte. So ließen sie ihn wohl gleich im Totenschrein verschwinden und versiegeln – nicht mal sein Sohn und erst recht nicht seine Witwe haben ihn gesehen. Das Sargporträt muss der Andacht der Trauernden genügen. Das gesamte Dorf und die Dörfer der Umgebung, vor allem die, die zu seinem Besitz gehörten, sind auf den Beinen, sie wollen sich vergewissern, dass er auch wirklich in seiner Erde verschwindet.

Der Angestellte, von dem ich eben sprach, hat das verhüllte Porträt direkt zum Pfarrer in die Kirche gebracht, der es hinten am Sarg anbringen ließ, von Blumenkränzen und Kerzen fast komplett verdeckt. Die Familie steht dort im kleinen Kreis hinter verschlossener Kirchentür, vor der ganze Dörfer in gespenstischer Stille auf den

Trauerzug warten. Großmutter steht nah am Fenster und kann durch ein transparentes Viereck des Fenstermosaiks bis zum Altar blicken. Dort sieht sie Markwarts heulende Witwe mit dem Sohn und den Töchtern, die den schwarzen Sarg berühren oder mit den Fingern zärtlich über den Hut fahren, der gerade noch auf dem verdeckten Sargporträt sichtbar ist.

Endlich geht die Tür auf, und sechs Sargträger mit dem Sarg auf den Schultern führen allen voran den Trauerzug zum nahe gelegenen Friedhof. Erst jetzt ist Großmutters Sargporträt in seiner ganzen meisterlichen Erhabenheit zu sehen, und erst hier zeigt sich Markwarts ganze Widerwärtigkeit vom lebensgroßen Brustporträt herab. Obwohl das Sargporträt dem lebenden Markwart kaum ähnelt, verfehlt es nicht seine Wirkung. Unter dem Hut zeigt sich ein eingefallenes, aschfahles Gesicht mit spitzer Nase und einem immens großen Schnurrbart. Aus dem Mund hängt eine Zunge heraus, die Augen sind verdreht und rot. Statt des Familienemblems sieht man im Hintergrund des Bildes die hagere Statur einer nackten polnischen Tagelöhnerin. Großmutter hat das erste Sargporträt gemalt, das einen Toten statt einen Lebenden zeigt.

Vorn läuft stumm die Familie, sie blicken verheult und trauernd einander an, auf die Straße und ihre Schuhe, sie stützen einander und schnäuzen in die Taschentücher, sie sehen das Bild nicht einmal. Denn bei den Markwarts ist es bloß Inszenierung für den Toten, es ist wie der bombastische marmorne Grabstein in Markwarts Lebensgröße bloß Teil dieser prahlerischen Zeremonie. Ganz hinten haben sich die Tagelöhner der Markwarts, die von dem Porträt gehört haben, neugierig dem Trauerzug angeschlossen und können sich ein hämisches Grinsen beim Anblick des Bildes nicht verkneifen. Ihnen folgen ihre Landsmänner aus den umliegenden Ortschaften, die am bitteren Ende des Trauergefolges leise zu singen beginnen, keinen Trauermarsch, nein, etwas zwischen Spiritual und Partisanenlied. Weiter in der Mitte des Leichenzugs provoziert es einige wohl überstrapazierte Pächter zu bösen Witzen und bissigen Kommentaren über Markwart, so dass zwischendurch sogar Gelächter ausbricht. Es reizt die Trauergesellschaft dermaßen, dass Großmutter zum heimlich gefeierten Star dieser Beerdigung und der notgeplagten Leute wird. Man hält sie an, das Bild im Nachhinein zu signieren, und will es ins Landeskundemuseum bringen. Man kann den Hass in den Gesichtern der Leute sehen, als der Sarg in der Erde versenkt wird. Das ist wahrscheinlich das Schlimmste, was einem passieren kann. Der letzte Tag wie der erste eines Menschen sollte von Freude über ihn begleitet sein, erst dann schließt sich der Kreis. Aber für die Leute ist sein Tod ja ein Grund zum Feiern! Und wer weiß, ob nicht mit Schadenfreude sein Leben begonnen hat, denn nach den Worten der Dorfbewohner soll seine Mutter diesen Bastard verdient haben. Das Sargporträt lehnen sie vorläufig an den Grabstein, weil es später daran befestigt werden soll, aber kaum ist die Trauergesellschaft gegangen, verschwindet das Porträt und taucht nie wieder auf.

Mutter hat sonst nichts über Großmutter erzählt, nur das eine Mal von diesem Tag. Großmutter schält anschließend fünf Kilo Kartoffeln, als erwarte sie das halbe Dorf bei sich zu Hause. Sie hat den Markwarts das Doppelte für das Porträt abgenommen, für ein Porträt, das überhaupt keines ist, sondern ihre erste frei erfundene Malerei. Das ist ein Anlass, ihre berühmte Kartoffelsuppe zu kochen und endlich wieder ihre Kinder um sich zu versammeln. Sie lebt ohne ihren Mann, ohne den spielsüchtigen Alkoholiker, den sie vor Jahren aus dem Haus gejagt hat. Danach hat sie ihre drei Töchter dem Internat der Kirche übergeben. Aus Geldmangel, wie sie sagt. Aus Charakterschwäche, wie Mutter behaupten wird. Na gut, Großmutter ist eben eine sehr sonderbare Person, zu sonderbar für die meisten Leute. Wie soll sie so allein drei kleine Kinder großziehen, die sie nicht freiwillig bekommen hat? Großvater ist immer besoffen gewesen und hat sie nicht mal gefragt, ob sie will.

Gleich nachdem sie den Auftrag für das Sargporträt erledigt hat, holt sie ihre Töchter nach Hause. Immer wenn sie zu Hause sind, fragt Elfriede, warum sie nicht bei ihr leben dürfen, und immer antwortet sie, nur aus Liebe zu ihnen. Dann geht sie in die Küche und schält Kartoffeln.

Großmutter schält die Kartoffeln immer behutsam, immer längs, immer mit einem Mal, ohne abzusetzen, löst sie den Mantel in Form einer Spirale ab, bis am Ende nur noch eine Kappe am Kopf und eine am Fuß übrig bleibt, die sie beide mit einem geraden schnellen Schnitt abtrennt. Dann stellt sie die Kartoffel zu den anderen nackten Kartoffeln auf ein schweres gusseisernes Blech, wie Soldaten stehen sie dort stramm, wie kopflose Soldaten auf Stümpfen reihen sich die Kartoffeln ordentlich von links nach rechts, von vorn nach hinten auf. Zwei Bleche Kartoffelarmee produziert sie an diesem Feiertag für sich und ihre Kinder – und für diesen Gast, der unerwartet erscheinen wird, von dem sie noch nichts wissen, der Mutter sogar noch Jahrzehnte danach dazu bringt, ihren Kindern davon zu berichten, nur davon und von nichts anderem. Großmutter erzählt ihren Kindern immer, es wäre der größte Fehler, die Kartoffeln einfach so nackt und wehrlos in die Suppe zu geben. Bevor sie zu den anderen Bestandteilen kommen, werden sie kurz im Ofen angebacken, das verschafft ihnen eine feste zweite Haut, macht sie kross und hart im Nehmen, damit sie den getrockneten Stein- und Butterpilzen, Maronenröhrlingen, den Zwiebelringen und Knoblauchzehen nicht schutzlos ausgeliefert sind. Wie an einem Panzer prallen die Senfkörner, der Kümmel und die Pfefferkörner an ihnen ab, wenn Großmutter sie von oben in den Kessel wirft, während die Zwiebeln und der Knoblauch, durch die Hitze nun mild gestimmt, geradezu ausgekocht werden. Erst wenn der Schuss Rahm aus der Ziegenmilch dazukommt, beruhigt es sich im Kessel. Großmutter hat für ihre Töchter noch nie etwas anderes gekocht, immer wenn sie die Mädchen zu sich holt, gibt es einen Anlass, und immer wenn es einen Anlass gibt, kocht sie Kartoffelsuppe – die Kartoffelsuppe der Familie, damals schon seit vier Generationen. Ein Großgrundbesitz, der immer uns gehören wird.

Großmutter deckt den Esstisch im großen Zimmer, den sie nur zu besonderen Anlässen benutzt. Der Tisch ist eine Tafel, so lang, dass keines der Mädchen mit dem anderen reden kann, ohne laut zu werden, denn Großmutter verteilt die Teller ihrer Töchter gleichmäßig, einen am Kopf des Tisches, einen am Fuß, dann noch jeweils einen genau in der Mitte der Längsseiten, an einer davon sitzt sie und eine der Töchter ihr gegenüber. Diesmal ist Elfriede dran. Wer an der Längsseite sitzt, wird von Großmutter ausgefragt. Elfriede hasst das, sie ist so um die vierzehn, da will man doch seiner Mutter nichts erzählen, die einem ja selbst so hilflos erscheint. Zuerst ist es still. Nur die Löffel klappern. Großmutter beobachtet sie eine Weile beim Essen. Dann kommen Fragen wie: *Wie geht's dir so in der Schule? Weißt du, ich arbeite hart, damit ihr dort eine Ausbildung bekommen könnt.* Dann sagt Elfriede, sie möchte Englisch lernen. Sie wolle nach Amerika. Aber sie lernt wahrscheinlich nur Latein. Großmutter lacht, weil sicher schon viele Frauen in unserer Familie nach Amerika wollten, als sie so alt waren wie Elfriede, aber keine hat's bisher geschafft. Meistens wegen der Männer, die in unserer Familie entweder Vagabunden oder Zielscheiben sind. Sie kommen, sie verschwinden; und jedes Mal müssen die Frauen aus irgendeinem Grund bleiben. Mutter sagt zu Großmutter: *Ich schaffe es. Männer sind mir egal, die können mich nicht hindern.* Das hat sie uns erzählt. Wie sie das zu Großmutter gesagt hat und wie die geantwortet hat: *Männer sind oft das größte Hindernis im Leben einer Frau.*

Dann ziehen draußen vor dem Fenster auf einmal einige Jungs vorbei und spotten: *Esther ist 'ne Hexe, malt auf Särge Kleckse! Sie ist die Frau vom Sensemann, der ihr's nicht mal besorgen kann!* Als sie nicht aufhören wollen und zum dritten Mal zu grölen beginnen, geht Großmutter ans Fenster und wirft so lange mit faulen Äpfeln nach ihnen, bis die Bande verschwunden ist. Kurz darauf kommen sie wieder, doch diesmal ist ein Mann aufgetaucht, der ganz und gar nicht zimperlich die zwei Vorlautesten von ihnen mit den Köpfen zusammenstößt. Mit Platzwunden rennen sie heulend davon. Dann ist ein Klopfen am Fenster zu hören. Als Großmutter öffnet, steht da der Vater, den Elfriede an dem Tag zum ersten und letzten Mal sieht. Noch am selben Abend wird er an einer Alkoholvergiftung sterben. Er betrachtet neugierig die drei Mädchen, steht da ganz fremd mit den Geschenken im Türrahmen, hochgewachsen und hager, fast zahnlos, mit wenigem dünnem Haar, mit verlebter Haut und trüben Augen.

Großmutter stellt noch einen Teller in gebührendem Abstand neben den ihren, einen Hocker dazu und setzt sich wieder an ihren Platz. Siegfried Widewut Wiehler. Das S pfeift er immer durch die drei verbliebenen Schneidezähne, Mutter und ihre Schwestern müssen lachen. Siegfried setzt sich auf den Hocker und isst mit ihnen. Ich kann es richtig vor mir sehen, wie Großmutter ab und zu reihum schaut und wie sie die Einsicht nicht verbergen kann, zum ersten Mal die vollständige Familie versammelt zu haben. Ausdruck des Glücks – und der Angst. Mit der Suppe leert Siegfried bereits eine ganze Flasche Schnaps.

Nach dem Essen überreicht er seine Geschenke. Er hat wohl nur zwei Töchter in Erinnerung, die jüngste bekommt deshalb nichts. Elfriede, seiner ältesten, schenkt er einen Kompass, für den sie ihm alles verzeiht, es ist ihr egal, ob das nur Zufall ist, ob er ihn geklaut oder bloß übrig hat – sie will glauben, so hat sie es uns an jenem Tag erzählt, dass er, gerade weil sie ihn nie gesehen hat, tief in ihre Seele blicken kann. Ihre jüngere Schwester bekommt nämlich typischerweise eine Puppe. Warum hat er denn nicht auch ihr eine geschenkt? Und Großmutter bringt er einen Kasten mit Ölfarben. Ihre jüngste Schwester weint, wen wundert's, und er verspricht ihr für den nächsten Besuch das größte Geschenk von allen. Diesen kurzen Augenblick lang einen Vater zu haben reicht Mutter für den Rest ihres Lebens, hat sie damals jedenfalls behauptet. Was danach geschehen ist, hat sie lange verdrängt.

Siegfried will feiern, er hat einen Sack voller Schnapsflaschen dabei. Er fasst Großmutter an den Hüften und zieht sie ganz nah an sich heran, als wollte er sie küssen, hält aber einen bis zum Rand mit Schnaps gefüllten Becher zwischen seine und ihre Lippen und füllt abwechselnd ihren und seinen Mund mit der hochprozentigen Flüssigkeit. Sie hustet, und er presst dabei seine Lippen auf ihren Mund, lacht und blickt zu Elfriede, die ernst und unsicher die Szene beobachtet. Großmutter wehrt sich nicht, sie versucht nicht, sich aus seiner Umklammerung zu lösen. Siegfried gießt nach und trinkt, öffnet die nächste Flasche, die er in einem Zug bis zur Hälfte leert. Er ist betrunken, nimmt die Mädchen nicht mehr wahr, die inzwischen dasitzen und weinen, bis auf Elfriede, die ihnen weiterhin stumm dabei zuschaut. Siegfried reißt Großmutters Bluse auf, öffnet ihre Hose – sie soll mit Vorliebe Hosen getragen und er soll sie deswegen so begehrt haben. Vor den Augen seiner Kinder dringt er in sie ein, an die Wand gequetscht, die eine Hand an ihrem nackten Hintern, in der anderen eine volle Flasche, die er währenddessen leert. Ob Mutter jemals klar geworden ist, dass ihr Leben so seinen Anfang genommen haben könnte? Dass das Schauspiel ihrer Zeugung ebenso abgelaufen sein könnte? Großmutter hat Spaß. Er ist nicht etwa grob, wie man vermuten könnte, er ist einigermaßen zärtlich, zärtlicher, je mehr er trinkt, und sie willfähriger. Besser hätte sie ihre Töchter nicht aufklären können. Na gut, aber Mutter hat es trotzdem nichts genützt. Als Siegfried die nächste Flasche ausgetrunken hat, fällt er um wie ein hohler Sack und ist auf der Stelle tot. Großmutter, halbnackt, und Elfriede stehen erschrocken vor Siegfrieds reglosem Körper und starren mit roten Gesichtern auf seinen offenen Hosenschlitz. Noch in der Nacht bringt Großmutter ihre Töchter zurück ins Internat.

Dann wieder zu Hause, es dämmert bereits, holt Großmutter ein achteckiges Kupferblech hervor, bestreicht es mit Knoblauch, öffnet den Kasten mit den neuen Ölfarben und malt ein Porträt von Siegfried, diesem geilen und versoffenen Nichtsnutz, diesem selbsternannten, gestrandeten preußischen Seefahrer ohne Schiff, wie sie ein direkter Nachfahre der Prußen, diesem toten Mann, der zu Lebzeiten von seinem Fruchtbarkeits- und Lebensgott Potrimpos immer reich beschenkt wurde, dem gefürchteten Donnergott Perkunos aber nur mit starkem Geist und hochprozentigem Spiritus begegnen konnte und der nun in einem der schönsten Momente seines Lebens vom Todesgott Pikollos heimgeholt worden ist. So stelle ich mir das Porträt meines Großvaters vor. Großmutter bringt ihn anschließend zusammen mit zwei Männern aus der Nachbarschaft auf den nächstgelegenen Hügel, der in diesen Niederungen schwer genug zu finden ist, um ihn dort einem Prußen würdig mit dem Sonnenuntergang des nächsten Tages unter einem Baum zu begraben. Das Porträt wird am Stamm befestigt, verschwindet kurz darauf und wird nie wiedergefunden.

Großmutter hat sich nie von ihm trennen können, von ihrem geliebten Widewut – mit ihm konnte sie es irgendwie aushalten, mit ihren Kindern nicht. Vaterlosigkeit ist in unserer Familie Tradition. Was aus Großmutter am Ende geworden ist, wo und wann sie starb, weiß ich nicht. Ich denke mir, sie wird in irgendeinem stillen Hügel mit guter Aussicht liegen.

Lilian

»Willste auch ’nen sauren Drops?«, frag ich Vicki.

»Keiner heult. Traurige Gesichter, aber wir heulen nicht. Ich auch nicht, warum bloß?«, sagt sie.

»Manchmal dauert’s ’n Weilchen, bis de über schwere Ereignisse in Tränen ausbrechen kannst. Bis de dir von den Haaren bis zu den Zehen klar drüber bist. Das Blut muss die Informationen erst mal überall hinbringen. Über manche Dinge wirste dir dein Leben lang nich klar und heulst auch nich drüber.«

Das Heulen kommt noch, spätestens wenn der Sarg in der Erde verschwindet. Da mach ich mir keine Sorgen. Sorgen mach ich mir aber um sie. Dass sie nicht über die Sache von damals reden will. Wenigstens mit mir. Bevor Vicki diesen Biophysiker Alfred kennengelernt hat, rief sie mich ja immer noch an und schwärmte mir einen vor, wie doll sie sich verliebt habe und wie interessant der sei, na, jedenfalls, bevor sie den getroffen hat, war sie – sie war immer schon so naturverbunden, aber geselliger und mehr in der Realität. Seit diesem Unfall mit Alfred, oder wie sollste das nennen, hat sie sich ganz und gar von der Wirklichkeit verabschiedet, von der menschlichen, mein ich. Jetzt schweigt sie bloß noch. Das hat sie früher auch nicht oft getan. Sie hat viel mehr geredet, von sich erzählt, von der Gärtnerei, von Menschen. Sie hatte Ziele, wollte eigentlich in den Westen abhauen und eine große Firma eröffnen. Sie wollte mal reich werden. Und jetzt? Bilder, Bilder, Ziegen, Katzen, Hühner und Kompost. Schade.

»Weißte, Vicki, ich hab mich grade erinnert, wollteste nich mal ’ne große Firma gründen? Willste das jetzt nich mehr?«

»Ich habe eine große Firma, Lilian. Zehn Ziegen, dreißig Hühner und sechs Katzen zu führen ist mehr, als ein Einzelner normalerweise schaffen kann. Ich kann's«, sagt sie und lächelt mich an.

»Willste nich mehr reich werden?«

»Ich bin reich. Zehn Ziegen, dreißig Hühner und sechs Katzen, dazu jedes Jahr eigenes Obst und Gemüse ist mehr, als ein Einzelner braucht.«

»Und reisen?«, flüstere ich. »Willste nich mehr reisen, die Welt sehen?«

»Und wie ich reise. Mehrmals wöchentlich, wenn die Arbeit getan ist und alle versorgt sind, reise ich zu Orten, an denen ich ungestört sein kann und an die ich mit keinem Reisepass komme. Auf meinen Bildern sieht man nur Ausschnitte von Plätzen, die Oberfläche, die Ergebnisse meiner langen Reisen. Die Wege dahin beginnen manchmal in meinen Büchern, manchmal auch irgendwo vor dem Haus, aber sie sind sogar gefährlich und meistens lang. Und keiner will einen Pass sehen oder stellt blöde Fragen. Keiner stellt Bedingungen, nur ich.«

»Hast ja recht. Ich wollte dich auch nich angreifen. Ich will bloß, dass de glücklich bist. Bin eben neugierig, was damals wirklich passiert ist mit diesem Alfred. Warum redeste nich mit mir drüber?«

»Ich will einfach nicht, Lilian. Nimm's nicht krumm, hat nichts mit dir zu tun. Ich kann einfach nicht.«

Ich hake mich bei ihr unter. Rausprügeln will ich's auch nicht aus ihr. »Willste wirklich keenen Drops, die sind richtich jut, heben die Stimmung.«

»Gib schon her. Ich will einfach ein bisschen schweigen. Du kannst aber ruhig weiterreden, wenn du willst.«

»Ach, Vicki, bei mir gib's nüscht zu erzählen. Den Jungs geht's jut, mir auch soweit. Alles Routine. Und Jonathan wird schon wieder.«

Und Vicki blickt nach vorn und schweigt. Jonathan wird schon wieder. Das wird schon.

Anna

Immer die Hauptstraße runter. Knappe zwei Kilometer sind es bis zum Friedhof. Den Weg bin ich einmal mit Mutter gegangen, als wir Herberts Grab besucht haben. Da muss ich heute auch noch kurz vorbeischauen. Das ist jetzt wieder so lange her, aber was soll man ohne Auto machen.

»Wann will Richard mit der Grabrede anfangen?«, frage ich Günther.

»Zwölf«, sagt er.

»Das schaffen wir nie! Ich verstehe überhaupt nicht, warum Mutter kein Grab hier im Ort bekommen hat. Ich kann nur hoffen, diese Beerdigung ist in Mutters Sinn. Würdevoll ist sie, das muss man Richard lassen, nur ein wenig mühsam, finde ich. Und warum wir den Sarg nicht mit dem Leichenwagen zum Grab bringen können, leuchtet mir nicht ein.«

»Sei froh, dass wir ihn nicht selbst schultern müssen, das hat Richard heute Morgen von mir verlangt, ich sollte mit ihm allein den Sarg in die Kirche schleppen«, sagt Helga.

»Ich komme mir vor wie die Tochter aus einer dieser deutschen Großfamilien, die von so einer Tragik umwittert sind, die ihre Verstorbenen kilometerweit über Heiden und Sümpfe tragen, damit sie ihren angestammten Ruheplatz finden können.«

Günther zieht eine Mundharmonika aus seiner Manteltasche. »Angestammter Ruheplatz«, wiederholt er nachdenklich. »Angeboren. Ein Ort, der einem angeboren ist. Wie eine Krankheit vererbt, rücksichtslos, ohne Wahlfreiheit und Beachtung der persönlichen Veranlagung und Entwicklung, wie eine familiäre Ansteckung. Das ist gegen die Schöpfung. Anna, es gibt keine angestammten Ruheplätze, wer das behauptet, sucht nach symbolischer Aufwertung, weil Menschen und Plätze zufällig aufeinandertreffen, zufällig wechseln, man wird zufällig irgendwo geboren, begraben, wenn man sich den Platz nicht selbst ausgesucht hat. Richard hat gesagt, es wäre so kurzfristig das einzig freie Grab gewesen. Kannst du was für uns spielen?«, sagt Günther und gibt mir die Mundharmonika.

»Das hätte Mutter sagen können. Weißt du was, mir gefällt die Idee der Zufälligkeit auch besser, obwohl sie mich melancholisch stimmt. Was soll ich spielen?«

»Was du willst. Was von dir«, sagt er.

Einen Blues. Improvisiert. Wann habe ich das letzte Mal improvisiert? Blues ist so typisch Mundharmonika.

»Ich versuche was anderes«, sage ich und spiele eine alte Eigenkomposition, bei der keiner hört, wenn ich mal danebenliege. »Ohne die Band klingt das armselig.«

»Mach wieder Musik, Anna, bring die Band wieder zusammen«, sagt Günther. »Macht's einfach wie die *Residents*, verhüllt euch, die benutzen einen Augapfel als Gesicht, verschleiert eure Identität, als Schutz und Werbegag«, sagt Günther.

Helga und ich lachen. Nicht aus denselben Gründen. Sie stellt sich mich vielleicht als singenden Augapfel vor. Das wäre mir egal. Ich lache eher aus Spott über mein Schicksal. Mehr habe ich nicht mehr übrig. »Ich kenne die *Residents* nicht. Was machen die für Musik?«

»*Bibubibu bibu, bibubibu bibu, bibubibu bibu, bibubibu*

bibu. She said she wished to die in terror screaming in the night to feel the crawling flesh of panic as her hair turned white.«

»Verstehe kein Englisch. So richtig kapiert habe ich die Richtung nicht, Günther«, sage ich.

»Egal, passt zu dir. Passte früher zu dir. Könnte heute genauso zu dir passen.«

»Günther, der Traum ist lange ausgeträumt. Aber für Mutter spiele ich gern. Sing einfach noch mal, ich versuch's.«

»Anna, komm, spiel lieber eine Trauerm-m-m-musik«, ruft Wolfgang von hinten.

»Ah! Mein Knöchel!« Günther sitzt auf einmal auf der Straße und hält sich den Fuß.

»Richard! Kurze Pause!«, rufe ich nach vorn. »Warum halten die denn nicht an? Sind die schwerhörig?« Ich stecke zwei Finger in den Mund und versuche einen Pfiff im hohen C und auf 100 dB(A), wie nur Mutter das konnte. Günther ist schlecht und schwarz vor Augen, sagt er. »He, anhalten! Wir müssen kurz anhalten, Günther ist umgeknickt. Er muss sich einen Moment ausruhen«, rufe ich noch mal.

Wolfgang kann sein hämisches Grinsen nicht unterdrücken; aber er leiht uns sein Taschenmesser, damit wir den verstauchten Knöchel ein wenig kühlen können.

»Ist hoffentlich nicht gebrochen?«, fragt Richard, der absichtlich etwas schwer von Begriff tut, er will seine Beerdigungsshow nicht unterbrechen. Die Sargträger stellen den Sarg auf der Wiese neben uns ab.

»Na, dann setzen wir uns für einen Moment«, seufzt Richard.

Herbert

Mutter und Vater. ... Es dauerte mehr als zwei Jahre, bis die Kunde von der Existenz des neuen Ordens auch außerhalb von Lauterbach die Runde machte, denn bald gehörten ihm fast alle aus dem Dorf an. Vater empfahl einen zurückhaltenden und bescheidenen Umgang mit dem krypto-sakralen Status der Gemeinde. So blieb der Hund eine gute Zeit im Dorf. Auch wenn jeder seinen Erledigungen und seiner Arbeit nachgehen musste, hielt man sich sehr lange an die Schweigepflicht. Dennoch erfuhr der Bischof am Ende davon. Nur von wem? Dass es so weit kam und dass es überhaupt so weit kommen konnte, verdankte man der Arroganz des Großbauern Markwart (dem Geizhals und Schandmaul von Lauterbach, der mit dem meisten Geld und der größten Familie) und der Arglist seiner jungen polnischen Tagelöhner, die er sich gerade neu auf seinen Hof geholt hatte, nachdem ihm die alten zu alt geworden waren. Er bezahlte sie oft nicht, ließ sie aber öfter auspeitschen; man müsste die armen eigentlich Hungerlöhner nennen. Bescheidenheit und Zurückhaltung waren keine Charaktereigenschaften der Markwarts; einmal jagte er einen der Tagelöhner mit der Schrotflinte durchs halbe Dorf, weil sie alle ein Kreuz um den Hals trugen, sich andauernd bekreuzigten und die heilige Maria anbeteten. Markwart war sturzbesoffen und verlor vollkommen die Fassung. Er schrie, er sei ihr Gott und sie seine Sklaven, er sei Mitglied des Johanna-Ordens und der Arbeiter nur ein Stück »Polackenscheiße«. Die lange Tradition von Hexenprozessen und Ketzerverbrennungen in diesem Gebiet hat auch die polnischen Tagelöhner gelehrt, dass eine Anzeige beim Bischof gut belohnt werden würde. (Man kann es dem armen Schwein nicht einmal übel nehmen.) Der Bischof entsandte daraufhin einen Pfarrer, der im Laufe von zwei weiteren Jahren die Gemeinde beharrlich gegen Vater aufhetzte; unter Androhung von inquisitionsähnlichen Methoden führte er die Dorfbewohner einen nach dem anderen in die evangelische Kirche zurück, er öffnete ihnen die Augen, bis sie schließlich selbst glaubten, Opfer einer Teufelsverschwörung geworden zu sein …

Richard

»Sagen Sie mal, Herr Goldstein, Sie haben doch nicht extra für uns jemanden ausgegraben?«, frage ich, während wir am Straßenrand um Günther herumstehen. Ich würde ja zu gern wissen, wie Goldstein das immer wieder schafft.

»Wo denken Sie hin? Das Grab war gerade abgelaufen, mein Froind. Ein glücklicher Zufall«, sagt er.

»Zufall. Beifall. Zufallsskelettschichten. Tausend Jahre später graben Archäologen, machen Historiker ohne Glauben an glückliche Zufälle ihre Geschichte daraus. Erfinden eine kommunizierfähige Dramaturgie für die Knochengestalten«, sagt Günther.

»Tja, mein lieber Günther, das alles wird nur passieren, weil der tote Mensch in einer diesseitigen Gesellschaft nutzlos ist und –«, beginne ich, werde aber von Viktoria unterbrochen.

»Das Jenseits ist keine Müllkippe, Richard!«, sagt sie.

»– weil Einzelgräber hier bei uns so selten zur Verfügung gestellt werden«, bringe ich meinen Satz zu Ende.

Die anonyme Einäscherung will man als kollektive Bestattungstradition etablieren, nur mit Jahreszahlen an den Wiesen, was ja nichts anderes heißt als legitime Massengräber. Der Einzelne zählt nichts. Nicht im Leben und nicht im Tod.

»Eine Gemeinschaft, die ihre Toten nicht respektiert, hält auch nichts von ihren lebenden Mitgliedern, so sehe ich das, Viktoria, sie hat also eigentlich keinen Gemeinsinn, ist keine *Gemein*schaft, nicht wahr, Herr Goldstein, da stimmen Sie mir doch zu, auch wenn ich dir, Viktoria, darin recht geben muss, dass es zuerst ums Leben gehen sollte«, sage ich. Goldstein nickt. Die anderen blicken stumm auf Günthers Fuß. Es hat ja auch keinen Sinn, sich an solch einem Tag in eine philosophische Diskussion zu verstricken, weil am Ende doch sowieso wieder nur das Gleiche dabei herauskommt: Jeder macht, was er will.

»Wir verbrennen die Toten, buddeln sie irgendwo ein und schreiben eine Jahreszahl an den Rand. Und wenn man ein Einzelgrab erwischt, dann nur für eine Frist von zwanzig, dreißig Jahren. Danach wird das Grab aufgehoben und an den Nächsten verkauft«, sagt Helga nach einigen Schweigeminuten.

»Verbrennen ist aber günstiger und z-z-zeitgemäßer«, sagt Wolfgang.

»Wir verbrennen sowieso, auch die Verwesung ist ein Verbrennungsprozess, nur unappetitlicher«, sagt Viktoria.

»Aber müssen wir deshalb alle verbrannt und willkürlich übereinandergestapelt werden? Heißt kollektiver Tod denn anonymer Tod? So anonym wie unbekannte Soldaten?«, frage ich und denke, mit dem anonymen Soldaten bin ich bei Wolfgang ein bisschen zu weit gegangen. Er schaut mich ernst an, zuckt wieder mit dem Wangenmuskel, wie er es immer tut, wenn ihm etwas unangenehm ist.

»Dann kannste sehen, wo de tot bist«, seufzt Lilian. »Das Einzelgrab ist ’ne teure Lebenslüge vom Tod.«

»In einer Gesellschaft, in der jeder angeblich das Recht auf Menschenwürde hat, sollte auch jeder ein ordentliches Grab bekommen, Punkt«, sagt Anna.

»Komm in den Westen, Anna, und mach wieder Musik. Bring alle mit. Ihr könnt bei mir wohnen«, sagt Günther.

»Ach, Günther, lieb von dir, aber so einfach ist das nicht. Lass uns jetzt über was anderes reden, bitte. Kühl lieber deinen Knöchel, damit wir weiterkommen.«

»Ich brauch 'nen Drink«, schnarrt Cowboy Goldstein ins Ohr und setzt sich bei einem Sargträger auf den Zylinder.

»Das ist noch 'ne ganz ordentliche Strecke bis da runter. Seht euch mal die Wolken an. Es fängt gleich an zu regnen«, sagt Lilian.

»Dann stellen wir uns irgendwo unter«, sage ich.

»Der Regen ist das Schöne am grauen Wetter, er klärt auf, er holt das Licht zurück«, sagt Viktoria.

Das tröstet, finde ich. Allgemeines Nicken. Wenigstens sind wir uns in diesem Punkt einmal einig.

»Wisst ihr, was mir gerade in den Sinn kommt?«, fragt Anna.

»Was?«

»Ich erinnere mich gerade an Herberts Beerdigung. Da hatten wir auch schon so eine Diskussion, wisst ihr noch? Wir hatten einen Riesenstreit, weil Viktoria damals gesagt hat, dass ein Mensch ein Fremdkörper in der Erde sei. Vielleicht hat sie ja recht, aber die Hinterbliebenen brauchen einen Ort der Erinnerung.«

»Und wo se vergessen können. Deine Worte von vorhin, Anna«, sagt Lilian.

»Das auch.«

»Aber die Erinnerung hast du ja, eingegraben oder nicht«, sagt Viktoria.

»Darf ich vorschlagen, später darüber zu diskutieren. Wir sollten so schnell wie möglich weiter«, sage ich.

»Günther muss seinen Fuß noch ein bisschen kühlen und ausruhen. Schau mal, wie dick der Knöchel ist«, sagt Anna.

Wolfgang

»Ich habe in einem Magazin gelesen, dass in der SU ein neues Verfahren entwickelt wurde. B-b-bei dem kann man aus der Asche der Toten Diamanten herstellen. D-d-die ganze Beerdigung hier ist doch für uns alle a-a-a-eine Zumutung. Ich hätte es würdiger gefunden, aus Mutter einen Diamanten zu machen. Überhaupt aus allen Ahnen. M-m-man könnte sie um den Hals tragen oder in einer Schatulle aufbewahren. Das ist trotzdem organisch o-o-o-o-der natürlich, wenn ihr so wollt, d-d-dezent, originell und ideologisch einwandfrei. Es respektiert die Vorfahren auf eine besondere Art, find ich. Auch für die, die unbedingt ein Leben nach dem T-T-Tod brauchen. Niemand von euch Religiösen konnte bis jetzt beweisen, dass Begraben die Voraussetzung für die A-A-Auferstehung der Seele ist, wenngleich mich das einen feuchten Kehricht interessiert«, sag ich.

»Das Verfahren haben die Schweizer erfunden«, sagt VV.

»Klugscheißer. Haben die drüben euch das eingeredet?«

»So was können die Russen doch gar nicht erfinden. Und wenn, interessiert sie die Asche ihrer Ahnen doch einen Scheißdreck«, sagt Helga, und ich bin baff.

»Warum regst du dich so auf? Woher willst du das wissen? Sie sind spiritueller, als du denkst. Sie sind Menschen des Ostens. Und im Fernen Osten –«

»Komm mir nicht auch noch mit einem ferneren Osten!«

»Ich leg ihn um!«, krächzt dann dieser verdorbene Vogel, dass es mir gleich reicht und ich wohl laut werden muss.

»Darf ich hier m-m-mal ausreden! Im Fernen Osten werden die Ahnen zu H-H-Hause auf einem Altar in Urnen aufbewahrt, was ich nicht ganz so toll finde. Der Ahnendiamant könnte doch eine progressive Stufe der Begräbniskultur werden. Das lässt sich sogar mit dem Marxismus-Leninismus verbinden. Eine neue Gesellschaft braucht neue Rituale! Begraben finde ich irgendwie altbacken und unmodern.« Viktoria lacht ganz schrill, ich weiß nicht, ob sie sauer ist oder mir zustimmt. »Euch kann man wirklich nichts recht machen!«

»Hier ist der Knackpunkt! Es allen gleich recht machen. Aber nicht jeder will das Gleiche«, sagt VV. Was soll er auch anderes sagen.

»Mutter wollte aber immer begraben werden. Das hat sie sogar gesagt. Zu mir. Und lasst sie endlich mit dem Osten zufrieden! Wenigstens heute«, sagt Helga.

»Ich finde es rührend, wie Wolfgang versucht, diesseitige Ideologie mit jenseitiger Ahnenkultur zu vereinen, ohne der Bibel auch nur im Geringsten zu nahe zu kommen«, sagt Richard. Ich nehm's als Kompliment.

Mich stört's im Prinzip nicht. Soll Mutter ruhig in die Erde. Wenn wir das nur schon hinter uns hätten. Das ewige Herumstehen und Herumgedenken ist nichts für mich. Für Mutter wär's auch nichts. Bei Herbert lief das alles zackiger ab. Kein Wunder. Mutter hatte es organisiert. Keine Aufbahrung. Keine Kirche. Schnurstracks zum Friedhof. Ach, Herbert liegt auch in Bischofroda. Hab ich schon wieder vergessen. Damals hat Richard eine kurze Rede gehalten. Dann verabschieden. Und fertig. Mutter wollte die Beerdigung so schnell wie möglich hinter sich bringen. Ich habe sie noch nie so weinen sehen wie an diesem Tag. Sie weinte ununterbrochen. Sie war sonst immer beherrscht. Auch bei Gilberts Bestattung. Und streng war sie. Das mit mir und Günther an Herberts Grab. Das war nicht schön. Das hatte aber nichts mit der Organisation zu tun. Sie hat gesagt, sie würde uns dafür sogar noch mal den Hintern versohlen. Und das hat immer wehgetan. Sie hat früher ganz schön Kraft gehabt. Mich hat sie nicht so oft verprügelt wie Günther, der hat manchmal ordentlich was abbekommen. Der hat ihr immer widersprochen. Richard war ihr Liebling, der hat nie was abgekriegt. Die Mädchen auch selten. Nur die Jungs hat sie verprügelt. Als wir größer wurden, hörte sie damit auf. Sie hatte uns zur Vernunft gebracht.

Herr Goldstein hat inzwischen einen Erste-Hilfe-Kasten für Günther organisiert.

»Lilian, würden Sie die kleine Verarztung bitte übernehmen. Mit lebenden Patienten tue ich mich etwas schwer«, sagt er.

Wolfgangs Mutmaßungen über die Großmutter

Soweit ich weiß, war Großmutter keine Frau, die einfach dasaß und ihre Tochter hungern ließ, wenn's schwer wurde.

Ich sehe sie als eine Frau, die im Leben mit anpackt. Sie ist eben nicht zimperlich, als Großvater keinen Sold mehr schicken kann. Sie leistet ihren Dienst am Menschen. So muss man das sehen. Esther ist Großmutters Pseudonym für die Arbeit im Lokal, da kann sie natürlich nicht ihren richtigen Namen benutzen. Zu ihrem und Mutters Schutz. Constanze oder Hermine könnte ihr richtiger Name sein, ich weiß gar nicht, was in Mutters Ausweis steht, sie hat ja drei Vornamen, und einer ist sicher der von Großmutter. Sie trägt eine schwarze Perücke bei der Arbeit, in Wirklichkeit hat sie nämlich feuerrotes Haar. Sie ist von Natur aus praktisch, wie Mutter auch. Und wie ich. Die Zielsicherheit und die zupackende Art hab ich von ihr. Von Großvater die Ausdauer und den Sinn für Realität.

Großvater meldet sich freiwillig in die preußische Armee. Er ist nach einem Jahr erfolgloser Arbeitssuche als Hüttenarbeiter ausgezehrt und finanziell ruiniert. Mutter ist gerade mal ein halbes Jahr alt. Das Haus ist verschuldet. Großmutter ist abgemagert. Die Familie ist am Zerbrechen. Die Armee ist seine einzige Chance. Es herrscht ja noch kein Krieg. Seine Pflichten bestehen eher in polizeilichen Aufgaben. Oder innenpolitischen Angelegenheiten. Illegale Einwanderer aufspüren. Den damit verbundenen Menschenschmuggel unterbinden. Den Abriss eines Hauses bewachen, in dem verdorbene Fischwurst gelagert wird. So was in der Art. Kaum ist ein Monat vergangen, erreicht Großmutter sein erster Sold, von dem sie und Mutter leben und Schulden abbezahlen können. Eine Weile schickt er jeden Monat Geld. Und er schreibt Großmutter auch immer noch einige Zeilen. Er ist kein Mann vieler Worte, aber wenn er was schreibt, dann kommt es von Herzen. Wie in diesem ersten Brief von ihm, den ich bei Mutter gefunden habe:

Meine liebe Frau!
Gestern war mein Regiment im Norden auf einem Bauernhof, auf dem die Schweinepest ausgebrochen ist. Wir mußten das gesamte Vieh keulen. Der Bauer zeigte mir seine schrumpfenden Vorräte, er hat einen Keller mit den feinsten Würsten, die Du Dir erträumen kannst. Er jammerte, daß er den Winter mit seiner Familie nicht überstehen wird. Zwölf Kinder hat er. Frische hellrote Grützewurst hing da von den Haken, eine war mehrmals abgebunden, sah aus wie ein Weib und hat mich sofort an Dich erinnert. Bleib sparsam und treu, grüß mir das Kind, Siegfried.

Die ersten zwei Jahre verlaufen finanziell gut. Großmutter ist sparsam. Sie zahlt langsam die Schulden ab und hat genug zu essen für sich und ihre Tochter. Treu ist sie auch, obwohl Großvater noch kein einziges Mal Heimaturlaub gehabt hat. Dann bricht der Krieg aus, die Soldzahlungen schwanken. Schon bald muss der Staat seinen Soldaten den Sold ganz schuldig bleiben. Großvater stellt seine Sendungen an Großmutter ein. Und als der Termin für die nächste Pachtzahlung näher rückt, geht sie zum alten Markwart, dem größten Geizkragen und Schacherer der Gegend, und bittet um Aufschub. Aber Markwart wäre nicht Markwart und hätte heute nicht mal ein Hemd auf dem Leib, wenn er da jedes Mal einfach drauf eingehen würde. Er schlägt ihr vor, eine Arbeit anzunehmen. Im Gegenzug ist er bereit, Ratenzahlungen zu vereinbaren. Was Markwart sich jedoch unter Arbeit vorstellt, ist für Großmutter natürlich zunächst unvorstellbar. Doch am nächsten Tag bringt sie ihre Tochter zu den Nachbarn und fährt mit Markwart nach Sprottau, wo sich am Ortseingang das Wirtshaus

»Am Grünen Baum« befindet. In dem Lokal sitzen hauptsächlich betuchte Herren in verschieden großen Gruppen zusammen, verhandeln und bahnen Geschäfte an. Eher wie in einem exklusiven Gesellschaftsraum. Hier unten ist Markwarts zweites Zuhause. Immer mal steht jemand auf und geht die Treppe hinauf. Dort gibt es einen zweiten Geschäftsbereich. Markwart nimmt Großmutter mit nach oben. Er öffnet eine Tür, auf der »Zutritt verboten« steht. Eine sehr junge Frau, die Wirtstochter, erscheint, begrüßt ihn wie einen alten Bekannten und mustert Großmutter, die ihr für diese Arbeit viel zu mager erscheint. Markwart ist selbst ein einträglicher Kunde und schwärmt für magere Frauen. Großmutter lässt sich in den hinteren Bereich führen. Dort stehen andere Frauen zwischen sechzehn und fünfzig Jahren wie die Kadetten in einer Reihe. So sollen sie immer dastehen, wenn ein Mann den Raum betritt, und geduldig auf seine Entscheidung warten. Die Wirtstochter hat den Frauen verboten, sich obszön zu verhalten, wenn ein Gentleman seine Wahl treffen möchte. Sie dürfen sich auch niemals unten sehen lassen. Neutralität und Bescheidenheit der Frauen und die klare Trennung von Handel und Verkehr haben dem Geschäft erst zur Blüte und den meisten der Frauen überhaupt zu einem Einkommen verholfen. Wie die Soldaten stehen auch sie im Dienst ihres Landes, für den sie anteilig bezahlt werden. Und hier wird ausschließlich nach Leistung bezahlt. Hier verkehren nur Männer von Welt. Niemals und von keiner Seite darf der Wirtstochter ein Wort wie Puff, Prostituierte, Hure oder etwa Bordell zu Ohren kommen. Die Einrichtung nennt sich »Handelszentrum« mit ausgewiesener sozialer Rundumbetreuung, auf dem Schild steht »mit Kontaktbereich«. Es ist nun nicht so, dass Großmutter dies sofort überzeugt. Aber sie hat auch keinen schlechten Eindruck oder das Gefühl, es hier mit einem schmutzigen Geschäft zu tun zu haben. Und sie ist sich bewusst, dass sie das Geld braucht zum Überleben und dass es in diesen schweren Zeiten weit und breit keine andere Arbeit für sie gibt. Großvater muss davon nichts wissen. Ihre Tochter kann sie in die Obhut eines Erziehungsheims geben, in die Obhut von Bildung und Moral.

Schon am nächsten Tag tritt sie ihren Dienst im »Grünen Baum« an. Ihr erster Kunde ist ein junger, einarmiger Mann, den man ausgemustert hat. Er ist schüchtern – und sie erst. Bloß schade, dass es hier keinen Orden für Tapferkeit gibt, den sie sich redlich verdient hätte, denn es ist ihr erstes Mal in Amt und sein erstes Mal überhaupt. Aber auch die nächsten Aufträge kosten sie noch große Überwindung. Zwei Wochen nach ihrem Arbeitsbeginn drückt ihr dann die Wirtstochter eine Ausgabe des *Breslauer Anzeigers* in die Hand, in der sie eine Annonce angestrichen hat.

Magerkeit!

Schöne, volle Körperformen
durch unsere orientalischen
Kraftpillen, in 6 Wochen bis zu
30 Pfund Zunahme garantiert.
Dr. F. Steiner & Co. Berlin

Tja, Großmutter ist ziemlich mager, und einige Männer haben sich beschwert. Sie merkt auch, wie die Nachfrage nach ihr in den letzten beiden Tagen abgenommen hat. Dann kommt Markwart nach einem erfolgreichen Geschäftsabschluss nach oben und wählt sie aus, noch bevor alle Frauen sich in einer Reihe aufstellen können. Und Markwart kommt nicht mehr so oft nach oben, seit ihm die Frauen zu füllig sind.

In den zwei Wochen hat Großmutter sich eingewöhnt, sie leistet den Dienst am Volke schon mit einer gewissen Routine und findet allmählich sogar Gefallen daran. Das kann man ihr doch nicht verdenken. Großvater hat sich schon so lange nicht mehr blicken lassen. Und ebenso lange hat Großmutter sich nicht mehr so lebendig und so liquide gefühlt. Klar behält sie das für sich. Sie fährt selten ins Dorf zurück, um gar nicht erst das Gespräch auf sich zu lenken, besucht aber zweimal die Woche ihre Tochter im Internat. Als der alte Markwart ihre Situation jetzt allerdings ausnutzen will, ist Großmutter drauf und dran, alles hinzuschmeißen. Doch er betritt das Zimmer nicht etwa siegesgewiss, auf wackligen Beinen läuft er. Er ist aufgeregt. Er sagt ihr gleich, dass er dafür bezahlen wird, schließlich sei das ihre Arbeit und sie bezahle ihm ja auch ihre Pacht. Jetzt hat Großmutter die Macht über diesen Aasgeier. Sie hat was, wofür er Geld ausgeben will. Sie spielt ihre Trümpfe aus, und Markwart weidet sich an ihrer Magerkeit. Von da an kommt er wieder regelmäßig, ein- bis zweimal die Woche, ein gutes Geschäft für Großmutter, weil er auch gleich sein Herz ausschüttet, über Dörfer hinweg tratscht, über seine geschäftlichen Strategien. Er erzählt ihr, warum er nichts von demokratischer Monarchie hält, dafür aber umso mehr von seinen polnischen Arbeitern. Das glaubt ihm natürlich keiner. Aber Markwart beteuert, dass er sich höchstpersönlich für das Recht jedes Einzelnen einsetzt, den Ort, an dem er leben will, selbst zu bestimmen. Was nur heißt, dass er Schlepper beauftragt, billige Arbeitskräfte ins Land einzuschleusen. Das kostet die Flüchtlinge 3000 Mark pro Person, von denen Zweidrittel in Markwarts Taschen landen. Die investiere er im »Grünen Baum« regelmäßig in die Gesellschaft zurück, sagt er zu Großmutter. Sie will ihm an die Kehle. Er schröpft Menschen in Not, bezahlt mit ihrem Geld die Schlepper, die unter hohem Risiko den Auftrag für ihn erledigen, dafür selbst nur einen Bruchteil davon kassieren, weil der Großteil des Geldes für diesen Auftrag an den Auftraggeber persönlich zurückfließt, der sich damit hier im »Grünen Baum« schamlos vergnügt und neue Geschäfte abwickelt. Aber Großmutter ist keine Idealistin, sie sagt nur: »Geschickt.« Und er freut sich. Dann zieht sie seinen Gürtel aus der Hose und zeigt ihm ein neues Spiel. Sie denkt sich, der soll gar nicht merken, wie sie ihn jedes Mal dafür bestraft. Sie weiß auch, sie hat so eine Möglichkeit gefunden, ihn nicht anzuzeigen, wobei sie selbst das Geld verlieren würde. Sie ist durch und durch pragmatisch. Die Zeiten sind für alle schwer. Markwart empfindet dieses neue Spiel nicht als Bestrafung.

Dann, ein paar Wochen später, nimmt ein Schutzmann, der aus gesundheitlichen Gründen nicht an die Front gelassen wird, jede Woche ihre Dienste in Anspruch. Das beruhigt ihr Gewissen als Markwarts Mitwisserin. Sie betrachtet ihre Zeit mit dem Schutzmann als moralischen Ausgleich. Sie hat ja auf diese Weise auch einen Joker in der Hand, falls sie sich vor Markwart irgendwann wieder schützen muss.

Die Monate gehen ins Land. Markwart und der Schutzmann wechseln sich ab, dazwischen kommen manchmal Einarmige und Ausgemusterte, Minderjährige oder alte

Gebrechliche. Im Erdgeschoss wird es dagegen immer stiller. Ein rauer Wind erfasst die Geschäftswelt. Der Kontakthof scheint als einziger Bereich noch zu funktionieren. Aber auch dieser Dienst am Volk wird mit der Zeit immer weniger nachgefragt. Einen ganzen Tag verbringt Großmutter allein und mit Herumblättern in Anzeigen, den ganzen Tag über ist niemand gekommen. In den Annoncen spielt sich für sie das wahre Leben ab, in ihnen spiegelt sich die Lage des Landes deutlicher als im Nachrichtenteil. Dort zeigen Menschen, wie einfallsreich sie sind. Einer verkauft Mützen aus Hundefell und Ketten mit Hundezähnen, aus den Knochen baut er Möbel, aus dem Fett stellt er hochwertige Körpercremes her. In den Anzeigen findet der Mensch einen Ausweg aus seinem persönlichen Schicksal. Diskrete Geheimentbindungen. Zahnwohl. Anweisungen über die natürliche Beschränkung der Kinderzahl bietet ein Arzt aus Berlin, aber nur für verheiratete Paare. Sogar effektive Mittel für einen sicheren und schmerzfreien Tod werden angepriesen. Ein bekannter Opernsänger bietet individuelle Vorführungen gegen ein Pfund Butter. Dann, ganz rechts unten, findet Großmutter plötzlich folgende Annonce:

Glasklar?

Versehrter Kriegssoldat mit Ausbildung in Glasherstellung reinigt und repariert Fenster und Schaufenster besonders schnell, gut und günstig.

Glasklar Wiehler, Breslau

Großmutter vermutet Großvater dahinter, der ihr keine Zeile mehr schreibt. Sie findet bei der Redaktion die Telefonnummer von »Glasklar« heraus. Als sie anruft, antwortet eine Frauenstimme. Großmutter legt auf und wählt noch zwei weitere Male. Sie ist so aufgebracht, dass sie sich mit Markwarts Hilfe eine Waffe besorgt. Der fragt nicht viel. Gehörnte Ehefrauen sind seine beste Kundschaft. Großmutter nimmt einige Tage frei, unter dem Vorwand, sich einer Behandlung gegen ihre Magerkeit zu unterziehen. Sie fährt nach Breslau. Im Telefonbuch findet sie die Adresse von »Glasklar Wiehler«. Einen Tag lang beobachtet sie die Leute, die das Haus betreten und verlassen. Großvater entdeckt sie nicht. Am nächsten Tag klingelt sie und fragt nach Herrn Wiehler. Dabei stellt sich heraus, dass er den Namen nur als Pseudonym angenommen hat, damit seine Frau und seine früheren Gläubiger ihn nicht wiedererkennen. Sie gibt dem falschen Wiehler einfach eine schallende Backpfeife und kehrt noch in der Nacht zum »Grünen Baum« zurück.

Die nächsten Monate, bald ein Jahr, verbringt Großmutter in einem schlafähnlichen Zustand. Sie verwechselt die Tage, sie ist sich kaum bewusst, ob sie gerade beim alten Markwart oder beim Schutzmann im Dienste steht. Dank des übermäßigen Konsums an Kartoffelstärke bilden sich Fettpolster an ihren Hüften. Und deshalb gibt es immer mehr Kunden für sie. Sie kommt erst wieder richtig zu sich, als ihr der Arzt bei einer Routineuntersuchung mitteilt, dass sie ein Kind erwartet. Obwohl das Kondom ebenso zur täglichen Übung gehört wie das Waschen, muss Großmutter sich auf eigene Kosten einer Geheimentbindung in Breslau unterziehen. Das große Geheimnis! Darüber will in unserer Familie niemand sprechen. Und nur eine Woche darauf kehrt Großvater aus dem Krieg zurück. Schwer verwundet, traumatisiert und mittellos. Großmutter erzählt ihm, dass sie Arbeit hat. Aber Großvater ist zu erschöpft und gleichgültig, er fragt weder nach seiner Tochter, noch zeigt er Interesse an seiner Frau und ihrer Arbeit.

Die Kundschaft im »Grünen Baum« verändert sich mit der Zeit, Männer kehren aus dem Krieg zurück und wollen neue Geschäfte aufbauen. Das Erdgeschoss füllt sich wieder und floriert. Nach Großvaters Rückkehr kommt Markwart nur noch ein einziges Mal zu Großmutter, und das auch nur, um ihr zu sagen, dass er sich in die sechzehnjährige Margarete verliebt habe, die er eine Woche zuvor mit einem ganzen Schwung junger Leute aus dem Osten reingeschmuggelt habe. Zu Großmutters Kunden zählen inzwischen wichtige Männer aus Politik und Wirtschaft. Sie gehen auch deshalb gern zu ihr, weil sie bei ihr stets auf einen guten Rat hoffen dürfen. Sie hat beim alten Markwart viel gelernt. Großmutter entwickelt sich zur wichtigsten Informantin der Gegend, und für ihre Informationen nimmt sie ein kleines Extrahonorar. Großvater verschwindet oft für Wochen. Er sagt, er sei auf Arbeitssuche. Irgendwann taucht er dann wieder auf, bleibt ein paar Tage und geht erneut für längere Zeit. In diesen Jahren werden noch zwei weitere Töchter geboren. Von wem auch immer die stammen. Der Krieg hat Großvater kaputt gemacht, deshalb hält er es zu Hause nicht mehr aus. Er hat offene Rechnungen zu begleichen. Ich glaube, unsere Mutter sieht ihren Vater in diesen Jahren tatsächlich nie, sie ist immer noch im Internat, so wie ihre kleinen Schwestern seit dem zweiten Lebensjahr. Als Großvater dann im Winter '23 zum letzten Mal verschwindet, nimmt er Großmutters Waffe mit.

Im Januar ’24 heißt es, der alte Markwart sei gestorben. Großmutter kann es erst nicht glauben, dann aber sieht sie den geschlossenen Sarg. Als seine Witwe allerdings meint, die Ärzte hätten sie zu ihrem Schutz nicht zu ihm gelassen und ihn gleich im Sarg verschlossen, wird Großmutter stutzig. Und sie soll recht behalten. Ein Brief erreicht sie, in dem Markwart sich auf ihre Diskretion beruft und sich von ihr verabschiedet. Er ist mit seiner inzwischen volljährigen Margarete nach Kanada abgehauen, hat sich eine neue Identität zugelegt und will für den Rest seines neuen Lebens einfach ein anderer Mensch sein. Sein Sohn ist reif, die Geschäfte zu übernehmen. Er bittet Großmutter darum, auf seine Beerdigung zu gehen und zu sehen, wer kommt und wer worüber spricht. Großmutter hat am Tag zuvor ihre Töchter für ein paar Tage aus dem Internat geholt. Mit ihnen gemeinsam geht sie auf die Beerdigung. Der Trauerzug ist ungefähr einen Kilometer lang, keiner weint, bis auf die Witwe, weiter hinten hört man Protestrufe.

Zu Hause kocht sie anschließend ihre berühmte Kartoffelsuppe, deren Rezept streng geheim bleiben muss. Und plötzlich steht Großvater verwirrt und angetrunken im Haus. Er habe jemanden umgebracht, sagt er. Er hält Großmutters Pistole in der Hand. In der anderen hält er eine Schnapsflasche. Ohne Befehl, auf eigene Faust habe er auf den Mann geschossen. Elfriede rennt zu ihm und ruft: »Vater!« Er lässt die Pistole fallen und hebt sie in die Luft, obwohl sie schon vierzehn ist. Er zieht aus seiner Jackentasche einen Kompass und schenkt ihn ihr. Sie umarmt ihn und sagt, sobald sie groß sei, gehe sie damit nach Amerika. Da beginnt Großvater zu heulen, wirft einen Teller auf den Boden und trinkt die Flasche in einem Zug leer. Völlig vergiftet vom Alkohol greift Großvater Siegfried nach der Pistole und schießt sich in den Kopf. Die Mädchen schreien, Großmutter zittert. Einige Minuten lang stehen sie wortlos da. Elfriede gibt ihrer Mutter an allem die Schuld. Und obwohl es der Krieg war, Mutter wird Großmutter nicht mehr verzeihen. Das hat unsere Großmutter umgebracht. Sie hat nicht mehr lang gelebt. Sie liegt irgendwo dort im Wald begraben. Das glaube ich jedenfalls.

Herbert

Mutter und Vater. ... In der Julihitze des Jahres 1935, mitten am Tag, hetzten sie Vater durchs Dorf, so zwanzig oder dreißig Männer und Frauen müssen es gewesen sein. Deutsche und auch einige polnische Tagelöhner, Katholiken und Protestanten vertrieben gemeinsam mit Spaten, Messern, Dolchen und Schrotflinten, mit dem Kreuz um den Hals und dem Rosenkranz in der Hosentasche, den bösen Geist aus Lauterbach und schlugen ihn mitten auf der Hauptstraße zu Tode. (Ich war damals noch keine fünf und glaube seitdem nur noch an eins: Jeder kann bloß seine eigene Haut retten – und manchmal nicht einmal die.)

Vaters Leiche, in ein Bettlaken gewickelt, wurde von meinem Onkel und dessen Schwager auf einem Esel in den benachbarten Forst gebracht. Ich musste helfen (ausgerechnet ich!). Bevor sie Vater wie einen erlegten tollwütigen Keiler in die Waldgrube warfen, spürte ich, wie Mutter (vor Angst) zitterte, wie sie sich vorsichtig umsah und mir dabei fast die Hand zerdrückte. Die Julihitze sengte langsam an meinem Verstand; ich hatte das Gefühl, meinen toten Vater zu riechen, so wie man im ganzen Dorf die geschlachteten Schweine riechen konnte. Kaum war er in der Kuhle verschwunden, rannten seine Mörder über die Hauptstraße und schrien:

»Das Schwein ist tot!« Dieselben, die noch nicht lange zuvor Mitglieder des Ordens gewesen waren. Sie hatten das ganze Begräbnis über wie Geister zwischen den Bäumen gestanden und (heimlich) zugeschaut. Kein Pastor wollte sich finden, keine Predigt wurde gehalten. Wir standen reglos da und starrten stumm in das Erdloch; Blut an den Händen der Männer und in unseren Köpfen, Fleisch und Blut im Gedächtnis unseres Dorfes. Spontan griff mein Onkel nach der Schaufel und begann, die Grube mit Erde zuzuschütten. (Da erst stieg der Schrecken in mir hoch; ich heulte laut, wie ein Wolf heulte ich zur glühenden Sonne hinauf, wie eine Sirene, und keine einzige Träne rollte meine Wangen hinab.) Mutter zischte, ich solle still sein, ich solle den Mund halten. (Sie drückte mich nicht an ihre Brust, sie tröstete mich nicht; sie hielt mir nur die Hand vor den Mund.) Kein Kreuz und kein Stein sollte sie an ihn erinnern, weit draußen sollte die Grube sein, weit weg von ihr. Nichts durfte bleiben von ihm. Nur ich war noch da, und schnell suchte sie sich einen anderen Mann, der mich adoptierte, um Vaters Spuren noch mehr zu verwischen. Dann aber wurde ich ihm mit den Jahren immer ähnlicher.

Nach allem, was geschehen war, löste sich der Johanna-Orden wortwörtlich im Nichts auf. Als hätte der Glaube eines ganzen Dorfes nie existiert. Den Pfarrer Matthäus gab es zwar schon seit der Ordensgründung nicht mehr, doch jetzt sollte er auch offiziell aus den Annalen verschwinden. Auch der Name Matthias Dehmel durfte im Dorf nicht mehr fallen. Man kratzte und radierte seinen geistlichen Namen aus allen alten Büchern und aus den mit ihm verbundenen Ereignissen und Erwähnungen heraus. Und das waren nicht wenige: Pfarrer Matthäus war einmal ein angesehener Geistlicher evangelischen Glaubens gewesen, der sich als Vermittler zwischen den Katholiken und Protestanten verdient gemacht, sie sogar unter ein Dach zum gemeinsamen Singen gebracht hatte. Die entstandenen Leerstellen füllte man einfach mit einem fiktiven Namen …

Helga

Wer sich da heute überall zwischen den Hecken und Bäumen tummelt. Hier schleicht ja ein Cowboy nach dem anderen vorbei. Und nicht nur kleine. Wenn ich nicht genau wüsste, dass ich in Lauterbach bin. Ach, wen haben wir denn da? Da tauchen doch gerade meine beiden jungen Herren von gestern auf. Sie tragen wieder so schöne weiße Hemden und diese himmelblauen Schlipse mit den silbernen Krawattennadeln, die hätten Mutter gefallen.

»Hallo, wie geht es Ihnen?«, ruf ich und winke sie heran.

»Kennst du die?«, fragt Richard.

Sie winken zurück und kommen direkt zu uns herüber.

»Ja, das sind zwei sehr nette Herren. Sie waren gestern bei mir zu Besuch. Sie haben mir wirklich Trost gespendet. Herr Cassidy und Herr Farnsworth. Sehen Sie, ich hab mir sogar Ihre Namen gemerkt. Sie haben mich auf eine tolle Idee gebracht. Das erzähl ich euch nachher, wenn sie zu uns zum Essen kommen, nicht?«

»Wer sind Sie? Mitglieder einer Hilfsorganisation?«, fragt Günther.

»Ja, gewissermaßen auf einer Mission hierzulande unterwegs, mit Autorisation des Zentralkomitees«, sag ich und blicke Wolfgang an.

»Die Kirche Jesu Christi der Heiligen der letzten Tage wird sehr bald einen Tempel in Freiberg errichten. Vielleicht haben Sie darüber schon aus den Medien erfahren?«, fragt Herr Cassidy mit wunderbarem amerikanischen Akzent.

Meine Geschwister schütteln den Kopf, woher sollten sie es auch wissen, das ist gerade mal zwei Wochen her. Hätte doch Mutter noch von den Herren gewusst und von meiner Idee, vielleicht hätte sie das noch am Leben gehalten, so lange wenigstens, bis alles über die Bühne gegangen wäre.

»Wir reden später, wie verabredet, wir müssen jetzt noch einige Dinge erledigen und sehen uns dann nachher. Unser tiefes, herzliches Beileid noch mal«, sagt er, und sie verschwinden durch den kleinen Forst auf der anderen Straßenseite.

Leider ist Günther noch nicht so weit, dass wir gehen könnten. Sein Knöchel braucht noch Kühlung und ein wenig Ruhe. Alles Weitere muss eben ein bisschen verschoben werden.

»Mormonen«, sagt Richard und blickt mich böse an.

»Mormonen? Klingt nach Kastanien«, sagt Lilian.

»Nach Pilzen«, sagt Viktoria.

»Marshall-Mister-Reno«, sagt Cowboy und fliegt endlich wieder auf meine Schulter. Er hat mir das vorhin in der Kirche verziehen.

»Das ist eine Sekte, Helga«, sagt Richard. »Sie haben die heiligen Lehren sehr stark vereinfacht und leicht verkäuflich gemacht. Nachdem die Aufklärung die Menschen im 18. Jahrhundert vollkommen von Gott hätte abwenden können, haben die in Nordamerika einfach einen Joseph Smith erfunden, der als neuer Prophet durchgehen konnte und die angeblich ursprünglichen

Lehren Jesu Christi verkündete. Für mich ist das nur eine Notgeburt, ein billiger Trick.«

»Das haben die alles von uns abgekupfert. Alle haben doch nur von uns abgeschrieben«, sagt Goldstein und seufzt.

»Und die sind hier im Auftrag des ZK?«, fragt Wolfgang.

»So ist es, lieber Wolfgang. Aber wartet doch erst mal ab, was ich euch nachher zu erzählen hab. Richard, du weißt doch noch gar nicht, worum es geht! Und verurteilst mich gleich«, sag ich.

»Ich habe dich keineswegs verurteilt, Helga. Ich weiß nur nicht, ob du dir über diese Blauschlipse da im Klaren bist«, sagt er.

»Bin ich mir absolut.«

»Was sagt ihr dazu. Sie bauen jetzt zum spirituellen Wohle des Volkes einen T-T-T-Tempel hier auf unserem sozialistischen Boden«, sagt Wolfgang und tut so, als hätte er das organisiert.

»Logisch, weil se in Dollar bezahlen und Schlipse tragen«, sagt Lilian.

»Stimmt, die Bibel haben sie den Leuten hier erst ausgeredet. Jetzt müssen sie sie von den Mängeln ihrer Planwirtschaft ablenken. Da können sie denen die Bibel doch nicht wieder eintrichtern. Diese Mormonen oder wie sie heißen kommen denen doch wie gerufen, und harte Währung bringen sie auch noch mit«, sagt Anna.

»Gerade rechtzeitig zu Mutters Beerdigung …«, sag ich.

Viktoria

»Schsch! Haltet doch mal den Mund! Da klopft jemand am Sarg, hört ihr das nicht? Oder im Sarg. Spinne ich jetzt schon?«, sage ich.

Jetzt ist das Klopfen weg. Und wir sind still. Der weiße Sarg steht wie ein Denkmal auf der kleinen Wiese. Neben dem grauen Bordstein, unter einer tristen kahlen Weide. Ich mag keine Weiden. Ich mag Obstbäume. Da ist das Geräusch wieder.

»Hört ihr das Klopfen?«

»Das kann doch unmöglich Mutter sein«, sagt Helga.

Wolfgang blickt kurz verstört zu Helga. Wir betrachten konzentriert den Sarg. Wir hören es, wollen es aber nicht glauben. Günther lacht sogar, schüttelt den Kopf, das Klopfen geht weiter, und er wird ernst. Wolfgang blickt unentwegt zu Helga, er wirkt über diese abgesandten Mormonen auf seltsame Weise mit ihr und unserer toten Mutter verbunden, als hätten die Männer ihn plötzlich spiritualisiert, was Richard in all den Jahren nicht gelungen ist. Na gut, ihm fehlt die Autorisierung durch dieselbe Gewalt, die Wolfgang autorisiert und die die Mormonen für Wolfgang glaubwürdig machen.

»Tatsache, da klopft einer«, sagt Lilian.

»Klingt für mich wie Morsezeichen –«, sagt Anna.

»Daran hab ich auch gerade ged-d-dacht«, sagt Wolfgang.

»Kennst du dich damit aus?«, fragt Helga.

»Benutzen wir kurz unseren gesunden Menschenverstand. Herr Goldstein, was glauben Sie? Ist das hier überhaupt möglich? Wir haben Mutter eben leibhaftig tot in der Kirche gesehen. Und jetzt klopft es aus dem Sarg?«, fragt Anna.

»Ich bin seit vielen Jahren im Geschäft und habe alles schon gesehen, aber das nicht«, sagt er.

»Muss gerade an die kleinen Zombies von vorhin denken. Geisterwürmer fressen, nagen. Mutterzombie«, sagt Günther.

»Günther, du spinnst. Halt lieber die kühle Klinge an deinen Knöchel. Also, ich hocke mich jetzt hier hin, gleich neben den Sarg, und höre mir das noch mal genau an«, sagt Anna.

»Gute Idee. Ich schreib einfach mit. Vielleicht k-k-kommen wir so drauf«, sagt Wolfgang.

Und da ist Familienölbild Nummer 7: Wie die zwölf Apostel sehen wir aus, dazu Cowboy, lauschend mit einem Ohr am weißen Eichenholzsarg. Über uns verdunkelt sich schon das Grau und drückt auf die Erde. Mutters Sarg strahlt regelrecht in diesem Licht; wir knien um den Sarg herum und horchen. Wolfgang hockt konzentriert mit Zettel und Kuli daneben und notiert sich die Morsezeichen.

». . . _ _ _ . . _ . . . . _ / _ . . . . _ / _ . . . . . / . _ . . _ _ . .
_ . . _ _ . _ _ . _ . _ _ . . _ . / . . . . . . _ . . . _ . _ . / . _ _ . _ .
_ . / . . . . . . / _ . . . . _ . _ . _ . . . . / _ . . . . _ _ . _ . _
. _ . . . / . . _ . _ . . . . _ . . . . . _ . _ . . . . / _ _ . . . . _ .«

»Was heißt das, Wolfgang?«, fragt Helga.

»Ich habe zwischendurch mal den Faden verloren.«

»Und bis wohin haste's?«, fragt Lilian.

»Didididit dahdahdahdit didahdit dididit dah …«

»Das hören wir doch selber, Mensch! Was bedeutet das denn?«, fragt Anna.

»Ich hab's bis hier notiert: h, ö, r, s, t, Pause, d, u, Pause, d, i, e, Pause, r, e, g, e, n, w, ü, r, m, e, r, Pause, h, u, s, t, e, n. Was ergibt das für a-a-a-einen Sinn?«

»Keinen, Wolfgang. Das ist das Regenwürmerlied.

Das hast du dir jetzt selbst zusammengemorst, mein Lieber. Das glaube ich einfach nicht, auch wenn ich an alles Mögliche glaube«, sagt Anna.

Günther und Lilian können sich vor Lachen nicht mehr halten. Richard und Goldstein wirken seltsam nachdenklich und lassen den Sarg nicht aus dem Auge, sie zweifeln, aber sie glauben auch. Helga blickt Wolfgang an und er sie und dann mich. Ich zucke mit den Schultern, was soll ich sagen. Das ist vielleicht Mutters Seele.

»Wisst ihr, Mutter hat das Lied so oft gesungen. *Hörst du die Regenwürmer husten, wenn sie durchs dunkle Erdreich ziehn, wie sie sich winden und dann verschwinden, auf Nimmernimmerwiedersehn.* Ich find's gruselig«, sagt Helga.

»Wenn das wirklich Mutter ist, dann habe ich tatsächlich durch meinen Kühlschrank zu Hause eine Verbindung zu unseren Ahnen. Da höre ich auch immer solche Morsezeichen. Vielleicht versucht Großmutter Esther die ganze Zeit, mit mir Kontakt aufzunehmen, und ich dachte schon, der Kühlschrank gibt bloß bald den Geist auf«, sage ich.

»Ich geb hier bald den Geist auf, Kinders. Das glaubste nich. Das Herumraten bringt keenen weiter«, sagt Lilian.

»Ich schlage vor, wir gehen der Sache auf den Grund und öffnen kurz den Sargdeckel. D-d-dafür gibt es eine logische Erklärung«, sagt Wolfgang.

»Find ich gut. Vielleicht hat Mutter uns wirklich ein Zeichen gegeben. Das dürfen wir nicht einfach ignorieren«, sagt Helga.

Günther

Cowboy, so verloren auf Helgas Schulter, fliegt den Sarg an, klopft wie ein Specht, so beharrlich, will sich ein Loch freilegen, mit Mutter gemeinsam die letzte Ruhe finden. *Hey, like a bird on the coffin, like a drunk in a midnight choir, I have tried in my way to be free.*

»Sie ist tot, Cowboy«, sage ich, halte meinen Finger hin.

»Eastwood«, plappert er, pfeift den Soundtrack von *Hängt ihn höher*.

»Jetzt klopft's wieder, hört ihr? Wieder derselbe Rhythmus«, sagt Viktoria.

»Na los, Richard. Macht den Deckel auf. Sonst hört das hier nie a-a-a-auf«, sagt Wolfgang.

»Hast du das Werkzeug dabei, Johannes?«, fragt er einen der Sargträger, die mir vorkommen, als wären sie nicht von dieser Welt. Abwesende Mienen, nicht desinteressiert, einfach anderwärts.

»Habe ich immer in der Tasche.«

»Dann öffne den Deckel. Der Herr stehe mir bei. Wenn ich's nicht mit eigenen Ohren gehört hätte …«, sagt Richard.

Das Regenwürmerlied. Regen Würmer Lied. Schnitten als Kinder diese zwittrigen, kleinen Schlangen immer in der Mitte durch, Würmer für eine verunglückte junge Amsel auf der Anrichte in der Küche; ein Teil leblos, der andere wollte zurück in die Erde. Mutter erklärt: »Nur das vordere Ende kann sich regenerieren und nur, wenn es nicht zu kurz ist. Das Hinterteil geht kaputt.« Vorn? Hinten? – Kopf? Fuß? Bauch? Hintern? Und Mutter: »Da sieht man außerdem gleich wieder, worauf es im Leben wirklich ankommt.« Hier und jetzt aus Mutters Sarg:

das Regenwürmerlied! Dadaam! Ein trauriger Zufall? Die Anderwärtigen heben den Sargdeckel an. Viertel, halbe Minute lang betrachten wir Mutters Leichnam erwartungsvoll. Kein Klopfen, Morsen, Regenwürmerlied. Mutter liegt regungslos da. Das Klopfen ist verstummt, aber Einbildung war's nicht.

Herbert

Mutter und Vater. … Vater war zwar vergraben, aber fort war er nie. Noch lange wehte ein besonderer Wind im Ort, ein grauenvoller Singsang, der sich jeder Jahreszeit anpasste, der in der Gaststube, beim Krämer, in jedem Winkel des Dorfes zu hören war. Vater blieb sichtbare Erinnerung in den sturen Mundwinkeln der Bewohner, immer dann, wenn sie dem Herrn bekennend gegenübertraten, in der Kirche, in den Sprüchen im Wirtshaus. Alle wussten, dass er dort im Wald lag, unter der Erde. Und seit er von der Bildfläche verschwunden war, schien er noch anwesender zu sein. Eines Tages, es muss einen Monat nach dem Lynchmord gewesen sein, hieß es plötzlich, ein Stein mit seinem Porträt sei am Grab aufgetaucht. *Dem Verkünder und Bekehrer Matthias Dehmel, Opfer und Märtyrer von Lauterbach* habe dort angeblich gestanden. Interessant war, dass niemand sagen konnte, woher man es zu wissen glaubte. Keiner soll an seinem Grab gewesen sein, und keiner von ihnen wollte in den Wald gehen und nachsehen. Ich ging einfach hin, ich wollte den Stein sehen. Mutter versohlte mir hinterher mit einer Kelle den Hintern. Danach holten sie mich ins Gasthaus und fragten mich aus, ob ich jemanden gesehen hätte, ob stimme, was auf dem Stein stehen soll und ob ich das etwa gewesen sei? Ich verneinte und schwieg. Jemand wollte an Vater erinnern, es lagen sogar Blumen da. (Ich hatte Mutter in Verdacht. Bis heute glaube ich, dass sie es war.) Den Urheber konnte man nicht ausmachen. Ein paar Tage berieten sie im Dorf, was nun mit dem Stein geschehen solle, der ihnen genauso bedrohlich erschien wie mein Vater selbst, wie ein Gedenkstein für den Teufel, so redeten sie im Wirtshaus. Ich schlich mich in diesen Tagen fast jede Nacht mit einem Öllicht zu ihm ans Grab und starrte auf sein Bild. (Was ich mir davon erhoffte, weiß ich nicht mehr. Wahrscheinlich wollte ich ihm einfach nur nahe sein.) Einstimmig beschloss die Dorfgemeinschaft von Lauterbach, den Stein und alle Hinweise auf dieses Grab zu beseitigen. Schon am Tag darauf schritten sie zur Tat. Mutter weinte wieder eine ganze Woche lang und versuchte es vor mir zu verbergen.

Einmal, kurz nach Kriegsausbruch, meinte sie, wenn die Bauern ihn damals nicht fertiggemacht hätten, hätte die SS es getan. Zu meinem Schutz durfte ich niemals und mit niemandem darüber sprechen. (Gelitten hat Mutter damals sehr, das weiß ich. Sie litt immer ziemlich leise.) Ich schwor mir, diese Geschichte nicht ruhen zu lassen und sie irgendwann der ganzen Welt zu erzählen. Seither habe ich immer wieder nach einem geeigneten Moment gesucht, an den Ort des Verbrechens zurückzukehren.

Viktoria

»Wisst ihr was? Vielleicht steht der Sarg auf Maulwurfhügeln. Hier gibt es ja Unmengen davon, seht euch mal um. Dass ich die vorher nicht gesehen habe. Da wollte sich vermutlich einer seinen Ausgang wieder frei machen«, sage ich.

»Komisch, mir sind die Hügel vorhin auch nich aufgefallen«, sagt Lilian.

»Kollektive Maulwurfhügelverdrängung zur Festigung der Zombiemutterhypothese«, sagt Günther leise.

»Das erläuterste uns bitte jetzt nich, lasst uns einfach nachsehen und endlich weitergehen. Günther scheint's wieder prächtig zu gehen«, sagt Lilian.

»Tja. Maulwurfhügel wären natürlich eine Erklärung. Na, dann verschließen wir den Sarg wieder und sehen nach«, sagt Richard. Seine Enttäuschung über so eine simple Erklärung kann er nicht verbergen.

Helga pfeift Cowboy zu sich. Die Sargträger versiegeln den Deckel und heben den Sarg anschließend einen halben Meter an. Ein Schatten färbt das niedergedrückte Gras dunkelgrün. Eine Weile blicken wir auf zwei zugeschüttete Maulwurfhügel. Mein Kühlschrank wird wohl früher oder später einfach den Geist aufgeben. Anna schaut eine ganze Weile benommen auf die Hügel, als wolle sie den Übeltäter doch noch dingfest machen. Wie es ein Maulwurf allerdings geschafft hat, das Regenwürmerlied zu morsen, bleibt uns allen ein Rätsel. Richard schickt den Sargträger Johannes, den großen Handwagen zu holen.

Goldstein schnalzt sofort triumphierend. »Lieber einen schäbigen Handwagen als einen polierten Leichenwagen.«

»Das Gelingen eines Beerdigungsrituals lässt sich errechnen durch die Summe aus Erfahrungen und Lebensdauer des Verstorbenen, die dann multipliziert wird mit der Hinterlassenschaft an Familiengeheimnissen und das wird wiederum dividiert durch die Anzahl der Kinder«, sagt Günther.

Das muss ich mir erst mal eine Weile durch den Kopf gehen lassen. Wir alle sitzen nachdenklich am Wegesrand, zwischen dem Grau der Bordsteine und dem Grün der Wiese und unter dunklen Wolken. Wir warten und schauen verloren in der Gegend umher.

»Es lebe der lebende Maulwurf, der uns Mutter noch mal zum Leben erweckt hat!«, sage ich ganz feierlich, weil Günthers Satz mich nicht weiterbringt. Sie nicken und seufzen. Das Leben lässt sie offenbar kalt.

Cowboy sagt: »Ich will ihn lebend!«

»Hat denn ein lebender Maulwurf nicht mehr Aufmerksamkeit verdient als ein toter Mensch?«, frage ich.

»Auch wenn ich weiß, es kann unmöglich Mutter gewesen sein, finde ich die Vorstellung entweihend, dass Maulwürfe an ihrem Sarg herumkratzen. Obwohl mir Maulwürfe immer noch lieber sind als Ratten oder Mäuse«, sagt Richard.

»Also keiner von euch freut sich darüber, dass ein verdammter Maulwurf das Regenwürmerlied morsen kann? Ist das denn nicht genug Hinweis auf Intelligenz?« Gerade will ich eine Diskussion anregen, da erscheint Johannes, der Sargträger, schon mit dem Handwagen.

»Ich glaube, wir müssen uns jetzt etwas beeilen«, sagt Richard. »Geht's wieder mit dem Fuß?« Günthers Knöchel ist dick wie eine Kartoffel.

»Schaffe das schon. Keine Sorge«, sagt er.

»Besser, du setzt dich auf den Wagen. Das sieht noch nicht gut aus«, sage ich.

Die Träger hieven Mutters Sarg auf den abgewetzten Handwagen: Die Räder sind verrostet, die Deichsel quietscht, müdes graues Holz. Günther setzt sich widerspruchslos darauf. Das Ölbild Nummer 8 sieht nun so aus: Allen voran laufen wieder Richard und Goldstein; ihnen folgen die vier Sargträger, die den Wagen mit dem Sarg und Günther mit Cowboy auf der Schulter hinter sich herziehen, neben ihm Anna links und ich rechts, als Schlusslicht Wolfgang mit Lilian und Helga. Wir laufen die Straße hinunter wie Heimkehrer, wenn auch zügiger, mit einem festen Ziel vor Augen: ein eingeteiltes, abgemessenes Stück Erde für eine Tote – mehr als manchem Lebenden zur Verfügung steht –, eine Grube als zeitlicher Endpunkt im Raum. Eine lächerliche Entschädigung.

Anna

»Günther, wovon lebst du jetzt?«, frage ich.

»Sagen wir: öffentliche Förderung.«

»Schon wieder? Hast du ein Arbeitsstipendium?«

»Stütze.«

»Du lebst von Sozialhilfe?«

»Manchmal, wenn ich keine Honorare kriege.«

»Und was sagt Therese dazu?«

»Interessiert sie nicht. Wir reden nie über Geld. Keiner, den ich kenne, redet über Geld. Wir reden über die Welt. Wir leben, wir produzieren, wir arbeiten.« Er blickt mich an. »Schicke Kappe. Anna anno dazumal.«

Er glaubt, ich merke nicht, wie er mich manipuliert. *Anna, du bist stehen geblieben. Du siehst deshalb so altmodisch aus.* Was versucht er mir einzureden? Mit meinen drei Kindern, Eduard und der Band im Schlepptau Mutters ewigen Zug in den Westen fortzusetzen? Wovon soll ich leben? Dies ist mein einziges Leben. Fühlst du dich wirklich so beschissen, Anna? Fühlst du dich etwa beschissener als er? Oder als Viktoria? Wieso greift er denn nicht auch Viktoria an? Hat sie denn irgendwas im Leben, was sie angefangen hat, auch mal zu Ende gebracht? Was hat sie denn erreicht? Das wollen wir doch jetzt mal sehen!

»Viktoria, würdest du sagen, du lebst, wie du willst? Bist du glücklich? Hast du dir deine Träume erfüllt und alle deine Talente eingesetzt? Denkst du, dass sich dein Leben so entwickelt hat, wie du es dir erhofft hast? Und noch was: Glaubst du, du gehst überhaupt mit der Zeit?«, frage ich.

Sie blickt mich nicht an. Sie reagiert gar nicht. Wir gehen und gehen. Sie blickt nach vorn. Meine Fragen liegen wie Schlaglöcher vor mir. Verlegen sehe ich Günther an, der grinst.

»Worüber grinst du?«

»Nur Schicke-Kappe-Anna-anno-dazumal bringt dich gleich an die Urgründe der Existenz. Stark! Viktoria, warum antwortest du nicht? … Okay. Mache es euch vor. Anna, würdest du auf der Mundharmonika leise Spannungsakkorde dazu spielen?«

»Du spinnst, aber wie du willst.«

»Technik? Licht?«

Endlich grinst Viktoria auch. »Licht braucht Denkpause. Nimm's aus deinem Herzen«, sagt sie.

»Auch gut. Also erste Frage: Ja, obwohl. Obwohl ist wichtig, ohne obwohl gerät das Leben in die Falle der Monotonie. Menschen, die nur ja sagen, haben meistens nichts erreicht. Zweite Frage: Ja, obwohl mit Verweis auf Antwort zu Frage eins, Zusatz: Menschen, die nur ja sagen, haben meistens nichts Schlimmes erlebt. Dritte Frage: Nein, obwohl. Für ja, obwohl fühle ich mich zu jung in meiner Branche. Dasselbe zur vierten Frage. Die fünfte Frage geht mir im Augenblick zu weit. Darüber muss ich für den Rest meines Lebens nachdenken, sage ich dir dann bei meiner Beerdigung. Licht aus. Musik stopp.«

Erst mal sagen wir nichts. Ich kann mich nicht genau an alle meine Fragen erinnern, sie vermischen sich schon zu einem Brei. Geschweige denn an die Reihenfolge. Deshalb kann ich auch die Antworten nicht richtig zuordnen. Viktoria und ich brechen gleichzeitig in Gelächter aus. »Danke, Günther. Jetzt ich. Ich schließe mich deinen Ausführungen an. Ausnahme bei Frage zwei, da sage ich: nein, obwohl«, sagt sie.

»Welche Frage war das noch mal?«, frage ich.

Sie lachen mich aus. »Anna, du hast doch den Fragenkatalog aufgestellt«, sagt Viktoria. »Na los! Jetzt du.«

»Dann gehe ich auf Nummer sicher und sage zu allen Fragen: nein, obwohl, mit dem Hinweis, dass sich das jederzeit ändern kann.«

»Erlaube mir in deinem Namen eine Korrektur hierzu: mit dem Hinweis, dass *ich* das jederzeit ändern kann«, sagt er.

Jetzt bin ich die Geradeausblickende. Hätte ich nur ja, obwohl gesagt. Aber seufzen ist auch schlimm. Komm,

Anna, lass das nicht so in der Luft hängen. Sag was. Spiel den Ball zurück. …

»Und Mutter? Was würde sie antworten? Und Großmutter?«, frage ich.

»Nein, obwohl, ja, obwohl«, sagt Günther.

»Nein, obwohl, in beiden Fällen«, sagt Viktoria zur gleichen Zeit.

»Ich sage: Mutter hätte auf diese Fragen gar nicht geantwortet«, sage ich.

Lilian

Helga will mir partout nicht verraten, was sie mit diesen Mormonen vorhat. Sie will das nachher mit allen gemeinsam besprechen. In Ruhe, sagt sie.

»Sag mal, Helgachen, denkste, Mutter ist friedlich gestorben?«, frag ich.

»Warum nicht?«, fragt Wolfgang.

»Sie ist mitten im Eastwood gestorben«, sagt Helga.

»Da, wo se herkommt«, sag ich.

»Wo sie hingewollt hat«, sagt Helga.

»Ach, Helgachen, haste meinen Witz nich verstanden?« Ich erkläre keine Witze. Na ja, Wolfgang hat ihn auch nicht gerafft. Nicht wichtig.

»So will ich auch sch-sch-sterben«, sagt Wolfgang.

»Im Eastwood?«, frag ich.

»Nein. Mitten in etwas Schönem«, sagt er.

»Das wäre?«, frag ich.

»Bei Kaffee und Kuchen mit Petra«, sagt er.

»Das kannste ihr doch nich antun! Du Egoist, stirb gefälligst alleene. Ihr Sterbenden denkt bloß an euch. ›Ich will beim Sex sterben!‹, wie oft hab ich das schon gehört.

Kannste dir eigentlich vorstellen, welches Trauma der Zurückbleibende dabei kriegt? Manche müssen deswegen in die Therapie.«

»Wie Viktoria gesagt hat: Das Leben leidet unterm Tod. Günther hat heute früh so was Ähnliches gesagt, nur redet der immer so kompliziert«, sagt Helga.

»Was ist denn da der Unterschied? O-o-o-ob ich allein im Bett sterbe oder neben ihr am Tisch die Augen schließe? Versteh ich nicht«, sagt Wolfgang. »Helga, hast du seit gestern a-a-ein Trauma?«

»Na ja, nicht direkt. Ich hab mich erschreckt. Und das Bild wird man auch nicht so schnell wieder los, aber in die Therapie muss ich nicht, glaub ich.«

»Da hast du's, Lilian. Du unterschätzt das Leben«, sagt Wolfgang.

»Weiß Petra, dass du neben ihr bei Kaffee und Kuchen sterben willst?«, frag ich.

»Nee. So'n Quatsch! Warum soll ich ihr s-s-so was erzählen?«

»Damit se sich drauf einstellen kann, mein Gutster. Damit ihr nich das Blut in den Adern gerinnt, wenn se dich mit dem Streuselkuchen im Mund umkippen sieht.«

»Damit jage ich ihr doch nur Angst ein.«

»Da hat Wolfgang recht. Dann will sie nicht mehr mit ihm Kaffee trinken«, sagt Helga.

»Mensch, können wir m-m-m-mal über was andres reden?«, faucht Wolfgang.

Er verkriecht sich immer. Wenn jetzt Petra hier wäre, hätte sie das ausdiskutiert. Und er hätte sich hinter ihrer Meinung verkriechen können. Früher hat er sich hinter Mutter verkrochen, bei allem. Wolfgang war immer auf ihrer Seite. Wie er so seinen Job erledigt? Ein Glück für ihn, dass wir im Frieden leben.

Lilians Mutmaßungen über die Großmutter

Ich glaub, Großmutter war Jüdin, ihr Name klingt jedenfalls jüdisch, aber religiös war sie sicher nicht. Vielleicht war auch bloß ihr Vater jüdisch, keine Ahnung. Vielleicht hat Jonathan mir deshalb gefallen, genetische Anziehungskraft sozusagen. Ich werd das Gefühl nicht los, dass sie ein trauriges Ende genommen hat, meine Großmutter. Sie soll ein Tagebuch geführt haben, das spurlos verschwunden ist. Einige ihrer Einträge kann ich mir aber auch lebhaft vorstellen. Wie zum Beispiel den Folgenden, niedergeschrieben im Sommer 1916:

Es gibt mal wieder in ganz Posen keine Heringe! Keinen einzigen, keinen echten, es gibt hier bloß falsche Fische, die teuer verkauft werden. Hier sollte sich tarnen, wer kann. Jeremias würde sich sogar als Katholik tarnen, sagt er, nicht als polnischer, erst mal nur als deutscher. Was macht jemand, der keine Tarnung hat? Als deutscher Jude sollte man sich hier schleunigst eine besorgen. Gleich morgen.

Großmutter wohnt schon vier Jahre in Posen. Aus der südlichen Provinz, aus Schlesien, ist sie wegen einer Anstellung als Sekretärin zum jüdischen Dachpappefabrikanten Viktor Jeremias gekommen, bei dem sie genug Geld verdient und Unterkunft findet für sich und ihre Tochter, die gerade ein Jahr alt ist. Der Vater, dieser Mistkerl, ist urplötzlich einen Monat vor Mutters Geburt verschwunden. Erst will Großmutter glauben, er ist in den Krieg gezogen, doch dann hört sie, er sei im Nachbardorf gesehen worden. Nicht bloß des Geldes auch der Ehre wegen verlässt sie Lauterbach und geht mit dem Kind nach Posen. Jeremias hat ihr ein kleines Zimmer in der Nähe der Fabrik besorgt, ihre Tochter bringt sie jeden Tag zu seiner Frau, die sich auch noch um die drei eigenen Söhne kümmert. Frau Jeremias betreibt mit drei weiteren Müttern eine Betreuung für zwanzig jüdische deutsche Kinder. Zu dem jüngsten Sohn Bruno hat Elfriede eine richtig enge Beziehung. Erst verkündet sie, sie wolle ihn heiraten, ein paar Monate darauf geht sie mit allem auf ihn los, was spitz, gefährlich und furchteinflößend ist. Irgendwann im September 1917 schreibt Großmutter dann Folgendes in ihr Tagebuch:

Elfriede hat schon wieder Bruno gebissen, und er hat sie wie sonst auch bloß angesehen und gesagt, daß sie ruhig weiterbeißen soll. Dann hat sie aber so kräftig zugebissen, daß man hinterher den Knochen sehen konnte, doch Bruno hat bloß gelacht und gesagt, er zerbeißt sie leichter mit seinen Worten. Er hat gespottet, ob ihre Milchzähne wohl schon ganz weich geworden sind vom vielen Quark. Der Junge ist ja nur ein Jahr älter als Elfriede, erst sieben, aber schlau und zungenfertig wie ein alter Fuchs. Elfriede will jetzt wieder nicht mehr zu den Jeremias' gehen, sie kann mal wieder die Milch und den Quark nicht mehr sehen. Aber in diesen Zeiten, wo die halbe Stadt am Verhungern ist, kriegt sie dort immerhin Milch von der Kuh im Schuppen, die heimlich dort gehalten wird, und lernt wenigstens schon Rechnen und Schreiben. Aber was schreib ich da, das hat Elfriede von mir. Sobald sich ihr einer überlegen fühlt, geht sie zum Angriff über. Ach, Elfriede, wie bring ich's dir bloß bei, daß das reine Zeitverschwendung ist?

Elfriede und Bruno werden von da an zeitlich versetzt betreut, damit er nicht noch ein Auge oder einen Finger verliert. Das geht eine Weile gut, bis Großmutter beginnt, nach der Arbeit für ein lukratives Extrageld auch für Viktor Jeremias' Bruder Karl zu arbeiten. Sie hilft ihm beim Schreiben von Artikeln, in denen er sich über die zunehmende slawische Barbarei echauffiert, die deutsche Lebensart als die einzig wahre propagiert oder die Juden der Stadt für den Zionismus erwärmt. Sie organisiert für ihn Gesellschaften, auf denen darüber haarklein diskutiert wird. Bei einem dieser Treffen, am Tag nach der Oktoberrevolution, die hier alle bestürzt hat, weil sie als Putsch ungebildeter Ganoven und eigenmächtiger Volksvertreter angesehen wird, jedenfalls, als sich zu diesem Treffen fast zweihundert angesehene deutsche Juden der Stadt in Karl Jeremias' Wohnung einfinden, wird Großmutter ein Mann anvertraut, den sie unter irgendeinem fadenscheinigen Vorwand an diesem Abend zu betreuen hat. Die Jeremias' versuchen beharrlich, sie unter die berüchtigte Haube zu bringen, obwohl sie wissen, dass sie noch mit Siegfried Wiehler verheiratet ist. Und Großmutter hat bis zu diesem Abend nicht aufgehört, ihn zu lieben. Ende 1917 könnte das hier in ihrem Tagebuch gestanden haben:

So einen preußischen Juden wie diesen Hans gestern hab ich noch nie gesehen. Und ich hab wirklich was übrig für diese Preußen. Sie sind so verklemmt und dabei derart stolz, daß sie ganz und gar unberührbar und unzugänglich wirken. Man kann ihnen überhaupt nicht zu nahe kommen, deshalb denken sie, sie brauchen ihre Verklemmung nicht zu lösen. Sie sind derart verklemmt, daß jedes Lachen, das sie hervorbringen, wie ein Erdbeben losbricht, ganz plötzlich, ohne vorherige Anzeichen im Gesicht. Und so plötzlich küssen sie auch, ohne Ankündigung, aber noch schlimmer ist: ohne jeglichen Hinweis danach, was ihnen dieser Kuß bedeutet haben könnte. Ich habe fast eine Minute darauf gewartet, habe Hans demonstrativ angeblickt, und ihm dann eine ordentliche Backpfeife gegeben. Die hätte er sich ersparen können, wenn er nicht so verklemmt gewesen wäre. Er wurde rot wie ein Backstein, und ich fühle mich jetzt so dumm wie ein Backfisch. Elfriede war schließlich dabei; ich mußte ihr doch ein Vorbild sein! Aber ich hab seinetwegen diese Nacht auch kein Auge zugetan. Als Hans sich verabschieden wollte, faßte ich mir ein Herz, ging zu ihm, sah ihm in die Augen und küßte ihn. Und er ... reagierte nicht ... nicht sichtbar ... für mich.

Dieser Abend hat für Großmutter noch eine andere unangenehme Seite. Die Gespräche drehen sich vorwiegend um den Osten, der in den Westen vordringen wolle, vor dem man sich schützen müsse, weil der Osten so schrecklich unzivilisiert sei. Wilde slawische Horden sieht man wieder auf sich zureiten, die die Regeln des Westens missachten, sie zerschlagen könnten, die schönen neuen Regeln der modernen Zivilisation. Wie kann man überhaupt eine Oktoberrevolution im November machen? Fragt man an jenem Abend. Das gilt ja überhaupt nicht! Wenn der Russe sich nur an unsere Zeitrechnung halten würde, wäre er nicht dauernd so spät dran. Der Westen wird immer zuerst an der Reihe sein, das haben die Engländer in Greenwich gut eingefädelt. Wer nicht hinterherhinken will, muss sich nach uns richten. Plötzlich, ich seh's richtig vor mir, erhebt Großmutter sich und sagt laut: »Gemäß dieser englischen planetaren Längenmeridiane sei hier ja noch gar kein richtiger Westen und auch in England eigentlich noch nicht.« Ihre Bemerkung stimmt die Gesellschaft nachdenklich. Karl Jeremias zollt ihr Respekt, er nickt, lacht, schüttelt den Kopf und sagt, ihre Worte seien gar nicht so dumm. Der Westen sei doch wie der Osten bloß eine Illusion, weil jeweils aus einer subjektiven Blickrichtung entstanden, eine pragmatische, navigatorische, typisch englische Entscheidung. Hätten die Griechen die Längen- und Breitengrade gezeichnet, wer weiß, wie viele Himmelsrichtungen es dann geben würde, wahrscheinlich wäre die Welt ganz und gar nach Eigenschaften und Denkmustern strukturiert, sagen sie. Hier wäre dann vielleicht die *Logische Zone*. Alle lachen. Oder die Franzosen, sagt ein anderer, die hätten die Welt nach Rebsorten oder nach der Art des Liebesverkehrs eingeteilt, weshalb sie sich dann mit den Italienern jahrhundertelang im Krieg befunden hätten. Der Salon bebt vor Gelächter. Der Russe, brüllt derselbe vor Lachen, hätte die Erde sicherlich in landwirtschaftliche Hemisphären unterteilt. Viktor Jeremias erwidert, der Russe habe das ja nicht mal in seinem eigenen Reich geschafft. Großmutter zündet sich eine Zigarette an und fragt laut: Und wir Deutschen? Wonach hätten wir den Planeten eingeteilt? Es dauert eine kleine Weile, bis Karl antwortet: Nach dem Bildungsgrad. Das löst sofort ein Streitgespräch aus, weil es vollkommen unlogisch erscheint. Danach lässt sich kein Schiff lenken, aber wer will hier schon wirklich in See stechen. Dann lieber die Welt in Hoch-, Mittel- und Niedrigkulturen aufteilen, schlägt man vor. Ein Planet wie ein Schaubild, mit verschiedenen Farbzonen. Köpfeschütteln. Vereinzeltes zögerliches Nicken. Also, dann plädiere man eher für eine Karte der Leistungen und der Funktionstüchtigkeiten.

Am Ende des Abends steht fest, es sei besser und logischer gewesen, die Erde einfach in vier Himmelsrichtungen zu unterteilen, auch wenn das ein subjektiver Blickwinkel bleibe, irgendwo müsse die Null eben sein.

Hans ist jüdisch und preußisch und kein bisschen polnisch, deshalb nimmt er Großmutters Ohrfeige nicht lange schwer, lernt aber auch nichts daraus. Es kommt zu einigen Arbeitstreffen mit ihm, die jedes Mal mit diesem plötzlichen Kuss enden. Er arbeitet für den Lehmanns Verlag in München, der die *Deutschland-Hefte* herausgibt, in denen die Besonderheit und Größe der deutschen Kultur in verschiedensten Vergleichen zu den Franzosen und Engländern unterstrichen wird. Da nun nach der Revolution auch Russland zu einer Bedrohung geworden ist, eignen sich für die kommende Nummer auch Erhebungen bei verschiedenen slawischen Völkern, worin der aktuelle journalistische Auftrag von Hans besteht. Er zählt in der Stadt den Anteil an Deutschen und Polen und vergleicht bei beiden die Geburten- und Kindersterberaten, die Anzahl der Analphabeten, der Arbeitslosen, der publizierten Bücher in den entsprechenden Sprachen, wenn vorhanden, der Spareinlagen, der Qualität der Arbeit, der Mahlzeiten und der Freizeitbeschäftigungen. Und Großmutter bringt das alles für ihn zu Papier. Überall stehen die Deutschen vorn, mit ihren hohen, stolzen, blutroten Balken, daneben beschämend die niedrigen, neidgelben der Engländer, Franzosen und Russen. Diese *Tatsachen und Ziffern*, wie der Untertitel der Hefte lautet, soll der kriegsgebeutelten Monarchie das Herz stärken. Wegen seiner sturen Pedanterie verliebt Großmutter sich immer mehr in Hans. An seine Küsse gewöhnt sie sich mit der Zeit, mit der auch der Entschluss heranreift, sich von Siegfried scheiden zu lassen. Hans würde ja keine weiteren Schritte unternehmen, solange sie mit einem anderen verheiratet ist. Aber sich von Siegfried scheiden zu lassen ist nicht so einfach, weil keiner weiß, wo er sich gerade aufhält. In ihrem Tagebuch muss im Februar 1918 gestanden haben:

Hans sagt, Deutschland stehe vor großen Veränderungen, die an dieser Stadt nicht vorbeigehen werden. Es brodelt hier seit einiger Zeit, es geht hier was vor sich, diese Stille und das Flüstern überall sind schon Hiobszeichen. Ich fühle mich wie in einem Theater, kurz vor Beginn der Vorstellung, wenn der schwere Vorhang noch geschlossen ist und dahinter Gezischel und Geräusche die Aufmerksamkeit auf sich ziehen. Als ich Hans meinen Entschluß mitteilte, mich von Siegfried scheiden zu lassen, küßte er mich zum ersten Mal sehr lang und sagte, daß wir danach alle drei woanders ein neues Leben beginnen werden. Seitdem kann ich an nichts anderes mehr denken, nur noch an das Woanders, wo es sein könnte, wo es für mich sein könnte. Als ich das Elfriede erzählte, leuchteten ihre Augen, sie fragte, ob wir nach Amerika gingen? Nein, Hans und ich werden Deutschland niemals verlassen. Du kannst nach Amerika gehen, wenn du alt genug bist, wenn du es dann noch willst, sagte ich zu ihr.

Ich habe von meinem ersparten Geld einen Privatdetektiv beauftragt, wie Hans es mir geraten hat, der Siegfried ausfindig machen und ihn die Scheidungspapiere unterschreiben lassen soll. Hoffentlich gelingt ihm das bis zum Sommer, wenn wir die Stadt verlassen wollen.

Großmutter hört monatelang nichts von diesem Detektiv. Und die unruhige Zeit schickt gerade, wie schon lange nicht mehr, kräftigen Wind durchs ganze Land. Die Zeitungen spekulieren jede Woche über ein anderes politisches Szenario. Es herrscht Aufbruchstimmung unter den deutschen Juden hier. Die Stadt wird von einem ausgesprochen ungemütlichen Klima beherrscht. Ein weiteres Hiobszeichen zeigt sich an Elfriedes siebtem Geburtstag. An diesem Nachmittag treffen Bruno und sie noch einmal aufeinander. Sie beißen und streiten nicht, sie scheinen einander vollkommen gleichgültig zu sein. Dann, am Abend, findet man beide heulend neben der toten Kuh im Schuppen. Kein Quark mehr, keine Milch.

Als sie im Spätsommer noch immer nichts gehört hat, fährt Großmutter mit ihrer Tochter kurzerhand selbst nach Lauterbach zurück. Sie will ihren Mann suchen. Hans gibt ihr noch Zeit bis zum Herbst. Ihr Haus ist verwaist. Die Pacht, die sie während der letzten Jahre an ihren Pächter Markwart gezahlt hat, hat sich seit ihrem Weggang fast verdoppelt. Auch wenn sie das kleine Anwesen verkaufen will, braucht sie dafür die Unterschrift ihres Mannes. Großmutter fragt im Dorf herum, hat aber kein Glück, sie sagen bloß, er sei noch im Krieg und sie müsse halt warten. Sie geht zu einem Anwalt, will die Ehe ohne ihn auflösen lassen und das Haus verkaufen, schließlich erklärt sie ihn für tot, erntet aber nur Unverständnis und zahlreiche Belehrungen. Dass er sie verlassen hat, dass er sich mit anderen Frauen herumgetrieben hat, dass er das Schwein ist, das interessiert wieder mal nur die Frauen im Dorf, und auch bloß die jüngeren, die Großmutter und ihre Tochter unterstützen, wo sie nur können. Sie hat nicht mal genug zu essen, und ihr Geld geht zu Ende. Und sie wartet und wartet. Es ist Mitte September 1918, als wohl folgender Eintrag in ihrem Tagebuch steht:

Dieses Dorf ist verdammt und mein Leben mit ihm. Ich wollte so sehr mit Hans ins neue Glück ziehen. Jetzt sitze ich hier mittellos fest. Und Hans beantwortet keine Telegramme. Ich könnte verrückt werden!

Und Großmutter wartet. Zwei weitere Monate gehen ins Land. Fast täglich sucht sie die Behörden auf, die ihr schließlich drohen, sie wegen Rufmordes einsperren zu lassen, falls sie noch einmal versuchen sollte, Siegfried für tot zu erklären. Den Detektiv hat sie übrigens nie wiedergesehen. Er sei mit ihrem Geld nach Amerika gegangen, redet man, was Mutter zeit ihres Lebens wahnsinnig machen wird, nicht nur, weil er und nicht sie nach Amerika gegangen ist, sondern er und nicht sie das mit dem Geld unserer Großmutter getan hat. Für diese Dummheit hasst Mutter Großmutter noch mehr als für alles andere.

Alle Zeichen stehen auf Auflösung der bisherigen Ordnung, neue Staaten werden gegründet. Die stolzen, roten Balken sind den Deutschen zum Verhängnis geworden, nein, eigentlich sind es die gelben Balken der anderen, der Russen, Engländer und Franzosen. Wenn diese Balken nicht so niedrig gewesen wären, wäre dieser ganze Schlamassel nicht passiert, sagt Großmutter sich immer wieder. Die Ruhe kann erst einkehren, wenn alle Balken gleich niedrig sind oder gleich hoch. Als die Nachricht kommt, Posen sei nicht mehr deutsch, leiht Großmutter sich Geld, lässt Mutter bei den Nachbarn und fährt am 10. November spätabends los, um Hans zu suchen. Am nächsten Morgen, dem 11. November 1918, erreicht sie in aller Frühe die Stadt, wo eine grausige Stille auf den Straßen herrscht. Kein Laut ist zu hören. Im Haus der Jeremias' ist niemand mehr, auch nicht im Haus des Bruders. Die deutschen Juden sind weg, nach Berlin oder nach Übersee. Überall sprechen die Leute polnisch, überall plündern Menschen die Häuser. Um 11 Uhr läuten dann die Glocken. Waffenstillstand. Erst jetzt regt sich das Leben wieder. Auf der Straße trifft sie einen der polnischen Arbeiter aus Jeremias' Fabrik, er bringt Großmutter zu sich nach Hause. Von ihm erfährt sie, dass Hans eine andere Frau getroffen und sie mit nach Deutschland genommen hat. Er hat geglaubt, sie würde nicht mehr wiederkommen. Im November 1918 schreibt Großmutter noch in Posen ins Tagebuch:

Was bildet dieser Preuße sich ein? Nun haben sie hier auch noch meine Scheidungspapiere für nichtig erklärt, weil jetzt polnische, wohlgemerkt katholische, und keine preußischen Gesetze mehr gelten. Ich habe die Neue von Hans in seiner Wohnung auf einer Fotografie gesehen. Ich kann bloß sagen: Die hat er verdient! In ihren Augen kann man sehen, wie dumm, herrschsüchtig und nachtragend sie ist. Sie wird ihn fertigmachen, da bin ich mir sicher. Leb wohl, du Hans im Glück. Obwohl ich glaube, daß er gar nicht weiß, was Glück ist. Leb wohl, Posen.

Großmutter geht zurück nach Lauterbach. Ich glaube, ihr neuer Lebensversuch dort verläuft nicht so gut. Zumindest wäre das eine Erklärung dafür, dass ab hier etliche Seiten in ihrem Tagebuch fehlen. Viel fällt mir nicht ein zu den folgenden Jahren, nur so viel, dass Siegfried tatsächlich wieder auftaucht und immer wieder verschwindet, dass es nie zur Scheidung kommt und aus den wenigen Begegnungen sogar noch zwei Töchter hervorgehen. Großmutter arbeitet zwischendurch bei einem Kaufmann in Sprottau. Wovon sie lebt, keine Ahnung. Mit Sicherheit weiß ich erst wieder etwas von einem sehr einschneidenden Ereignis, das sich viele Jahre später zugetragen hat.

Es ist der Tag nach dem Tod des alten Markwart, der in sämtlichen angrenzenden Dörfern der Umgebung gefeiert wird, auch wenn sich nichts ändern wird, denn die Geschäfte übernimmt sein ihm ebenbürtiger Sohn Anton. Markwarts feudales Verpachtungsgebaren und sein gefühlloser Wucher machten ihn zum Erzfeind Nummer eins in der gesamten Region, bis nach Breslau kennt man ihn. Großmutter hat am Tag zuvor ihre Töchter für ein paar Tage aus dem Internat nach Hause geholt, nachdem sie von einer längeren, offenbar erfolgreichen Reise zurückgekehrt ist. Sie will für ihre Töchter endlich mal wieder die berühmte Kartoffelsuppe kochen und sich wie in einer Familie fühlen. Dafür deckt sie die Tafel im großen Zimmer. Mehrere Male klopft es an der Tür, die Leute aus dem Dorf wollen, dass sich so viele wie möglich dem protzigen Trauerzug der Markwarts anschließen und gegen die Preistreiberei demonstrieren. Aber Großmutter steht mit dem Kochlöffel vorm Topf, umringt von ihren Mädchen, und lässt sich dabei nicht stören. Die Kartoffeln brät sie vorher kurz an, dann kommen wenigstens drei Sorten trockene Pilze dazu, derart viele, dass die Kartoffeln gerade noch in der Überzahl sind. Zwiebeln, Knoblauch, Butter und so weiter braucht sie und vor allem Kümmel und Schafsmilch, jedenfalls keine Kuhmilch, und wenn, dann besser in Form von Kondensmilch. Großmutter hat sich ausgerechnet ihrer ältesten Tochter gegenübergesetzt, die, seit sie damals ins Internat gekommen ist, kaum noch mit ihr redet. Jedes Mal wirkt sie verschlossener, entrückter, als lebe sie in einer anderen Welt. Was sie so weit weggebracht hat, will Großmutter wissen, aber sie kommt nicht mal mehr dazu, ihre Frage zu beenden. An der Tür klopft jemand Sturm. Kaum hat sie die Tür einen Spaltbreit geöffnet, stürzt Siegfried mit einer Schnapsflasche in der Hand ins Zimmer. Sturzbesoffen ist er und übellaunig. Er knallt einige Gegenstände auf den Tisch und erklärt, dies seien Geschenke. Mutter greift sich sofort den Kompass. Sie sieht ihren Vater jetzt zum ersten und gleich zum letzten Mal. Großmutter zieht er ein Stück zur Seite und sagt, sie solle sich nicht einbilden, er sei nicht über alles im Bilde. Er halte sein Maul nur, wenn sie ihn zur Hälfte beteilige. Er sei immerhin ihr Ehemann, sagt er. Großmutter reagiert aufgebracht, nimmt sich aber vor den Kindern zusammen. Siegfried ballt eine Faust, dass die beiden Kleinen zusammenschrecken. Großmutter packt ihn am Arm und zieht ihn raus auf den Korridor. Dort versuchen sie erst gar nicht, leise zu sprechen. Siegfried zerschlägt offenbar seine Flasche, und Großmutter brüllt ohne Rücksicht auf ihn ein, er sei der Letzte, dem sie irgendwas schulde, und wenn er über die Angelegenheit nur einen Mucks von sich gebe, schlitze sie ihm seine stinkenden Eier auf. Elfriede sitzt versteinert auf dem Stuhl, umfasst mit beiden Händen den Kompass, die kleinen Schwestern weinen. Die Suppe steht noch einen Fingerbreit in den Tellern und ist bereits kalt geworden. Die Sache, um die es hier zu gehen scheint, hat mit Großmutters letzter Reise oder den Reisen zu tun, zuletzt nach Berlin, wie sich herausstellt. Im Auftrag von offenbar einflussreichen Leuten hat sie dort etwas Wichtiges erreicht, was so brisant oder einträglich zu sein scheint, dass sogar Siegfried sich mal wieder nach Hause bemüht, um seinen Teil vom Ertrag abzufassen. Dann zerrt er Großmutter am Arm ins Wohnzimmer zurück, beschimpft sie als Jüdin und Pfennigfuchserin, der er den Geiz schon noch austreiben werde. Er öffnet seinen Reißverschluss, reißt ihr Bluse und Hose auf und dringt vor den Augen seiner Kinder in sie ein. Großmutter schreit, greift sich was Spitzes, Langes und rammt es Siegfried in den Rücken, der auf den Boden fällt und nicht wieder aufsteht. Elfriede bleibt sitzen, blickt auf ihren toten Vater, den sie noch nicht einmal umarmt hat, dem sie noch nichts von Amerika erzählt hat, dem sie noch nicht einmal für den Kompass hat danken können. Sie hasst ihre Mutter in diesem Moment mehr als irgendetwas auf der Welt, nicht mal die Russen hasst sie so sehr. Wie Großmutter es geschafft hat, ihre Tochter dazu zu bringen, gemeinsam mit ihr den Vater im Garten zu begraben, ist nicht überliefert. Sie verscharren ihn, noch nicht ganz kalt, im selben Moment, als Markwarts exklusiver Sarg in die Erde gelassen wird. Zum Schutz lässt Großmutter ihre Kinder noch taufen, bevor sie irgendwann den Kontakt zu ihnen abbricht, und ich fürchte, am Ende ist sie im KZ umgekommen.

Herbert

Mutter und Stiefvater. Mutter traf Walter Stamm, meinen Stiefvater, genau eine Woche nachdem der Stein an Vaters Grab aufgetaucht war, Ende August 1935. Mutter und ich waren auf dem Weg zum Markt, als ein hochgewachsener Mann aus dem Wirtshaus trat und sie ansprach. Er stellte sich vor und sagte, er sei Hüttenarbeiter und beobachte sie seit einiger Zeit. Er bot sich an, falls sie Hilfe benötige, und machte ihr einige Komplimente. Mutter bedankte sich und zog mich weiter. Zwei Tage darauf besuchte er uns. Er brachte Mutter Margeriten und Konfekt mit, mir einen Ball. Ich musste an dem Tag früh ins Bett und hörte sie noch die halbe Nacht lachen und reden.

Als Mutter schwanger wurde, heirateten sie, das war im Februar 1936. Im Juni wurden die Zwillinge Wolfgang und Viktoria geboren. Ich musste helfen, weil unsere Hebamme Emma Grimm schon einen schwachen Rücken hatte. Viktoria kam zuerst. Sie war blutig und schleimig. Mir wurde schlecht davon. (Vielleicht habe ich deshalb keine Kinder, weil ich alle Geburten meiner Geschwister mit ansehen musste und Neugeborene mir immer wie Schmarotzer vorkamen.) Mutter war furchtbar enttäuscht, als zuerst ein Mädchen kam. Sie sagte, Walter brauche einen ordentlichen Burschen, der mit anpacken könne. Dann, etwa zwanzig Minuten später, wurde Wolfgang geboren, mit ebenso viel Auswurf und viel Geschrei …

Viktoria

Das Grau des Himmels ist schwer geworden, als wollte es unsere Köpfe berühren. Erste dicke Tropfen fallen schon und kündigen einen baldigen Wolkenbruch an. Richard und Goldstein ziehen das Tempo ordentlich an. Wir jagen den holprigen Bordstein hinunter, obwohl wir wissen, wir werden es bis zum Ausbruch des Regens niemals schaffen, den Friedhof in Bischofroda zu erreichen, Mutters Sarg andächtig in die Grube zu lassen, eine angemessene Grabrede zu halten, jedem Einzelnen einen Moment des Gedenkens und den üblichen Wurf einer Handvoll Erde zu gewähren sowie in gebührender Geschwindigkeit von Bischofroda nach Lauterbach zurückzukehren und uns zum Leichenschmaus an den Tisch zu setzen.

Günther

Nur ein kurzer starker Schauer wird es, meint Richard. Schauer, schaurig. Eine Ahnung wie der Geruch nach Schmorbraten, wenn man das Treppenhaus betritt. Du weißt schon, du weißt nur noch nicht, wo. Wenn mein Fuß mich ließe: würde jetzt wegrennen.

»Lasst uns hier kurz unterstellen, bis es sich abgeregnet hat«, sagt Richard. Schnelle Schritte durch den Matsch, die Räder des schwer beladenen, schäbigen Handwagens rattern die hundert Meter auf dem schlammig gewordenen Feldweg entlang, verstummen endlich in der offenen Scheune. Blick nach draußen, Unterschlupf, Wolkenbruch, kein Ende in Sicht. *We were just the nameless souls that sit inside wishing that we were someone on the outside.* Blicke nach drinnen. Habe die Scheune nicht wiedererkannt. Zeit kann nicht nur die Blicktemperatur aufwärmen, sie erzeugt diesen Abstand zwischen den Bildern im Kopf und den entsprechenden Originalen, über den der Mensch sich dann wundert, weil er nicht aufhören kann zu glauben, die Zeit in seinem Kopf vergehe im selben Tempo wie draußen. Tut sie aber nicht. Blick hoch zur Scheunendecke. Brauche nicht hinzusehen: Abgerissener Strick hängt vom Querbalken herab. Darunter, umgefallene Leiter. Keiner sagt ein Wort. Di di di daun di di. Blicken mich an. Lieber ohne Spot.

Vor zwei Jahren hat mein Vater sich hier erhängt. Ein Mann, der nie *unser* Vater war, nur meiner. Meine Geschwister haben ihn kaum gekannt. Mutter hat ihn rausgeworfen, als ich noch nicht geboren war. Seinen Freitod wollte sie vor mir verheimlichen. Das ganze Dorf redete aber darüber. Dann rief Helga mich an. Viel Gras ist um die Scheune gewachsen. Keiner hat sie gleich erkannt. Bin selbst bloß einmal hier gewesen, am Tag der Beerdigung. Vater war erst ein Jahr zuvor mit seinem neuen Lebensgefährten, einem Bäcker aus Mihla, hier ins alte Bauernhaus eingezogen. Norbert, der Bäcker, lebt heute in Westberlin. Sehe ihn selten, aber hätte ohne ihn von alldem nichts erfahren. Sie suchten hier die Isolation, Freiraum für ihre Liebe. Im Dorf zerrissen die Leute sich ihre Schandmäuler. Dann wurde Vater schwer krank, bekam keine Luft mehr, konnte sich kaum noch bewegen, hatte einen schlimmen Hautausschlag, Haarausfall. Die Nachricht verbreitete sich schnell. Eines Tages stand in großen roten Graffitibuchstaben über der Haustür: »Hier wohnt die Pest!« Norbert wurde arbeitslos, weil niemand mehr Backwaren von ihm kaufen wollte. Vater erhielt ein Telegramm von der Universitätsklinik, sie wollten ihn in Quarantäne stecken, um seiner ungewöhnlichen Krankheit auf die Spur zu kommen. Er bat seinen Freund um Strick und Leiter, setzte seinem Leben ein Ende. Norbert stellte noch am selben Tag einen Ausreiseantrag, der innerhalb von einer Woche bewilligt wurde. Mutter hat Vater verbrennen lassen, wie einen verräterischen Brief.

Lilian

Damit hat keiner von uns gerechnet. Der Anblick des Dachbalkens ist so eindeutig, da kannste nicht einfach so drüber hinwegsehen. Mutters Sarg steht direkt unterm Galgen. Cowboy fliegt gerade hoch und setzt sich da drauf, jetzt knabbert der sogar am Strick. Wir stehen blöd im Kreis herum und blicken abwechselnd zu ihm, zum Balken, zu den anderen, zum Himmel, auf die Uhr und zu den Sargträgern, die ein wenig isoliert an der Wand lehnen. Güntherchen sitzt so elend an einer Seite des Sargs, dass ich ihn jetzt erst mal drücken muss. Plötzlich stellt Wolfgang sich vor Günther, bückt sich und nimmt ihn in den Arm, klopft ihm dabei auf die Schulter, fasst ihn an den Oberarmen, drückt sie ein paarmal kräftig zusammen und blickt ihm in die Augen.

»Diese Momente hat keiner wirklich v-v-verdient, Mensch. Kopf hoch, VV … Kopf hoch«, sagt er.

»Ach, Kinders«, sag ich.

Wolfgang macht eine kleine Drehung um den Sarg, bevor er weiterredet: »Denk mal! Mein V-V-V-Vater, der Soldat, der Kriegsheld, ist wahrscheinlich kaltblütig erschossen worden. Peng! Aus dem Hinterhalt. Vielleicht von einem Polen oder einem Russen. Vielleicht haben sie ihn auch in den Hinterhalt gelockt. Missbraucht. Danach aufgeschlitzt, diese Mistkerle. Denen muss ich heute wieder in die Augen sehen. Zu denen muss ich heute ›mein Bruder‹ sagen. W-w-wir haben nicht mal einen Grabstein. Von einem guten Soldaten ist er zu einem ungeliebten Soldaten geworden. Dieser Held war auf der falschen Seite. Nicht mal zum unbekannten Soldaten hat er hier getaugt. N-n-n-nicht mal auf einem antifaschistischen Heldenfriedhof würden sie einen Stein für ihn aufstellen. Nirgendwo. Wahrscheinlich irgendwo in der Ukraine haben sie ihn eingebuddelt, zusammen mit tausend andren. Als wäre er nicht mehr wert gewesen. Er war Soldat! Er hat seine Befehle ausgeführt! Bestraft für die Fehlentscheidungen der Befehlshaber. Ein Soldat muss die Befehle ausführen. Ohne zu fragen! Das ist die Regel. Das ist ihr Beruf. Soldaten denken und fühlen nicht, sie kämpfen! Dafür kann man sie nicht bestrafen! Ein Soldat darf nicht zweifeln. Auch heute nicht. Auch im Kapitalismus nicht. N-n-nirgendwo. Alle Soldaten dieser Welt sind gleich. Schachfiguren zum Schutze des Königs. Über den König spricht man. So setzt man dem noch ein Denkmal. Für die Soldaten sch-sch-sch-schämt man sich. … Aber das ist vorbei. Alles geht vorbei. Einfach alles, mein Kleiner.«

Wir blicken Wolfgang unsicher an. Mein Kleiner hat er zuletzt vor Günthers Flucht zu ihm gesagt. Wolfgang kneift ihm leicht in die Wange, dann massiert er seine Schulterblätter. Er geht zum Sarg und pocht zweimal zaghaft mit der Faust auf das Holz.

»Wir Burschen müssen immer die Ohren steif halten. Wie Mutter gesagt hat. W-w-weißt du noch, wie sie uns manchmal angesehen hat? ›Ihr seid doch die prächtigsten Kerle, d-d-die es gibt‹, hat sie dann gesagt.«

Damit meinte sie aber auch uns Mädchen …

Wolfgang

Mutter hat mich so komisch angesehen, als ich ihr sagte, dass ich zur Fahne gehe. Sie wollte wissen, wem ich das schuldig bin. Lange hab ich die Frage nicht richtig verstanden, dachte, ich wär's meinem Land und seinem Fortschritt schuldig. Heute hab ich eine andere Antwort. Ich bin's Vater schuldig. Ich wollte in seine Fußstapfen treten, wollte bei ihm sein.

»Soldaten, Krieger«, sagt VV leise.

»Mein Froind, wenn ich mir eine Bemerkung erlauben darf: Es steckt ein wahrer Kern in Ihren Worten. Nur sind es gerade die inhumanen Staatsformen, und das sind die meisten immer gewesen, die Soldaten hervorbringen. Ein Mensch dürfte nie ein Soldat sein, weil er denken und fühlen kann und weil er zweifelt. Auch wenn Sie im Grunde recht haben, sprechen Sie aus der Gültigkeit eines inhumanen Regimes heraus. Wenngleich Ihnen meine Worte nicht den geringsten Trost spenden: Ich habe meinen Vater in Buchenwald verloren und trage vielleicht selbst die Schuld daran. Sie tragen keine unmittelbare Schuld, mein Froind, aber Sie beteiligen sich in Ihrem Leben wieder am Militär und arbeiten unmittelbar für die Staatsordnung und nicht für den Menschen. Sie würden vermutlich selbst jeden Befehl ausführen, weil Sie ein guter Soldat sind. Aber dann können Sie eigentlich nicht gleichzeitig als Mensch handeln. Wie überstehen Sie das? Ihre verletzte Seele müsste doch gegen das Soldatentum rebellieren«, sagt Herr Goldstein.

»Nur als Soldat kann ich meinem V-V-Vater nah sein. Ich kann ihn für alles entschädigen. Und das hat für mich Vorrang. So überleb ich das, Herr Goldstein. Das ist m-m-m-mein Leben«, sag ich.

Alle schweigen. Günther sieht mich an. Dann klatscht er plötzlich los. Was bedeutet das? Er steht auf, humpelt zu mir und umarmt mich. »Menschlicher Soldat, du dialektisches Ungeheuer«, sagt er. »Hier unterm Vatergalgen und überm Muttersarg ringen wir uns das Bekenntnis zur Vaterlosigkeit ab, acht Kinder von drei Vätern. Nie gehabt. Nie umarmt. Nie geliebt und nie gehasst. Gelyncht. Erschossen. Erhängt. Wir gehören zusammen«, sagt Günther, ohne mich loszulassen.

Herbert

Mutter und Stiefvater. … Als Walter das nächste Mal für zehn Tage nach Hause kommen konnte, war wieder August. Der Sommer im Jahr 1937 war heiß. Wir gingen viel baden und unternahmen zusammen einige Ausflüge. In Walters Nähe war Mutter mild, sie ohrfeigte nicht, weil er es tat, und sie redete wenig. Ich musste dann immer früh ins Bett und hörte sie die halbe Nacht reden und lachen.

Walter ging wieder für eine lange Zeit auf Montage. Und Mutter war wieder schwanger. Sie nahm es heiter, sie sagte, das sei nun einmal so. Ich fragte sie, wie wir es denn nach Amerika schaffen wollten, wenn wir so viele seien, ob sie es vielleicht schon vergessen habe. Und Mutter sagte, Walter arbeite deshalb so hart, weil er das Geld dafür verdiene. Ich glaubte ihr. Wenn ich in der Schule war, arbeitete sie meist bei den Freimaurern. Der Sonntag blieb dem evangelischen Gottesdienst vorbehalten, ein Tag in der Woche, meinte sie, müsse reichen, um an Gott zu denken. Das Leben auf Erden habe Vorrang für den Menschen. Die Monate vergingen. Im Mai 1938 kam Lilian auf die Welt. Diese Zeit war schwer, denn Mutter war geschwächt und allein …

Anna

»*Di didididi, di didididi, di didididi. Ehrenvoll ist er gefallen, gebt ihm seinen Schild ins Grab. Droben aus den Wolkenhallen sehn die Väter jetzt herab.* Du wolltest einen Trauermarsch, Wolfgang. Den Rest des Textes habe ich vergessen«, sage ich.

»Klingt so aktuell«, sagt Günther.

»Ein altdeutsches Grablied, klingt für dich neu, weil ich's auf der Mundharmonika begleite.«

»Dass du auch so was kannst, b-b-bin überrascht«, sagt Wolfgang.

»Ich habe eine aktive Schwiegermutter«, sage ich.

»Ehrenvoll abwesend«, sagt Günther.

Ehrenvoll, solange das Wort nicht anders definiert wird. Vater ist heute unehrenvoll abwesend. Dass Vater schließlich gefallen ist, hat doch nur die Idee von ihm verändert – ein abwesender toter Vater ist er geworden, nicht mehr ein abwesender lebender. »Hier unter diesem Galgen unserer Phantomväter zu gedenken ist doch fast so, wie vor einem anonymen Grab auf einem Heldenfriedhof zu stehen. Sehen wir's einfach so«, sage ich.

»Auch wenn's an Mutters Beerdigung ein kleenes bisschen makaber ist. Das steht se aber auch noch durch«, sagt Lilian.

»Eine Mutter, drei Väter, acht Kinder, die nicht auf

einem einzigen Familienfoto zusammen zu sehen sind. Dieses Bild werde ich malen, das hängen wir dann zu Hause in die Stube«, sagt Viktoria.

»Für wen soll das noch einen Sinn haben?«, fragt Helga.

»Na, für uns«, sagt Wolfgang.

Helga sieht nicht sehr glücklich aus. Sie war sonst immer diejenige, die die Familienfahne hochgehalten hat. Sie war lange der Kitt unseres bunten Haufens. Wenn Mutter fast schon zu knurren anfing, sobald Wolfgang über Vater redete, dann stellte Helga sich hinter ihn. Es war auch ihre Idee, dass Viktoria mal so ein Familienporträt malen soll. Mutter hat sich zwei Tage darüber aufgeregt. Die Vorstellung von Vater löst bei mir ähnliche Gefühle aus wie die, einfach mit Sack und Pack von hier abzuhauen. Anna, du musst nicht, keiner hetzt dich. Denk nach, Anna, lass dir nichts einreden.

Günther

Spannungen gelöst, ohne eine Träne. Di di di daun di di. Weiches Licht wäre vonnöten, um unseren Gesichtern die Schatten zu nehmen. Umarmen uns gegenseitig, berühren gemeinsam spiritistisch den Sarg, warten aufs Ende des Regens. Die vier Anderwärtigen, Zylinder auf den Schoß gestellt, sitzen noch mit ihren hohlen, unbewegten Gesichtern auf leeren Bierkästen, ins Nichts blickend. Denke, sie sind diese Szenen gewöhnt, abgebrüht wie Krankenschwestern. Wenn man ein rührendes Buch liest, eine rührende Musik hört oder einen rührenden Film sieht, ist man doch berührt: Die einen weinen, die anderen haben einfach nur einen Kloß im Hals oder bekommen wie ich und Wolfgang zumindest so eine weiche Miene – die, die es gar nicht aushalten können, räuspern sich oder machen Witze darüber. Die vier haben das hier schon so oft gesehen, dass sie immun geworden sind, fast schon tot wirken. Zombiezeitarbeit. Auftraggeber: *Bestatter Goldstein & Pfarrer Richard Stamm*. Was ist mit Richard los? Bleich wie ein Bettlaken. Sitzt abseits auf einem kaputten Hocker. Sagt schon die ganze Zeit nichts mehr, seit wir hier drin sind. Schaut nicht hoch zum Galgen, Balken, schaut in sich hinein. *We were just the nameless souls that sit inside wishing that we were someone on the outside.*

»Hey, Richard, ist dir schlecht?«, frage ich. Er lächelt, lächelt so lange, bis er wieder Farbe im Gesicht hat.

»Dieser Tag wirbelt viel Staub auf«, sagt er.

»Wie in einem guten Western«, sage ich.

»Dann sollten wir sehen, dass wir hier lebend rauskommen. Also los, der Regen hat aufgehört«, sagt er.

Viktoria

Ich fasse noch schnell die Szene für das Ölbild Nummer 9 dieses Tages zusammen: Nass vom Regen stehen der Bestatter Goldstein und sechs Kinder um den weißen Sarg, ein Bruder, die falsche Therese, sitzt mit Cowboy auf der Schulter und seinem verstauchten Knöchel darauf. Sie schauen gemeinsam und ratlos hoch zum Balken, an dem ein abgerissener Strick hängt. Darunter eine umgefallene Leiter. Die vier Sargträger blicken düster in ihre Zylinder.

Der Himmel gibt wieder Licht ab und lässt sogar an einer dünn gewordenen Stelle der Wolkendecke ein paar Sonnenstrahlen durch. Wir brechen wieder auf. Na gut, irgendwie kommt immer alles ans Licht, auch wenn man es noch so sehr und so lange versteckt. Verscharrte Knochen werden ausgegraben, gekenterte Schiffe gehoben, und auch wenn du jedes Jahr im Garten jätest, das Unkraut sprießt immer aufs Neue aus dem Boden. Die Existenz ist stur wie dieses Licht, das sich in den unzähligen Wasserflächen bricht, die sich in jeder Vertiefung gebildet haben, sogar auf weggeworfenen Zellophanschnipseln, die den Himmel verdoppeln und reflektieren, in Blau und Grau und Weiß, als wären sie extra dafür geschaffen worden, vom Eigentlichen abzulenken, uns vom Ziel abzubringen. Richard lässt sich nicht ablenken, er stampft zügig und zielsicher durch den Matsch. Aber *zügig* ist für die Gangart unseres Trauerzugs noch nicht das passende Wort. Wir hasten, ich komme kaum hinterher. Die Räder des Handwagens scheppern wieder laut über den Bordstein. Günther sitzt wieder auf dem Sarg, legt sich sogar auf den Rücken und blickt in den Himmel. Wie die Wiesel mit ihrer Beute jagen wir in eingeübter Formation über die Landstraße und sagen keinen Ton. Ich glaube, jeder ist jetzt nur bei sich.

Richard

Eben dachte ich noch, ich könnte es nicht mehr aushalten. Ich hätte mir beinah Luft gemacht, aber eine Beerdigung ist keine Kummersprechstunde. Erst wollte ich gestern Abend mit Helga darüber reden, aber sie war plötzlich so euphorisch, sie kam mir so fremd vor, dass ich ein Gespräch über so delikate Dinge lieber bleiben ließ. Über mich zu reden, ist mir immer schon schwergefallen. Vor allem seit ich Katharina kenne. Ich dachte, ich hätte mir einen Traum erfüllt, ich könnte die Spuren Luthers wieder aufnehmen und die Seele des Menschen weiter reformieren. Katharina sollte meine Muse sein, aber sie ist mein Untergang geworden. Anfangs lief es gut, wir bekamen zwar keine Kinder, hatten dadurch aber viel Zeit, anderen Kindern zu helfen. Ich würde sagen, die ersten fünf Jahre ging es ganz ordentlich. Sie widerstand der Drogenversuchung. Dann hatte sie während eines Ausflugs einen Nervenzusammenbruch. Und seitdem einen nach dem anderen. Und letzte Woche hat sie sich einen Strick um den Hals gelegt, den ich in letzter Minute noch durchschneiden konnte. Soll ich da etwa an Mutters Beerdigung in der Scheune herumjammern? Eine lächerliche Szene war das. Dabei haben ausgerechnet diese beiden Brüder es in unserer Familie noch am besten. Petra verwöhnt Wolfgang nach Strich und Faden, der braucht sich nicht einmal sein Hemd zuzuknöpfen. Und Günther, weiß ich nicht, scheint mit seiner Therese auch keine größeren Probleme zu haben. Die beiden müssen da eine sentimentale Schau hinlegen, zwei, die am wenigsten wissen, was Nächstenliebe bedeutet, Aufopferung, sich für einen anderen Menschen zurückzunehmen. In diesen Jammer wollte ich nicht mit einsteigen. Wer hilft mir denn schon? Wer kann mir denn einen Ratschlag geben? Wäre Katharina nicht vielleicht tot noch am ehesten lebendig? Dann könnte ich sie so in meinem Herzen tragen, wie ich will. Ist einem Menschen, der sterben will, die Lust auf den Tod von Gott gegeben? Das kann doch gar nicht anders sein.

»Herr Goldstein, sagen Sie, wenn Ihre Frau seit Jahren versuchen würde, sich umzubringen, und Sie schon alle Register gezogen hätten, was würden Sie zu ihrer Rettung noch tun?«

»Mein lieber Froind, ein Mensch, der so vehement sterben will, ist kein Lebender mehr, er ist ein Zombie. Er denkt nur noch an den Tod. Und mit einem Zombie könnte ich so lange gar nicht leben.«

»Ein Zombie, sagen Sie. Aber wenn es doch noch viel Lebenslicht in diesem Menschen gäbe, das Sie genau sehen könnten, nur nicht wissen, wie Sie es wieder neu in ihm zünden sollen?«

»Schicken Sie diese Frau auf die Kinderkrebsstation, auf eine für die traurigen, unheilbaren Fälle. Konfrontieren Sie sie mit dem Tod und nicht mit dem Leben, mit dem ganz schlimmen Tod. Mit dem von Unschuldigen und Lebenswilligen. Nicht mit dem von Müden und Alten. Dieser unerträgliche Anblick zündet jedes Lebenslicht, wenn vorhanden.«

»Und wenn das auch nichts nützt?«, frage ich leise, weil ich keine Antwort erwarte.

»Dann gibt es keinen Lebensfunken mehr zu zünden. Dann lassen Sie sie gehen«, flüstert er. Mit einer warmen Stimme, so einer Stimme, wie man sie sich in solchen Momenten wünscht.

»Ich danke Ihnen«, sage ich.

Richards Mutmaßungen über die Großmutter

An Großmutters Leben bin ich gewachsen. Denke ich.

Großmutter gehört zu denen, die schon früh nicht aus religiösen Gründen oder aufgrund einer jüdischen Herkunft den Namen Esther bekommen haben. Sie ist durch und durch Katholikin, und ich vermute, psychisch labil. Die Kinder sind nach dem Vater getauft worden.

Es ist nicht die pausenlose Arbeit auf dem Bauernhof oder das herrgottsfrühe Aufstehen, es ist auch nicht ihr Mann Siegfried, ein guter, fleißiger Mann, und es sind auch nicht die drei Töchter, nein, das alles ist nicht der Grund für Großmutters beständige psychische Probleme. Schuld an ihren zunehmenden Zusammenbrüchen ist ihre übersteigerte Religiosität. Vielleicht klingt das eigenartig, wenn ausgerechnet ich das sage, aber Großmutter ist auf eine verhängnisvolle, ungesunde Art in Gott verliebt. Das fängt kurz nach der Geburt der dritten Tochter erst richtig an, die sie nicht stillen will. Das Kind verhungert fast, bis die Kirche eine Amme schickt. Großmutter ruft ständig nach einem Pfarrer, und sie schreit, wenn Siegfried sie berühren oder trösten will. Als sie nach einem Gottesdienst wieder mal Tag und Nacht nur noch hysterisch betet und das Essen verweigert, bringt man sie kurzzeitig in die nicht weit entfernte, auf einem Berg gelegene Heilanstalt. In Mutter, damals erst sieben, acht Jahre alt, zerbricht an diesem Tag etwas, das nie wieder verheilen wird.

Der behandelnde Oberarzt der Klinik holt sich Hilfe von einem Pfarrer, und sie beraten, wie man ihr zu einem gesunden Glauben verhelfen kann. Im Zimmer neben Esther ist eine Berliner Schauspielerin untergebracht, die in der Anstalt mit Kokain handelt, das sie wer weiß wie in diese Einöde geschafft hat. Großmutter probiert das Zeug wie alle anderen und fühlt sich wahrscheinlich gleich viel besser. Ich glaube, Großmutter klammert sich an Gott wie andere an Drogen, weil ihr einfach der Selbstglaube fehlt, den man als Gläubiger trotzdem braucht und den uns Gott nicht ohne Grund zugesteht.

Fatalerweise hat das Rauschgift sie wahrscheinlich für einen Augenblick über sich selbst hinauswachsen lassen, aber eine bessere Heilung kann es für sie in diesem Moment nicht geben.

Sie hortet ein halbes Pfund von dem Zeug, das sie in einen Waschpulverkarton umfüllt, in den Siegfried nicht hineinschauen würde. Bald konstatieren die Experten eine Besserung und entlassen sie nach Hause. Das Familienklima hat durch ihre Abwesenheit spürbaren Schaden genommen. In der Zwischenzeit war eine Nachbarin mehr mit Siegfried als mit den Kindern beschäftigt. Großmutters resolutes Auftreten stört ihn, und er verlässt sie und die Kinder bereits wenige Tage nach ihrer Rückkehr. Eine Weile läuft es dann zu Hause gar nicht schlecht, sie versorgt ihre Töchter allein, gibt ihnen, so gut es geht, Liebe und Aufmerksamkeit. Das dauert genau so lange an, wie sie an jedem anbrechenden Morgen aus dem halben Pfund Kokain eine Prise für den anstehenden Tag schnupfen kann. In dieser Provinz denkt keiner an Rauschmittel, darauf kommt keine Landpomeranze. Im Dorf ist man sich einig: Die Heilkunst der Anstalt hat gewirkt.

Dann, eines Morgens, ist die Waschpulverpackung leer. Großmutter starrt erschrocken in den leeren Karton und beginnt zu weinen. Sie zittert und traut sich nicht zu den Kindern. An diesem Tag versorgt Elfriede ihre kleinen Schwestern. Und am nächsten Tag, am übernächsten und an den darauffolgenden Tagen auch. Großmutter verbringt diese Tage in ihrem Zimmer, beginnt wieder laut zu beten, während sie vor Schmerzen immer lauter schreit und das ganze Dorf davon erfährt.

Der Pfarrer und der Dorfarzt beschließen, sie für eine Weile in die Obhut des Klosters Leubus zu geben. Elfriede und ihre Schwestern kommen vorläufig in ein kirchliches Internat. Das riesige ehemalige Zisterzienserkloster ist nach Reformation und Gegenreformation, Säkularisierung und napoleonischen Befreiungskriegen ein religiös nicht festgelegter, ein befreiter Ort des Rückzugs, der Arbeit und der Geistheilung geworden. Dort wird studiert, geforscht, geheilt und gebetet, und zwar in allen Konfessionen und zu allen Göttern. Schon am ersten Tag wirkt Großmutter viel ruhiger, sie fühlt sich besser, hat keine Schweißausbrüche mehr. Sie betet leise im Singsang vor sich hin, während sie in den Speisesaal geht. Sie setzt sich ohne Scheu zwischen die anderen an die Tafel und isst. Neben ihr sitzt eine Frau, vielleicht ein Jahr jünger als sie. Bertha heißt sie, und auch sie ist vor ihrer Familie geflüchtet, die sie zur Atheistin erziehen wollte. Ausgerechnet in der Gegend, wo auf jedem Berg ein Heiliger lebt, wo sich an jeder Ecke eine Sekte oder ein Orden versammelt. Wo jeder Zaunpfahl, der in die Höhe ragt, dem Himmel so nahe erscheint. In diesem Kloster findet Großmutter eine Zeit lang Ruhe. Natürlich vermisst sie ihre Kinder, aber sie ist auch zum ersten Mal in ihrem Leben glücklich. Sie kann sich gar nicht mehr vorstellen, in ihr altes Leben zurückzukehren oder an der Seite ihres Mannes zu leben. Sie lebt jetzt an Berthas Seite.

Im Kloster wird freiwillig gearbeitet, morgens oder abends. Großmutter und Bertha füllen Arznei in Fläschchen, die in alle Himmelsrichtungen verkauft werden. Tagsüber halten sie sich am liebsten in der alten Klosterbibliothek auf. Ein Regal ist von oben bis unten vollgestopft mit Büchern über Hexenprozesse, gerade in dieser Gegend ein Massenphänomen. In einem der Bücher wird das mit der besonderen Zusammensetzung des Bodens erklärt, in einem anderen mit der eigenwilligen Farbe, die der Himmel hier hat.

Bald kommt kein Arzt mehr, um nach Großmutter zu sehen, ihr Zustand ist so gut wie nie zuvor. Es steht ihr frei zu gehen, aber sie bleibt. An ihre Kinder denkt sie nur noch selten, und wenn, dann seufzt sie. Großmutter und Bertha haben inzwischen ihr Arbeitsfeld verlagert, sie helfen in der Arzneimittelforschung, die hier von der preußischen Regierung ausgebaut und gefördert wird. Seit einigen Monaten gewinnt man im Klosterlabor aus nepalesischem Opium Morphin, was ungeheuer aufwendig ist, aber der heimischen Wirtschaft Unmengen von Geld einbringt

Dann, der letzte Monat im Jahr '23 hat gerade begonnen, wird Großmutter Zeugin eines unglaublichen Ereignisses: Bertha erscheint Jesus Christus. Nach diesem Ereignis ist sie kaum noch ansprechbar. Sie zieht sich von Großmutter zurück. Da steigt die Angst wieder in ihr hoch, und sie nimmt ein wenig Morphin, um sie zu vertreiben. Sie hofft natürlich, diese Beklommenheit ginge irgendwann von allein wieder weg und sie bräuchte das Morphin bald nicht mehr, stattdessen nimmt sie immer mehr. Die Abstände zwischen den Schweißausbrüchen werden kürzer, sie zittert vor Angst, betet manisch wie früher, bis sie kurz vor Jahreswechsel in ihrem Zimmer zusammenbricht und für einige Tage ins Koma fällt. Bertha sitzt die ganze Zeit über an ihrem Bett. Als Großmutter nach drei Tagen wieder zu sich kommt, weicht Bertha kaum noch von ihrer Seite. Schließlich überredet sie Großmutter, mit ihr gemeinsam in ihr Haus zu fahren, es in Ordnung zu bringen und die Kinder zu holen. Sie bietet ihr an, so lange bei ihr zu bleiben, bis sie und die Kinder sie nicht mehr brauchten. Der Januar ist schon in vollem Gange, als die beiden Frauen sich im Schnee auf den Weg machen. Großmutters Haus ist kalt, feucht und dunkel, die Tür wurde aufgebrochen. Eine Woche lang arbeiten die beiden unermüdlich, damit man dort überhaupt wohnen kann. Kaum hat es sich im Dorf herumgesprochen, dass Großmutter wieder im Haus ist, kommt auch schon der Sohn des Pächters und Halsabschneiders Markwart und fordert die letzte, nicht bezahlte Pacht, die er ohne Ankündigung erhöht hat. Sie zahlt an. Ein Handgemenge bricht aus, Großmutter und Bertha schlagen mit Reisigbesen auf ihn ein, jagen ihn hinaus und wünschen seinem Vater, ihn solle der Schlag treffen. Der trifft ihn dann noch in derselben Nacht.

Am nächsten Morgen holen Großmutter und Bertha die Mädchen aus dem Internat. Das Wiedersehen wird von Schüchternheit, Unsicherheit und vielen Tränen begleitet. Besonders Elfriede hält Sicherheitsabstand. Das kann man Mutter auch nicht verdenken, sie weiß ja nicht, wie lange es diesmal dauern wird bis zur nächsten Katastrophe. Eins fällt Elfriede sofort an ihrer Mutter auf: Sie hat ruhigere Gesichtszüge, sie wirkt sicherer und fröhlicher, sie erscheint ihr schöner als jemals zuvor. Doch kaum ist das Eis zwischen Mutter und Tochter gebrochen, kommt ein Spektakel draußen vor der Haustür auf. Das halbe Dorf wird am späten Mittag zusammengetrommelt, um sich dem Trauerzug hinter Markwarts Sarg anzuschließen und gegen seinen Wucher zu demonstrieren.

Das Gedränge hinter Markwarts Sarg ist kaum auszuhalten, man erzählt sich ungeheuerliche Dinge über sein Ableben, er soll während des Verkehrs mit einer Prostituierten einen Herzschlag erlitten haben. Großmutter will gar nicht mehr aufhören zu lachen. Andere behaupten, der alte Markwart sei von einem jungen polnischen Kommunisten umgebracht worden. Sie laufen eine Weile Hand in Hand mit der Menge, die sich aufgewühlt Luft macht. Fraglich ist, ob irgendetwas davon bis nach vorn zur Familie dringen kann, so durcheinander wird geredet und so stark ist der Gegenwind.

Im Getümmel taucht dann plötzlich Siegfried auf. Volltrunken legt er den Arm um Großmutters Schulter und sagt unverständliche Worte. Sie versucht sich aus seiner Umklammerung zu lösen, da kommt ihr Bertha zu Hilfe. Sie rennen die Straße hinunter nach Hause. Siegfried folgt ihnen, aber zu langsam. Früher hat er nie getrunken, und gewalttätig war er auch nie.

Die Entscheidung, heute endlich mal wieder die berühmte Kartoffelsuppe zu kochen, fällt einstimmig. Großmutter kann Kartoffeln schälen wie niemand sonst auf der Welt, sie sehen aus wie Handgranaten. Die Pilze lässt sie, wie sie sind, deshalb kommen sie einem manchmal wie Erdkrater vor oder wie abgerissene Gliedmaßen. Das Rezept ist ein Familiengeheimnis und wird auch eins bleiben.

Sicher wäre es an diesem Tag endlich zu einem Mutter-Tochter-Gespräch gekommen, zu vielen Tränen, zu Vorwürfen und Rechtfertigungen, schließlich zur Umarmung und Vergebung, wenn Siegfried nicht nach einem Sprung durchs Fenster blutbeschmiert von Schnitten im Gesicht und an den Armen im Zimmer gelandet wäre. Siegfried schwankt zum Tisch und leert seine Taschen. Er sagt, er habe ein paar Geschenke dabei. Mutter schenkt er einen Kompass, für den sie ihn minutenlang umarmt. Was die anderen bekommen, keine Ahnung. Siegfried starrt eine Weile auf Bertha, die ihm einen Teller Suppe hinstellt. Dabei berührt er ihren

Hintern und lacht. Großmutter ermahnt ihn, sich zusammenzunehmen oder zu gehen. Siegfried steht auf, blickt sie an, geht dabei zu Bertha, schleppt sie mit Gewalt vom Stuhl, wirft sie mit dem Rücken auf den Tisch, berührt sie schändlich und will gerade noch weiter gehen, als Großmutter eine volle Flasche Schnaps auf seinem Kopf zertrümmert und er tot zu Boden fällt. Auch wenn Großmutter aus Notwehr gehandelt hat, wird Mutter ihr das niemals verzeihen.

Großmutter hat auf einmal wieder diese Angst im Gesicht. Sie will nicht bleiben. Bertha und sie verscharren den toten Siegfried in einem nahe gelegenen Waldstück und bringen die Mädchen ins Internat zurück. Ich glaube, Großmutter hält sich von da an bei Bertha im Kloster versteckt. Und Bertha geht dann nach 1937 als Prophetin an die Öffentlichkeit. Ich glaube, Großmutter ist in diesem Kloster irgendwann an einer Überdosis gestorben. An Gott oder am Rausch.

Günther

Cowboy goes to West-Berlin. Werde es Helga nachher sagen. Therese wird er gefallen. Lässt sich von mir sogar am Schnabel, am Köpfchen kraulen, nennt mich »Marshall-Mister-Reno«; so hat er nur Mutter genannt. Vom Balken direkt meine Schulter angeflogen, gleich als wir aufbrachen. Belagern Mutters Sarg wie zwei Räuber. Poststation ausgeraubt, Gold in die Kiste, rein in die Postkutsche, ab die Straße nach Silver City. Di di di daun di di. Gib den Pferden die Peitsche, Cowboy! Von uns sehen die nur Staubwirbel. *Sonne brennt. Sheriff pennt.* Di di di daun di di. Was? Das ist doch nicht etwa

Heraklit, der Bulle von vorhin, der uns gerade mit dem Auto einholt, an uns vorbeifährt, bremst, uns den Weg verstellt? Er ist allein. Wolfgangs Ohren glühen wieder. Der wird doch wohl nicht doch noch Verdacht schöpfen? Ist er am Ende gekommen, um mir die Frauenkleider auszuziehen?

»Ihre Handtasche, Helga! Sie haben sie in der Kirche liegen lassen. Sehen Sie gleich mal nach, ob noch alles da ist«, sagt er.

Cowboy flattert aufgeregt über seinem Kopf, plappert: »Sie sind verhaftet«, gibt Schüsse von sich. Heraklit hält sich die Hände in guter Hitchcock-Manier vors Gesicht.

»Keine Angst«, sagt Anna. »Der zeigt nur, was er gelernt hat.«

Heraklit bleibt ernst. Cowboy landet auf Goldsteins Kopf. Helga breitet inzwischen fein säuberlich den vorhin schon vermuteten, sterbenslangweiligen Inhalt ihrer Tasche auf Mutters Sarg aus. Nur das geschlossene, leicht vergilbte Blankokuvert nicht; das bleibt drin, ist vielleicht gar nicht mehr da, sie hat es bereits vergessen. Helga, der Umschlag! Was ist damit? Ein prall gefülltes Kuvert, vielleicht so eins vom Format einer kostspieligen Sonderanfertigung, nicht mehr A5, noch nicht A4, so ein Kuvert, auf das man täglich hofft, das nach einer hohen, ehrenvollen Einladung klingt, aus gefüttertem Büttenpapier, in der Farbe einer längst vergangenen Zeit. Einen solchen Umschlag vergisst man nicht so einfach, schleppt ihn auch nicht bloß mit sich herum. Da ist er, der Umschlag! Sie hält ihn wie eine Fahrkarte hoch.

»Alles da. Vielen Dank!«, sagt sie.

Heraklit verschwindet mit seinem grünen Wartburg am Horizont.

»Was ist das für ein Umschlag, Helga?«, frage ich.

»Den hab ich vorhin in Mutters Schrank gefunden. Ein Bericht von Großmutter Esther, handgeschrieben. Hab kurz reingesehen. Damit kommen wir ihr vielleicht endlich auf die Spur. Wir können ihn ja nachher laut lesen.«

Einen Moment lang Atemstocken. Unsichere Blicke. Der Text interessiert mich, die echte Stimme von Großmutter interessiert mich. Niemand reißt Helga den Umschlag aus der Hand.

»Lasst uns weiter, Kinders. Da hinten sehe ich schon die Kirchturmspitze«, sagt Lilian, winkt den Treck zum Anfahren. Lehne mich zurück, blicke in den Himmel. *Himmel glutblau und scheußlich wolkenlos*. Meiner hängt voller beschissener Väter, Allväter, Niemandsväter, Arno. Meiner hängt voller Großmütter, wie ein geschmückter Himmel. Invasion der schwarzen Wolken geht weiter.

Herbert

Mutter und Stiefvater. … Walter kam erst am 13. Juni 1940 wieder nach Hause, er war kein Monteur bei der Flotte mehr, er war jetzt Soldat. Das überschattete diesen Aufenthalt. Er beschäftigte sich hauptsächlich mit Wolfgang. Mich nahm er kaum wahr, auch wenn er mich nicht schlecht behandelte. Wie immer, wenn er da war, ging ich früh ins Bett und hoffte, sie würden nicht wieder die halbe Nacht reden und lachen.

Walter zog wieder in den Krieg. Und Mutter war wieder schwanger. Als sie es merkte, weinte sie. Als sie es mir erzählte, weinte ich auch, Amerika war nun ans unerreichbare Ende der Welt gerückt. Als ich sie fragte, ob wir es jemals schaffen würden, sagte sie nichts. (Ich weiß selbst nicht, wieso ich damals so viel an Amerika dachte. Heute glaube ich, weil ich es mit Mutter schaffen wollte. Ich wollte helfen, ihren Lebenstraum zu erfüllen. Ich wollte für ihr Glück und nicht für ihr Unglück verantwortlich sein.) Großmutter blieb verschwunden, ihr Name durfte nicht mehr erwähnt werden. Zu unserem eigenen Schutz, wie Mutter sagte. Sie summte während der nächsten Monate viel, sie summte Partisanenlieder. Von Walter kamen zuerst eine Menge Briefe. Darin war immer ein Extragruß an Wolfgang. Von seinem Sold zu leben wurde eine Kunst, die Mutter ganz gut beherrschte.

Ich sagte ihr, dass ich nach der Schule irgendwo aushelfen und so das Geld für Amerika mitverdienen könne, aber sie verbot es mir, ich solle meine Zeit mit Lernen verbringen, sagte sie. Anfang März 1941 kam Anna auf die Welt. Mutter sah Anna nicht einmal richtig an. Sie war schwach und enttäuscht, dass es wieder ein Mädchen war. Sie bat Emma Grimm, ihr irgendeinen schönen Namen ins Register einzutragen, einen mit A …

Viktoria

Keiner sagt was. Na gut, was auch? Ein Brief aus dem Jenseits. Warum hat Mutter ihn nicht verbrannt? Das Ölbild Nummer 10 unserer Familie sieht jedenfalls so aus: Mechanisch, müde und trotzdem zügig setzen wir den Weg zum Friedhof fort; unsere Blicke gehen nachdenklich den Schritten voran, fixieren die kommenden fünfzig Quadratzentimeter grober, regenbenetzter Pflastersteine. Links neben dem Sarg, auf dem Günther sitzt, laufe ich, auf der anderen Seite Lilian, Helga und Anna im Gänsemarsch. Davor ziehen die vier Sargträger den Handwagen, angeführt von Richard und Goldstein. Vor uns: keine Weiden, viel brauner Acker, weiter hinten ein Forst. Und dann noch das: Günther legt sich der Länge nach auf den Rücken und verschränkt seine Arme unterm Kopf. Wolfgang ist wieder Schlusslicht, das geistesabwesend leuchtet.

Der Sarg scheppert so laut auf dem Handwagen, Mutter muss dabei ordentlich durchgeschüttelt werden. Günther beißt sich nach jedem Loch kurz auf die Unterlippe, macht einen Zischlaut und klammert sich fester an den Sarg.

»Der starre Blick in den Himmel verrät mir, deine Gedanken versuchen, sich da oben irgendwo aufzuhalten. Genauso könnte der letzte Blick eines Menschen aussehen, bevor er das Leben verlässt«, sage ich zu Günther.

»Ja, obwohl. Denk bloß an Herbert«, sagt er.

»Dachte auch gerade daran, wo er in dieser Parade wohl mitlaufen würde? Vorn, mit uns? Hinten, mit Wolfgang?«

»Er fliegt«, sagt Günther.

»Nein, obwohl ich durchaus an so was glaube«, sage ich.

»Herberts letzten Blick denke ich mir so: Ratlos kreist er oben; unten kreischen und schrein zwei Raben, fliegen ans andere Ufer der Oder«, sagt Günther.

III Den Sarg in die Grube

Viktoria

Der Wind treibt die Wolken wie eine Herde zusammen, eine stramme Wolkenherde, die einen penetrant schönen Regengeruch verströmt. Wir haben den Friedhof erreicht. Günther steigt vom Handwagen ab, auf dem Schlammboden lässt er sich kaum noch ziehen. Er humpelt, aber Wolfgang und Helga stützen ihn. Cowboy fliegt ihn an und setzt sich auf seine Schulter. Lilian und Anna gehen auf den Blumenladen zu.

»Nur kurz, Richard. Ich will noch was für Herberts Grab«, sagt Anna. Dann wollen wir es alle. Für Mutters Grab hat Herr Goldstein schon gesorgt.

Richard seufzt. »Fünf Minuten, mehr nicht. Ich komme mit.«

»Das Angebot ist ja nich überwältigend«, sagt Lilian.

»Doch, ist es, weil keine dieser Blumen sonst zu dieser Jahreszeit blüht. Alles Gewächshausmagie«, sage ich.

»Ich nehme so eine Hortensie. Weiß befriedet«, sagt Anna.

»Eine klassische schöne Friedhofsblume«, sage ich.

»Ich will etwas K-K-Kräftiges für Herbert. Viktoria, was empfiehlst du mir?«

»Nimm die orangefarbene Germini. Orange ist warm, steht für Beharrlichkeit und Fleiß«, sage ich.

»Ich mach's wie Anna«, sagt Helga.

»Die Violette da ist schön. Kann man jemandem 'ne violette Blume aufs Grab legen?«, fragt Lilian.

»Lila? Aufs Grab? Find ich zu schrill«, sagt Anna.

»Quatsch, man kann alle Farben aufs Grab legen. Das ist ein Blutweiderich. Passt zu dir, Lilian. Violett ist übrigens kraftspendend«, sage ich.

»Und Kraft kannste Herbert nur weiterhin wünschen«, sagt sie.

»Ich möchte eine schwarze Rose, bitte«, sagt Günther zur Verkäuferin, die, wie zu erwarten, nur die Schultern hebt.

»Vergiss es, Günther. Nimm die Calla dort drüben. Die ist teuer, aber besonders. Der gelbe Griffel betont die Kraft und die Offenheit«, sage ich.

»Gelb ist doch der Neid«, sagt Helga.

»Alles Quatsch. Sieht toll aus, nehm ich«, sagt Günther.

Richard steht mit einem Strauß Chrysanthemen an der Tür. »Die fünf Minuten sind rum.«

»Lasst uns, Kinders«, sagt Lilian.

Die Sargträger schultern den Sarg wieder. Der Handwagen bleibt neben dem Friedhofsbüro. Formation Stamm-Bluhme. Am Kopf: Goldstein, Richard. Hinter den Sargträgern: wir, mit bunten Blumen. Jeder unserer Schritte quietscht und knirscht auf diesem matschigen Untergrund; aus jedem von uns tönt der gespannte Atem durch die Büsche und Hecken des Friedhofs. Wir hören uns an wie ein Rudel Wildschweine, so wie wir aus dem Dickicht der Hecken und Sträucher auf der Freifläche auftauchen. Wir sind angekommen, Endstation Grube. Wir sind da. Wie eine Schatztruhe setzen die schweigsamen Männer im Zylinder Mutters weißen Sarg auf Holzlatten und Lederseilen ab.

»Die Sargträger haben eine kleine Überraschung vorbereitet. Ihr hört jetzt den Trauermarsch aus Beethovens *Eroica*«, sagt Richard.

Die Sargträger ziehen jeder eine Mundharmonika aus der Jackentasche und spielen im Quartett. Cowboy sitzt auf Günthers Schulter und wippt ganz aufgeregt hin und her – dann trällert er regelrecht dagegen an, als wolle er sie zum Aufhören zwingen. Die Sargträger spielen den Marsch unbeirrt weiter, einen Marsch im Dreivierteltakt, der den Toten eher Flügel als Fäulniserreger angedeihen lässt. Richard ist stolz auf die Jungs, das sehe ich ihm an. Er wusste ja, dass sie ihn spielen werden, weil sie ihn wahrscheinlich jedes Mal spielen.

Lilian

»Sehr ergreifend, findeste nich?«, flüstere ich zu Anna neben mir, die keine Miene verzieht. Wir weinen immer noch nicht.

So ergreifend sollte es mal bei Geburten zugehen. Kaum erblickste das Licht der Welt, stehen Hebamme, Ärzte und Familie im weißen Kostüm um dein Bettchen und spielen auf der Mundharmonika eine hübsche kleine Willkommensmelodie. Und was würdeste anlässlich einer Geburt sagen? Möge dieser neue Mensch Gesundheit, Glück und Frieden im Leben finden. Das hört sich gut an, klingt aber abgedroschen, weil wir das Leben kennen. Obwohl auch Grabreden meistens abgedroschen klingen. Da könnteste Mutter doch auch einen aufregenden, langen und glücklichen Tod wünschen und dass sie ihr Dasein in der neuen Welt mit vielen Höhepunkten fristen soll.

Herbert

Mutter und Stiefvater. … Walter haben wir erst am 4. August 1942 wiedergesehen. Er war still geworden und hatte Falten im Gesicht. Er umarmte Mutter lange, dann sogar jeden von uns. Auch Anna, über die er in Tränen ausbrach. Er hielt sie und schluchzte, so sentimental hatte ich ihn nie erlebt. Er blieb nur eine Woche. Ich hörte sie jede Nacht reden und viel weinen.

Stiefvater zog wieder an die Front. Vier Wochen darauf saß Mutter blass und stumm in der Küche, als ich von der Schule nach Hause kam. Sie war schwanger. Sie war müde. (Ich war's leid.) Ich ging nach oben und packte einen Sack für uns alle und sagte Mutter, entweder wir machten uns auf der Stelle nach Amerika auf, oder ich ginge allein. Sie fing an zu weinen. Sie dachte daran, das Kind wegmachen zu lassen, zu Emma Grimm zu gehen und sie darum zu bitten. Ich konnte sie nicht alleine lassen, hatte sowieso keinen Mut dazu. Die Hebamme kam noch am Abend, aber sie weigerte sich, eine Abtreibung vorzunehmen. Sie besorgte Mutter eine ehrenamtliche Hilfe für den Haushalt, mehr wollte sie nicht tun. Und das war schon viel. Die Lage zu Hause entspannte sich mit dieser Hilfe etwas. Klara war eine alte Dorfjungfer, wortkarg, aber nett. Ich nahm morgens die Zwillinge mit in die Schule, und sie half Mutter tagsüber mit den Kleinen. Wir waren so mit der Organisation der Familie beschäftigt, dass wir nicht merkten, wie die Monate ins Land gingen. Richard kam im Mai 1943 auf die Welt. Er war klein und schmächtig, fast wie ich. Mutter freute sich und sagte, wenigstens ein Junge, wenigstens hätte es sich diesmal gelohnt. Sie sagte auch, dass er ein gutes Omen sei. Wenn Walter das nächste Mal nach Hause komme, würden wir alle zusammen von hier weggehen. Dafür ging Mutter bald nebenher arbeiten, weil Klara sich gut um die Kinder kümmerte. Endlich legte Mutter etwas Geld zur Seite (dachte ich) …

Anna

Ja, die Musik ist sehr ergreifend. Zum Weinen bringt sie mich trotzdem nicht. Zu diesem Zweck ist sie aber komponiert worden. Damit man heulen kann, auch wenn man gar nicht muss. Das ist schließlich eine Beerdigung, da gehören Tränen zum schwarzen Kostüm. Musik ist vor allem eine Falle für die Ahnungslosen, für die Unkünstler. Wer die Musik beherrscht, muss nicht mehr an jeder dramatischen Stelle heulen. Seltsam trotzdem, dass niemandem von uns die Tränen kommen. Mich bewegt der Name auf dem provisorischen Holzkreuz; der Grabstein ist noch in Arbeit: Elfriede Vera Esther Stamm-Bluhme, geborene Wiehler. Ihr langer Name klingt wie eine Zusammenfassung unserer Familienchronik. Herberts Vater kommt nicht vor; dieses Fehlen rührt mich, deswegen würde ich jetzt gern heulen.

Annas Mutmaßungen über die Großmutter

Großmutter muss dieses Talent gehabt haben, Schwingungen um sich herum wahrzunehmen. Nur wenn, dann hat es leider keiner von uns geerbt. Ich glaube, sie war die Verkörperung des Satzes *Das habe ich kommen sehen*. Von ihrem feinen Gehör und von ihrer Musikalität habe ich dagegen viel abbekommen.

Dass Großmutter erst als Erwachsene Geige spielen lernt, hängt mit dem tragischen Tod ihrer Mutter zusammen und damit, dass sie sie trotz ihrer Gabe nicht davor bewahren kann.

Ein Tag graut gerade noch heran, da kennt Großmutter schon sein Ende. Morgens betrachtet sie im Spiegel lange ihr Gesicht, dann erst wäscht sie es mit kaltem Wasser. Sie trocknet es nicht, sondern wartet, bis die Feuchtigkeit über den verengten Poren verdunstet ist. Für Großmutter beginnt jeder Morgen so. Und er beginnt sehr früh. Sie beobachtet das Wasser an den Wangen und hört dann oft in Gedanken ihre Mutter Geige spielen. Heimlich spielt sie, immer dann, wenn der Vater nicht da ist, er mag keine Musik, vor allem keine Geigenmusik. Er glaubt nur an die Manneskraft und nicht an musische Hirngespinste. Fantasie und Kreativität hält er für Eigenschaften geisteskranker Menschen. Und immer wenn er im Kohlebergwerk ist und danach im Dorfkrug mit seinen Kumpels einen hebt, nutzt Großmutters Mutter die Gelegenheit, auf der Geige zu spielen. Am Todestag ihrer Mutter sieht Großmutter zum ersten Mal ein Bild aus der nahen Zukunft. Da ist sie gerade zwölf. Sie sieht, wie ihr Vater an jenem Tag nicht mit den anderen in die Dorfkneipe gehen wird. Sie weiß nicht, ob sie bloß ein Trugbild, allerdings eines von unbestechlicher Klarheit, vor Augen hat. Sie kann ihre Mutter nicht warnen. Ausgerechnet an diesem Tag hat sie spät noch Unterricht. Sie geht auf eine höhere Mädchenschule. Sie weiß, dass er vom Bergwerk bis nach Hause mit dem Fahrrad keine zwanzig Minuten brauchen wird. Sie sieht ihren Vater in der Tür stehen und dem Geigenspiel der Mutter zuhören. Sie sieht, wie er die Mutter schlägt und die Geige zertrümmert. Als sie von der Schule nach Hause kommt, hat ihre Mutter sich bereits das Leben genommen.

Die Luftfeuchtigkeit im Januar ist hoch. Die Wassertropfen halten sich beharrlich auf Großmutters weißer Haut. Ihr kantiges Gesicht glänzt wie eine Speckschwarte, der gleiche Glanz wie in ihren grünen Augen. Hager ist sie, sie hat flache Brüste, aber einen großen, vollen Mund. Keiner in unserer Familie hat diesen Mund geerbt, wir haben alle schmale, verbissene Lippen, wahrscheinlich vom Großvater. Seit dem Tod ihrer Mutter ist Großmutter besessen vom Geigespielen, aber die Angst vor ihrem Vater ist groß. Auf ihre Bitte hin gibt er sie in ein Mädcheninternat, in dem sie heimlich Geigenunterricht nehmen will. Doch nachdem man ihren Vater informiert hat, wird es ihr unter einem fadenscheinigen Vorwand verboten. Erst nachdem sie die Schule beendet und im Nachbardorf zunächst eine Anstellung in einem Krämerladen gefunden hat, gelingt es ihr endlich, Geigenstunden zu nehmen. Schon nach zwei Jahren beherrscht sie das Instrument fast so gut wie ihre Mutter, an deren Grab sie oft steht und übt. Als ihr Vater stirbt, stellt sie sich bei seiner Beerdigung hin und geigt geschlagene zwei Stunden. Von da an kommt sie einmal wöchentlich auch zu ihm ans Grab, um ihn mit ihrer Musik zu quälen.

Das kalte Wasser brennt regelrecht auf der Haut. Ein Moment, der sie immer an ihren Mann denken lässt. Ihn lernt sie an einem der wenigen schlechten Tage in ihrem Leben kennen, an dem nichts klappt, an dem sie sich schrecklich und dunkel fühlt. An solchen Tagen empfängt sie normalerweise niemanden, an solchen Tagen kann sie nicht weiter sehen als bis zu ihrer Nasenspitze, an solchen Tagen blickt sie eher in sich hinein. An solch einem Tag, einem sonnigen im späten Frühling 1910, sitzt Großmutter an einem Gartenzaun, spielt auf der Geige und beobachtet aus dem Augenwinkel heraus ein paar junge Männer beim Fußballspiel. Einer von ihnen ist Siegfried, der schlechteste Spieler von allen , dem der Ball meistens zufällig zugespielt und jedes Mal gleich wieder abgejagt wird. Er bewegt sich nur in einem Radius von einem Meter. Er stürmt nie, er greift niemanden an, er kreist und hüpft unentwegt wie ein verblödeter Tanzlehrer, den keiner ernst nimmt. Großmutter amüsiert er, sie legt die Geige zur Seite, lacht laut und pfeift ihn ein paarmal aus. Nach dem Spiel ruft sie ihn zu sich, woraus sie später die Lehre ziehen wird: *An solchen Tagen auf keinen Fall das Leben herausfordern*. Anders als beim Fußballspiel gibt Siegfried sich den Frauen gegenüber als Draufgänger, Großmutter hingegen ist in puncto Männer noch unerfahren und meistens desinteressiert. Sie spielt ihm auf der Geige vor, und er rümpft die Nase. Er neckt sie, nimmt ihr die Geige weg und versteckt sie in einem Gebüsch. Und obwohl sie es hätte besser wissen müssen, wird schon zehn Monate nach dem Treffen Elfriede geboren. Das ist der schlimmste Augenblick in Großmutters Leben. Sie liebt ihr Kind, sich selbst als Mutter aber nicht. Für sie ist das Kind wie ein schöner Satz in einem Buch, wie Lieblingsessen, aber nicht wie Geigespielen, eher wie etwas, was man nicht jeden Tag braucht. Auch Siegfried mag sie irgendwie, aber nicht genug, um nicht auch auf ihn verzichten zu können. Wenn das Kind weint, geigt sie aus lauter Verzweiflung, sie geigt auch, wenn Siegfried versucht, sie zu berühren. Die Kirche ist ihre Rettung, die ihr anfangs eine Hilfe schickt und dann schließlich die einjährige Tochter in ihre Obhut nimmt. Siegfried hätte sie am liebsten auch gleich ins Internat geschickt, denn mehr als einmal in der Woche will sie ihn gar nicht sehen. Sie sehen sich ohnehin nicht sehr oft, aber oft genug, um noch zwei weitere Töchter in die Welt zu setzen.

Das Wasser in ihrem Gesicht trocknet zuerst an den Wangen, die hohl und blass aussehen. Viele Leute aus der nahen Umgebung kommen zu ihr mit Bitten um Antworten auf ihre Fragen, sie nennt es Beratung, nicht Wahrsagen. Siegfried ist seit Kriegsende wieder arbeitslos und nie da. Er erträgt es kaum, dass sie keinen Familiensinn hat, ohne die Kinder leben will, nur Kartoffelsuppe kochen kann, jede freie Minute mit der Geige anstatt mit ihm verbringt und mit ihren Hellsehereien so viel Geld verdient, wie er nie verdienen kann. Im Haus ist es immer schmutzig, die wenigen Möbel wirken abgestellt, als hätten sie ihren endgültigen Platz noch nicht gefunden. Nur Großmutters Raum hat Atmosphäre. Schwere Gardinen, jede Menge Truhen, Tücher und Bücher, ein Schrank voll mit Utensilien, mit Dingen, die nach Magie aussehen sollen. Sie schläft auf dem Boden, auf einem Brett, über ihr die Decke mit dem Bildnis der heiligen Hedwig, ihrer Schutzpatronin. Ein Gruselkabinett, in dem jede ihrer Vorhersagen wie ein Mitternachtsglockenschlag in den Ängsten und Erwartungen der Klienten erzittert und sein langes Echo findet. Sie berät jedermann: Unternehmer wie den Leiter der Glashütte, den Oberarzt der Provinzheilanstalt, den Leiter des Sprottauer Turnvereins, Großgrundbesitzer, darunter ihren eigenen Pachtherren Markwart, sie berät Ehefrauen, Sängerinnen, sogar Richter und Bürgermeister und noch viele mehr. Jeder kommt in einer anderen Angelegenheit: Steuern, Gesundheit, Ehe, Geschäftsabschlüsse, diplomatische Sachen, sogar Kunst und Technik. Einmal erhellt sie einen durchreisenden Amerikaner, einen »Marshall«, der in Europa Soldaten rekrutieren soll. Er will von ihr wissen, wie viele er brauche und wann der nächste Krieg ausbreche. Die Antworten, die Großmutter dem »Marshall« gibt, sind nicht überliefert, aber den Lauf der Geschichte kennen wir.

Wenn ein Klient ihre Fähigkeiten in Anspruch nehmen will, muss er wie üblich im Voraus bezahlen, weil ihre Vorhersagen ihn auch verärgern können. Allerdings kostet eine Beratung von einer halben Stunde bloß ungefähr so viel wie die Hälfte eines einfachen Holzsargs. Der Ratsuchende setzt sich Großmutter gegenüber an den Tisch, mit dem Gesicht zur Lichtquelle. Das Gesicht des Klienten ist ihre Kugel, die ihr die Antworten verrät. Und auch wenn Fragen kommen, die eher allgemeinen Charakter und nichts mit dem Einzelnen und seinem Lieben, Leben und Sterben zu tun haben – *Gibt es bald wieder Krieg? Ist das Universum unendlich?* Oder: *Gibt es die Hölle wirklich, und ist es dort so schlimm?* –, findet Großmutter die Antworten in den Gesichtern der Fragenden.

Einmal sitzt eine Frau aus Hamburg in Großmutters Arbeitszimmer, die extra angereist ist, weil sie so viel Gutes über ihre Beratung gehört hat. Sie sitzt da, stumm, fragt nichts. Zehn, fünfzehn Minuten lang blicken die Frauen einander wortlos in die Augen, bis Großmutter ihre Geige herausholt und zu spielen beginnt. Mendelssohn Bartholdy. Violinkonzert d-Moll. Die Frau blickt sie verwirrt an, sitzt aber weiterhin bloß schweigend da. Erst nachdem Großmutter das Stück beendet hat, sagt sie plötzlich, sie mache sich große Sorgen um ihre Anleihen, ja, sie habe sich auch schon gefragt, ob sie in diesen Zeiten … Oder diese schreckliche Sache da, die in ihrem Kopf wachse, die nehme sie gar nicht ernst, der Doktor sage, es sei noch zu früh. Sie muss wissen, ob sie harmlos oder unheilbar sei. Die Frau wird geradezu hysterisch, breitet heulend ihr Leben vor ihr aus, plagt sie, für eine Summe eines und noch eines halben gewöhnlichen Holzsarges, mit Fragen, die Großmutter ihr geduldig beantwortet. Und man muss sich an dieser Stelle eigentlich fragen, was passiert wäre, wenn Großmutter etwas Heiteres in Dur gespielt hätte? Womöglich hätte sie weiterhin nichts gesagt, sich gut unterhalten und Großmutter am Ende noch den Hamburger Philharmonikern empfohlen.

Die Wassertropfen in Großmutters Gesicht sind inzwischen getrocknet. Sie streicht sich über die Wangen und schließt die Augen. Sie spürt, es wird ein bewegter Tag werden, nicht nur, weil seit dem Vorabend ihre Töchter zu Besuch sind. Sie hat sich vorgenommen, an diesen wenigen Tagen eine gute Mutter zu sein. Sie würde mit Elfriede, die schon vierzehn ist, über ihre Träume und über Jungs reden, und mit den kleinen Mädchen würde sie Lieder singen und Mathematik üben. Das wünscht sie sich, kann es sich aber noch nicht so recht vorstellen. Sie versucht, die Gesichter ihrer Töchter zu sehen, was ihr aber nicht gelingen will. Stattdessen drängt sich das Gesicht des Pachtherren Markwart vor ihre Augen. Sie sieht ihn tot auf seinem Bett liegen, in einer für seine Witwe unangenehmen Lage. Sie sieht, wie sie ihn in den Sarg legen, wie sein Sohn, der keinen Deut besser ist als sein Vater, zu ihr kommt, ihr ein schönes Bündel Geld auf den Tisch legt und sie bittet, für ihn einen Blick in das Totenreich zu werfen und zu erzählen, wie es dem Vater dort erginge. Und sie sieht, wie sie ihn eiskalt belügen wird, weil sie für Tote nichts tun kann. Dem alten Markwart nach seinem Tod noch einen Batzen Geld aus seinen fetten Rippchen zu leiern versteht sie als Dienst an ihrem eigenen Leben und an dem ihrer Töchter. Sie würde den Mädchen davon ein wenig neue Garderobe kaufen. Dann sieht sie einen langen Trauerzug, laut wie ein Protestmarsch, und ein Bildnis an seinem pompösen Sarg hängen, auf dem er aussieht wie ein Arsch mit Ohren.

Großmutter ist unsicher, was diesen Tag angeht, sie fühlt Angst aufsteigen, und die hängt nicht mit dem Tod des Pachtherrn zusammen. Siegfried kommt ihr in den Sinn, und mit ihm kommen Schweißperlen. Was will er denn ausgerechnet heute von ihr? Nie lässt er sich sonst blicken. Auch die Kinder hat er lange nicht besucht. Elfriede, seine älteste Tochter, hat ihn noch nie gesehen. Und heute will er hier einfach so reinschneien. Er wird den lieben Papa spielen und Geschenke verteilen. Elfriede wird er einen Kompass schenken und damit im Sturm ihr Herz erobern. Elfriede wird zu ihm sagen, dass sie damit nach Amerika gehe. Für die Kleinste wird er nichts haben und schnell ein altes Bonbon aus der Hosentasche zaubern, damit sie aufhört zu weinen. Die Geburt der Jüngsten hat er damals in seinem Suff gar nicht wahrgenommen. Er wird trinken, wie immer viel, und versuchen, seine Ehepflichten einzutreiben, Sex und Geld. Sie wird versuchen, ihn erst mit ihrem Geigenspiel davon abzubringen. Fuchsteufelswild wird er ihr das Instrument aus der Hand reißen und es auf dem Boden zerschmettern. Zitternd wird sie seinen groben Berührungen nachgeben, und das vor den Kindern. Sie wird Elfriedes Gesicht sehen, zwischen amüsiert und angeekelt, und das Heulen der Kleinen, das ihr bis ins Mark dringt. Sie wird sagen, er solle aufhören, und er wird nicht reagieren. Sie wird draußen auf der Straße Leute hören, die sich Kommunisten nennen, die zur Revolution aufrufen. Sie wird plötzlich merken, wie Siegfrieds Stöße nicht mehr wehtun, wie ihre Scheide bloß taub geworden ist, immer noch trocken, sie wird sehen, wie die Fettaugen auf der Suppe tanzen. Elfriede wird zusehen, wie sie zum Löffel greift und ihm den Stiel in den Rücken rammt, wie er hochschreckt und sie ihm zwanzig Mal den Löffel in die Brust stößt. Dann wird er tot auf den Boden fallen. Jetzt wird auch Elfriede schreien und ihre Mutter von da an hassen.

Großmutter sieht den Schweiß an den Schläfen hinablaufen. Sie fragt sich, ob sie den Lauf der Dinge verändern kann, wenn sie ihre Töchter unter irgendeinem Vorwand noch an diesem Morgen ins Internat zurückbringt, wenn sie ein paar Tage abwartet und sie dann noch mal zu sich holt. Ob sie Markwarts oder Siegfrieds Tod dadurch unmöglich machen könnte, interessiert sie nicht, aber sie könnte verhindern, dass Elfriede und ihre Schwestern sie von da an für den Rest ihres Lebens hassten. Großmutter wünschte, dass sie diesen Tag nicht einfach so hinnehmen müsste, aber es steht nicht in ihrer Macht, den Lauf der Dinge zu verändern.

Ich wäre es Großmutter und Urgroßmutter schuldig gewesen, für die Musik zu leben, aber wie sie wurde ich durch höhere Mächte daran gehindert. Auch Großmutter musste ihr Geld mit einem Brotberuf verdienen. Wo sie am Ende abgeblieben ist, weiß ich nicht. Ich könnte mir sogar vorstellen, dass sie noch irgendwo lebt. Heute müsste sie etwa 92 Jahre sein, da kann man noch leben. Vielleicht ist sie in Amerika. Vielleicht liegt sie auch irgendwo in einem Massengrab. Eines ist klar: Wenn sie tot ist, hat sie ihren Tod vorausgesehen. Und wenn sie noch lebt, weiß sie sicher, wo sie uns finden kann, hat aber scheinbar ihre Gründe, sich vor uns zu verstecken.

Günther

Namen, Namen. Keiner von uns trägt den Vornamen eines Vetters, einer Großmutter oder Tante. Mutter wollte das nicht, wollte ihren Kindern keine alten Geschichten aufbürden. Jeder muss neu anfangen, hat sie gesagt. Mit dem Namen des Großvaters schleppt einer auch dessen Leben mit sich herum. Und wehe, wir verglichen uns, sie hasste es, wenn ich mich mit meiner Meinung auf jemanden bezog. »Wenn du nicht sicher bist, Günther, dann sag lieber nichts!« Aber Mutter schwieg hauptsächlich dann, wenn sie Bescheid wusste, wenn die Dinge unmissverständlich auf der Hand lagen. Auf Fragen wie: Wenn du sicher bist, Mutter, warum redest du nicht? – sagte sie: In klaren Suppen soll man nicht lange rühren, sonst werden sie trüb. Wenn einer sein Leben nicht weitergegeben hat, sich nie erzählt hat, stirbt er dann nicht beladener? Mehr totes Gewissen, mehr totes Bewusstsein, mehr ungeteiltes Wissen? Mutter starb in so einer Schwergewichtsklasse. Ungeteilt heißt auch unbearbeitet, roh, unentfaltet. Ist das alles nun verloren oder bewahrt worden? Auf jeden Fall sind die Lebenden darum erleichtert oder vielleicht gar betrogen worden. Dachte immer, mindestens einen Lebenspartner braucht jeder, damit er sich mitteilen kann, teilen kann. Mutter sagte aber, man braucht jemanden, der am Schluss das Loch zuschüttet, in das man sich gegraben hat.

»Hey, Cowboy, bleib doch hier«, sage ich. Meine Gedanken haben ihn gestört. Cowboy, Mutters Ohr, Mutters Herz, Mutters Versteck landet auf dem Sarg, plustert sich auf, pfeift, tanzt mit dem Kopf, hoch und runter.

Wolfgang

Hm hm hm, baba baba babaaaaa, hm hm hm. Dafür hat sich die Fahrt gelohnt. Aber ein Marsch ist das nicht. Wie soll man danach marschieren?

Helga

Di di di, di di di, di di di, dubi dubi dubi. Mutter, du bleibst nicht lange in dieser Grube hier, keine Angst, deinen Tod verbringst du nicht auch noch im Osten. Wir gehen nach Amerika! Kein Witz. Wie es ausgemacht war. Wir beide. Ich, und du im Sarg. Und Cowboy.

Viktoria

Familienölbild Nummer 11: Der Sarg unserer Mutter steht links neben der Grube, darauf sitzt Cowboy, der ununterbrochen pfeift und wippt. Drum herum stehen Goldstein sowie die Sargträger mit Mundharmonika an der einen Seite und wir Kinder auf der anderen, unsere Blumen haltend, die nicht für Mutter bestimmt sind, wie Ehebrecher stehen wir da, unsere Mützen und Hüte auf dem Kopf und den Blick auf Cowboy gerichtet.

Mutters weißer Sarg leuchtet mehr und mehr unter der anthrazitfarbenen Wolkendecke.

Richard

Wenn kein Lebensfunke mehr zündet, muss ich sie ziehen lassen. Katharina will vor mir sterben. Das kann ich nicht glauben.

»Äh, vielen Dank an euch, Johannes. Lasst mich genau drei einfache Sätze an Mutters Grab sagen, mehr hätte sie nicht ertragen: Mutter, wir danken dir, dass du uns stets Vater und Mutter gewesen bist. Du hast auch in den schwersten Momenten deines Lebens zu uns gehalten. Durch dich und die Barmherzigkeit des Herrn konnten wir werden, was wir sind. Amen. Möchte noch jemand etwas sagen, bevor wir den Sarg in die Erde lassen?«, frage ich.

Die Sätze kann ich meinen Geschwistern von der Stirn ablesen. Keiner meldet sich. Nur Cowboy zwitschert herum. Ich saß gestern Nachmittag drei Stunden in der Gaststätte und dachte über die Grabrede nach. Die Rede sollte sein wie Mutter: pragmatisch, klar und pointiert. Wie oft hatte sie mich gescholten: »Quatsch nicht so viel, Richard! Komm zum Punkt.« Diese Worte hatte ich gestern im Ohr.

Lilian

Deswegen biste Hunderte von Kilometern gefahren. Für diese drei Sätze. Aber ehrlich, was Besseres hätte Richard nicht machen können. Ich kann mir das Lachen nicht mehr verkneifen.

Viktoria

»Da fehlt nur noch eine Kleinigkeit, Richard. Dann ist die Rede perfekt«, sage ich. »Anna, kannst du die Filmmelodie von diesem Western auf der Mundharmonika spielen?«

»Hab sie nicht parat. Helga, du kannst die doch bestimmt aus dem Effeff? Dann spiel ich sie nach.«

Helga kniet sich vor den Sarg und pfeift die Anfangsakkorde von Mutters Lieblings-Eastwood. Günther kniet sich zu ihr und pfeift mit. Kurz darauf stimmt Cowboy ein. Anna setzt die Mundharmonika an und übernimmt die Melodie. Da gehen wir mit, bis auf Wolfgang und Goldstein, die blöd vor sich hin grinsen.

»Es wird wirklich Zeit, den Sarg in die Erde zu lassen«, sagt Richard.

Unsere Sargträger begeben sich in Position, greifen nach den Riemen, heben den Sarg leicht an, aber Cowboy will sich einfach nicht wegbewegen.

»He, Cowboy, aufsitzen!«, sagt Helga.

Cowboy bleibt stur. Als Helga und Lilian versuchen, ihn mit der Hand zu fangen, flattert er wie wild geworden los, quietschend setzt er sich immer wieder auf den Sarg zurück. Dann krächzt er »Hände hoch!« und »Bleiben Sie stehen!«; vor lauter Aufregung kackt er auch noch auf das weiß gestrichene Holz. Günther versucht es mit der Filmmelodie und geht mit dem Gesicht ganz nah an ihn heran, damit er vielleicht von selbst auf seine Schulter springt. Nichts, Cowboy hackt ihm in die Nase, weicht zurück, geht ein paarmal hin und her, sagt »Marshall-Mister-Reno« und pfeift selbst.

Helga

Ach, Cowboy, du weißt noch nichts von deinem Glück. Dann würdest du auch nicht so ein Theater machen. Bald fliegst du über den großen Teich. Wirst sehen.

Helgas Mutmaßungen über die Großmutter

So wie ich mir Großmutter vorstelle, will ich nie werden. Sie muss eine furchtbare Egoistin gewesen sein. Und herrschsüchtig. Eine solche Mutter wünscht man nicht mal dem Teufel.

Liebe hat sie für niemanden übrig, auch nicht für Großvater. Sie wird mit sechs Jahren auf eine höhere Mädchenschule geschickt, bis ihr Vater stirbt und ihre Mutter das Geld nicht mehr aufbringen kann. Da ist sie zwölf. Vier Jahre verbringt Großmutter in der kleinen Dorfbibliothek und liest nur wissenschaftliche Bücher. Sie träumt davon, Wissenschaftlerin zu werden, braucht Geld für den Schulabschluss und das Studium. Ich glaub, deshalb heiratet sie mit sechzehn Großvater, weil sie denkt, er kann es für sie verdienen. Aber er verliert seine Arbeit, fängt an zu trinken und findet erst zwei Jahre darauf wieder eine Anstellung in der Henriettenhütte. Als Großmutter mit zwanzig schwanger wird, dreht sie fast durch. Sie will endlich ihren Abschluss machen und hat für Kinder keinen Sinn. Kurz nach der Geburt 1911 gibt sie Mutter ins Internat.

Im Frühling 1912 trifft sie in der Bibliothek Wilhelm Lippitz, einen ehrgeizigen Erfinder aus Jauer, der zehn Jahre älter ist als sie und viel Geld hat. Er befestigt gerade einen Aushang am Schwarzen Brett der Bibliothek: Zur

Erfindung einer Kartoffelpflanzmaschine sucht er, gegen gute Bezahlung, einen technischen Assistenten. Großmutter, die gerade wieder mit der Schule begonnen hat, Mathematik und Physik übt und technische Zeichnungen von allen Dingen anfertigt, die ihr technisch erscheinen, fährt mit einer Mappe unterm Arm nach Jauer und bewirbt sich. Bei Lippitz warten zwei Konkurrenten, junge Studenten aus Breslau, doch er ist so begeistert von ihren Zeichnungen und dem Ehrgeiz und entscheidet sich für sie. Sie verlässt ihren Mann, weil er zu schwach, in ihren Augen ein Versager ist. Dann besucht sie ihre Tochter noch einmal im Internat, wohl aus einem plötzlich aufscheinenden Muttergewissen heraus, und hinterlässt dort die neue Adresse.

Früh beginnt der Tag in Lippitz' Werkstatt. Die ist schmutzig, feucht und kühl wie ein Kohlenkeller. In einer Ecke liegen Kartoffeln, eingezäunt wie Laborratten. In den Regalen und auf der Werkbank stapeln sich Metallteile, Zylinder, Zahnräder sowie Schrauben, Schmiere, Metallsägen und Kugellager. Mitten im Raum ein Schweißgerät und so weiter. Lippitz erklärt ihr die Idee und den Stand der Dinge. Sie nickt und notiert sich eine Menge, versteht aber so gut wie nichts davon. Doch Großmutter ist nicht nur egoistisch, sie ist auch eine perfekte Heuchlerin. Während er auf sein Projekt starrt und denkt, läuft sie emsig in der Werkstatt herum, berührt das eine oder andere Teil und sagt: Hm, porträtiert die Zahnräder und Zylinder mit einem spitzen weichen Bleistift. Lippitz begreift schnell, dass Großmutter zwar ein großes Talent auf dem Gebiet der Mathematik und Physik, überhaupt der Theorie hat, aber wenig praktische Begabung. Aus Angst, Lippitz könnte sie aus diesem Grund durch einen männlichen Gehilfen ersetzen, verbringt sie ganze Nächte in der Werkstatt und übt Schweißen, Sägen, Bohren, Nuten, sie verbindet verschiedene Teile mit Schrauben, schweißt diese an Trichter, spannt sie in den Schraubstock ein und sägt die Hälfte davon wieder ab. Sie notiert sich die Bezeichnungen der Teile und lernt sie auswendig. Diese zupackende Art hat sie mir auf jeden Fall vermacht. Lippitz hätte sie auch so nicht ausgetauscht, denn er schätzt und braucht ihre Kenntnisse in der Physik, wenngleich der theoretische Teil der seine ist. Jetzt, da Großmutter aber auch noch in praktischer Hinsicht tauglich geworden ist, scheint sie ihm der perfekte Assistent zu sein. Der Bau seiner Erfindung kann beginnen.

Nach anderthalb Jahren gerät die Arbeit am Kartoffelpflanzer jedoch ins Stocken, weil Lippitz einen Denkfehler gemacht hat. Die Trommel dreht sich falsch herum. Wütend verlässt er die Werkstatt. Großmutter nimmt einen Eimer voll Kartoffeln mit ins Haus und kocht für Lippitz Kartoffelsuppe. Sie sagt ihm, sie habe sie gerade erfunden, Heuchlerin! Sie will ihm imponieren, aber das Rezept hat sie von ihrer Mutter. Sie nennt sie die *Suppe der Unsterblichkeit*, weil sie mit Kefir aus Ziegenmilch gemacht ist, dem die Kraft des ewigen Lebens nachgesagt wird. Und Lippitz meint, Großmutter soll das Rezept patentieren lassen.

In der Nacht findet Lippitz keine Ruhe. Großmutter und er haben den ganzen Nachmittag die Konstruktion auseinandergenommen, und ihn plagt die Vorstellung, wieder am Anfang seiner Erfindung zu stehen. Den Kartoffelpflanzer will er schon seit jenem Tag erfinden, als sein Vater, ein Großbauer, auf dem Kartoffelfeld mit Rückenschmerzen zusammenbrach und bald darauf starb. Lippitz klopft an Großmutters Tür und tritt ein.

Sie schläft. Er setzt sich auf die Bettkante und beobachtet sie. Er weckt sie schließlich, sagt: Wiehler, rutschen Sie mal! Er legt sich neben sie ins Bett. Er geht noch mal die neue Bauanleitung durch, will sichergehen, dass da kein Denkfehler drinsteckt, im nächsten Moment zieht er sie zu sich und küsst sie. Großmutter fängt an zu schreien und versetzt ihm einen Kinnhaken. Sie springt aus dem Bett, greift nach dem Stuhl und richtet ihn wie ein Geschütz auf ihn. Lippitz ergibt sich, er hat keine Chance. Großmutter kündigt die Stellung und verlässt im Nachthemd sein Haus.

Am nächsten Morgen erscheint sie allerdings wieder in der Werkstatt. Wie sollte sie sonst ihr Studium finanzieren? Ach, und sie mag ihn ja.

Einige Dörfer weiter sitzt nun auch ein anderer an der Erfindung eines Kartoffelpflanzers. Für Lippitz und Großmutter beginnt ein Wettlauf mit der Zeit. Sie arbeiten täglich bis spät in die Nacht an der neuen Konstruktion. Große Probleme machen die unterschiedlichen Größen und Formen der Kartoffeln. Während man sich überall in Europa Gedanken um die Gleichstellung, Gleichheit und Gleichschaltung macht, steht Lippitz der größten Herausforderung seines Lebens gegenüber: die ganze Vielfalt der Kartoffelsorten bei der Planung der Pflanzmaschine zu berücksichtigen. Er katalogisiert sie, benennt sie, misst sie einzeln aus und findet ihre Höchst- und Mindestmaße. Es vergeht noch ein weiteres Jahr, bis sie die richtige Anzahl, Beschaffenheit und Reihenfolge bei der Drehung der Kammern in der Trommel erreicht haben, mit denen jede Kartoffel, ob dick, dünn, länglich, eckig oder auch halbmondförmig im Kartoffelpflanzer Berücksichtigung finden kann. Damit ist Lippitz am Ziel! Um die Konkurrenz ist es still geworden, als hätte sie aufgegeben. Deutschland ist nach diesem Krieg ja bankrott. Lippitz will nun seine Erfindung persönlich dem amerikanischen Patentamt melden. Er hofft, damit Geld bei den Farmern zu verdienen.

Für seinen Patentantrag braucht er zwei Zeugen, die seine Urheberschaft bestätigen. Er fragt nicht etwa Großmutter, die all die Jahre Tag und Nacht mit ihm daran gearbeitet hat. Er fragt zwei alte Schulfreunde, die da zum ersten Mal von seiner Erfindung hören. Lippitz sagt, er gehe nur auf Nummer sicher, er wolle kein Risiko eingehen, indem da der Name einer Frau auftauche. Gleich darauf zieht er zur Versöhnung zwei Schiffsfahrkarten für sich und Großmutter aus der Tasche, für eine Fahrt mit der »Bremen« von Hamburg nach New York am 1. März 1919. Als Elfriede davon hört, will sie mitkommen. Aber Großmutter bleibt hart. Das hat Mutter ihrer Mutter nie verziehen.

Auf der »Bremen« stellt sich heraus: Der Konkurrent hatte denselben Einfall wie Lippitz und überquert jetzt gemeinsam mit ihnen den Atlantik, um das Patent anzumelden. Die Überfahrt wird zu einer einzigen seelischen Tortur. Lippitz denkt täglich daran, wie er seinem Gegenspieler zuvorkommen und bei Davis & Davis in New York den Patentantrag schnellstmöglich in Empfang nehmen will, um sofort mit dem Zug weiter nach Alexandria im Staat Virginia zu fahren.

Als die »Bremen« in New York anlegt, kauft Lippitz einem Taxifahrer kurzerhand für eine schöne Stange Geld das Auto ab, weil er niemanden finden kann, der ihn heute noch bis nach Alexandria fährt. Aber Lippitz hat keinen Führerschein, und so chauffiert Großmutter ihn durch die Stadt bis zu Davis & Davis am Squadron Boulevard. Der Anwalt hat den Antrag bereits vorbereitet, weil Lippitz ihm noch aus Hamburg ein Telegramm geschickt hat, und so braucht er in dessen Anwesenheit keine Stunde mehr, um ihn für das Patentbüro fertigzustellen. Davis rät dringend von der Autofahrt ab, weil aber an dem Tag kein Zug mehr dorthin fährt, machen Großmutter und Lippitz sich trotzdem auf. Die Fahrt dauert drei qualvolle Tage, an denen sie kaum essen, schlafen oder sich waschen. Am 18. September 1919 erreichen sie das Patentbüro. Sein Rivale war schneller hier, aber ohne einen fertigen Antrag. Lippitz reicht seinen erleichtert bei der Angestellten ein. Als sie den Eingangsstempel draufsetzen will, bemerkt sie, dass noch eine Unterschrift fehlt, die von mindestens einem der beiden Zeugen auch auf dem Antrag geleistet werden muss. Sie blickt zu Großmutter und hält ihr den Antrag hin. Lippitz läuft der Angstschweiß über die Schläfen, aber Großmutter ist nun mal eine große Heuchlerin und unterschreibt mit dem Namen von Lippitz' Schulfreund Karl Kühnast. Der Eingangsstempel knallt auf das Papier, das Patent gehört Lippitz.

Als sie Anfang 1920 nach Deutschland zurückkehren, erkrankt Lippitz an Tuberkulose und stirbt wenige Monate darauf. Er vermacht ihr die Patentrechte und nicht wenig Geld, mit dem Großmutter ein Haus in ihrem Heimatdorf pachtet und ein Zimmer in Breslau bezahlen kann, wo sie sich am mathematisch-physikalischen Seminar einschreibt. Von Zeit zu Zeit besucht sie ihre Töchter und holt sie für ein paar Tage nach Hause, es scheint, als wolle sie einiges wiedergutmachen.

Im Januar 1924 kehrt sie nach Beendigung ihres Studiums ins Dorf zurück, um mit den Kindern ihr Diplom zu feiern. An dem Tag soll auch der alte Großgrundbe-

W. LIPPITZ.
POTATO PLANTER.
APPLICATION FILED SEPT. 18, 1919.

1,389,060. Patented Aug. 30, 1921.

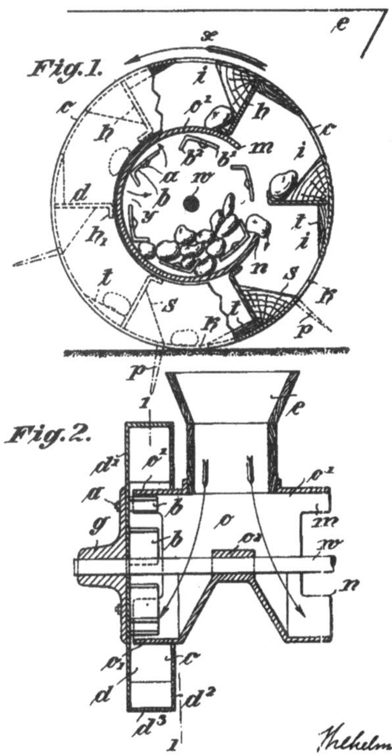

Wilhelm Lippitz
By Davis & Davis
Attys

sitzer Markwart beigesetzt werden. Es heißt, ein Kommunist habe ihn umgebracht. Überall hört man Protestrufe. Großmutter aber hat sich vorgenommen, zu feiern und ihre Kartoffelsuppe zu kochen. Ihre mütterlichen Annäherungsversuche werden nicht erwidert. Großmutter gibt nicht auf und verspricht ihrer ältesten Tochter eine Schiffsreise nach Amerika, sobald sie achtzehn ist. Heuchlerin! Mutter sagt, sie glaube das erst, wenn es auch tatsächlich passierte. Zu einem Gespräch darüber kommt es jedoch nicht mehr, weil jemand laut an die Tür klopft. Großmutter öffnet und blickt auf Großvater. Er ist betrunken und brüllt, er habe so einiges über sie gehört. Ihm stehe als ihr Ehemann die Hälfte ihres Vermögens zu. Er knallt einen Kompass auf den Tisch und sagt zu Elfriede, der sei für sie. Großmutter bietet ihm einen Teller Suppe an und versucht, ihn zu beruhigen. Er ist wieder arbeitslos. Er sieht elend aus, hager, hat kaum noch Zähne und stinkt wie ein alter Küchenlappen. Er sitzt keine zehn Minuten still, springt auf und packt Großmutter an der Hüfte. Er will tanzen und sich amüsieren. Großvater ist verzweifelt, weil Großmutter so herrschsüchtig und ablehnend zu ihm ist, immer gewesen ist. Er vergewaltigt sie vor den Augen der Kinder, bis Großmutter eine Vase zu fassen kriegt und auf seinem Kopf zerschlägt. Er ist sofort tot. Mutter heult. Sie brüllt, Großmutter habe das alles verdient. Sie nennt sie eine egoistische Dirne.

Mutter nimmt ihre Schwestern an die Hand und fährt allein zurück ins Internat. Großmutter hat Großvater irgendwo vergraben. Von da an hat sie nie mehr versucht, ihrer Tochter näherzukommen. Ich glaube, sie ist tatsächlich irgendwann nach Amerika gegangen und dort gestorben. Mutter hat ihr nie verziehen.

Anna

Sie lachen über Cowboy. Mir geht das hier richtig zu Herzen, wie dieser kleine Vogel an Mutter festhält.

»Er will sie einfach nicht unter die Erde lassen, er ist so ein Lufttier wie sie«, sage ich.

»Was wieder beweist: Kartoffeln kann man vielleicht einbuddeln, aber Menschen nicht. In einem geschlossenen Sarg unter der Erde braucht ein Toter achtmal länger, bis er verwest ist, als unter freiem Himmel. Eine sinnlose Zeitschinderei, finde ich«, sagt Viktoria.

»Zeit schinden wofür«, frage ich.

»Um der Seele Zeit zu lassen, sich vom Leib zu lösen«, sagt Richard.

»Wir begraben j-j-j-jemanden, damit er in den Himmel aufsteigen kann. Warum bef-f-f-fördern wir ihn nicht gleich dorthin?«, fragt Wolfgang.

»Ich hab ’ne Idee! Nimmste den Deckel noch mal ab, damit er Mutter sieht? Dann lässte den Sarg einfach offen in die Grube und machst den Deckel wieder drauf oder lässt ihn einfach weg. Wozu brauchste ’nen Deckel?«, fragt Lilian.

»Mutter braucht ihn. Sie will ihre Ruhe haben, sie würde verrückt werden ohne Deckel«, sagt Helga.

Wir alle blicken einen Augenblick lang auf den Vogel, bis Wolfgang einen letzten Versuch macht, ihn mit einem langen Stock anzulocken.

»He, Cowboy, schwing dich drauf, Kumpel. Los geht’s!«, sagt er.

»Das ist keene echte Cowboysprache, mein Gutster, aber ’n Versuch war’s wert«, sagt Lilian.

Cowboy wippt hin und her, aber nicht gleichmäßig. Er ist richtig arhythmisch, dieser Vogel. Links, rechts,

Pause, links, links, Pause, Pause, rechts, Pause, links, rechts. Vielleicht nehme ich ihn mit für die Kinder.

»Also los, Johannes. Es geht nicht anders. Dann machen wir den Deckel noch mal ab. Ich hoffe, es hilft«, sagt Richard.

Viktoria stellt sich vor Cowboy und sagt: »Er hat recht, er will nicht, dass Mutter unter die Erde kommt, wo sie den Himmel nicht mehr im Blick hat. Das ist doch eine unsinnige Sitte! Erfunden aus Angst vor den Toten. Und wir sind so dumm und denken, das wäre die verdiente Ruhe.«

Die Sargträger und Goldstein lösen währenddessen die Schrauben am Sargdeckel.

»Aber wer will schon einer verwesenden Leiche beim Sonntagsspaziergang begegnen, Viktoria. Du hast vielleicht Nerven. Wo soll man die Toten denn lassen?«, fragt Helga.

»Wer macht denn Sonntagsspaziergänge auf dem Friedhof?«, fragt sie.

»Findest du Leichenberge angemessener? Wie Müllhalden?«, fragt Helga weiter und fühlt sich offenbar persönlich angegriffen.

»Quatsch! Du musst doch nicht gleich von einem Extrem ins andere fallen. Man könnte ein neues Ritual erfinden, ein natürlicheres.«

»Zum Beispiel?«

»Ihr habt wohl vergessen, dass ich vorhin schon von A-A-A-Ahnendiamanten gesprochen hab«, sagt Wolfgang.

»Wie wär's mit Weltraumbestattung?«, frage ich.

»Alles viel zu aufwendig«, sagt Lilian. »Der Mutterboden ist auf diesem Planeten die natürlichste Materie für 'nen Toten.«

»Es ist schlimmer für die Lebenden, Tote verfallen zu sehen, das ist respektlos, das schadet den Erinnerungen. Deshalb gräbt man sie weg, solange sie noch einigermaßen frisch aussehen«, sagt Helga.

Schachmatt. Ich bin müde. Mit Deckel, ohne, das macht keinen Unterschied mehr. Hauptsache, wir bringen die Sache heute noch hinter uns.

»Günther, siehst du, wie der sich bewegt? Meine These besagt, dass der natürliche Rhythmus unregelmäßig ist«, flüstere ich.

»Gutes Beweismaterial. Mit der Weltraumbestattung bin ich auch auf deiner Seite, der Rest dieser Diskussion ist Bauernphilosophie«, flüstert er zurück. »Cowboy ist cool.«

So könnte man das auch ausdrücken. War Mutter auch so cool? Ziemlich kühl war sie. Zu ihrem eigenen Schutz. Diese Temperatur hat sie uns vererbt. Sonst würden wir hier heulen.

Herbert

Mutter und Stiefvater. … Erst hieß es, Walter bekomme bis Kriegsende keinen Urlaub mehr, dann tauchte er plötzlich zerschunden, abgemagert und mit blanken Nerven am 4. April 1944 wieder auf. Er war desertiert. Ich freute mich, jetzt könnten wir endlich weg. Mutter wollte aber nichts überstürzen. In der Nacht stritten Mutter und Walter, und Mutter weinte.

Nach einer Woche tauchten vier Männer von der Militärjustiz auf und nahmen Walter mit. Er sagte noch, ihm wäre ein Selbstmordkommando lieber gewesen. Mutter weinte eine Woche lang. Wir warteten einen Monat auf seinen ersten Brief, er kam aus der Ukraine. Er war am Leben und bat Mutter, auf ihn zu warten. Sie sah mich an und sagte, das werde sie tun. Wir hatten auch keine andere Wahl, denn Mutter war tatsächlich wieder schwanger. Ich zog mich in die verwaiste Bibliothek zurück, die vor einem halben Jahr geschlossen worden war, zu Hause war es mir zu laut. Ich ging jeden Tag nach der Schule dorthin, stieg durchs kaputte Fenster und las mich durch die in den Regalen verbliebenen Bücher.

Kurz nach Neujahr 1945 erfuhr Mutter, dass Walter an der Ostfront gefallen war (ich allerdings glaube bis heute, dass ihn die Militärjustiz auf dem Gewissen hat).

Für einen Monat füllten nur Stille und Verzweiflung das Haus, aber Mutter weinte nicht mehr, sie trauerte leise. Im Februar kam Helga auf die Welt, ein ewig schreiendes Baby. Mutter betrachtete Helga, küsste sie so zärtlich, wie sie es vorher noch bei niemandem getan hatte, und sagte, sobald sie wieder auf den Beinen sei, gehe die Reise los, ob mit oder ohne Geld.

Günther

Flügelschlagen, flattern, kreischen. Helga scheucht Cowboy herum.

»Tu das Mutter nicht an, du Vieh! Lass sie den Deckel zumachen! Ich will nicht, dass sie ohne Deckel begraben wird, geh weg vom Sarg. Tschtsch!«

Cowboy fliegt mich an, vollkommen erschöpft krallt er sich vorn an meinem Mantel fest. Sargdeckel zu. Sarg in die Grube. Ab in die Vergangenheit, in die darunter liegenden Zeitschichten, in denen einer in Ruhe abwesend sein kann.

»Ich bitte nun jeden, der möchte, eine Handvoll Erde auf den Sarg zu werfen«, sagt Richard.

Wolfgang beginnt, sagt: »Mach's gut, Mutter.«

Viktoria wirft einen Zweig, sagt: »Gute Reise.«

Lilian macht weiter, sagt: »*Le chaim*, Mutter«, Goldstein lacht los, wiederholt es.

Anna ist dran, singt ein Stück vom Harung-Lied.

Richard betet leise, sagt laut »Amen«.

Helga tritt mit einem Lächeln an die Grube, sagt: »Bis bald, Mutter. Deine Reise ist noch nicht zu Ende.«

Ziehe Cowboy eine Schwanzfeder raus, er kreischt, hackt mir ordentlich in den Finger, werfe die Feder auf den Sarg, sage: »Grüß Herbert.«

»Meine Lieben, wenn wir noch kurz zu Herberts

Grab wollen, müssen wir los. Da braut sich was zusammen über unseren Köpfen – kein blauer Himmel, wie ihn Mutter sich gewünscht hätte. Können wir?«, fragt Richard.

Viktoria

Nur Helga erinnert sich noch an den Weg zu Herberts Grab. Ich sehe Kiefern, Eichen, Pappeln, Ahorn, viele Sträucher, viele erloschene Kerzen an den Gräbern der Katholiken. Alle wollen unbedingt in den Himmel. Wir hasten wieder, die Herde trampelt.

»Bist du sicher? Hier soll das sein?«, fragt Richard.

Wir kontrollieren Jahreszahlen. Wir laufen auf so vielen Skeletten.

»Da ist es! Ich war doch erst vor Kurzem hier«, sagt Helga.

»Herbert Wiehler« steht dort. Er liegt in einer Reihe mit weiteren Toten des Jahres 1972. Der Himmel ist schwarz und schwer. Die ersten zwei Tropfen landen auf seinem Stein. Wolfgang wirft als Erster den orangefarbenen Strauß.

»Wir müssen zurück, sonst werden wir klitschnass«, sagt er.

Ich werfe wie die anderen den Strauß aufs Grab. Auch das werde ich malen, Ölbild Nummer 12.

Richard

Ich sträube mich zwar, aber ich werde Goldstein bitten müssen, doch noch den Leichenwagen zu holen, denn das hier ist Dauerregen. Ich kann Goldstein schon hämisch grinsen sehen und ihn dieses unerträgliche »Siehste, siehste, Kaktus in der Wüste« ableiern hören. Wenn er nur recht behält.

»Mein lieber Goldstein, Sie hatten recht. Wir hätten auf Sie hören und Ihren Wagen mitnehmen sollen. Könnten Sie vielleicht von der Schenke aus Ihre Frau im Institut anrufen und sie bitten, den Wagen mitzubringen?«, frage ich ihn. Und Goldstein nickt nur.

Wir erreichen das Friedhofstor dank der vielen Bäume wenigstens nicht vollkommen durchnässt.

Günther

Hätte am liebsten jedem eine Mark reingeworfen, als die vier Sargträger sich vorhin verabschiedeten und dabei ihre Zylinder abnahmen. Wie sie dann zwischen den Sträuchern verschwanden, könnten sie diese vier unerfüllten Wünsche sein, die mir irgendwann mal beim Anblick von Schornsteinfegern in den Sinn gekommen sind. Cowboy krächzt in mein Ohr, wird sich erkälten. Treu auf meiner Schulter, seit Mutters Sarg versenkt wurde, wie ein Desperado flatterte er da herum.

»Ich bin dein Pferd, Cowboy«, flüstere ich ihm zu, schütze ihn mit meiner Jacke vor den eiskalten Regentropfen. Vermisse Herbert sehr. Gedenkstein hat keine Wirkung auf mich. Einen seiner Knochen an einer Kette um den Hals hätte ich lieber. Einen Fingerknochen. Nicht den Zeigefinger, mag den nicht. Den Kleinen, den rechten. Ein Harlekin rennt an uns vorbei. Kein Spaßvogel. Er rennt vorbei, ohne zu grüßen, ohne Späße zu machen, hält sich den Umhang über den Kopf, versteckt sich. Spot auf ihn, Spott über ihn. Jetzt Spot auf mich. Sage: Jeder muss wissen, wen er darstellt, jeder stellt den dar, den er kennt, jeder kennt, wen er will, keiner kann jemanden zwingen zu sein, was er nicht ist. Mag kein Genossentheater mit kreischenden Ideologen und heiseren Philosophen. Di di di daun di di. *We were just the nameless souls that sit inside wishing that we were someone on the outside.* Betreten die Friedhofsschenke »Zum Goldenen Kranich«.

Günthers Mutmaßungen über die Großmutter

Großmutter tingelt durch die Salons und Betten der Welt, vielleicht eher zufällig durch die der politischen Linken – oder wegen der Bekanntschaft mit Jakub, einem blutjungen Kommunisten aus Warschau. Sie reist viel, um für die Mitglieder der heimischen Loge Geschäftskontakte anzubahnen. Eine Art Business-Animationsfrau von Welt ist sie. Stark, gebildet, Bildung selbst erworben, verschwendet sie ihr Leben nicht am Herd, sondern gestaltet die Wirklichkeit mit. Da spielt es doch keine Rolle, ob sie eine gute Mutter ist. Bin lieber stolz auf so eine Großmutter. Ziele fest vor Augen, den Horizont immer im Blick, fremde Sprachen auf der Zunge, das habe ich von ihr, von Mutter oder Vater wohl eher nicht.

Jakub mag eigentlich keine Frauen, bis er auf Großmutter trifft. Er begehrt sie, die elf Jahre älter ist als er, begehrt sie, seit sie bei einem informellen Treffen angehender Jung-Mitglieder der KP in Moskau zu Lenin folgenden Satz gesagt hat: *Lieber Wladimir Iljitsch, wer ein Schwert halten will, braucht Kraft. Sie sollten aufhören, beim Schlafen zu denken, sonst stellt Ihr übermüdetes Bewusstsein das Denken am Ende noch ein.* Sie spricht Russisch ohne rollendes R, spricht es wie eine Französin, bloß mit tiefer, monotoner Stimme, mit einer tonalen Härte, die nach Respekt verlangt. Jakub, damals zweiundzwanzig, das erste Mal in Moskau, verliebt sich auch zum ersten Mal – in diese athletische, virile Frau mannhafter Statur mit kurzem schwarzem Haar, kleinen blauen Augen und kantigem Gesicht. Sie ziehen gemeinsam mit einigen neuen Freunden durch verschiedene Moskauer Wohnungen, immer Kommunalkas, nie Salons, wo sie in der Küche, im Flur schlafen, auch miteinander, wenn sie nicht über die Zukunft philosophieren. Einig sind sie sich nicht oft: Großmutter gehört eher zu einer linksliberalen Sorte, die erst mal den Menschen, seine Bedürfnisse, seine Entfaltungsmöglichkeiten, seine sozialen Freiräume in den Mittelpunkt stellt, während es Jakub meistens ums politische System geht. Lösen werden sie ihre Differenzen in der Zeit in Moskau nicht; aussichtslose Diskussionen, bei denen Jakub wieder und wieder auf sie springt, sie würgt, sie ihm Hiebe in die Rippen versetzt, ihm ins Gesicht spuckt, er ihre Spucke mit Spucke erwidert, sie die Spucke mit seiner Zunge in ihrem Gesicht verteilt, so widerlich, so unversöhnlich. Eine seltsame Art der diskursiven Fortführung eines so gewichtigen Themas. Doch auch wenn auf diese Weise kein intellektueller Konsens erreicht wird, so gelangen sie immerhin zu einem körperlichen, meist im philiströsen Akt der Missionarsstellung.

Großmutter ist Jakub bei ihrer Ankunft in Moskau begegnet. Zufällig sitzen sie in einem Bus nebeneinander. Als sie sich eine Zigarette ansteckt, zieht er neben ihr eine Zigarre heraus, die er sich unangezündet in den Mundwinkel schiebt. Er sagt auf Russisch: »Der Teufel hole die Scheißbourgeoisie!« Und sie sagt: »Klar.« Dass Großmutter nur geschäftliche Ambitionen mit der Reise verbindet, drückt sie im weiteren Gespräch zwischen ihnen in etwa so aus: »Erst durch Lenin finden wir hier die richtigen Partner für unsere Handelsbeziehungen.« Jakub sagt sich, sie gehört zu uns. Schon am nächsten Tag nimmt er sie mit zum Treffen in Lenins Wohnung.

Großmutter ist die weibliche Ausnahme in der heimatlichen ostdeutschen Loge, weit weg von Weimar. Sie erzählt Jakub, sie habe nur Zutritt zur Loge bekommen, weil man sie anfangs für einen Mann hielt. Sie trägt ausschließlich Hosen. Das Vertrauen dieser zum Teil sehr einflussreichen Männer verdient keiner so einfach, weil diese mit der offiziellen Politik wie auch der Religion nicht konform gehen, eine Art zivil(isiert)en Untergrund bilden. Großmutter überzeugt die Bruderschaft von Anfang an mit ihrem nüchternen, gelehrten Verstand, vor allem aber mit ihren Ideen. Sie muss eine Meisterin der politischen Philosophie gewesen sein, sonst wäre das unerklärlich. Ihre etwas unmännlichen Verhaltensweisen werden ihr zunächst als unbewusste Entgleisungen eines Sonderlings abgenommen. Bruder, sprechen sie Großmutter an, auch dann noch, als sie längst wissen, dass in diesen Hosen eine Frau steckt. Das kam übrigens auf seltsame Weise heraus: Bei einem Treffen, während einer stupiden Diskussion über die seit Jahren anhaltenden Querelen um die in der Region neu eingeführte günstige, zum Himmel stinkende Fischwurst, sagt Großmutter etwas im Prinzip Nebensächliches, aber Fatales, das sie verrät. Sie will eigentlich vorschlagen, den Fisch vor der Verarbeitung erst behandeln, ihn einlegen, räuchern, anbraten zu lassen, will sagen, man könnte mit so einer in deftiger Zwiebel-Pfeffer-Marinade eingelegten Fischwurst doch aus jedem faden und stinkenden Karpfen noch einen tollen würzigen Hecht machen. Stattdessen sagt sie, kein Mensch, nicht mal eine Frau wie sie, könne so stinken, selbst wenn sie einen Monat lang kein Bad genommen hätte. Sie lachen, sonst nichts. Sie akzeptieren Großmutter als einzige Frau, die aber für das allgemeine Selbstwertgefühl der Loge ein »Bruder« bleiben muss.

Während sie Jakubs gesellschaftspolitischen Debatten erfolgreich ausweicht, bringt sie gleichzeitig im Auftrag einiger Logenmitglieder diverse Handelsbeziehungen auf den Weg, denn gerade durch die NÖP wächst der sowjetische Markt ungemein. Dann kann aber Großmutter nicht länger in Moskau bleiben. Sie sagt: »Ich fahre morgen weiter nach Paris.« Er sagt: »Ich komme mit.«

Jakub versucht andauernd, sie zu einer eindeutigen politischen Aussage zu bringen. Mal fragt er: »Auf welcher Seite stehen deine Geschäftspartner in Frankreich?« Dann sagt sie: »Auf ihrer eigenen Seite. Jeder immer auf seiner.« Mal sagt er: »Mit deinen Kontaktfähigkeiten und deinem Verstand könntest du in Moskau Vizechefin werden.« Dann sagt sie: »Ach.«

Jakub und Großmutter verlassen Moskau in Richtung Leningrad, nehmen dort ein Schiff nach Calais, anschließend den Zug nach Paris. Was passiert dort? Ich stelle mir eine beinah typisch französische Wintergeschichte vor: Anders als in Moskau schlafen Großmutter und Jakub diesmal in richtigen Betten, in einem geräumigen Hotelzimmer im Jugendstil, das es verdient, als Salon bezeichnet zu werden. Schon früh am ersten Morgen arbeitet Großmutter an ihren neuen Kontakten, nachts ziehen sie um die Häuser. In einer Bar treffen sie einen Louis-Marie, der in einen Streit mit dem Besitzer verwickelt ist.

Wie sich dabei herausstellt, ist er ein notorisch abgebrannter Nachtschwärmer, ein schon recht bekannter Schriftsteller, der mal wieder seine Zeche nicht bezahlen kann. Großmutter findet ihn sympathisch, besänftigt den Wirt und übernimmt die Schuld. Dafür werden sie Louis-Marie den ganzen Abend nicht mehr los. Sie erfahren, er sei ein Surrealist. Allerdings wird er keine zehn Jahre später zu den wichtigen zeitgenössischen sozialistischen Realisten gehören, und sagen wir so: Daran könnte das Zusammentreffen mit Großmutter und Jakub nicht ganz unschuldig sein. Wie sich gleich zeigt, ist Louis-Marie nicht nur notorisch pleite, sondern auch ebenso streitsüchtig. Er beginnt sofort eine anstrengende philosophische Diskussion über Realität und Träume. Für Jakub sind Träume Utopien der Wirklichkeit, Ideen von Zukunft, mögliche Weltentwürfe, für Louis-Marie sind sie das Unterbewusstsein, dieses unbekannte Kontinuum, dieses kleine Licht, das die Horizontlinie zum Leuchten bringt, das knapp über der Realität schwebt, sie umfasst, umhüllt, durchdringt. Sie sind das Leben schlechthin. Bald: schreckliche, lautstarke Zerwürfnisse zwischen Jakub und Louis-Marie. Großmutter will sich wie immer und so gut es geht heraushalten, sagt, es habe keinen Sinn, über Träume so viel zu reden, auch wenn oder gerade weil sie eigentlich auf Jakubs Seite steht. Im Hinblick auf den weiteren Verlauf des Lebens von Louis-Marie könnte Jakubs vehemente Verteidigung der realistischen Position zumindest dazu geführt haben, dass Louis-Marie irgendwann auf dem Boden der Realität gelandet ist. Weniger ist anzunehmen, dass Jakub umgekehrt durch Louis-Maries Haltung einen schwebenden Abstand zur Wirklichkeit gewonnen hat. Großmutter gießt indessen den letzten Rest Schnaps nach und stellt, im Grunde zusammenhanglos, fest: »Auch die Philosophie kann die Liebe nicht besiegen, jedenfalls nicht in Frankreich, in Deutschland wahrscheinlich schon.« Wenngleich das kitschig, aber wiederum so schön klingt, dass sie sich zwischen Räuspern und Seufzen nicht entscheiden können. Dieser Satz oder der erreichte Alkoholspiegel erstickt nun die Diskussion. Louis-Marie schläft ein, Großmutter und Jakub kehren mit der Morgendämmerung ins Hotel zurück.

In den nächsten Tagen erledigt Großmutter ihre Arbeit vom Hotel aus, telefoniert reichlich und trifft sich mit Partnern in der Lobby. Während dieser Tage reden sie so viel, dass sie nicht ein einziges Mal miteinander schlafen. Während dieser wenigen Tage verlassen sie nicht mal am Abend das Hotelzimmer. Während dieser Tage versteht Großmutter aber auch, wie aussichtslos diese Beziehung mit Jakub ist. Er sagt wieder: »Komm mit nach Moskau.« Sie sagt: »Das geht nicht so einfach. Ich habe drei Töchter.« Dann lacht er und sagt: »Kriegst drei neue.« Sie sagt daraufhin nichts. Er entwirft ihr das Bild eines gemeinsamen Lebens, in Moskau, macht sie zur aufstrebenden Kommunistin. Sie denkt darüber nach, auf welche Weise sie sich zurückziehen kann, sie will sich nicht binden.

Jakub und Großmutter fahren zusammen mit dem Zug Richtung Osten, nach Lauterbach. Als Erstes holt sie ihre Töchter zu sich. Dann geht sie ihre Post durch, öffnet einen Brief und sagt: »Markwart will mal wieder die Pacht erhöhen, dieser Drecksjunker, jetzt treibt er mich in den Ruin.« Jakub sagt: »Die Sache erledige ich.« Er will zu Markwart, mit ihm reden. »Mit der Bourgeoisie kenne ich mich bestens aus.« Großmutter erledigt ihre Angelegenheiten normalerweise selbst, hat es nicht gern, wenn ein Mann, auch dieser nicht, etwas in ihrem Leben regelt, aber schon ist er weg. Jakub bleibt nicht lange fort, als er das Haus wieder betritt, sagt er: »Du brauchst dir jetzt keine Sorgen mehr zu machen.« Einige Stunden darauf verbreitet sich eine Nachricht wie ein Lauffeuer durch die angrenzenden Dörfer: Der alte Markwart sei tot. Man erzählt sich, jemand habe ihn gehängt und folgende Warnung hinterlassen: *So wird es bald allen Ausbeutern hier ergehen.* Trotz Erleichterung läuft Großmutter das Grauen über den Rücken, als Jakub sie an sich drückt, denkt sie, er hat ihn umgebracht, um so meine Probleme aus der Welt zu schaffen. Sie stellt ihn zur Rede, er schüttelt den Kopf, der Markwart sei noch lebendig gewesen, als er gegangen sei. Es müsse ein anderer Pächter gewesen sein, dem der Kragen geplatzt sei. Am nächsten Tag, am 24. Januar 1924, einem doppelt schicksalsreichen Tag, wird Markwart in einer aufwendigen Zeremonie begraben. Ein luxuriöser Sarg aus Ebenholz wird vorangetragen, gefolgt von einem dörferlangen Trauergefolge, einem Protestmarsch, wie sich herausstellt. Hinten Klagerufe, Klagelieder, die wegen des Gegenwindes nicht bis nach vorn dringen, dorthin, wo Markwarts engste Familie geht. Großmutter, Jakub, die Kinder laufen mit bis zum Eingang des Privatgrundstücks, auf dem die Familiengruft steht.

Markwarts Tod wird gefeiert. Großmutter kocht ihre Kartoffelsuppe, stellt ihre Töchter nebst Jakub zum Schälen an. Wie sie die Suppe im Einzelnen zubereitet, bleibt ein Familiengeheimnis. Mutter ist die Einzige, die bei der Zubereitung helfen darf. Großmutter führt Krieg im Kochtopf, wenn sie mal kocht, sie führt diesen Krieg immer dann, wenn die Kinder zu Hause sind, denn für einen Krieg braucht sie einen guten Grund.

Mutter kann Großmutter diesmal beim Essen in die Augen sehen, sitzt ihr direkt gegenüber. Sie reden wenig, nur so viel: Mutter will nach Amerika, Großmutter macht ihr Mut. Draußen auf der Straße laufen Menschen vorbei, deren Empörung über den alten Halsabschneider sich nicht legen will, demonstrieren, warnen, der Alte möge tot sein, der Junge werde sein Blutsaugerwerk fortführen. Jakub geht zum Fenster, ruft: »Schließt euch uns Roten an und stürzt die Kapitalistenschweine! Bringt die Kommunisten an die Macht!« Die Leute bleiben stehen, blicken ihn aber eher mit Befremden an. Elfriede, die älteste Tochter, sagt daraufhin, nicht mal die Kommunisten könnten sie hier halten. Jakub ohrfeigt sie, das will er nicht, ist ein Reflex. Ein Klopfen an der Tür unterbricht die Szene. Siegfried, mein Großvater, der Trunkenbold, den sie vor vielen Jahren vor die Tür gesetzt hat, taucht plötzlich auf, hat Geschenke dabei, ist voll wie eine Haubitze, will seine Töchter wenigstens ein einziges Mal richtig sehen. Für Mutter der erste Kontakt mit ihrem Vater. Und der letzte. Sein Besuch beginnt harmlos, aber hochprozentig. Jakub rückt näher an Großmutter heran. Siegfried schenkt Mutter einen Kompass, für den sie ihm alles verzeiht. Auch das, was er anschließend tun wird. Er stochert mehr in der Suppe herum, als dass er sie löffelt, setzt alle Augenblicke die Flasche an, blickt fortwährend an Großmutter auf und ab, beginnt zu reden, zu fragen, damit sie ihn ansieht. Die kleinen Schwestern beobachten ihn ängstlich, Elfriede will lässig sein, schaut ihm fröhlich in die Augen. Großmutter wird ungemütlich, räumt den Tisch ab, bittet Jakub, ihn nicht herauszufordern und sie einen Moment allein zu lassen. Das nimmt Siegfried kurz darauf zum Anlass, ihr nahezukommen. Mit einem Handgriff reißt er ihre Bluse auf, zieht sie auf den Tisch, öffnet ihr die Hose, dringt vor den Augen der Kinder in sie ein. Die kleinen Schwestern heulen, Mutter ist stumm. Bloß ein schlechter Kraftakt, den Siegfried hier vollbringt, aber ein echtes Durchhaltevermögen, das Großmutter beweisen muss, nur für ihre Mädchen, die das mit ansehen müssen. Jakub kommt zurück, packt Siegfried am Kragen, versetzt ihm einen solchen Kinnhaken, dass er sich auf seinem vollbeladenen Rucksack das Genick bricht. Diese stillen Sekunden vor der bitteren Erkenntnis sind die einzigen, in denen Mutter jemals mit Sicherheit gesagt haben könnte, kein Mann, kein Kommunismus werde sie von ihrem Traum jemals abbringen. Großmutter wirkt zunächst gefasst, Jakub hingegen zittert. Die kleinen Schwestern bleiben im Haus, während Großmutter mit Jakub und Elfriede den toten Siegfried in einem kleinen Waldstreifen unweit des Hauses verscharren.

Großmutter stellt das Radio laut, um ihr Zittern zu bekämpfen. Doch sie zittert erst recht, als der Sprecher verkündet, Lenin sei gestorben. Sie zittert vor Freude. Und sagt: »Lenin ist tot. Der Kommunismus ist vorbei.« Jakub sagt nichts. Sie sehen einander minutenlang an. Er fährt am nächsten Morgen nach Warschau und weiter nach Moskau. Großmutter wird ihn nie wiedersehen. Der Lauf der Geschichte hat sie uns genommen, eines Tages verschwindet sie spurlos. Wer weiß, vielleicht in ein Lager, vielleicht ins Ausland, wer weiß.

Herbert

Mutters Zug in den Westen. Mutter brauchte noch acht weitere Wochen, um wieder zu Kräften zu kommen. Währenddessen dachte ich darüber nach, wo und wie wir am besten ein Schiff nach Amerika erreichen würden. (Heute muss ich über meine Naivität von damals lachen.) Ich gelangte wieder durchs Fenster in die Bibliothek, suchte und fand eine Weltkarte, die genauer war als die, die Mutter mir geschenkt hatte. Ich studierte sie genau, schaute mir die europäische Atlantikküste an und stieß auf den Hafen Ostende in Belgien. Ich dachte mir, wenn wir bis dorthin kämen, fänden wir schon irgendwann ein Schiff nach England und dort ein Schiff nach New York. (Ich habe damals, im Jahr 1945, keine Sekunde an der Machbarkeit des Unternehmens gezweifelt, denn was ich nicht wissen konnte war, dass zu diesem Zeitpunkt die Hafenanlagen in Ostende bereits vollkommen zerstört waren und es auch von England aus so gut wie keine Möglichkeit mehr gab, Europa Richtung Amerika zu verlassen.) Jeden Tag überprüfte ich unsere Route auf der Weltkarte und fragte Mutter, ob es ihr besser gehe.

Am Samstag, dem 12. April 1945, verließen wir Lauterbach um 7 Uhr morgens zu Fuß (geografischer Standort unseres Ausgangspunktes nach Mutters Kompass und nach Einnordung auf meiner Karte: 51° Nord und fast 16° Ost), um gegen 8.30 Uhr in Sprottau irgendeinen Zug Richtung Westen zu erwischen. Mutter hatte sich nicht mit langen Abschiedszeremonien aufgehalten. Sie nahm nur Großvaters Kompass, Proviant und einmal Wechselwäsche für jeden mit, verteilte das Gepäck auf mich und Wolfgang. Sie schlug die Tür des Hauses zu und ging, ohne sich umzudrehen. Helga vor den Bauch ins Tuch gebunden, Richard an der einen Hand, der Viktoria festhielt, Anna an Mutters anderen Hand, die wiederum Lilian anfasste. Wolfgang und ich liefen hinterher. Ich durfte nicht mehr zum Toilettenhäuschen, sie sagte, ich solle unterwegs irgendwo gehen. Ich hatte Großmutters Aufzeichnungen zum Glück so oft gelesen, dass ich sie aus dem Kopf noch einmal niederschreiben konnte. Während des Weges wiederholte ich im Stillen wichtige Passagen daraus. Den Weg bis nach Ostende hatte ich mir auf der Karte eingezeichnet. In Sprottau angekommen, quetschten wir uns in einen eigentlich bereits überfüllten Güterwaggon. Auf dem Boden sitzend fuhren wir leider nur bis nach Sagan. Dort mussten wir alle raus. Mutter nahm den Kompass und sagte, sie wolle sichergehen, dass wir auch ja in Richtung Westen reisten, sie wolle auf keinen Fall beim Russen landen …

Viktoria

Massive lange Holztische. Keine intimen Ecken, offen wie ein Gewächshaus. Viel künstliches Licht. Warme Heizungen. Aber weiße Kunstblumen in weißen Vasen auf schwarzen Tischdecken. Gewaltiger Holztresen. Sechs ausgestopfte Kraniche hängen an den Wänden, sie sehen lebendig aus, als hätte man die armen Tiere mitten im Leben ausgestopft, als wären sie nie gestorben. Das ist kaum auszuhalten. Kraniche sind gute Totenwächter, aber nicht, wenn sie tot sind. Es riecht nach kaltem Zigarettenrauch, Gulasch und Kölnischwasser. Goldstein telefoniert. Wir folgen Richard und setzen uns an einen freien Tisch.

»Das wird 'n kleenes bisschen dauern, bis Goldstein uns holen kommt, lasst uns 'n Bierchen bestellen, Kinders«, sagt Lilian.

»Ich fahre mit Ihnen, Herr Goldstein. Ich hole mein Auto, wir passen nicht alle in Ihren Wagen. Bin auch nicht scharf drauf, in einem L-L-L-Leichenwagen zu fahren«, sagt Wolfgang und geht mit ihm. Sie halten auf der Straße ein Auto an und fahren per Anhalter ins Institut.

»Wo kommen all die Leute her? Ich wusste gar nicht, dass sich überhaupt jemand hierher verirrt«, sage ich.

»Das sind doch keene normalen Leute, Vicki, das hier

sieht aus wie 'ne Feier mit Totenmasken, siehste das nich? Nich nach meinem Geschmack«, sagt Lilian.

»Brutal dem Leben zu Leibe rücken«, sagt Günther.

»Einige von denen sind nich friedlich eingeschlafen«, sagt Lilian.

Der Wirt steht mit Block und Stift bereit. »Keine Sorge. Das ist nur eine etwas spezielle Faschingsfeier von Dozenten und Professoren aus Jena. Einen thematischen Maskenball nennen die so was. Und nicht nur aus Jena sind sie angereist, sogar aus dem Ausland. Eine lang geplante Sache. Das konnten die nicht von gestern auf heute absagen. Alles ist bezahlt und seit Monaten bestellt. Ich hab die halbe Nacht gestanden und geackert. So viele geräumige Friedhofswirtschaften gibt es nicht. Behalten Sie's für sich, bitte. Kriegen auch eine Runde aufs Haus, das rechne ich bei denen ab, da zahlt die Universität. Mein Beileid erst mal, Sie sind doch eine echte Trauergesellschaft?«, fragt der Wirt und blickt einige Sekunden lang auf Günther mit Cowboy auf der Schulter.

Richard nickt. Wir bestellen Getränke.

»Möchte so ein Pils wie der dort, wie Herbert früher«, sagt Günther. Wir nehmen alle eins, obwohl ich sonst überhaupt kein Bier trinke, aber spendieren lasse ich es mir heute. Günther, Anna und ich, wir sitzen mit Blick auf den Maskenball. Günther meint, das hier sei wie ein mexikanisches Totenfest, nur unheimlicher, und die Musik wäre auch nicht tanzbar. Anna sagt, so was hören eher Gruftis. Soweit ich weiß, erscheint man auf so einem lateinamerikanischen Totenfest als Gerippe. Hier tragen sie die Totenmasken real Verstorbener, zumindest sieht es so aus. Ganz schön makaber, diese Dozenten. Früher hätte Herbert dabei sein können. Jetzt nimmt einer die Maske kurz ab und wischt sich den Schweiß aus dem Gesicht.

»Da ist ja das gleiche Gesicht drunter! Die haben von sich selbst Totenmasken gemacht«, sagt Anna angewidert.

»Verdammt echt, verdammt bescheuert«, sagt Günther.

Diese Irren bilden ihren eigenen Tod an sich ab. Das ist die Umkehrung der Kraniche. Tot im Leben, lebend im Tod. So was Idiotisches können nur Akademiker erfinden. Was feiern sie dann? Das Leben oder den Tod? Sich selbst im Tod?

»Wollen wir jetzt mal auf Herbert und Mutter anstoßen?«, frage ich.

Anna

»Prösterchen, auf Herbert, auf Mutter«, sage ich.

»Auf sein Zehnjähriges und ihr Eintägiges«, sagt Lilian.

»Auf die Erinnerung«, sage ich. Das Anstoßen ergibt eine Klangfarbe, die ich dem Kubismus zurechnen würde. Ein zerhackter Ton wie ein zerbrochener Spiegel, den ich kein zweites Mal hören muss, dessen Anteile nicht zueinander finden, auch wenn sie zusammengehörten. Vielleicht auch, weil die Atmosphäre hier so komisch gefärbt ist. Wir hatten vorhin keine Zeit, in Ruhe an Herberts Grab zu stehen. Jetzt blicken wir auf sein Pils. Das zischt durch meine Kehle, faucht wie eine Katze.

»Wisst ihr, wir haben damals zu seiner Beerdigung auch hier gesessen. Ganz allein waren wir und ganz ratlos«, sage ich.

»Mutter konnte uns nich mal sagen, wie er gestorben ist«, sagt Lilian.

»Sie hat es nicht gewusst. Sie hat wochenlang geweint«, sagt Helga.

»Keiner konnte es wissen«, sagt Richard.

»Doch, die Bullen, die ihn gefunden haben, oder die Leute von der Konferenz. Jemand muss es wissen«, sagt Günther.

»Was nützt es dir zu wissen, wie jemand gestorben ist, wenn es an seinem Tod nichts mehr ändert. Das ist vergeudeter Voyeurismus«, sagt Viktoria.

»Voyeurismusvergeudung«, sagt Günther.

»Herbert ist bestimmt nicht gestorben, wie er wollte, das finde ich traurig«, sage ich. »Seht mal dort! Die spielen ›Rat mal, wie ich gestorben bin‹.« Das Pils stößt mir bitter auf. Bei einigen Masken kann einem schlecht werden. Schmerzverzerrte oder von Krankheit ausgemergelte Gesichter. Diese Tode wünscht sich keiner.

»Diese Tode wünscht sich keiner«, sage ich. »Aber einige von denen sehen wenigstens so aus, als wären sie beim Zeitunglesen über den Jordan gegangen«, sage ich.

»Wie Wolfgang sich das wünscht«, sagt Viktoria.

»Warum sollste dir zu Lebzeiten die Art und Weise deines Todes wünschen? Die Art und Weise deiner Geburt kannste dir ja auch nich aussuchen. Hier auf der Erde geht's doch ums Leben und nich um den Tod!«, sagt Lilian.

»Bravo! Todessüchtiges Abendland verschlingt unser Leben. Schluss mit Freitoden!«, ruft Günther.

»Günther quatscht immer dazwischen, wenn ich was sagen will. Ich wollte auch sagen, dass wir jetzt aufhören sollten, über Herberts Tod zu spekulieren, denn das stört nur die Erinnerung an sein Leben«, sagt Viktoria.

»Damit beschäftige ich mich ja die ganze Zeit! Solange Eduard sich nicht an mein Leben von damals erinnert, existiert es praktisch nicht. Ich existiere nicht«, sage ich. Die haben erreicht, was sie wollten. Eduard hat nicht nur sich selbst vergessen, sondern auch gleich alle unangenehmen Zusammenhänge drum herum, damit wollten diese Froschgesichter ein Loch in die Zeit brennen.

»Ich sterbe im siegreichen Kampf um Eduards Erinnerung. Ich sterbe erst, wenn er zu mir sagt: ›Anna, ich erinnere mich an dich‹«, sage ich.

»Anna, Gott ist immer mit dir. Er weiß, wer du bist. Das ist der Frieden, den du finden solltest«, sagt Richard.

»Ich wiederhole für alle, die es nicht glauben wollen: Ich sterbe im siegreichen Kampf um Eduards Erinnerung. Ich sterbe erst, wenn er zu mir sagt: ›Anna, ich erinnere mich an dich‹«, sage ich.

Günther

Anna lebt ewig. Anna lebt kurz. *Bibubibu bibu, bibubibu bibu, bibubibu bibu, bi bu bi bu. She said she wished to die in terror screaming in the night to feel the crawling flesh of panic as her hair turned white.* Richard zieht gar nicht gegen Anna in den Kampf? Sonst würde er sie bis zu ihrer Kapitulation belehren. Er ist vermutlich mit den Gedanken woanders. Wo?

»Bist so schweigsam, Richard, so nachgiebig. Wo bist du?«, frage ich.

»In meiner Trauer. Ich schweige, wenn ich trauere. Ihr redet. Das ist in Ordnung. Jeder auf seine Weise.«

Cowboy flattert, fliegt auf einmal los, kreist über unseren Köpfen. Kreischt, krächzt lauter Parolen aus dem

Eastwood. Mutter? Will sie was sagen? In einem Film wäre das ein Signal für eine dramatische Wende. Aber hier scheint Cowboy bloß einen schlechten Traum an meiner Ohrmuschel gehabt zu haben.

»Hey, Cowboy, bleib cool. Aufsitzen«, sage ich.

Feuert einen Schuss ab, laut wie aus einem alten Gewehr.

»Cowboy, Flinte runter«, sage ich. Er dreht eine große Runde durchs Lokal, gibt weitere Schüsse ab, landet oben auf der Lampe über dem Tisch. Stehe auf, halte ihm meinen Arm hin, halte meinen Blick fest, fällt auf eine Maske, eine schreckliche Maske, die mich stumm anblickt. Mein Herz klopft. Anna stellt sich neben mich, hat ihn auch erkannt, den Mann mit der Maske dort. Reglos, genauso erschrocken wie wir. Spüre, wie mein Blut sich aus meinem Kopf zurückzieht, meine Bleichheit sehe ich Richard an. Er dreht sich um. Lilian und Helga auch. Schreckliche Blicke. Ein toter Mann. Wessen Gesicht dahinter?

Herbert

Mutters Zug in den Westen. ... In Sagan (immer noch 15° Ost) rannten wir mit Hunderten von Menschen zum nächsten Zug Richtung Lausitz, der lange nicht abfahren wollte. Mutter war so angespannt, dass sie zwei Mal zu weinen begann und sagte, wir säßen jetzt fest hier im Osten. Ich zeigte ihr die Route auf der Karte, zwei Mal sogar, aber Mutter fragte mehrere Leute, ob die Lausitz auch ganz sicher westlich von hier liege. Es gebe überhaupt keine Züge mehr in die andere Richtung, lautete die einhellige Antwort. Helga trank zwischendurch an der Brust, schlief danach sofort wieder ein und weinte kaum an dem Tag, als hätte sie nur auf diese Abreise gewartet. Mutter fragte mich, wo auf der Weltkarte der Osten aufhöre und wir die westliche Hälfte des Planeten beträten. Ich sagte, in Greenwich natürlich, aber auf dem europäischen Festland verließen wir den Osten ungefähr dann, wenn wir Ostende (bei 2° Ost) erreicht hätten. In England wären wir schon auf der sicheren Seite bei 1° West, sagte ich, und sie lächelte.

Nach drei Stunden Aufenthalt, es war Mittag, ging es weiter hinein in die Lausitz, nach Forst (bei etwa 14,4° Ost; die Nordausrichtung war für Mutter belanglos, dazu wollte sie keine Angaben). Die Fahrt dauerte eine gute Stunde; wir schwiegen oder sangen. In Forst hatten wir endlich Pinkelpause und aßen etwas. Anschließend lief ich mit Mutter über den Bahnhof. Den Kompass in der Hand, fragte jeden, der ihr bereitwillig zuhörte, welcher Zug von hier aus am weitesten in den Westen fahren würde. Es fuhr überhaupt nur noch einer, nach Cottbus, das immer noch bei 14° Ost lag. Wieder stiegen wir mit Hunderten anderer Menschen in einen vollgestopften Zug. Mutter starrte lange auf die Karte, immerhin waren wir schon 2° weiter nach Westen vorgedrungen, doch für sie ging das alles natürlich nicht schnell genug. Wir fuhren noch nicht lang, dann gab uns ein Mitreisender den Hinweis, zu rennen und zu versuchen, den Kohlezug nach Leipzig zu erreichen, weil man von dort heute sicherlich noch weiterkomme. Wir rannten, Anna fiel einige Male hin und weinte, ich nahm sie auf den Arm, und wir sprangen in letzter Minute auf. Leipzig brachte uns dem Westen immerhin noch mal ganze 2° näher …

Richard

Herberts Totenmaske, das kann nicht sein. Nein, Herbert kann es nicht sein. Es ist seine Maske, Richard. Oder Gott ist dir in dieser Gestalt mit einer Botschaft erschienen.

»Da steht Herbert«, sagt Anna.

»Nur seine Totenmaske«, sage ich.

»Richard, ich hab's eben gesehen. Jeder dort trägt seine eigene Maske. Folglich muss das Herbert sein«, sagt Anna.

Der Mann kommt an unseren Tisch und betrachtet uns schweigend. Ich glaube an die Auferstehung der Toten, aber das hier kann ich nicht glauben. Das ist paradox. Wie kann ich an die Auferstehung glauben, wenn ich an das hier nicht glauben kann? Glaube ich es nur dann, wenn es mich nicht selbst betrifft? Will Gott mich prüfen? *Herbert Wiehler?*, sollte ich jetzt fragen, kann es aber nicht. Mir bleibt jedes Wort im Halse stecken.

Lilian

Herbert. Bistes oder bistes nicht? Dein Tod war schmerzhaft. Aus dem geöffneten Mund kam noch 'n Schrei, kurz bevor's passiert ist. Die Maske zeigt mir:

Dem Tod musste direkt ins Gesicht gesehen haben, die Augen haste aufgerissen, den Kopf haste dir aufgeschlagen, das Genick haste dir gebrochen. So viel kann ich aus der Maske herauslesen. Mitten im Leben biste gegangen, hattest keine eingefallenen Wangen, auch kaum Falten, nur an deiner hohen Stirn standen die Runzeln, wahrscheinlich, weil du deinen Tod selber nicht glauben konntest. Nur was haste dort gemacht? Du warst zu klug, um ohne Grund zu sterben.

Viktoria

Wolfgang und Goldstein sind mit den Autos zurück und betreten die Schenke. Sekundenlang steht Wolfgang fassungslos in der Tür und betrachtet Herberts Totenmaske. Goldstein sieht ahnungslos aus. Jeder will fragen: *Wer sind Sie?* Aber keiner tut's. Wir setzen uns, der Mann mit der Maske setzt sich neben Günther, den er offenbar kennt. Wenn es Herbert wäre, würde er uns alle kennen. Bevor das Bild sich verändert, ein kurzes Resümee für die Nummer 13 des Tages: An einer mit schwarzem Tuch gedeckten Tafel im »Goldenen Kranich« sitzen die sieben lebenden Kinder der gerade zu Grabe getragenen Elfriede vor dem Lieblingspils ihres toten Bruders Herbert, der sich als Achter in Gestalt einer Totenmaske zu ihnen gesetzt hat.

Wolfgang

»Bitte, erklären Sie uns das«, frag ich den Mann. »Wer sind Sie? H-H-H-Herbert können Sie nicht sein.«

Er löst das Band und zieht die Maske vom Gesicht. Ich kenne den Mann nicht. Das ist nicht mein Bruder Herbert.

»Ich heiße Jan Klemm, komme aus Wrocław. Ich war ein Kollege Ihres Bruders. Ich war dabei, als er starb«, sagt er.

»Wie kommen Sie zu dieser Maske, mein Froind?«, fragt Goldstein.

»Ein befreundeter Bildhauer hat sie noch in Wrocław für mich gemacht. Herbert lag ja dort noch eine Woche im Kühlhaus. Ihr Bruder und ich, wir waren sehr enge Freunde, die Kollegen in Jena baten mich darum. Auch wenn es makaber aussehen mag, ich trage die Maske zu seinen Ehren. Und Sie müssen Günther sein, er trug immer ein Foto von Ihnen bei sich.«

»Fotobruder Günther Bluhme, richtig.«

»Warum tragen Sie nicht Ihre eigene Maske?«, fragt Anna.

»Wie ich schon sagte, auf Wunsch der Kollegen. Außerdem wollte ich sie schon seit Langem seiner Mutter übergeben. Ehrlich gesagt, habe ich Angst, meine eigene Totenmaske zu tragen, ich bin da leider abergläubisch. Seit ich Herbert sterben sah, habe ich furchtbare Angst vorm Tod.«

»Wir haben unsere Mutter gerade begraben«, sagt Helga.

Wir sitzen jetzt alle ein bisschen verdutzt da. Nein, ich hab's gleich gewusst, das konnte nicht Herbert sein. Auch wenn ich für eine Sekunde verunsichert war.

»Ein seltsamer Zufall«, sag ich. »Was ist denn damals passiert?«

»Das ist eine längere Geschichte, die einige Zeit in Anspruch nimmt und die auch Ihre Großmutter Esther und einen Bericht betrifft, der von ihr verfasst wurde. Wenn Sie möchten, könnte ich Sie morgen früh zum Frühstück treffen. Das ist keine Geschichte, die man so schnell erzählen kann. Nehmen Sie die Maske, bitte, ich fürchte mich beim Tragen. Diese Feier ist nicht nach meinem Geschmack. Eigentlich sollte sie eine Studie übers Sterben veranschaulichen. Hier gibt es auch Ethiker. Ich muss zugeben, nachdem ich die Maske nun fast zwei Stunden getragen habe: Schlimmer als den eigenen Tod ist es, den eines anderen mit sich herumzutragen.«

Ich nehme Herberts Maske. Wie friedlich Mutters Gesicht ausgesehen hat. Hier sehe ich, dass ein Mensch grausam gestorben ist. Da kriegt man selber Angst vorm Tod.

Günther

Wolfgang hält benommen Herberts letzten Blick in der Hand. Oben kreisten zwei Raben; unten kreischte und schrie er, flog mit dem Kopf auf das steinige Ufer der Oder.

Herbert

Mutters Zug in den Westen. … In Leipzig (bei etwa 12° Ost) lief Mutter erneut mit uns über Bahnsteige, suchte nach einem Zug, der uns weiterbringen sollte. Güterzüge in den Süden nach Coburg, in den Norden nach Magdeburg, hieß es, aber welcher ginge Richtung Westen? An die Atlantikküste, rief Mutter einem Schaffner zu, aber der zeigte ihr bloß einen Vogel. Der einzige Zug, der heute noch weiter nach Westen fuhr, ging nach Eisenach, das bei 10° Ost lag. Wir stiegen ein, warteten vier Stunden, und als er abfuhr, war es bereits 10 Uhr abends. Wir erreichten Eisenach gegen drei Uhr am folgenden Morgen. Helgas Stoffwindel war vollkommen durchgeweicht und stank schon seit Stunden. Anna hatte sich in die Hose gemacht, und wir alle mussten dringend auf die Toilette. Am Bahnhof in Eisenach trafen wir auf amerikanische Soldaten. Sie waren feindselig, wollten uns keine Auskunft geben, bis uns ein Mütterchen, das sich nachts auf dem Bahnhof herumtrieb, zum Gemeindepfarrhaus führte. Mutter wäre am liebsten schnurstracks weitergezogen …

IV Der Leichenschmaus

Herbert

Mutters Zug in den Westen. … Mutter scheuchte uns weiter. Es galt, keine Zeit zu verlieren, wenn wir Ostende jemals erreichen wollten. Wir liefen und liefen durch die Nacht. Mutter versuchte, den Kompass auszurichten (Kimme und Korn fluoreszierten immerhin), damit wir den Westen fänden, aber irgendetwas störte hier die Nadel. Es wurde Tag, und wir liefen und liefen, wenn auch ziemlich langsam (wir waren, ohne es zu merken, nach Norden, nicht nach Westen gelaufen). Irgendwann (es muss acht oder neun Uhr gewesen sein) setzten Richard und Viktoria sich an den Straßenrand und weinten. Sie sagten, sie wollten nach Hause, und weigerten sich, auch nur einen Schritt weiterzugehen. Wolfgang und Lilian streikten ebenfalls, und Anna schlief erschöpft auf meinen Schultern, ihren Kopf an den meinen gelehnt. Am liebsten wäre ich mit Mutter alleine weitergegangen, dann sah ich meine Geschwister derart verzweifelt dasitzen, dass ich vorschlug, für eine Weile in dieser Gegend zu bleiben. Hier seien Amerikaner, das sei ein gutes Zeichen. Ich hatte mehr Widerstand von Mutter erwartet.

Wir liefen weiter bis zum nächsten Dorf. Es war Mittag an diesem 13. April 1945, als wir fassungslos und zugleich glücklich vor dem Ortsschild des Dorfes stehen blieben, auf dem stand: Lauterbach. Mutter gab mir vor lauter Aufregung eine Ohrfeige und sagte, auch das sei ein gutes Zeichen. Hier könnten wir es für eine Weile aushalten. Auch wenn ich wehmütig auf die Karte schaute, war ich gleichzeitig erleichtert, wieder irgendwo angekommen zu sein. Im Gemeindehaus blickten sie uns zunächst vorwurfsvoll an. Eine alleinstehende Mutter mit sieben Kindern, so eine Rothaarige, redeten sie. In der Harsbergstraße stand seit Langem ein Haus leer, die ehemaligen jüdischen Besitzer waren weg. Sie seien nach Amerika geflüchtet, hieß es. Mutter und ich sahen einander bedeutungsvoll an, als wäre sogar das ein gutes Zeichen. Die Kirche hatte das Haus von den Besitzern treuhänderisch übernommen und bot es uns nun zu einer geringen Pacht an. (Das Haus war nicht so groß wie das in Schlesisch-Lauterbach, aber es hatte Charme.) Die ersten drei Monate vergingen schnell, Mutter fand Arbeit, und wir gingen in die Schule. Dann passierte das, woran keiner von uns jemals gedacht hätte …

Viktoria

Unser kleines zweistöckiges Haus in der Harsbergstraße hat sich kaum verändert: moosgrauer Putz und die alten Doppelfenster. An den ehemals weiß gestrichenen Fensterrahmen ist der Lack abgeblättert, das Holz ist müde und aschgrau. Und die Gardinen strahlen weiß. Der Apfelbaum schmiegt sich an die rechte Hauswand und berührt mit der Krone die beiden Fenster im zweiten Stock. Seinetwegen durften wir keinen Zaun ziehen, denn er gehört der Gemeinde und sollte allen im Ort zugänglich bleiben, obwohl nur Mutter die Äpfel gepflückt hat. Die Ziegel sind alt und inzwischen schwarzrot, einige sind gebrochen. Eine kleine alte und unansehnliche Baude, mit einer schweren, weinrot gestrichenen gotischen Holztür, die der Erbauer um die Jahrhundertwende von irgendeiner Burg in der Nähe abmontiert und hier eingebaut haben soll. Die Burg ist unbekannt, der Erbauer des Hauses ist tot, die Tür gehört also uns. Die Flügeltüren knarren nicht wie andere alte Türen, sie blöken wie Schafe – beim Öffnen wie eine Zibbe, beim Schließen wie ein Bock. Das hat Mutter genervt, wenn wir draußen spielten und ständig rein- und rauswollten. Sie schrie irgendwann aus dem Fenster: »Wenn ich in der nächsten Stunde noch einmal das Blöken höre, scher ich euch den Kopf und zieh euch die Hammelbeine lang!« Wir versuchten es mit allen Fetten und Ölen, pflanzlichen, tierischen, mit Wagen- und Fahrradschmiere, nichts. Sie lässt sich nicht ölen, sie ist eigentlich keine Tür, schon gar nicht für dieses Haus, sondern die historische Tonaufnahme eines höfischen Duodramas aus Bock und Au.

Im Inneren gelten noch immer dieselben falschen Himmelsrichtungen. Zimmer haben doch eine geografische Natur und damit eine Bestimmung. Es gibt immer einen Gesellschaftsraum, bei mir ist das die Küche, da male ich auch, ich habe sowieso kaum Besuch und will auch keinen. Dieser Raum zeigt meistens entweder nach Süden oder nach Westen, er bietet das meiste Tageslicht und wenn man keinen wolkenverhangenen Berg vor der Nase hat nach getaner Arbeit noch einen schönen Sonnenuntergang. Mein Schlafzimmer blickt nach Osten, damit ich früh mit der Morgensonne aufwachen kann, bei urbanen Langschläfern vielleicht eher nach Nordwesten. Für den Norden allein hat ein Bauernhaus heutzutage keine Verwendung mehr, an dem orientieren sich nur noch die Kompassnadeln. Früher war in diesen kühlen, dunklen Nordräumen die Speisekammer, bei mir ist das immer noch so, wo soll ich denn die vielen Kartoffeln aufbewahren? Hier in Mutters Haus könnte man sich sogar mit einem Kompass verlaufen, ich vermute einen Wasserlauf, der die Nadel stört. Wolfgang meint, das wären hier normale magnetische Ablenkungen vom Militär, so nah bei der Grenze. Richtung Süden gelangt man bei uns in eine riesige Abstell- und Wäschekammer, voller Gerümpel, früher wohnten dort Herbert, Wolfgang und Richard, später auch Günther. Und Richtung Osten hat Mutter die Küche. Wenn sie Kartoffelsuppe kochen wollte, sagte sie immer: »Ich geh mal nach Ostalonien.«

Unser Wohnzimmer, das für sie angeblich nach Südwesten zeigte, war in Wirklichkeit nach Nordosten ausgerichtet und deshalb immer duster, wenngleich geräumig. Sie schimpfte zwar andauernd darüber, dass es hier an diesem Ort kaum Sonne gab, wollte sich aber auch nicht belehren lassen. Himmelsrichtungen hatten für Mutter nichts mit dem Kompass zu tun, sie waren nach ihren Gefühlen ausgerichtet.

Und dieser alte Ölschinken dort, wie ich den immer gehasst habe, der hängt in der düstersten Ecke des Wohnzimmers, gleich links beim Fenster neben den schweren Stores, die das karge Nordostlicht nicht seitlich, sondern nur geradeaus hier reinlassen – vielleicht ragt es an sonnigen Tagen sogar bis in die Mitte des Raumes –, dieses grässliche Gemälde von einem Mann mit Perücke, Pumphose und Puffärmeln, der an einem Berghang steht und im nahen See vollschlanke Frauen beim Nacktbaden beobachtet. Wieso Mutter das da hingehängt hat, ist mir schleierhaft. Ich glaube, sie hatte es irgendwann auf dem Dachboden gefunden, ein Erbe vom Vorbewohner. Vielleicht dachte sie, weil es so französisch aussieht, könnte es die finstere Atmosphäre hier drin ein wenig aufheitern.

Ofengeruch. Die Wärme ist feucht. Dielenknarren. Beige Tapete. Der Teppichbelag stammt aus meiner Jugend, beige mit hellblauen Ornamenten und allen möglichen Flecken. Helga muss ihn gerade erst gereinigt haben. Unsere rustikale Essecke war nie für zehn Personen gedacht, höchstens für acht. Wir aßen immer dicht gedrängt um den Tisch herum. Helga hat ihn für heute mit Mutters Frisiertisch verlängert und elf Stühle darum verteilt. Goldstein und seine Frau essen mit uns, das macht aber nur neun.

»Für wen sind die zwei übrigen Stühle?«, frage ich Helga.

»Für Herrn Cassidy und Herrn Farnsworth, die kommen auch bald. Wir reden nach dem Essen drüber.«

Ich mag Andeutungen nicht, aber ich habe Hunger. Wir schauen wie die Habichte auf den gedeckten Tisch und warten auf das Startsignal. Wenn Mutter das sehen könnte! Wer von uns nicht abwarten konnte, bis Mutter sich hingesetzt und *Guten Appetit* gesagt hatte, musste vom Tisch aufstehen und seinen Hunger bis zur nächsten Mahlzeit überstehen. Ich aß dann immer die Äpfel vom Baum.

Günther

Ersehnte Mormonen kündigen sich in Helgas Blicken an, die sich in kurzen Abständen durch das Fenster auf die Straße richten. Heilige Ritter der letzten Tage, die bald mit dem *Bääbh* unseres Burgtors dieser Tafelrunde beitreten werden. Helga bringt Essen, bringt noch mehr Essen. Zwei, ... siebzehn, achtzehn, neunzehn Bücher genau in der Schrankwand. Achtzehn davon hatte sie schon beim letzten Mal. Zehn Nachschlagewerke. Ein Atlas von Nordamerika. *Quo vadis*, *Ben Hur*, Karl May, drei schwülstig aussehende Schwarten von mir unbekannten Schriftstellerinnen plus das *Neue Testament*. Das eine dort ist mir neu. Pinkfarbener Schutzumschlag. *Das Raumschiff – wissenschaftlich-phantastische Erzählungen aus aller Welt*.

»Mutter im Abenteuer Zukunft? Oder du, Helga?«, frage ich.

»Mutter. Sie hat's vor fünf Jahren gekauft. Hat's ständig gelesen, wenn sie nicht Western geschaut hat. Ich bin noch nicht dazu gekommen.«

An einer Seite ein Eselsohr. *Das blaue Fenster des Theokrit*. Gennadi Gor. Mutter liest einen Russen!

»Diese Seite war in letzter Zeit oft tagelang aufgeschlagen, sie hatte das Buch auf dem Sofa neben sich liegen.«

»Durch das Fenster sah ich einen Fluss, aus dessen Wellen Steine ragten. Jemand sprang von einem Stein zum anderen. Einmal glitt er auf komische Art aus und rutschte mit einem Fuß ins Wasser. Wann auch immer ich ans Fenster trat, stets sah ich dasselbe: den Fluss, die runden Steine im Wasser und jenen Mann, der von Stein zu Stein sprang. ›Springt er schon lange so?‹ fragte ich meinen Vater. ›Schon seit zehn Jahren versucht er ans gegenüberliegende Ufer zu gelangen, aber er schafft es nicht. Irgend etwas hindert ihn daran.‹ Klingt, als wäre Mutter dieser Mann auf den Steinen.«

»Ich muss erst was essen, bevor ich wieder denken kann«, sagt Anna.

»Die Erklärung zum Anfang kannst du auf Seite 192 unten finden. Das hat sie manchmal laut vorgelesen. Hier unten«, sagt Helga, tippt auf die Zeile.

»Ich war ja in das Feld der Verlangsamung geraten, ins Feld der Jugend und der Liebe.« Wolfgang nickt, was nickt der da?

»Was nickst du?«

»D-d-das ist eine tolle Einsicht. So muss gestorben werden.«

Jetzt nicke ich. Nicke sonst nicht gern. Mag die Geste nicht, Nicken heißt zustimmende Enthaltung, maskiert die Teilnahme. Setze Herberts Maske auf. Nicke. Wolfgang schüttelt den Kopf. Blicktemperatur: 15 Grad Celsius.

»Mein Froind, möchten Sie die Totenmaske nicht lieber an ein sauberes, trockenes Plätzchen legen?«, fragt Goldstein.

»Ekelt Sie die Maske beim Essen?«

»Nicht ekeln –«

»Mich ja, Günther. Leg sie doch bitte dort auf die Couch«, sagt Helga.

Tu's ja schon. Neben Großmutters orakelhafte Handschrift im Briefumschlag auf der Couch. Jagdtrophäen aus Eastwood. Wo bleibt denn der Anpfiff zum Totenmahl? Ein Totenmahl beginnt man nicht einfach, muss erst an höhere Inhalte anknüpfen. Höher, Helga, höher. Cowboy sitzt wieder oben auf der Wohnzimmerlampe, da steigt viel Wärme hoch. *Hey, like a bird on the chandelier, like a drunk in a midnight choir, I have tried in my way to be free.* Mit der Taschenlampe – die liegt da, seit Mutter damals mit meinen Geschwistern hier eingezogen ist, sie hatte panische Angst vor Stromausfällen, habe in meinen Jahren hier keinen einzigen erlebt – bestrahle ich Cowboy. *Spot on Cowboy.* Pfeife *Hängt ihn höher.* Höher, höher kann ich nicht pfeifen. Cowboy: Keinen Pieps, seit Mutter unter der Erde ist. Fressen will er auch nicht. Helga sagt, er habe seit gestern nichts gefressen, nur getrunken. Nicht mal eine frisch gekochte, geschälte Kartoffel, Helga hat den gesamten gestrigen Tag Kartoffeln geschält, wie ich schon ahnte – auf dem alten Ofen in der Küche steht ein Kessel Kartoffelsuppe nach Mutters Rezept für eine ganze Heilsarmee. Kartoffeln isst der Vogel noch lieber als Nudeln, genau wie Mutter. Cowboy, höchster Inhalt, an den ich anknüpfen möchte.

»Cowboy, komm, aufsitzen«, rufe ich – nichts, nur schiefe Blicke.

»Glaubt ihr, Cowboy trauert? Können Vögel so was?«, fragt Anna.

»Die Veränderung merkt er, klar. Dass Mutter nicht mehr da ist, dass er ihre Stimme nicht mehr hört, kriegt er mit. Aber ob Vögel trauern können, ob sie vom Tod wissen, kann ich mir kaum vorstellen. Nicht mal wir Menschen begreifen den Tod«, sagt Viktoria.

»Tod soll so unbegreiflich bleiben, wie das Leben unbeschreiblich ist«, sage ich.

»Amen, Güntherchen. Haste schön gesagt, aber mit dem Mordshunger kann ich nich philosophieren. Machen wir nach dem Essen, versprochen«, sagt Lilian.

Wieder Nicken.

Richard

»Ich schlage vor, jeder von uns erzählt nach dem Essen von einem ganz persönlichen Erlebnis mit Mutter, von einer Begebenheit, an die wir uns erinnern. Was sagt ihr?«, frage ich.

»Gute Idee, reden wir übers Leben«, sagt Viktoria.

»Dann können wir ja jetzt essen, nicht Helga?«, sage ich.

Sie steht am Fenster und sieht mich nicht an. Was ist nur los mit ihr?

»Helga? Komm, fangen wir an«, sage ich.

»Ich hab gehofft, Herr Cassidy und Herr Farnsworth könnten mit uns zusammen essen. Also los.«

»Ich denke, wir können heute zu Mutters Gedenken einmal eine kurze Andacht vor dem Essen vertragen. Schließen wir dabei die Augen«, sage ich.

»Du sagst aber sch-sch-stopp, Richard, nicht dass ich hier noch einnicke«, sagt Wolfgang.

»Wirste schon merken, mein Gutster, wenn wir mit den Löffeln klappern«, sagt Lilian.

»Schließen wir die Augen und den Mund«, sage ich.

Herbert

Mutters Zug in den Westen. … Thüringen ging an die Russen, die Amerikaner verschwanden, und wir blieben bei exakt 10° 21' 9,24'' im Osten zurück. Erst dachte ich, Mutter würde daran zerbrechen, aber sie sagte, sie werde schon irgendwann eine neue Chance bekommen. Über Großmutter durften wir in den ersten Jahren gar nicht mehr sprechen, und so verlernten wir auch das Fragen nach ihr. (Mutter hatte vor irgendetwas Angst.)

Am 7. Oktober 1949 traf Mutter auf der Feier zur Staatsgründung der DDR Gilbert Bluhme. Ich studierte zu der Zeit schon in Jena und war auf Besuch. Er habe so einen mildherzigen Charakter, sagte sie, sei romantisch und klug. Ich schlief spät ein und hörte sie die halbe Nacht lachen und reden. Ich ahnte schon wieder, hoffte aber so sehr, dass Mutter mit fast vierzig jetzt endlich zu alt wäre für weitere Kinder. Gilbert und sie heirateten an Silvester. Im April 1950 warf sie ihn raus, nachdem er ihr die Liebe zu einem Mann gestanden und sie ihn in ihren Kleidern erwischt hatte. Ende Juni 1950 kam Günther auf die Welt. Mutter sah mich an und sagte, es sei ihr letztes Kind. Das war es dann auch, zum Glück.

Helga

Als Herr Cassidy und Herr Farnsworth gestern hier aufgetaucht sind, hab ich zuerst gedacht, das wären welche von der Gemeinde, obwohl sie so anders aussahen als die Leute hier. Ich hab gedacht, die sind aber schnell: Mutter ist noch nicht mal unter der Erde und die ziehen mir schon das Haus unterm Hintern weg. Dann haben sie so ungewöhnlich lang und nett gelächelt, mit diesem amerikanischen Akzent ihre Namen gesagt und von ihrer Mission gesprochen. Da hab ich gewusst, der Himmel hat sie mir geschickt. Vielleicht sogar Mutter. Richard war in die Gaststätte gegangen, wollte über die Grabrede und andere Sachen nachdenken. Und ich hab mit den beiden vielleicht einen Ausweg für mich und Mutter gefunden. Als sie dann am frühen Abend weggegangen waren, hab ich die Idee für das Essen hier gehabt. Ich wollte nicht einfach irgendwas Feierliches machen. Die Gerichte sollten eine Bedeutung in Mutters Leben gehabt haben. Ich bin gar nicht erst schlafen gegangen, ich hab die ganze Nacht gekocht. Für die Kartoffelsuppe allein hab ich eine Stunde lang nur Kartoffeln geschält. Bauer Baldebert hat mir sündhaft teure Rindersteaks besorgt, er selbst hat ja gar keine Rindviecher, aber er weiß immer, wo man die herkriegen kann. Was gibt's noch: Kartoffelpüree, Bohnen und Rote Bete, Gurkensalat, Kartoffelpuffer, hartgekochte Eier und einen Kuchen.

»Amen«, sagt Richard.

»Bevor ihr anfangt, möchte ich kurz die symbolische Bedeutung dieses Totenmahls erklären. Wisst ihr, warum es heute Großmutters Kartoffelsuppe gibt? – Weil sie immer Mutters Verbindung zu ihren Ahnen gewesen ist. Ich hab sie gekocht, damit wir heute alle zusammen sein können. Guten Appetit«, sag ich.

»Bin gespannt, was de zu den teuren Rindersteaks sagst«, sagt Lilian.

»Jetzt erst das Püree und die Kartoffelpuffer, die sollen Orte in Mutters Lebensreise darstellen. Die Rote Bete zeigt Mutters schwere Vergangenheit, die sie meiner Meinung nach ins Grab gebracht hat.«

Sie blicken auf die Rote Bete. Lilian greift plötzlich nach der Schüssel und stopft sich einige Scheiben in den Mund; die Soße tropft wie Blut von ihren Händen auf die gute weiße Tischdecke.

»Dann fressen wa diese verdammte Vergangenheit jetzt einfach auf! Na los, jeder ein paar Scheiben, hopp, und dann ist se endlich weg«, sagt sie und schiebt gleich noch zwei hinterher.

Sie sind alle so still und ernst. Sogar die Goldsteins, so hart hab ich das auch wieder nicht gemeint. Die Schüssel geht reihum, bis nur noch die rote, süßsaure Flüssigkeit drin ist, in der die Senfkörner und Lorbeerblätter schwimmen. Lilian nimmt sie und sieht mich an. Dann setzt sie die Schüssel an und trinkt das Zeug, die spinnt, sie kaut die Lorbeeren und Senfkörner mit angehaltenem Atem und schluckt das Ganze einfach runter.

»'n bisschen Wasser hinterher und weg isse. Na, so schlimm war's nich.«

»Wie geht's jetzt weiter, Helga? Mit Kartoffeln?«, fragt Anna.

Viktoria

»Kartoffeln sind doch harmlose Existenzen, die Rote Bete auch. Wieso stehen sie für ihre Vergangenheit?«, frage ich.

»Leide manchmal an Verstopfung, wenn ich Kartoffeln esse, Rote Bete hilft mir dann«, sagt Günther.

»Kartoffeln machen dick und Blähungen, deshalb esse ich lieber Äpfel«, sagt Anna.

»Äpfel statt Roter Bete sollten für Mutters Vergangenheit stehen. Äpfel sind böse«, sage ich, und alle schauen mich blöde an.

»Aus welcher B-B-B-Bibel hast du denn den Unsinn?«, fragt Wolfgang. Er hat keine Ahnung.

»Ich war dabei«, sage ich nur und merke, wie ich keine Lust habe, hier mein Innerstes nach außen zu stülpen, um die Geheimnisse der Natur zu erklären.

»Wobei warste, Vicki?«, fragt Lilian, wenn sie nur mit diesem Vicki aufhören könnte!

»Wie die Äpfel früher in meiner Obstschale die Birnen oder Marillen vernichtet haben«, sage ich.

Daraus ergibt sich gerade Ölbild Nummer 14: Ein reich gedeckter Tisch ist umgeben von den sieben Geschwistern, dem Bestatter Goldstein und seiner Frau, von denen jeder mit roten Fingern eine Kelle Kartoffelsuppe bewältigt. Cowboy sitzt oben auf der Lampe und kackt gerade auf die Kartoffelpuffer, die Helga vorsorglich mit einem Teller abgedeckt hat.

Lilian

Vicki hält dicht, wenn's um sie geht. Äpfel kann sie verraten, ja, aber über sich selber reden, das geht nicht. Sie wird noch platzen, wenn sie nicht damit aufhört.

»Eine ausgezeichnete Suppe, Helga«, sagt Goldstein, ohne aufzusehen.

»Kartoffel bedeutet Wahrheit, Helga, stammt von den Inkas. Eine universelle Form, nicht rund, nein, oval wie ein Ei, damit ist sie eine privilegierte Existenz auf diesem Planeten, ein großartig verkürztes Zitat des immensen, sich ausbreitenden Kosmos. Kartoffelsuppe als Medium – tolle Idee, Helga. Bravo!«, sagt Günther und klatscht affektiert wie ein Zirkusclown.

Wir stoßen an.

»Wir haben die Vergangenheit hinter uns gelassen. Jetzt geht es mit den Eiern und Steaks, Bohnen und Gurken an Mutters Träume«, sagt Helga.

Die Eier stehen für ihre Kinder, was wir alle ein bisschen plakativ finden, macht aber nichts. Die Bohnen und Gurken symbolisieren Freunde und Ereignisse. Die Rindersteaks, für die Helga wahrscheinlich alles Hab und Gut verpfändet hat, stehen für Mutters lang ersehnte Passage über den Atlantik, für ihr Leben in ihrer überseeischen Herzensheimat.

»Was wollte Mutter nur d-d-dort?«, fragt Wolfgang.

»Sie hat sich gewünscht, einmal in ihrem Leben die atlantischen Wellen unter ihrem Hintern wackeln zu fühlen, so hat sie das ausgedrückt, die Wellen sollten sie wie eine namenlos Gestrandete ans amerikanische Ufer spülen. Wenn ihr mich fragt, wollte sie weit weg von ihrer Herkunft, dorthin, wo für sie alles offen sein konnte«, sagt Helga.

Ich würd auch gern mal nach Amerika. Aber Jonathan würde das nicht verstehen.

Günther

Der Ozean schlummerte spiegelblank, schreibt Gennadi. Und Arno schreibt: *Himmel glutblau und scheußlich wolkenlos*. Für mich ergibt sich aus beidem das, was ich schreibe: *Mutters Hintern wackelt auf dem Atlantik in den weiten Westen*. Erster Akt: Ein Seeungeheuer will sie nicht fressen. Zweiter Akt: Ein Seesturm will nicht heraufziehen. Dritter und letzter Akt: Ein ostfriesischer Seemann will sie retten, holt sie an Bord und nimmt sie mit nach Hause.

»Habt ihr gerade das Licht da draußen gesehen?«, fragt Helga, zieht die Gardinen zur Seite.

Flink ans Fenster, schauen links, rechts, sehen aber nichts, nur den blaugrau gescheckten Himmel, nicht mal die Sonne. Doch – dann sehen wir das Licht. Weit hinten über dem Horizont taucht lautlos ein halbmondförmiges Licht auf, schwenkt nach links, dann nach rechts, immer ein Stück höher, verschwindet schließlich hoch oben am Himmel.

»Ein Grenzfall«, sagt Wolfgang kopfschüttelnd, »eine Luftpatrouille, die Verfolgung aufgenommen hat«, seufzt er.

»Was? Das war ein Ufo«, sagt Anna. »Eine Armeepatrouille wäre nicht so hin und her geschwenkt und nicht einfach im Weltall verschwunden«, sagt sie, während wir uns wieder setzen, endlich die Steaks essen.

Anna

Das war ein Ufo, Punkt.

»Hat jemand von euch schon mal ein Ufo gesehen?«, frage ich.

Kopfschütteln.

»Du auch nicht, Helga? Hier soll's doch so viele davon geben?«

»Mutter hat mal eins gesehen«, sagt sie.

»Ich glaube nicht an Ufos«, sagt Viktoria.

»Weil du noch keins gesehen hast. Vielleicht weil sie klitzeklein sind. Wart ab, wenn zwischen deinen Mohrrüben plötzlich grüne Männchen auftauchen. Darauf muss jeder zu jeder Zeit gefasst sein. Wer ist denn welches Ei? Ich will mich doch nicht selber essen?«, sage ich, und wenigstens Günther und Lilian verstehen meinen Witz und sortieren mich aus der Schüssel aus.

»Gut zu wissen, dass es jemanden in meiner Familie gibt, der bereit wäre, mich zu essen«, sage ich.

»Zwischen meinen Mohrrüben gibt es eine Menge Regenwürmer«, sagt Viktoria.

»Die schmecken nich«, sagt Lilian.

»Grüne Männchen aber auch nicht«, sage ich.

»Hast sie noch nicht probiert, Anna. Die Geschmacksrichtung könnte zwischen Waldmeistergötterspeise und Leguanweibchen liegen«, sagt Günther.

»Mit einer Prise geriebenem Grünschnabel«, sagt Richard.

»Und einem Geruch nach Moos«, sagt Goldstein.

»Und wenn de draufbeißt, dann quietscht's«, sagt Lilian.

»Im tiefen d, es quietscht im tiefen d«, sage ich und wünsche mir, dieses Essen würde nie zu Ende gehen.

Herbert

Die Konferenz in Wrocław. Siebenundzwanzig Jahre habe ich gebraucht, bis ich einen guten Grund gefunden hatte, um Großmutters Zeugenbericht aus dem Toilettenhäuschen in Schlesisch-Lauterbach (heute Przemków) zu holen. Vielleicht hielten mich noch zusätzlich die Erinnerungen an Vaters grausamen Tod davon ab, den er womöglich nicht erlitten hätte, wenn er sich für die sorgfältige Analyse der Aufzeichnungen genug Zeit genommen hätte. Als ich im Januar 1972 eine Einladung zur internationalen Historikerkonferenz über Osteuropäische Entwicklungsgeschichte in Wrocław erhielt, wusste ich, dass diesmal die Zeit gekommen war. Ich fuhr natürlich nicht zum ersten Mal in die alte Universitätsstadt. Doch immer, wenn ich dort war, gab es irgendeinen Grund, der mich davon abhielt, die Strecke bis nach Przemków zu fahren. Mich quälte die Vorstellung, das Toilettenhäuschen könnte abgerissen worden sein, und ein modernes Innenklo würde mir kein Alibi geben. Diesmal aber war ich fest entschlossen. Ich bereitete einen Vortrag vor, über den anschließend niemand würde reden wollen. Vergleichende Bildungsgeschichte ist eher etwas für Pädagogen, für Historiker ist das so wenig interessant wie der Frieden fürs Militär.

Als ich am 19. Februar 1972 in Wrocław ankam, empfing mich mein guter alter Studienkollege Jan Klemm, den ich seit zehn Jahren nicht mehr gesehen hatte. Früher aber waren wir so eng verbunden, wie ich selbst es sonst vielleicht nur noch mit der schon mehrfach erwähnten Johanna Schmidt war. Ich bin sein Trauzeuge gewesen, leider ist die Ehe inzwischen zerbrochen. Wir haben uns dann nach einer Konferenz in Kiew aus den Augen verloren, und ich sah ihn auf keiner Veranstaltung mehr. Dann schrieben wir uns wieder, aber er erzählte mir nur von irgendwelchen leidigen Beziehungen. Und ich antwortete ihm mit ebenso belanglosen Episoden aus meinem Lehralltag. Als ich ihn da im Foyer der Universität auf mich zukommen sah, war mir klar: Jan würde mich begleiten, wenn ich mich nun endlich an den Fall Esther Wiehler und an ihre Originalaufzeichnungen über die unglaublichen Ereignisse des 20. Februar 1919 in Lauterbach machen würde, einem Dienstag, der nach den Worten meines Vaters diesen kleinen Ort zum überirdischsten der irdischen Welt gemacht hatte. Diese Ereignisse jährten sich damals zum 53. Mal, genau wie der Geburtstag von Johanna Schmidt …

Richard

Helga steht wieder ungeduldig am Fenster. Seit gestern trägt sie diese innere Unruhe, die ich bis jetzt an ihr nicht kannte. Gerade, als ich mit ihr über Katharina sprechen wollte. Als ich dachte, den Druck auf meiner Seele nicht mehr aushalten zu können, weil ich Katharina mal wieder über kein Telefon erreichen konnte, da war Helga mir plötzlich fremd. Zum ersten Mal. Als wäre sie mit Mutter gestorben. Dabei ist sie mir immer am nächsten von allen gewesen. Ich finde in keinem Gebet mehr Trost. Gottverlassen komme ich mir vor.

»Bevor jeder von uns etwas aus Mutters Leben erzählt, wollte ich euch noch um eine kleine Schweigeminute für Herbert und Großmutter Esther bitten«, sage ich.

Wenn ich mir jeden Einzelnen am Tisch so ansehe, wie er schweigend in die Runde blickt, könnte ich sagen, wir sitzen im Wartezimmer einer Suchtsprechstunde, in einem Raum voller Menschen, die kurz vor einem heiklen Gespräch derart auffällig ihre Neigungen verbergen und derart großes Verständnis dafür aufbringen, dass sie sich allein deshalb schon erleichtert und glücklich fühlen.

»So. Dann können wir uns jetzt einmal voll und ganz auf Mutter konzentrieren«, sage ich.

»Wasser, ich brauche Wasser.« Günther keucht, er hat sich offenbar verschluckt.

»Meine Güte, Günther, was steckt dir denn im Hals«, sagt Lilian und klopft ihm kräftig auf den Rücken. Dabei hustet er eine feine Fleischfaser aus.

»Orkan aus Verdauungssäften. Mir ist Mutters Reise nach Übersee in die Speiseröhre gelangt. Würde gern diesen Fummel hier ausziehen. Sieht mich doch keiner mehr«, sagt er.

»Und wenn Kontrolle kommt?«, fragt Wolfgang.

»Quatsch mit Soße, was sollste kontrollieren, was dir nich suspekt ist?«, fragt Lilian.

»Wenn einer kommt, duck ich mich«, sagt Günther.

»Das Essen war ausgezeichnet, Helga. Und aufschlussreich, finde ich. Also wie sieht es aus? Wollen wir vor dem Kuchen dann jeder eine Anekdote über Mutter erzählen?«, frage ich.

Sie schweigen wieder. Jeder geht in sich, blickt erst einmal an die Wand, auf die Tischdecke oder auf die Hände. Soll ich den Anfang machen?

»Dann beginne ich. Ich erinnere mich daran, wie wir ein einziges Mal alle gemeinsam mit Mutter die Kartoffelsuppe gekocht haben. Das ist jetzt fast zwanzig Jahre her –«, sage ich und werde gleich von Günther unterbrochen.

»1964, am 3. April, am Tag vor meinem vierzehnten Geburtstag, dem Tag der Aufnahme in den Kreis der Erwachsenen. Habe schon Wochen vorher dafür gesorgt, dass alle meine erwachsenen Brüder und Schwestern kommen, habe extra erst am Sonntag mit meinen Freunden gefeiert, viele hatte ich eh nicht.«

»Stimmt«, sage ich, »so genau hatte ich das Datum gar nicht mehr in Erinnerung.«

»Aber Richard, Günthers Vierzehnten haste doch sicher parat, den vergessen wir alle so schnell nich mehr, auch wenn de uns jetzt lieber ’ne beschauliche Geschichte übers Kochen erzählen willst«, sagt Lilian.

Mir fiel zuerst das gemeinsame Kochen ein. An den sagenhaften vierzehnten Geburtstag von Günther habe ich jetzt wirklich nicht gleich gedacht. Vielleicht war das großfamiliäre Vorbereiten dieser traditionsreichen Suppe schon der Anfang dessen, was dann am nächsten Tag passierte.

»Vielleicht dachte ich gleich an die Suppe, weil sie uns heute so verbunden hat und ich mir wünsche, wir hätten sie gemeinsam gekocht. Wie damals, als Mutter die beste Laune hatte, an die ich mich jemals erinnern kann«, sage ich.

»Das stimmt, Richard. Sie hat nie wieder so gute Laune gehabt«, sagt Helga.

Helga

Im letzten Jahr brauchte Mutter einen Stock zum Gehen. Sie hat ihn manchmal vom Sessel aus auf mich gerichtet und mich damit herumkommandiert. »He, Bursche! Hol mir eine Decke, sonst schieß ich dich ab!« Ja, sie hat dann gelacht, um mich zu versöhnen, aber sie machte das einfach zu oft. Außerdem hatte sie keine Lust, sich an die Namen ihrer Enkelkinder zu erinnern. Sie hat sie einfach alle Jacky genannt. Die Jungs und die Mädchen. »Hey, Jacky mit den roten Haaren, die Brotsuppe wird aber aufgegessen, sonst gibt’s nichts Süßes hinterher.« Aber sie hat sie alle so herzlich gedrückt und geküsst, dass man es ihr einfach nicht übel nehmen konnte. Sie hat immer gute Schokolade für die Kinder besorgen lassen. *Ich* hab sie besorgt. »Hey, Bursche, hol drei Tafeln von der besten Schokolade, die du kriegen kannst, und koste es dein Leben!« Sie hat es extra laut vor den Kindern gesagt. Aber die waren das gewöhnt.

»Sie hat zuletzt einen harschen Ton draufgehabt! So schlimm ist sie früher nicht gewesen«, sag ich.

»Mutter hat immer alles eine Oktave tiefer gesagt«, sagt Anna.

»Da kannste sagen, was de willst, sie hat für uns den Vater gemimt«, sagt Lilian.

»Manchmal hätte ich sie mir etwas mütterlicher gewünscht«, sagt Anna.

»Tja, gegen das Trauma kommste nich an.«

»Ich glaube, Trauma ist z-z-zu übertrieben«, sagt Wolfgang.

»So wie sie an Günthers Geburtstag reagiert hat, würde ich auch von Trauma reden. Aber lasst doch Richard mal seine Anekdote zu Ende erzählen«, sagt Viktoria. Lilian starrt sie an. Dass Viktoria von Trauma gesprochen hat, ohne dabei auf sich selbst zu kommen, kann nur bedeuten, dass sie enorme Verdrängungsarbeit geleistet hat.

Viktoria

Lilian starrt mich an. Das male ich nicht. Ich male das, Nummer 15: Richard sitzt am Kopf der Tafel, an Mutters Frisiertisch, und erzählt in seiner gutmeinenden Art eine beschauliche Geschichte über unser gemeinsames Kochen. Außer Goldstein und seiner Frau schauen alle aneinander vorbei, weil jeder sich gerade an eine andere Begebenheit erinnert. Cowboy sitzt aufgeplustert oben auf der Esstischlampe und hat seinen Kopf tief im himmelblauen Federkleid vergraben.

»Für mich ist das der wertvollste Tag in unserer Familiengeschichte, weil das Zusammengehörigkeitsgefühl so stark war wie nie zuvor und wie nie wieder danach«, sagt Richard.

»Beim Kartoffelsuppekochen, sagst du? An meinem Geburtstag, sage ich«, sagt Günther.

Licht kommt in unsere Gesichter, Helligkeit von innen. Für uns alle ist Günthers vierzehnter Geburtstag ein legendärer Tag, an den wir noch wochenlang, jahrelang dachten, bis heute nicht aufhören können zu denken. Kein anderes Erlebnis mit Mutter kommt dem gleich. Vielleicht hat Günthers Jugendweihe Mutter an diesem Tag aus ihrer Deckung geholt, vielleicht, weil nun auch ihr jüngstes Kind erwachsen geworden war. Wenn ich die Stimmung und den Tag beschreiben müsste, würde ich Folgendes sagen: Plötzlich strahlende Frühlingssonne. Wolkenloser Himmel. Die zu dieser Jahreszeit noch steil einfallenden Lichtstrahlen zielten sogar noch ein Stück über die Mitte des Wohnzimmers hinaus. Der Esstisch bepackt mit Kartoffelsuppe, Rouladen, Rotkrautsalat, Kartoffelklößen und zwei Flaschen klarem Schnaps. Auf dem Wohnzimmertisch stand ein großes Blech Apfelkuchen mit Rosinen und Zimt. Günther trank nicht nur seinen ersten Schnaps, sondern auch seinen ersten Kaffee.

»Ich kann mich an das Kochen gar nicht mehr erinnern. Mir ist Günthers Geburtstag viel stärker im Gedächtnis geblieben«, sage ich.

»Gut. Dann erzähl doch einfach davon«, sagt Richard, wie er es wahrscheinlich im Religionsunterricht macht.

»Erinnert ihr euch an Mutters Gesicht? Sie war so erleichtert, so befriedet«, sage ich.

»Na logisch, da haste acht Kinder und feierst grade

das Erwachsenwerden des jüngsten. Da ist jede Mutter erleichtert«, sagt Lilian.

»Danach hat sie sich für immer in sich zurückgezogen. Und du, Wolfgang, willst dazu nicht Trauma sagen«, sagt Helga.

»Ihre Stimme war hoch, nicht tief. Sie hat erzählt wie ein Medium. Und das wäre wahrscheinlich gar nicht passiert, wenn Wolfgang nicht die tolle Idee gehabt hätte, dass jeder von uns Günther einen Ratschlag mit auf den Lebensweg geben sollte«, sagt Anna. »Das hätte ich damals auch gern gehabt, schade, wir sind spät auf diesen Brauch gekommen, zu spät.«

»Gebe dir von Herzen gern erneut meinen Ratschlag von vorhin, Anna, du wundervolle Sirene«, sagt Günther.

Günther

Voller Euphorie war ich an dem Tag. Weil das große Leben mein Traum ist. Weil ich so lange schon groß werden wollte. Raus wollte. Als Mutter nach dem Essen die Schnapsflasche öffnete, war mir schon vor lauter Aufregung ganz schlecht. Grinsen in ihrem Gesicht, voller Genugtuung, als sie die kleinen Gläser füllte, neun volle Becher für vierzehn volle Jahre. Sie sagte: »Günther«, nur Günther, dann sagte Wolfgang: »Mutter, was denkst du? Sollen wir ihm nicht einen guten Rat fürs Leben geben?« Sie sagte: »Jeder seinen, ich will mich nicht mit dir einigen müssen, mein Großer.« Herbert wollte als Erster, als Ältester, sie wollte den letzten geben, den entscheidenden, den mütterlichen. Das letzte Wort haben. Hatte sie sowieso immer. Wolfgang meldete sich als Vorletzter, vorletztes Wort. Was Herbert gesagt hat, habe ich mir gemerkt: »Bleib stur und zweifle. Erst wenn du dir etwas erklären kannst, darfst du es vergessen.« Lilians und Helgas Worte waren fast gleichlautend: mutig sein und stark bleiben oder so. Viktoria riet mir, immer auf Details zu achten, mir dabei an der Natur ein Beispiel zu nehmen. Richard bat mich, mit dem Herzen zu denken. Auch Annas Rat habe ich mir im Wortlaut gemerkt: »Der richtige Ton kommt nur aus dir selbst heraus.« Auch Wolfgangs Worte unvergessen, damit kam der Stein bei Mutter ins Rollen.

»Mit Wolfgangs Satz ›Ich wünsch dir Ausdauer, mein Kleiner. Ich wünsch dir, dass du mal ein guter V-V-Vater wirst. So ein Vater, wie du ihn nie hattest‹ verdunkelte sich Mutters Miene, wisst ihr noch? Damit fing es an«, sage ich. Nach einer geschlagenen Minute der Stille erst sagte sie: »Lass dich ja nie überrumpeln, Günther. Ich habe mein Ziel aus den Augen verloren, weil ich nicht schon früh auf meine Mutter gehört habe. Hör du auf mich! Vergiss die Konventionen. Scher dich nicht drum, was andere von dir erwarten, nur um das, was du von dir selbst erwartest.« Mutters Worte haben ein fortwährendes Echo in mir. Dann – das Unglaubliche.

Herbert

Die Konferenz in Wrocław. … Der Ablauf der Konferenz war der übliche: ein Vortrag, dann so lange Debatten, bis eine Übereinstimmung zum Beispiel in der Frage erzielt wurde, ob in der Schlacht bei Grunwald Jan Zyndram von Maszkowic das Sturmkommando zuerst nach links oder nach rechts gegeben hatte (sie standen außen an der linken Flanke, also muss das Kommando nach rechts gegeben worden sein); das war durchaus ein Grund zu feiern, denn solche Meinungsverschiedenheiten zogen manchmal jahrelange Streitereien nach sich. Dann trank man Tee mit Rum oder Wodka, und schon kam der nächste Vortrag. Zwanzig Vorträge erwarteten mich in diesen sechs Tagen. Ich hatte darauf gedrängt, gleich am ersten Tag vortragen zu dürfen, was mir nicht viel nützte, denn Jan war erst am nächsten Tag dran, mit einem Vortrag über mentalitätsgeschichtliche Einflüsse der Preußen in Osteuropa. Darüber brach bis zum Nachmittag eine heftige Debatte aus. Wir erreichten dann gegen 15 Uhr einen tragfähigen Konsens. In dieser Stimmung vorläufiger Weltzufriedenheit dachte ich, wie schön es doch war, dass wir uns heute so kultiviert austauschen konnten, während vor hundert Jahren ein fürchterliches Gemetzel die Folge hätte sein können.

Jan und ich blieben anschließend in der Mensa. Dort

machte ich ihn zu meinem Verbündeten und erzählte von meinem Vorhaben, von Großmutters Zeugenbericht, davon, dass sie verschwunden war, ebenso wie Johanna Schmidt. Und von dem Lynchmord an Vater. Ich erzählte ihm, dass Großmutter wohl nie mit jemandem über das Ereignis vom 20. Februar 1919 gesprochen hat. Sie und Emma Grimm, die Hebamme, haben die Erlebnisse wie ein Staatsgeheimnis mit sich herumgetragen. Für sie blieben sie unbegreiflich. Und was hatte ich mit ihren Aufzeichnungen getan, die sie mir anvertraut hatte, damit ich weiter darüber nachdachte? Ich hatte sie im Toilettenhäuschen zurückgelassen. Jan wollte wissen, was denn in dem Bericht meiner Großmutter stand, und ich sagte ihm, ich könne das nicht zusammenfassen, das müsse er selbst lesen. Ich wusste, dass ich seine Neugierde geweckt hatte. Wir fanden für das Fernbleiben von der Konferenz schnell eine Entschuldigung, es interessierte sowieso keinen so richtig, wer da war und wer nicht, zumal wir unsere Vorträge bereits gehalten hatten. Dann machten wir uns in seinem zitronengelben Barkas auf den Weg nach Nordwesten.

Anna

Mutter sah uns an, jeden Einzelnen. Sie wiederholte mit Wärme in der Stimme: »Hör auf deine Mutter, und hasse sie nicht, auch wenn sie dir keinen Vater geben konnte.« Diesen Satz hatte sie nicht nur zu Günther gesagt.

»Und hättste se nich gleich angegriffen, Anna, wär womöglich nie was aus ihr herausgekommen«, sagt Lilian.

Ich weiß nicht, warum ich plötzlich so erregt gewesen war damals, vielleicht, weil ihre Stimme sie so klein und schwach werden ließ und ich deswegen die Angst verloren hatte. Ich rief: »Warum, verdammt noch mal, hast du dann nicht auf Großmutter gehört?!« Dabei wusste ich nicht mal, was die überhaupt gesagt hatte. Früher hätte Mutter mir dafür eine Ohrfeige gegeben. Damals aber saß sie gebrochen im Stuhl, blickte in sich hinein und erzählte zum ersten und letzten Mal von Großmutter Esther. Ihrer *Mutter*. Sie erzählte vom gemeinsamen Essen, vom Gespräch mit ihr, von ihrer Warnung und dann von ihrem *Vater*, den sie an diesem Tag zum ersten und letzten Mal gesehen hatte, der noch am selben Tag vor ihren Augen starb. Von ihm ist ihr nur der Kompass geblieben, der über dem Fernseher hängt. Ich gehe und hole ihn.

»Die Nadel ist unruhig, sie weiß nicht, wonach sie sich richten soll«, sage ich. »Mutter hat Großmutter ein Leben lang gehasst für diesen Tag, vielleicht hat sie uns deshalb davon erzählt. Sie hat Großmutter für seinen Tod verantwortlich gemacht.«

»Nein, sie hasste Großmutter nicht nur, weil sie sie für den Tod des Vaters verantwortlich machte, sondern weil sie ihr auch keine gute Mutter gewesen ist. Mutter hat doch mal erzählt, dass sie praktisch nur im Internat gelebt hat. Großmutter hat sich nie wie eine Mutter um ihre Tochter gekümmert. Mutter redete nicht über ihre Mutter, weil sie der Meinung war, keine gehabt zu haben«, sagt Viktoria.

Wolfgang

»Quatsch! Großmutter war eine gute Mutter. D-d-denk mal an die Zeiten damals! Sie wollte, dass ihre Tochter in Sicherheit aufwächst«, sag ich.

In dieser Lage? Was hätte ich gemacht? Was hätte Petra gemacht? Ich an der Front. Sie allein. Dann kein Sold mehr. Das Essen knapp. Jeder von uns hätte versucht, sein Kind in sichere Obhut zu geben.

Lilian

»Dass Mutter im Internat aufgewachsen ist, hat einen tieferen Grund, da haste recht, aber der kann auch ganz woanders liegen. Wie kannste dir denn erklären, dass Großmutter von einem Tag auf den anderen spurlos verschwunden ist?«, sag ich.

Herbert hat gesagt, sie wär auf merkwürdige Weise verschwunden. Dummerweise hab ich damals nicht weiter gefragt, ich war so mit mir selbst beschäftigt.

»Merkt ihr nicht, ihr redet wieder nur über Großmutter! Was ist aber das Besondere an diesem Tag, das ihr mit Mutter in Verbindung bringt?«, fragt Richard.

Der redet wie ein Pfarrer, würd ich sagen, wenn er nicht schon einer wär.

»Dass se nich war wie sonst, Richard. Eben weil se mit Großmutter verbunden war. Hätt se geredet, hätt se sich Luft verschafft, hätte Großmutter 'n eigenes Leben außerhalb von ihr gehabt, würden wir jetzt vielleicht einfach Anekdoten aus unsrer Jugend erzählen. Aber se hat sonst immer geschwiegen, und an dem Tag hat se auf einmal geredet«, sag ich.

Als Mutter erzählte, blickte sie keinem von uns in die Augen. Sie redete, und wie sie redete, so authentisch, sie klang so echt, so anders als sonst. Sie ließ sich nicht unterbrechen. Wir konnten es ja kaum glauben. Als sie die Wörter *Mutter* und *Vater* sagte, da kam sie mir plötzlich vor wie ein richtiger Mensch. So zerbrechlich. Wie sie den Dialog mit ihrer Mutter am Tisch wiedergab. Den wichtigsten Rat ihrer Mutter. Voller Selbstzweifel saß sie da, am liebsten hätte ich das Ganze damals abgebrochen.

»Sie wirkte auf einmal so schwach. Das hat mir richtig Angst gemacht«, sag ich.

»Die beste Fabel für ihr eigenes Leben steckt in dieser Geschichte, die sie von ihrer Mutter aber nicht angenommen hat, damit geht sie auf uns über, sie hat die Anekdote erzählt, sie hat sie uns vermacht«, sagt Günther.

»Zum Schluss, erinnert euch, sagte sie noch etwas ganz Wichtiges: ›Ich bin jetzt frei, ihr seid groß. Ich könnte weiterziehen, hab aber keine Kraft mehr dazu‹«, sagt Richard.

Da hat Güntherchen recht, eine bessre Fabel kannste deinen Kindern nicht mit auf den Weg geben.

Richard

Diese letzten Sätze waren für mich die wichtigsten an jenem Tag, auch wenn mich Mutters plötzlicher Bruch mit ihrem selbstgesetzten Schweigegelübde zuerst verwirrte und sogar störte. Wenn ein Mensch über etwas schweigen will, tut er es zu seinem eigenen Schutz, und ich vermute, Mutter tat es darüber hinaus vor allem zu unserem. Natürlich war sie uns manchmal mehr Vater als Mutter, und vielleicht auch aufgrund eines Traumas, aber das glich diese Leerstelle wieder aus, die alle drei Väter in unseren Leben hinterlassen haben.

»Heute ist kein Tag, sich über Mutter trübsinnige Gedanken zu machen. Sagen wir so: Die kurze Geschichte über Großmutter und Großvater hat Mutter befreit und uns alle bereichert. Darauf sollten wir jetzt anstoßen«, sage ich.

Günther

Jetzt so: *Himmel glutgrau und schließlich sonnenlos.* Di di di daun di di. *We were just the nameless souls that sit inside wishing that we were someone on the outside.* Mein Himmel hängt voller Mütter, die Väter sind, Väter, die nicht da sind, standrechtlich erschossen. Männer werden getötet, Frauen erleiden Herzschläge. Die kleinen Details der Natur des menschlichen Todes auf dieser Erde und auf keinem anderen Planeten. Obwohl, was auf den anderen Planeten ist, muss man die Außerirdischen fragen, die dort drüben schon wieder zugreifen, schwenken, nicht zu landen vermögen, können die hier nicht mal eine ordentliche Landebahn bauen! Cowboy könnte auch auf dem Acker landen, wenn er nur endlich mal von da oben runterkäme.

»Psst, Cowboy, hey, aufsitzen, na komm«, sage ich. Nichts.

Still, still liegt Mutters Geschichte in unseren Hirnwindungen, hat sich da eingepasst, mit allem Überraschtsein und Wundern darüber. So still, dass keinem von uns eine andere Geschichte einfällt.

»Ich wollte Sie eben nicht unterbrechen, aber welche Geschichte hat Ihre Mutter denn über die Großmutter erzählt?«, fragt Frau Goldstein.

»Die erzähle ich Ihnen ein andermal. Heute wäre das zu viel«, sagt Richard.

Wir nicken.

»Sicher, ich wollte nicht indiskret sein. So wie ich das verstanden habe, hatte Ihre Mutter gute Gründe zu schweigen. Und eben diese hat sie Ihnen aber auch nicht mitgeteilt«, sagt Frau Goldstein.

»Hat sie nicht«, sage ich kopfschüttelnd.

»Und was wissen Sie über die Großmutter? Hat keiner von Ihnen sie gekannt?«

»Nur Herbert, unser ältester Bruder. Er ist vor zehn Jahren ums Leben gekommen«, sagt Anna. »Wir jüngeren Geschwister waren alle zu klein.«

»Und was hat er Ihnen erzählt?«, fragt Frau Goldstein.

We were just the nameless souls that sit inside wishing that we were someone on the outside. Spot auf jedes Gesicht, reihum. Sage nichts. Weiß nichts. Frag auch nichts. Will sofort einen Rauschzustand, in dem Realität und Fiktion auf die wohltuendste Weise miteinander verschmelzen. Würde ein Skript verfassen mit dem Titel *Die Abenteuer der wandelbaren, wechselvollen, ganz und gar unbeständigen Großmutter Esther*.

»Jedem von uns anscheinend etwas anderes«, sage ich.

Goldstein lacht wie ein grässliches Tier. »Eins ist klar, ihre Mutter musste aus heiterem Himmel ihre Heimat verlassen, das ist tragisch genug.«

»Ja, ich glaube auch, dass sie mit dem Dorf und dem Haus sehr stark verbunden war«, sagt Viktoria und erntet, außer von mir, Wolfgang und Lilian, ein sanftes Nicken.

»Großmutter war doch dieses Dorf nicht wichtig, Kinders«, sagt Lilian. »Dazu war se durch ihre Herkunft viel zu entwurzelt.«

»Glaub ich auch«, sage ich, »bloß mit Herkunft hatte das nichts zu tun, eher mit ihren Zielen. Mit ihrem großen Blick auf die Welt.«

»Was redet ihr da für einen Stuss? Bei Großmutters heiklem B-B-Broterwerb hätte ihr der Ort nicht groß genug sein können. Sie hat insgeheim davon geträumt, dieses Leben dort hinter sich zu lassen, nachdem Großvater weg war«, sagt Wolfgang.

»Na so heikel war ihr Broterwerb auch wieder nicht, er war ungewöhnlich, aber er verschaffte Großmutter auch Ansehen«, sagt Anna, Wolfgang kopfschüttelnd.

»Da stimme ich Anna zu, denke aber, dass sie dennoch sehr verwurzelt war, sonst wäre sie nicht die geworden, die sie war«, sagt Viktoria.

Wolfgang, bereits Schnaps intus, regt sich auf, weil er immer die Wahrheit wissen will, sie auch wüsste, wir sie ihm nur nicht glauben wollten. Viktorias schrillem, boshaftem Lachen, bei dem Cowboy die Federn anlegt, fast von der Lampe fällt, folgt ein Regen aus Flüchen und Selbstbekenntnissen. Nehme mich nicht aus. Lilian und Richard im Ringen um Esthers Namen: Richard behauptet, Esther sei nicht Großmutters richtiger Vorname gewesen, sie sei auch keine Jüdin gewesen, sondern habe sich dem Geiste der Christin Bertha Duddes nahe gefühlt. Geschwollen redet er immer dann, wenn er sich einer Sache nicht sicher ist, aber fest daran glaubt.

»Und was wäre, wenn Ihre geliebte Großmutter tatsächlich gar nicht Esther hieß und stattdessen ganz groß mit den Nazis gemeinsame Sach' gemacht hätt?«, fragt dieser Goldstein wieder in seinem grässlichen Zombieflüsterton.

»Ich sage dazu lieber nichts«, sagt Anna, zeigt ihm einen Vogel.

»Undenkbar, Herr Goldstein, das sind doch olle K-K-K-Kamellen, auf denen Leute wie Sie immer wieder gern rumreiten. Vergessen Sie's«, sagt Wolfgang.

»Nehmen Sie meine Bemerkung bitte nicht persönlich, ich hatte mir einen Scherz erlaubt in dieser heiteren Raterunde. Liebe Froinde, genauso gut könnte Ihre Großmutter ja eine Kosmonautin, was sicher sehr früh gewesen wäre, oder eine Bärenjägerin gewesen sein, wenn es zu jemandem hier gepasst hätte.«

»Bitte, es reicht! Jetzt nicht wieder einen endlosen Streit auslösen über diese leidige Großmuttergeschichte. Heute wird nur über Mutter geredet!«, sagt Richard.

»Und Mutters Seele?«, fragt Viktoria.

»Was da noch tiefer in Ihrer Mutter Seele verborgen

lag, meine Froinde, werden Sie aber nicht erfahren, solange Sie nicht mehr über Ihre Großmutter wissen«, sagt Goldstein.

»Es gibt immer eine Truhe, die man nach dem Tod eines Menschen durchsuchen kann«, sagt Frau Goldstein, schließt die Augen wie ein schlaues Dornröschen. Spot wechselt zu Großmutters Umschlag, dann auf Herberts Totenmaske, dann zu Helga. Bleibt. Helga, wo ist die Truhe mit der Wahrheit über diese Familiengeschichte? Die der hier anwesenden Kinder? Die der gerade verstorbenen Mutter, die uns diese Wahrheit verschweigen wollte, von der aber immer und immer wieder Spuren auftauchen?

»Gibt's denn eine Truhe irgendwo, Helga?«, frage ich.

»Auf dem Dachboden gibt es noch Kisten«, sagt sie.

»Auf dem Tisch gibt es doch diesen Brief von Großmutter«, sagt Anna.

»Bude auf den Kopf stellen, Wahrheit finden. Erst auf den Dachboden, na los«, sage ich. Ameisenvölker ziehen über meine Magenschleimhäute. Bin ich bei Trost?

Herbert

Vaters linker Fuß. Jan schüttelte ab und zu den Kopf und seufzte, während ich die Vergangenheit unserer Familie vor ihm ausbreitete und er den gelben Barkas über geradezu gemeingefährliche Straßen navigierte. Einmal wären wir fast in ein achtzig Zentimeter großes und genauso tiefes Schlagloch gefahren, aber was hat es mir am Ende genützt, dass er hier den Graben im letzten Moment noch umfahren konnte? (Wären wir bloß reingedonnert!) Jan erinnerte mich beim Erzählen schon zum zweiten Mal daran, dass wir den 20. Februar hatten: Johannas 53. Geburtstag, auch wenn sie vielleicht gar nicht, nie existiert hatte. Nicht nur deswegen spürte ich mein Herz bis in meine Hände und Füße schlagen.

Kurz vor dem heutigen Przemków erreichten wir ein Waldgebiet. Jan hielt an und fragte mich, ob hier dann nicht Vaters Grab sein müsste? Ich starrte erst hilflos auf die Straße, nickte dann aber. Jan fuhr langsam auf einen kleinen Waldweg. (Es war verrückt – obwohl mich die Bilder von Vaters Grab noch jahrelang bis in meine Träume hinein verfolgt hatten, konnte ich mich in diesem Moment an nichts mehr erinnern.) Wir suchten herum; es könnten in den siebenundzwanzig Jahren so viele Bäume gefällt und neu gepflanzt worden sein. Da kam mir der Kirchturm in den Sinn, den man vom Grab aus schräg hinten durch die Bäume hatte sehen können. Wir fuhren wieder zurück, parkten den Wagen und liefen zu Fuß mit Blick auf den Turm verschiedene Lichtungen ab.

Eine sehr alte Frau (sie muss um die hundert gewesen sein), die aussah wie eine Hexe, in schäbigen groben Kleidern, mit einem Sack voller Zweige und einem großen Hund, schlich murmelnd an uns vorbei. Jan und ich folgten ihr und fragten sie, ob sie etwas von einem Grab hier wisse, in dem ein Matthias Dehmel nach einem Lynchmord verscharrt worden sei. Sie sah uns skeptisch an und sagte pfeifend mit dem einen Zahn, den sie noch hatte (dem zweiten unten vorn), dass sie damals woanders gelebt habe, nicht von hier sei und sich nicht mit Ukrainern und schon gar nicht mit Juden unterhalte. Zwischen ihren Konsonanten und Vokalen lugte ein noch fernerer Osten hervor, als Mutter ihn sich in ihren hässlichsten Träumen hätte ausmalen können. Jan und ich wechselten einen kurzen Blick. Er beruhigte sie, wir seien die Guten und auf der Suche nach Wahrheit und Gerechtigkeit. Sie lachte, gab ihm einen leichten Stoß auf die Brust. Sie könne uns nichts sagen, aber sie leihe uns gern ihren Hund Biskup, der jeden Knochen in hundert Metern Tiefe aufspüren könne und den wir ihr nachher einfach (sie zeigte in die Richtung, in der ihr Haus zu finden war) zurückbringen sollten. Obwohl Biskup kein Deutsch verstand, hörte er nur auf mich und nicht auf Jan. Ich hielt ihn fest an der Leine; er zog mich quer durch den Wald und scharrte hin und wieder Haustierskelette unter kleinen Holzkreuzen aus. Während wir da so durch das Dickicht zogen, lachte ich einige Male unbewusst auf, weil mir in den Sinn kam, dass ich mit einem *Bischof*, vielleicht mit der Reinkarnation des Bischofs von damals, die Knochen meines Vaters, des Ketzers, ausfindig machen wollte und dass dieser Köter sie danach, wenn sie gefunden waren, womöglich noch zerbeißen würde, als wäre er ihm so tot unter der Erde noch nicht tot genug.

Wir erreichten tatsächlich kurz darauf eine Lichtung, die der in meiner Erinnerung sehr nahe kam. Ich drehte mich, um den Kirchturm so schräg von hinten vor Augen zu haben, und ging einige Schritte rückwärts, als Biskup sich losriss, aufgeregt bellte und in einer großen Grube verschwand. Als wir näher kamen, sahen wir, wie er das Skelett eines menschlichen Fußes ausbuddelte. Mehr war nicht in dem Grab. Jemand hatte Vaters Skelett ausgegraben! Biskup scharrte den Fuß frei, den Jan und ich ihm nur mit großer List entreißen konnten.

Helga

Ich bin Jahre nicht mehr auf dem Dachboden gewesen. Einen Karton von Mutter haben wir gefunden. Und einen von Herbert, mit dem, was von seinen Sachen geblieben ist. In Mutters Karton finden wir einen Holzkasten, so lang wie ein Unterarm, den kriegen wir leider nicht auf. Herr Goldstein hat einen Schraubenzieher dabei, löst die Schrauben wie bei einem Sarg. Als er den Deckel aufgemacht hat, kommt ein Fußskelett zum Vorschein. Das ist ja ekelhaft! Lilian lacht, so was mag sie.

»Wem gehört der?«, fragt Anna und sucht die Holzkiste ab. Ein Name ist nicht drauf.

»Wenn Ihre Mutter wirklich alles verschweigen wollte, hätte sie nicht eine Kiste mit solchen Dingen auf dem Dachboden. Menschen, die mit ihrer Vergangenheit abgeschlossen haben, vernichten alles. Gestatten Sie mir diesen Einwand, liebe Froinde, aber Ihre Mutter scheint mir nicht wirklich entschlossen genug dafür gewesen zu sein«, sagt Goldstein und zeigt auf das Fußskelett.

»Ein Manuskript von Herbert«, sagt Günther. Er hat Herberts Kiste ausgeräumt.

Viktoria

Ölbild Nummer 16: Wie um einen Opferaltar zu Ehren der Ahnen sitzen die sieben Kinder sowie das Bestatterehepaar Goldstein da und starren auf die Fundsachen. Nein, Wolfgang steht auf und geht nervös im Zimmer auf und ab. Wir blicken eher ratlos darauf, Günther hält Aufzeichnungen von Herbert in den Händen, Lilian betastet das Fußskelett, Anna hat sich Herberts Nickelbrille aufgesetzt, Goldstein und seine Frau feuern herausfordernde Blicke auf uns ab. Cowboy sagt nichts.

Wolfgang stößt aus Versehen an den Einschaltknopf des Fernsehers. Ein ARD-Bericht zeigt Bilder vom Start einer Rakete.

»Columbia«, sagt Günther.

Stumm betrachten wir die Raumfähre, die heute pünktlich um 13:19 Uhr MEZ vom Boden des Kennedy Space Center abgehoben haben soll und nun wie eine Kirchturmspitze zum Himmel hinauffährt.

»Sie bringen Breschnew auf den Mond«, sagt Günther und lacht.

»Die haben's gut«, sagt Helga.

»Weil sie Breschnew auf den Mond bringen?«, frage ich.

»Nein! Weil sie woanders hinfliegen, weil sie mal richtig von hier wegkommen, mal richtig abheben, … weil sie alles hinter sich lassen«, sagt Helga.

»Weil keen Außerirdischer was mit Herkunft, Vergangenheit, Religion, Ideologie oder so anfangen kann«, sagt Lilian.

»Da draußen ist alles scheißegal!«, sagt Helga laut und langsam.

»Mensch reist zu den Sternen. Bringt uns das hier weiter?«, fragt Günther sich selbst.

»Glauben Sie an Außerirdische?«, fragt Anna den Bestatter.

»Ich schon«, sagt Frau Goldstein.

»In unserem Metier glaubt jeder daran, ist ein Berufsethos«, sagt Goldstein und schaut zu seiner Frau.

»Ein Außerirdischer soll fremd sein? Jeder Planet tauscht mit jedem anderen Stoffe, Atome, Strahlungen und so aus. Was ist so faszinierend daran, wieso wird gleich von woanders geredet. Wir tauschen auch Wärme, Bakterien, Ideen untereinander aus. Wer weiß, ob die nicht schon seit Urzeiten im kosmischen Umlauf sind, die Außerirdischen sind doch bloß der Topos unerreichter Ziele. Mensch ganz klein, Welt ganz groß«, sagt Günther mit gerunzelter Stirn.

Wolfgang schaltet wortlos den Fernseher aus, als draußen jemand an der Tür klingelt.

»Da sind sie endlich«, sagt Helga und rennt zur Tür.

Die Zibbe blökt. Wir hören Begrüßungsworte. Dann blökt der Bock. Helga kommt mit den beiden Männern von heute Morgen im Schlepptau ins Wohnzimmer.

»Wie ich euch vorhin schon angekündigt habe. Herr Cassidy und Herr Farnsworth sind unsere besonderen Gäste. Für Mutter. Setzen Sie sich, ich hole Ihnen einen Teller Suppe«, sagt Helga.

Cassidys Kopf sieht aus wie eine Birne, er hat kleine Knopfaugen und einen breiten, geraden Mund. Sein Kinn hängt wie bei einem Boxer. Farnsworth würde ich eher zu den Kürbisfrüchten zählen, auch was seine Hautfarbe angeht. Seine Augen stehen weit auseinander und sind trüb, seine Nase hat Huckel, sein Mund sieht aus wie eine Pferdeschnute. Bis auf Richard begrüßen wir die beiden Herren mit den himmelblauen Krawatten freundlich bis neugierig. Cassidy erklärt, ihre Gemeinschaft sei ähnlich strukturiert wie die der Menschen hierzulande, sie lebten in einer Gütergemeinschaft, sozusagen wie in einer riesigen Kolchose. Dabei nickt Farnsworth wie ein Angestellter der Sozialfürsorge.

»Jetzt werden Bürger in unserem Land M-M-Mormonen«, sagt Wolfgang und schmunzelt. »Die sind auch so was wie Christen, Richard, nur progressiver, was willst du mehr, Mensch«, sagt er und klopft Richard ein paarmal auf die Schulter.

Wolfgang

Der Sozialismus wird immer weiterentwickelt. So muss es sein. Diese Genossen Mormonen haben von ganz oben den Auftrag bekommen, sich um das Heil unserer Volksseele zu kümmern. Zu diesem Zweck werden wir bald noch einen großen Tempel bekommen. Das ist überraschend, zeigt aber, wie unsere Losung *Alles zum Wohle des Volkes* ernst genommen wird.

»Wie wird denn nun bei diesem Unternehmen vorgegangen, Herr K-Kessidie? Wie sind denn die Anweisungen?«, frage ich.

»Vor zwei Wochen gab es eine Pressemitteilung über die Entscheidung Ihrer Regierung –«

»Davon habe ich noch g-g-gar nichts gehört«, sage ich.

»Eine kubanische Presseagentur hat die Mitteilung veröffentlicht. Sobald die Gesetze durch sind, wird mit der Planung und dem Bau des Tempels begonnen. Wir wollen ihn gern hier in Thüringen errichten, aber der Widerstand der traditionellen Kirche ist zu stark«, sagt er.

Ich sehe Richard an, Goldstein schüttelt den Kopf, worüber, ist mir nicht klar.

»Jedem Bürger steht es frei, unseren Tempel zu besuchen und unseren Glauben anzunehmen. Jeder getaufte Mormone soll darüber hinaus das Recht erhalten, einmal im Jahr zu unserem Muttertempel nach Salt Lake City zu reisen. Allerdings erfahren die Leute das nicht über die Presse, nur über uns, in unserem Tempel, das ist die Abmachung. Nur wer wirklich Mormone werden will, bekommt dieses Privileg«, sagt er.

»Ansonsten hätten sie am nächsten Tag nämlich gleich siebzehn Millionen Mitglieder mehr.« Anna lacht.

»Stellt euch das vor«, sagt Helga. »Wissen Sie, Mutter hätte sofort bei Ihnen mitgemacht, wenn sie noch leben würde.«

Richard ist stinksauer. »Mutter war eine evangelische Christin!«

Herr Cassidy und Herr Farnsworth schütteln den Kopf und bestreiten das. Sie sagen, die Kindstaufe sei keine bewusste Entscheidung des Menschen. Deshalb sei sie bei ihnen nicht anerkannt. Das klingt doch sehr vernünftig.

Anna

Ich habe eine Platte aufgelegt. Das einzig Hörbare, das ich finden konnte: Esther und Abi Ofarim. Die nehme ich mit für die Kinder. Danach kann man ganz gut tanzen. Gut genug für eine Fete, nicht Spitzenklasse, aber in Ordnung. Hmm, hmhm, hmm, hmhm. Helga sitzt so aufgeregt neben den beiden Amerikanern, dass sie mit den Händen ihre rot angelaufenen Wangen kühlen muss.

»Aber sag mal, Helga, worum geht es denn jetzt? Du wolltest mit uns über etwas reden?«, frage ich.

»Also, wie erkläre ich euch das«, sagt sie und blickt zu den Herren. »Ich möchte Mutter ihren Lebenstraum erfüllen. Ich möchte sie doch noch nach Amerika bringen.«

»Helga, sie ist tot«, sage ich.

»Ich möchte an Mutters Stelle Mormonin werden. Eine Totentaufe, stimmt doch, Herr Cassidy?« Er nickt. »Ich werde mit Mutters Sarg gemeinsam nach Utah fliegen und sie dort begraben.«

»Und du bleibst dann gleich dort?«, frage ich.

Sie nickt. Cassidy und Farnsworth auch.

»In unserer Kirche haben wir die Möglichkeit der Totentaufe, mit der Ihre Mutter auch jetzt noch eine Heilige der letzten Tage werden kann, und wenn sie unserer Kirche angehört, darf sie auch auf unseren Friedhöfen begraben werden«, sagt Farnsworth. »Sind Sie sicher, Helga, dass Sie das wollen?«

»Ich will es auf jeden Fall«, sagt Helga, und ich sehe ihr an, wie sehr sie es will.

»Sie können sich natürlich alle gern und jederzeit taufen lassen«, sagt Cassidy.

Richard springt vom Sofa auf. »Das kommt nicht infrage, Helga! Mutter bleibt Christin! Was du mit dir selbst machst, ist deine Sache.«

»Du egoistischer Pfaffe! Das kannst du nicht allein entscheiden! Ich hab all die Jahre mit Mutter gelebt und hab sie besser gekannt als sonst jemand hier! Mit ihren Allüren musste nur ich leben. Mutter hätte dasselbe gemacht, da bin ich mir sicher.«

Ich habe sie noch nie so entschlossen erlebt. Ich finde es unglaublich, dass man als Neugeborener erst zum Christsein verdonnert wird und dann als Toter einfach noch mal umgetauft werden kann.

»Ich bin auf deiner Seite, Helga. Wenn dich das glücklich macht! Mir macht es nichts aus, Mutters Grab in Utah zu besuchen und dort Blumen abzulegen. Warum nicht?«, sage ich.

»Bizarr, Helga, aber spitzen Happy-End-Lösung für Mutters Lebensdrama«, sagt Günther. Lilian, Viktoria und Wolfgang sehen unentschlossen aus.

»Das Lied mag ich. *Viva la feria, viva la plaza, viva la ilusión! –*«, singe ich.

»Habt ihr sie nicht mehr alle?« Richard stellt sich ans Fenster, öffnet es einen Spaltbreit und verschränkt die Arme.

Richard

Mutter hätte das niemals gemacht. Sie ging regelmäßig in die Kirche. Und auch wenn sie diesen Lebenstraum gehabt hat, kann man ihr den doch nicht um jeden Preis erfüllen. Diese Blauschlipse tauchen hier auf und denken, sie hätten unser Leben in der Hand. Die haben keine Ahnung von den Menschen hier. Da sitzen sie und löffeln unsere Kartoffelsuppe.

»Lilian? Viktoria? Wolfgang? Natürlich will ich nicht allein über Mutters Grab entscheiden. Was ist eure Meinung dazu?«, frage ich.

»Wenn de mich fragst, kannste Helga keenen Vorwurf machen. Helga hat hier zuerst an Mutter gedacht. So was Verrücktes hätte Mutter gefallen. Dass ihr Skelett den Ozean überfliegt, dass se durch den atlantischen Himmel hindurch das neue Ufer erreicht. Echt, Richardchen, wenn de an das Leben nach dem Tod glaubst, musste se ziehen lassen«, sagt Lilian.

»Mich macht es nur traurig, dass ich keine Blumen an ihr Grab bringen kann. Aber das ist meine Sache«, sagt Viktoria.

»Ich glaube das einfach nicht!« Ich bin fassungslos!

Herbert

Johannas Erscheinung. Dankbar gaben wir der Alten ihren Hund zurück und bekamen von ihr noch zehn frische Eier mit auf den Weg. Als wir anschließend vom Norden her Przemków erreichten, kamen wir an der Kirche vorbei, in der Vater damals regelmäßig die Rituale abgehalten hatte. In dieser Kirche, jetzt eine Ruine, hatte der Johanna-Orden zu Lauterbach seinen Anfang und sein Ende genommen. Jan hielt an, ohne dass ich ihn darum gebeten hatte. Nur kurz wollte ich einen Blick hineinwerfen, bloß der alten Zeiten wegen. Ich zeigte ihm das sattblaue, sehr realistische Emblem des Ordens (kaum noch zu erkennen), das Gesicht der Johanna Schmidt, wer weiß, woher man wusste, wie sie aussah, jedenfalls handelte es sich um ein weibliches Gesicht in einem Glaskrug, der zur einen Hälfte mit Wasser, zur anderen mit Himmel gefüllt war. Blau waren damals auch die Tücher der Frauen und die Hüte der Männer, die während der Versammlungen getragen werden mussten. Manchmal sah man einige aus dem Orden mit vollen Wasserkrügen andächtig über die Hauptstraße gehen. Die Kirche wurde umgestaltet, bekam eine blaue Decke und einen blauen Boden. Die Holzbänke wirkten darauf wie wurmstichige Rettungsboote. Wegen des neuen Wasserbeckens zog allmählich

Feuchtigkeit in die heiligen Mauern ein, gab der unwirklichen Umgebung aber immerhin einen wirklichen Geruch. Wenn der Vollmond kam und sich durch die kahlen großen Fenster drinnen im Wasser spiegelte, zog es vor allem die Abergläubigen in die Kirche, die mit Münzen jagdfiebrig auf diese schillernde Illusion des Erdtrabanten zielten, um unanständige oder unrealistische Wünsche zu äußern. Es hieß, wer in diesem geheiligten Becken den Vollmond mit der höchsten Münze treffe und es schaffte, dass die dabei entstandenen Wellen bis zum Beckenrand nicht miteinander kollidierten, hätte einen Wunsch frei. Je höher der Wert der Münze, desto größer durfte der Wunsch sein. Am befriedigendsten erweise sich noch eine hohe Münze und ein kleiner Wunsch, hatte Mutter immer gesagt. Die Decke war blau geblieben, jetzt allerdings blass und völlig zerbröckelt; auch das Wasserbecken stand noch da, zum Taufbecken umfunktioniert. Ich erzählte Jan, dass die Mitglieder des Ordens sich das Totenreich wie eine Schlange vorgestellt hatten, wobei es galt, an den Kopf zu gelangen, um erneut ins Spiel des Lebens gebracht werden zu können. Wenn einer starb, landete er, so der Glaube des Ordens, dem Stand seiner Existenz gemäß an einer bestimmten Stelle dieser Schlange. Es kam dabei allerdings nicht darauf an, wie viele gute Taten jemand in einem Leben vollbracht hatte, sondern ob und wo man im Stammbaum der heiligen Johanna Schmidt stand. Dafür bemühte sich das halbe Dorf in die umliegenden Archive, um Verwandte von ihr in der eigenen Familie aufzuspüren. Oder sie wurden erfunden, wobei Beamte bestochen, Dokumente gefälscht und Fotos retuschiert wurden. Unzählige Schmidts gab es damals, heilige Schmidts, die größte Schmidt-Sippe unter deutscher

Flagge lebte in diesem kleinen Dorf namens Lauterbach. Fast jedes Mädchen, das seit Vaters Ordensgründung 1931 zur Welt gekommen war, wurde Johanna genannt. Bis zum 11. Juli 1935. Danach gab es keinen einzigen Schmidt mehr; die Johannas wurden Anna gerufen oder gleich auf Maria umgetauft …

Viktoria

Ölbild Nummer 17 des Tages: Zwei Amerikaner mit himmelblauen Krawatten sitzen am Esstisch und schlürfen die Kartoffelsuppe. Helga steht neben ihnen, die Wangen gerötet, und lächelt ihren Schwestern und Günther zu, der in diesem Manuskript blättert. Wolfgang macht ein unschlüssiges Gesicht, und Richard steht verärgert und mit verschränkten Armen am leicht geöffneten Fenster. Goldstein und seine Frau blicken zu Cowboy nach oben, der seinen Kopf aus dem Federkleid streckt und nach unten auf die Suppenteller schielt. Draußen schreitet die Dämmerung voran.

»Liebe Helga, warum glauben Sie, dass Ihre Mutter Mormonin werden wollte? Diese Frage hatten Sie uns gestern nicht beantwortet«, fragt Herr Cassidy.

»Vielleicht wegen Johanna Schmidt?«, fragt Günther und sieht die beiden Herren an. »Der Name taucht hier ständig im Zusammenhang mit Großmutters mysteriösen Aufzeichnungen auf. Klingt ein bisschen wie Ihr Joseph Smith, oder?«

Niemand kapiert, wovon er redet.

»Sehen Sie, ich hab Mutter besser gekannt als mich selbst. Vertrauen Sie mir«, sagt Helga, und ich habe das Gefühl, sie hat Mutters Lebenstraum auf sich projiziert. Sie will unbedingt, aber nicht ohne Mutter.

»Ich glaube dir, Helga«, sage ich.

»Gut. Vielleicht hilft es Ihnen bei der Entscheidung, wenn ich sage, dass wir gestern noch mit unserem Pfahlpräsidenten über Ihren Vorschlag gesprochen haben, der ihm im Grunde zugestimmt hat und uns signalisierte, dass wir und Ihr Land mit Ihnen und Ihrer Mutter einen guten Präzedenzfall vorzuweisen hätten. Wir müssten allerdings den Behörden gestatten, die Zeremonie für die westlichen Medien zu filmen. Sehen Sie, eine Leiche und eine Hausfrau werden die Behörden getrost gehen lassen, zumal sie damit der westlichen Öffentlichkeit ein gutes Beispiel für die Ausübung der Religionsfreiheit hierzulande geben würden«, sagt Farnsworth.

»Das ist ja der blanke Hohn! Hier geht es doch gar nicht um das Seelenheil der Menschen, hier geht es schlichtweg um die Meistbegünstigungsklausel, habe ich recht, meine Herren? Meine Schwester und meine Mutter werden in den westlichen Medien vorgeführt, damit die SED-Bonzen international besser dastehen und bessere Geschäfte machen können. Deshalb lassen sie hier auch diesen Tempel bauen. Religion interessiert die Genossen einen feuchten Kehricht! Meine Lieben, es geht hier bloß um harte Währung, um sonst nichts. Und wer bezahlt überhaupt den Flug und die Überführung des Sargs, die Unterkunft für Helga und was weiß ich noch?«, fragt Richard und haut einige Male auf das Fensterbrett. Und wieder haben die Pflanzen das Nachsehen.

»Sehen Sie, lieber Pfarrer Richard, uns geht es gewiss wie Ihnen um das Seelenheil des Menschen. Auch wenn wir hier Ihrer Meinung nach eine politische Situation auszunutzen scheinen, was Ihre eigene Kirche in Europa jahrhundertelang getan hat, sind unsere missionarischen Ambitionen aufrichtig. Unser Pfahlpräsident hat sich für

Ihre Mutter eingesetzt und eine Lösung erzielt, die in der Geschichte unserer Kirche einzigartig ist. Ja, für die Kosten müssen wir und Sie gemeinsam aufkommen, aber dafür werden wir unsererseits eine Sammlung starten, und Ihre Familie kann sehen, ob und wie viel sie darüber hinaus noch zusammenbekommt«, sagt Cassidy, die Birne.

»Er hat recht, Richard«, sagt Helga und stellt sich hinter Cassidy und Farnsworth. »Ich kann dort sicher eine Arbeit finden und selbst für meinen Lebensunterhalt sorgen.« Die Herren nicken. Für sich selbst betreibt der Mensch einen Aufwand sondergleichen, während er die Pflanzen einfach in einen Topf setzt und mal hier, mal da hinstellt. Dann werden sie wieder umgepflanzt und kein einziges Mal gefragt, ob sie nicht vielleicht auch Heimatgefühle haben, zumal sie für die Fortbewegung nicht geschaffen sind. Sie sind deutlich verwurzelt. Menschen hingegen haben Füße, also sollten sie sich auch bewegen!

»Ich bin definitiv für Helgas Vorschlag. Wolfgang? Du bist dran«, sage ich.

»Herr Kessidie und Herr F-F-Farnswors sehen mir wie vernünftige Menschen aus. Ich denke, Richard, schlecht kann es für Mutter nicht sein in dieser vorbildlichen Gemeinschaft. Und wenn es unserem Land dient und dazu noch Mutters Lebenstraum erfüllt, warum denn nicht?«, sagt er.

Wolfgang

Gestern hätte ich Helga noch einen Vogel gezeigt. Wie schnell sich hier in unserem Land alles entwickelt. Was wird Petra dazu sagen? Sie wird es gut finden. Wir haben einen spirituellen Sieg errungen. Richard wird sich schon daran gewöhnen. Ich muss ja auch mit einem Pfarrer als Bruder leben. Und mit Vaters Schicksal. Einfach nicht groß drüber nachdenken. Heute machen wir das, was unserm Land morgen guttut.

Günther

Hey, like mother in the coffin, like a drunk in a midnight choir, I have tried in my way to be free. Goldstein starrt geheimnisvoll lächelnd auf das Wohnzimmertisch-Familienmuseum. Eine Führung? Wer macht hier Führungen, nur 1,50 Mark! Er ist auf Helgas Seite, fühle das. Bitte nicht berühren!

»Sagen Sie, Mister Cassidy, konkret: Was würde uns der Spaß mit der Überführung plus drum herum kosten?«, frage ich.

»Zwischen acht- und zehntausend Dollar«, sagt er.

Blicke, Schlucken. Kann sehen, wie jeder für sich die Höhe der Kante abschätzt, auf der man wohl das Ersparte hat, das sich jedoch in keine andere vernünftige Währung umrubeln lässt. Mit meiner eigenen hohen Kante sieht es schlecht aus. Ohne Stütze würde ich auf der Straße leben oder einer würdelosen Arbeit nachgehen müssen. Und hier drüben ist einer wie ich mit zehn, zwanzig D-Mark trotzdem schon jemand, dem eine hohe Kante zugetraut wird.

»Was könnte durch eine Sammlung zusammenkommen?«, frage ich.

»Schwer zu sagen, die Hälfte sicher, vielleicht auch mehr, vielleicht auch alles. Es ist immer eine Frage, wie wir Ihren Fall in der Öffentlichkeit darstellen«, sagt er.

»Warum sollte die amerikanische oder mormonische, sagt man das so, Öffentlichkeit sich für unsere tote Mutter oder für Helga interessieren?«, fragt Anna.

»Wir werden schon einen Grund finden, der den Menschen dort einleuchtet«, sagt Farnsworth.

»Warum beteiligt sich dann dieser Staat hier nicht an den Kosten, wenn er daraus auch noch politischen Nutzen zieht!«, sagt Richard, geht verärgert vor die Tür. *Bäääh, bööh*.

Wolfgang folgt ihm. *Bäääh, bööh*. Ich folge ihm. *Bäääh, bööh*. Wer mir folgt, wird erschossen! *Bäääh, bööh*. Goldstein! Den mag ich, den brauche ich noch als Figur. Erschieße ihn das nächste Mal. Ein Gespräch unter Männern:

»Meine Mutter ist keine Mormonin!«

»Richtig! So musst du es sehen.« Setze Herberts Totenmaske auf. »Behalte es einfach für dich, Richard. Sag einfach, sie ist dort gestorben und als Mensch begraben«, sage ich mit Herberts Stimme.

»D-d-das ist gelogen, aber –«

»Das kann ich nicht machen.«

»Ihr Gedächtnis, mein Froind, macht es für Sie. Geben Sie ihm etwas Zeit.« Grässliches Zombielachen.

»D-d-du hast gesagt, Christ bleibt Christ. Lass die doch. Ist für Mutter und fürs V-V-Vaterland. S-s-siehst du, Günther hat Herberts Maske auf, bleibt aber Günther, wie der Mann vorhin in der Gaststätte.«

»So sehe ich das auch. So sehen wir Juden das mit euch Christen.« Grässliches Zombielachen.

»Sehr witzig!«

»Gib dein Ja für Mutter. Gib deine Stimme für den Seelenfrieden.« Gib 1,50 Mark für die Erhaltung des Familienmuseums.

»Gehen wir rein, Brüder.« *Bäääh, bööh*. Wolfgang muss

lernen, die Tür für den Nächsten aufzuhalten. *Bäääh, bööh.*

Zwischen den Frauen und Mormonen lief drinnen unterdessen vermutlich folgendes Gespräch ab:

Helga: »Geld sollte dabei keine Rolle spielen.«

Lilian: »Werde mit Jonathan reden, da kannste sicher sein. Aber er redet nich mit seiner Familie in Amerika; überhaupt verabscheut er amerikanisches Geld. Das wird also nich janz einfach.«

Anna, vielleicht an meine Worte denkend: »Wie kann man den Dollar verabscheuen, wenn er einen doch so glücklich machen kann.«

Einer der Mormonen wirft ein, Geld an sich sei ja nichts Schlimmes. Viktoria, eingefleischte Tier- und Pflanzenrechtlerin, antwortet in ihrer besten Laune, Geld sei die wesentliche Erfindung, die Mensch von Flora und Fauna unterscheide. Sie habe nichts, könne höchstens eine Bank ausrauben, was sie für Mutter auch gern täte. Bloß, was nütze ihr das erbeutete Geld, solange sie es nicht umtauschen könne. Es herrscht Ratlosigkeit. Da hat Helga dann recht, als sie sagt, es werde Zeit für den Kuchen, denn ein bisschen Zucker könne unsere Hirnwindungen durchaus anregen. Noch während der ersten Bissen wird sehr schnell klar: Die Geldsammlung ist die einzig realistische Chance, Mutters Lebenswunsch zu erfüllen und – wer hätte das heute Morgen gedacht – sie endlich raus aus dem Osten und über den Atlantik zu bringen. Besser als Tote, denn mit ihrer Vorstellung vom Westen hätte sie dort sofort der Schlag getroffen. Illusionen futsch. Jetzt die Mundharmonika. Di di di daun di di. Schatten in den Gesichtern.

Männer betreten wieder das Wohnzimmer.

Lilian

Wenn Mannsbilder ihre Köppe zusammenstecken, müssen wir Frauen uns in Acht nehmen. Aber Richard wirkt ruhiger. Er ist überstimmt. Haste kapituliert?

»Das nimmste zu persönlich, Bruderherz. Gib dir 'nen Ruck.«

»Sie haben mich vorhin doch nach der Geschichte gefragt, mit der wir unsere Gemeinschaft von der Notwendigkeit einer Spende überzeugen könnten. Jetzt ist mir eine Idee gekommen«, sagt Cassidy.

»Dann lassen Se doch mal hören«, sag ich.

»Die Idee wird Ihnen sicher klar, wenn ich kurz unsere Geschichte erzähle. Sehen Sie, ursprünglich lebten wir Mormonen im Osten Nordamerikas, im Bundesstaat New York, bis fundamentalistische Protestanten uns von dort immer weiter in den Westen nach Missouri, Illinois und schließlich bis nach Utah vertrieben haben«, sagt er.

Bei den Worten *fundamentalistische Protestanten* sehen Richard und Goldstein einander kurz an, und ich könnte schwören, dass Richard nah dran ist, diesem Cassidy an die Kehle zu gehen.

»Und wo sehen Sie da einen Zusammenhang mit uns und unserer Mutter?«, fragt Richard stattdessen.

»So wie ich das gestern verstanden habe, ist Ihre Mutter doch irgendwo aus den Ostgebieten umgesiedelt worden, oder nicht? Auch wenn unsere Geschichte schon viel länger zurückliegt und natürlich einen anderen historischen Kontext hat, verbindet sich das Schicksal Ihrer Familie mit dem unserer Gemeinde auf der Ebene des Unwillkommenseins und macht hier die Leidenserfahrungen ähnlich ... als Vertriebene, oder besser: als Freunde«, sagt er.

Richard steht wieder mit verschränkten Armen am Fenster. Goldstein lacht auf. Hier erscheint sie plötzlich auch in unseren Mienen, die Skepsis, das klingt ja völlig an den Haaren herbeigezogen.

»Mutter ist doch gar nicht umgesiedelt worden, sie ist von dort abgehauen, sie wollte weg und woanders ihr Glück versuchen«, sagt Anna laut. »Sie war hier eigentlich nur auf Durchreise Richtung Amerika, verstehen Sie?«

»Spielt das denn für Sie so eine große Rolle, wenn es dabei um mehrere tausend Dollar geht?«, fragt Farnsworth.

Natürlich, wenn es darum geht, klingen Annas Einwände wie 'ne Auszählung der Blutkörperchen bei der Bestimmung der Körpergröße. Aber ...

Helga

Mutter hätte früher jede Gelegenheit genutzt. Es wär ihr total egal gewesen, ob man sie so oder so verkauft.

»Habt ihr hier ein Problem?«, frag ich. »Ich find es allgemein nicht so wichtig, ob sie nun umgesiedelt wurde oder abgehauen ist. Das ist allein für uns wichtig. Ich hol jetzt erst mal zwei Flaschen Wein aus der Küche, und dann trinken wir mit Herrn Cassidy und Herrn Farnsworth auf Mutter«, sag ich. Aber die Herren sehen mich entsetzt an. Sie sagen, dass sie niemals Alkohol, auch keinen Kaffee oder schwarzen Tee trinken würden und ich als zukünftige Mormonin ebenfalls davon ablassen müsse. Da fängt Richard an zu lachen. Sogar Wolfgang macht ein verdutztes Gesicht, denn so was ist hier in diesem Land schwer vorstellbar.

»Da habt ihr euch jedenfalls nicht von uns Juden inspirieren lassen, aber bittescheen, das ist oier armes Leben«, sagt Goldstein.

Ich geh trotzdem und hol die Flaschen.

»Gut, dann trink ich heute zum letzten Mal Kaffee und Alkohol«, sag ich feierlich.

»Meine mormonischen Froinde, Sie haben doch sicher auch irgendwelche Rituale zur Verfügung, mit denen man sich von den Sünden reinigen kann?«, fragt Goldstein grinsend.

Günther

Cassidy blickt zu Farnsworth, der zu Cassidy. Nicken, zögerlich, geizig mit Zugeständnissen, puritanisch zusammengezimmerte Glaubensphilosophie. Ohne roten Wein wie ein Stein. Dumpf und stumm läge ich am Rand des Lebens herum, glotzend, reglos würde ich vergeblich auf Achtung hoffen. Kaum trinke ich was, strotze ich schon vor Vitalität und Einfällen. Wozu sie gut sein sollen, keine Ahnung. Wein hat mir selten so gut geschmeckt wie in diesem Moment. Trinken ein bisschen mehr, als wäre es auch für uns das letzte Mal, vielleicht, weil wir uns mit diesem fruchtig-herben Genuss, diesem Rausch, den Mormonen noch moralisch überlegen fühlen.

»Aufs Leben«, sage ich. Auf Therese, denke ich.

Cowboy flattert wild über unseren Köpfen, kreischt: »Ich leg dich um.« Er flüchtet durch das gekippte

Wohnzimmerfenster, wo er noch nie rausgeflogen ist, sagt Helga. *Bäääh*, *bööh*. Suchen draußen vorm Haus den Apfelbaum ab. Nirgends.

Herbert

Johannas Erscheinung. … Plötzlich erhob sich in der dunkelsten Ecke der Kirche eine Frau (die wir die ganze Zeit über nicht bemerkt hatten). Mit dem Kopftuch und dem Schatten im Gesicht konnte ich sie kaum erkennen. Sie huschte an uns vorbei und wollte zur Tür hinaus. Wie bleiern stand ich da, richtig bleich sei ich gewesen, meinte Jan. Ich hielt sie im letzten Moment am Arm fest und fragte, ob sie Johanna kenne. (Ich weiß selbst nicht, wie ich darauf gekommen bin.) Sie entzog sich meiner Hand und lief die Straße hinunter. Ich rannte hinterher, dann Jan, der mich zurückrief. Hinter einer Kreuzung sahen wir sie in ein Wohnhaus rennen. An den meisten Klingelknöpfen waren die Namen abgekratzt und unleserlich. Wir klingelten Etage für Etage und an jeder Haustür, fragten nach der Frau und spähten in die Korridore. Ganz oben, auf der letzten Etage, öffnete uns ein vielleicht sechzehnjähriges Mädchen. Hinter der Küchentür trat die Frau hervor und bat uns ängstlich, aber höflich einzutreten. Wir blickten einander lange an. Sie hatte vorhin in der Kirche alles mit angehört: Sie wusste, was ich wusste. Ich zweifelte noch und fragte sie zuerst, ob sie deutsch spreche. Sie nickte. Ich fragte sie noch einmal, ob sie Johanna Schmidt kenne. Sie nickte. Woher, wollte ich wissen. Sie selbst sei Johanna. Warum wir das wissen wollten? Ich setzte mich, blickte zu Jan und war fassungslos. Ich glaubte ihr kein Wort. Ob sie tatsächlich am 20. Februar 1919 hier in Lauterbach geboren worden sei? Sie sagte, sie wisse das erst seit Kurzem. Ich stand auf, meine Knie waren weich. Jan erzählte ihr von meiner Großmutter, dem Bericht. Die Geschichte des Johanna-Ordens hatte sie schon vom Pfarrer gehört, als sie damals nach Lauterbach kam. Diese leibhaftige Johanna erschien mir auf einmal so unheilig, mein ganzes Leben kam mir vor wie ein Witz. Sie stand in der Küche und bereitete Tee. Das Schlimmste daran war, dass Vater, in diesem nüchternen Licht betrachtet, so ganz und gar umsonst geschlachtet worden war. Das Beste daran war, dass sie nicht sagen konnte, was damals mit ihr geschehen und wo sie gewesen war. Wenigstens an dieser Stelle blieb etwas heilig an ihr und Großmutters Aufzeichnungen. Sie erinnere sich an sich selbst erst als Sechsjährige; da habe sie viel weiter im Osten gelebt. Erst nach vielen Jahren der Suche habe sie ihre Mutter in einem Irrenhaus in Tscheljabinsk aufgespürt. Auch sie habe sich an nichts mehr erinnert. Sie sei letztes Jahr mit achtundneunzig Jahren gestorben, und nun warte sie, Johanna, nur noch auf ihre Ausreisepapiere. Sie wolle mit ihrer Tochter irgendwohin nach Deutschland gehen, Hauptsache weg von hier. Sie sagte, als sie uns vorhin in der Kirche gesehen habe, habe sie Angst gehabt, wir kämen von *denen* und könnten sie wieder verschleppen. Aber jetzt sei sie so glücklich, uns zu sehen. Jetzt habe sie endlich Zeugen für ihr Schicksal. Ich erzählte ihr von Großmutters Augenzeugenbericht im Toilettenhäuschen unseres ehemaligen Hauses. (Ich war so verwirrt, enttäuscht und glücklich zugleich, dass ich Johanna Schmidt begegnet war. Der Inhalt der Aufzeichnungen musste vor diesem Hintergrund vollkommen neu überdacht werden.) Sie begann zu weinen, und ich versprach, ihr Großmutters Bericht zu zeigen, noch bevor ich wieder nach Hause fahren würde. Sie bat uns, über Nacht zu bleiben, aber ich wollte unbedingt zum Toilettenhäuschen. Ich dachte erst daran, sie mitzunehmen, dann aber fühlte ich mich unbehaglich. Außerdem dachte ich natürlich, dass für ein intensives Gespräch in den nächsten Tagen noch Zeit bleiben würde. Ich konnte ja nicht wissen, dass dieser Tag mein letzter sein würde.

Richard

Cowboy ist wirklich abgehauen. Wolfgang hat uns in vier Suchtrupps eingeteilt, um ihn zu suchen. Davon versteht er was, das muss man ihm lassen. Sofort hat er eine Strategie ausgearbeitet und ist von uns spontan zum Leiter dieses Unternehmens gewählt worden. Cowboy hat immer in Freiheit gelebt und ist noch nie ausgebüxt, was diese Angelegenheit so ernst macht. Wir glauben, er sucht Mutter. Helga ist mit den Blauschlipsen zu Hause geblieben, falls er plötzlich wieder auftaucht. Dann soll sie im Dachfenster eine Zeit lang das Licht an- und ausschalten, der Ort hier ist ja so klein, da kann man nichts aus den Augen verlieren. Nur ist es schon dunkel, was die Sache wirklich schwierig macht. Wolfgang meinte, immer zusammen ein Mann und eine Frau – das erhöhe die Effektivität der Suche. Jede Gruppe geht an einen Platz, an dem Cowboy und Mutter sich oft zusammen aufgehalten haben. Ich bin mit Frau Goldstein im südlichen Teil des Dorfes unterwegs, Anna und Günther, der sich wieder das Kostüm angezogen hat, im nördlichen, Viktoria und Wolfgang durchforsten den anliegenden kleinen Wald, und Lilian hat sich mit Goldstein im Leichenwagen noch mal zum Friedhof aufgemacht.

Frau Goldstein ist mir immer fremd geblieben, obwohl sie einigermaßen freundlich ist. Ich habe keine Ahnung, wer sie ist, ich glaube, das ist ihre Haupteigenschaft: dem anderen fremd zu bleiben. Das Gegenteil von dem, was mir eigen ist. Vielleicht liegt es daran, dass unsere Tätigkeiten unterschiedliche Ziele verfolgen.

»In dieser Dunkelheit ist es bereits schier unmöglich, einen Elefanten zu finden, geschweige denn einen kleinen blauen Vogel«, sagt sie.

»Kommen Sie, lassen Sie uns sein Lied pfeifen«, sage ich.

»Welches wäre?«

Ich bin von Haus aus unmusikalisch, mein Beruf fordert mir das Singen aber immer wieder ab. Ich pfeife, wenn auch leidlich, die Filmmelodie, so richtig erinnere ich mich auch nicht, aber das könnte funktionieren. Frau Goldstein blickt mich erst eine Weile lang an, dann steigt sie in die Melodie ein. So schleichen wir wie hungrige Schakale durch die dunklen Straßen des Dorfsüdens; mit der Nase nach oben, die Baumkronen absuchend, abpfeifend und mit der Taschenlampe ableuchtend hoffen wir, Cowboy bald aufzuspüren. Als wir am Haus von Bauer Baldebert vorbeikommen, öffnet sich plötzlich die Tür. Er und noch eine weitere Person treten heraus. Wenn ich es richtig erkenne, dann ist Baldebert als typischer Südstaaten-Sheriff kostümiert, wie man das aus dem Fernsehen kennt, und der andere als Präsident Lincoln.

»Da drin läuft wohl eine kleine Faschingsfeier?«, frage ich leise. »Sie sehen täuschend echt aus. Woher kriegt man denn so was?«

»Gute Verwandte«, flüstert Baldebert. »Mein herzliches Beileid, Helga hat mir gestern alles erzählt, als sie das Fleisch bestellt hat. Aber was schleichen Sie denn hier in der Dunkelheit herum, Richard?«, fragt er.

»Sehen Sie, Cowboy, Mutters Wellensittich, ist plötzlich zum Fenster rausgeflogen. Jetzt sucht ihn die ganze Familie.«

»Was? So was hat der doch noch nie gemacht«, sagt Baldebert, und der muss es wissen, schließlich war Cowboy immer dabei, wenn Mutter ihr Fleisch eingekauft hat. Kaum, dass wir uns versehen, treten weitere Männer und Frauen aus der Tür, also Boxer, Ritter, Sumokämpfer, ein Elvis, die Beatles und sogar einige Amazonen und Cowgirls, die sich uns anschließen wollen, den kleinen Cowboy zu suchen. Baldebert kennt Cowboys Melodie, im Chor pfeifen wir, und im Chor leuchten wir, jeder mit einer Taschenlampe, einer Gaslampe oder einem Kandelaber. Die Haare stehen mir zu Berge. Frau Goldstein hakt sich bei mir unter.

»Richard, nehmen Sie die Sache mit Ihrer Mutter nicht so schwer. Einem Christen wie Ihnen können diese neumodischen Heiligenfinder doch nichts anhaben. Wenn Sie wissen, dass sie in den Himmel kommt, an den Sie glauben, dann spielt es keine Rolle, wo das Skelett begraben liegt und ob man sie als Tote umtauft. Und Helga schafft so den Sprung in ein neues Leben. Entscheiden Sie sich für das Leben Ihrer Schwester, Richard, nicht für den Tod Ihrer Mutter. Geben Sie Ihre Mutter frei, wenn Sie Helga lieben«, sagt sie.

Ich komme lediglich zum Seufzen, weil Sheriff Baldebert nach meiner Hand greift, wir stehen unter einer Weide, leuchten sie ab und pfeifen.

»Hier ist er, ich hab ihn grade gesehen«, sagt Baldebert. »Ich kletter mal hoch, vielleicht traut der sich ja nicht, der Schlingel.«

»Ich komme mit«, sage ich, obwohl ich noch nie auf einen Baum geklettert bin. Als Kind hatte ich Angst, ich fand es unsinnig, den Boden zu verlassen. Und jetzt fällt es mir nicht mal so schwer, wie ich dachte. Sheriff Baldebert trägt die besseren Schuhe, kann sich mit den Rädchen besser in die Baumrinde stemmen. Er zieht mich hinter sich her. Von Ast zu Ast steigen wir tief in die Baumkrone hinein. Ich wage es nicht, nach unten zu sehen. Immer nach oben schauen, höre ich die Jungs aus meiner Klasse sagen. Das tue ich ja bis heute. Wir sind am höchstmöglichen Punkt angekommen, weiter können wir nicht. Ich pfeife wacker, Baldebert leuchtet die Krone ab, aber wir können Cowboy nirgendwo entdecken.

»Wo ungefähr haben Sie ihn gesehen?«, frage ich.

»Hier rechts von uns, aber da ist nichts.«

Wir lehnen uns einen Augenblick zurück, ruhen uns aus, stehen eher einander gegenüber, als dass wir sitzen, hängen in der Baumkrone. Ich wage einen Blick nach unten und sehe eine Reihe von Gesichtern, die nach oben schauen. Ich erkenne Frau Goldstein, neben ihr Elvis und Präsident Lincoln und daneben noch eine Amazone, mehr sehe ich nicht.

»Wie war das Fleisch? Na? Feinste Lenden- und Hüftsteaks. War das mal was?«, fragt Baldebert.

Ich nicke und betrachte dabei Frau Goldsteins Blick zu uns nach oben. Ich denke an Katharina, die sich nach dem Tod sehnt und ich mich nach ihrem Leben. Und Helga, wie sie sich nach ihrem Leben sehnt und ich über Mutters Tod nachgrüble. Ich denke an Cowboy und bin geradezu neidisch auf seinen Blickwinkel.

»Die waren deliziös«, antworte ich Baldebert. Ich will gar nicht mehr runter. Wenn man so über dem Boden in einem Wipfel sitzt, wie Vögel das tun, dann will man eigentlich nur noch fliegen. Dann kann man nicht auf die Idee kommen, nach unten zu klettern und zu Fuß zu gehen.

»Hier ist er nicht, gehen wir runter und suchen weiter«, sage ich trotzdem.

Anna

Gerade jetzt wird mir klar, wie selten wir alle hier sind, Günther und ich haben beide keine Ahnung, wo wir den Vogel suchen sollen, wo Mutter und er immer hingegangen sind. Helga hat gesagt, wir könnten es am Schwanenteich versuchen, bloß haben wir uns, glaube ich, in dieser Finsternis verlaufen.

»Kann kaum noch auf diesen Dingern gehen, Makeup juckt, Perücke juckt, könnt mich skalpieren«, sagt Günther.

»Komm, setzen wir uns auf den Bordstein. Wir finden ihn sowieso nicht«, sage ich. Und spiele ein bisschen auf der Mundharmonika, damit Günther nicht mehr auf mich einreden kann. Seit wir losgegangen sind, setzt er mir mein Leben auseinander und wieder zusammen. Dabei scheint Therese durch seine Augen. Sie füllt ihn von Kopf bis Fuß aus. Warum will er unbedingt, dass ich wieder Musik mache? Als wäre es ihm wichtiger, eine Musikerin zur Schwester zu haben, als dass meine Familie in Sicherheit ist. Allein in den Westen zu gehen ist nicht schwer, aber so eine Ortsveränderung in Eduards Leben könnte auch jede Hoffnung auf die Wiederkehr seiner Erinnerungen zunichtemachen. Was ist so schlimm an Musiktheorie?

Gegenüber kann man durch die großen Fenster wieder Leute feiern sehen. Allein in dieser Straße ist das bereits die dritte Faschingsfete, aber diese ist irgendwie besonders.

»Schau mal dort«, sage ich.

»Verschroben, wie du Cowboys Song spielst. Echt verschroben. Irre Party da drüben, die originellste bisher. So was können doch bloß Künstler«, sagt er.

»Quatsch«, sage ich.

Günther

Beeindruckend phantasievolle Kostüme, alles erfundene Gestalten, wie Fabelwesen oder Lebewesen aus anderen Welten, zugleich vertraut und fremd. Was von hier aus erkennbar ist. Mit exotischen Instrumenten.

»Muss eine schrille Musik sein«, sage ich.

»Sieht schrill aus«, sagt sie.

»Faszinierend, nicht?«

»Hm.«

»Gehen wir rüber, na los, stell dich nicht so an«, sage ich. »Bis zum Zaun.«

Betrachte Anna. Anna betrachtet jeden Einzelnen genau, zeigt auf eine Maske, eine offenbar männliche … ähm … blaue Biene mit großen dunklen Augen, buschigen Brauen, aus denen je ein blauer Fühler herausragt, mit übergroßer Nase, vollen roten Lippen, langem Kinn, mit schmächtigem Körper, zwei ineinandergreifenden Zahnrädern anstatt Beinen, vier Flügeln.

»Die hat was von dir«, sagt sie und lacht. »Und in die dort würde ich mich auf der Stelle verwandeln.«

Ein käferartiges rotes Ding, das aussieht wie einige längliche, einige ovale, einige runde Schmuckstücke aufgereiht an einer teuren Halskette; ein Teleskop auf dem

Rücken, Augen wie hochpolierte silberne Kanonenkugeln, pinkfarbene Armeestiefel.

»Ich würde da am liebsten kurz mal reinschauen, wenn ich nicht so feige wäre. Es wäre auch nicht schön, Mutter und den anderen gegenüber.« Das klingt eher wie eine Frage.

»Lass uns fragen, wo der Schwanenteich ist«, sage ich.

»Du solltest deinen Knöchel vielleicht noch mal kühlen. Die haben bestimmt Eis.«

»Hm.«

Endlich Dramaturgie! Anna hat Angst, also klingle ich. Einige Male, denn die Musik ist laut. Die Tür wird geöffnet von einer Figur mit Oberlippenbärtchen über einem weißen Schnabel, dazu vier Stielaugen, Hasenohren, ein Frack, unter dem ein Schwanz aus stumpfen Küchenmessern hervorhängt. Bin sonst nicht schüchtern, weiß bloß nicht, in welche Augen schauen? Erscheine im Angesicht dieses Geschöpfs trivial, ganz und gar minderwertig. Er findet das auch. Erläutere kurz die Sachlage. Daraufhin einen Moment lang Stille, bis einer, der einen Kopf zwischen Fisch und Maus hat und auf einem Tablett ein unidentifizierbares totes Tier in einer silbernen Schüssel herumträgt, jedenfalls bis der plötzlich ruft: »Was, Cowboy ist abgehauen und Elfriede ist tot?« Klingt derart ernüchternd aus seinem … Maul, als hätte jemand gerade die kleine Alice aus ihrem Wunderland vertrieben.

»Bist du ’ne Transe, sag mal?«, fragt mich eine vierbeinige, schafsköpfige, vollbusige Metallkonstruktion, ebenso entzaubert wie entzaubernd. Noch bevor ich mich herausreden kann, sagt der mit den Küchenmessern am Hintern: »Nein, das ist ihr Sohn Günther aus Westberlin.« Ein Fürstentum opfern, bitte! Warum werde ich hier derart reduziert? Ein Fürstentum für eine Nase spitz wie eine Nadel, die aus meinem Spinnenkörper gefährlich in die Lüfte ragt, aus der bei jedem Atemzug Tinte an die Decke spritzt, die das griechische Alphabet spiegelverkehrt abbildet. Aus den strammen Schenkeln meiner grünen Spinnenbeine schauen kluge Augen mit Wimpern wie die von BB, aus den Waden wachsen schöne Münder, die Shakespeares *Macbeth* rezitieren.

Inzwischen: Anna holt mit dem käferartigen roten Ding ein bisschen Eis aus dem Tiefkühlfach, legt es mir auf den Knöchel. Mir ist der Blick nicht entgangen, Anna! Dieser sehnsuchtsvolle, auf die Instrumente.

Ich verkünde deshalb: »Das ist meine ältere Schwester Anna, sie kann singen wie ein dunkelblauer Vogel in einem langen gelben Kleid mit einem klangverstärkenden Schneckengehäuse im Nacken.«

Lautes Gelächter. Zwei zwischen Fliege und Giraffe beginnen an den Instrumenten die schrille Musik zu spielen, die Anna und ich von draußen zu sehen glaubten. Anna summt bloß, traut sich nicht mehr richtig, summt aber sehr interessant. Fünf oder sechs wollen uns zum Schwanenteich begleiten, helfen, Cowboy zu suchen, Cowboy, Vogel von Weltrang. Ich bekomme bequeme Schuhe geliehen. Mit den Künstlern hatte ich recht.

»Eigentlich mag ich Fasching nicht. Nicht den im Betrieb. Aber hier bringen die Verkleidungen so viel in Bewegung, dass ich mich am liebsten ständig in was anderes verwandeln würde«, sagt Anna.

»Mach's doch, Eduard erinnert sich bloß an die Zukunft«, sage ich.

Herbert

Wie Großmutter verschwand. Mit dem gelben Barkas fuhren wir langsam durch den nordöstlichen Teil von Przemków. Großmutters Haus fanden wir ohne große Mühe. Es war kaum verändert worden und offenbar unbewohnt. Die Nachbarn sagten, es spuke dort, die neuen Besitzer seien ohne etwas mitgenommen zu haben von einem Tag auf den anderen verschwunden und nie wieder aufgetaucht. Seitdem wolle dort keiner mehr einziehen. Großmutters Haus war also ein Spukschloss geworden. Mein Puls schlug bis zum Kinn, während wir die Haustür öffneten. Die neuen Besitzer hatten sich nicht mal eigene Möbel besorgt. Wir stiegen die morschen Treppen hinauf ins Obergeschoss, ins Kinderzimmer, in dem ich jene Nacht damals mit meinen Geschwistern verbracht hatte. Diesen Augenblick hatte ich dutzende Mal in meinen Träumen durchlebt, und ich war sehr überrascht, wie genau meine geträumten Gefühle der Realität entsprachen. Jan fragte, wie Großmutter damals verschwunden sei, aber ich war wie erstarrt und konnte nicht reagieren. Ich legte mich aufs Bett, das ungeheuer stank. Ich versuchte, an die Nacht meines neunten Geburtstags zu denken, aber in dem Moment fand ich plötzlich keinen Zugang mehr zu den Erinnerungen. Ich schloss die Augen und ließ mich so lange fallen, bis ich einschlief. Nachdem er sich das ganze Haus angesehen hatte, rüttelte Jan mich wach. Ich hatte bloß von Biskup geträumt. Wir gingen hinaus in den kleinen Vorgarten, und als ich die Straße sah, die man vom Kinderzimmerfenster aus überblicken konnte, kamen die Erinnerungen endlich zurück, Bilder, die schwer zu beschreiben sind, weil die Erinnerung an sie eher eine gefühlte und nicht in erster Linie eine visuelle ist.

In der Nacht damals ist etwas Eigenartiges passiert. Durch das Fenster schien von der Straße her ganz langsam ein grelles blaues Licht auf, wie von Riesenscheinwerfern. Dem Lärm nach mussten es Fahrzeuge gewesen sein (heute würde ich sogar von Flugobjekten sprechen). Jan vermutete Armeefahrzeuge. Ich sagte, vielleicht, vielleicht auch nicht. Jedenfalls wurde ich in jener Nacht wach davon. Niemand hatte geklingelt oder gerufen. Als das Licht die ganze Häuserfront erhellt hatte, hörte ich Großmutter aus dem Haus gehen. Ich lief ans Fenster und sah dort nur die Silhouetten von Gestalten, ich glaube, sie standen mit den Rücken zu mir. Ob es Bauern aus dem Dorf waren oder die Gestapo oder überhaupt menschliche Wesen, war schwer zu sagen, ich konnte nichts erkennen. Ich sah nur, wie Großmutter in das gleißende blaue Licht hineinlief und von diesem Lichtkegel mit Getöse in den Himmel gezogen wurde. Jan sagte wieder, das könne nur ein Hubschrauber gewesen sein. Daran dachte ich auch immer mal wieder, vielleicht so ein Focke, aber da passten niemals mehr als ein, zwei Menschen rein. Vielleicht gab es sie beim Geheimdienst schon, aber darüber konnte ich bisher einfach nichts herausfinden. Und dieses blaue Licht, woher kam das? Und wohin sind die Menschen mit ihr verschwunden? Ich drängte Jan, Großmutters Aufzeichnungen zu lesen, dann würde sicher auch er an den einfachen rationellen Erklärungen zweifeln. Von Großmutters persönlichen Sachen war nichts mehr da. Auch ihr großer Lebensschrank war leergeräumt und stand da wie ein ausgenommener Broiler.

Lilian

Hätteste heute Morgen etwa geglaubt, du würdest am Abend im Dunkeln noch mal in einem Leichenwagen umherfahren, Lilchen? Nicht. Fast hätten wir eine Rotte Wildschweine überfahren. Goldstein dachte erst, verkleidete Kinder wollten ihm einen Streich spielen. Er ist ausgestiegen und hat gebrüllt, was ihnen einfiele, hier auf der dunklen Straße herumzulungern. Dann erkannten wir, dass die Tiere echt waren. Zum Glück war Goldstein noch nicht zu nah bei ihnen, wir konnten gerade noch in den Wagen zurück, bevor ein Keiler auf uns zurannte. Die Mutter trieb die Jungtiere schnell zur anderen Seite. Hätte Goldstein auch bloß eins angefasst, hinge er jetzt aufgespießt an den Keilerzähnen. Heute kannste dich gewaltig täuschen. Ich kann Fasching nicht ausstehen.

»Karneval ist ja für die Kinder schön, aber bei Erwachsenen doch bloß was für die Dummen, für Leute, die nich wissen, wer se sind, ohne Zukunft und ohne Geschichte, die nüscht zu erzählen haben. Zudem ist er auch noch gefährlich für die Außenstehenden«, sage ich zu Goldstein, dem noch der Schweiß auf der Stirn steht.

»So ganz stimme ich nicht überein, Gnädige. So wie ich das hier sehe, ist Fasching der wichtigste Tag für

Troimer und Menschen mit tragischen Lebensloifen. Es ist der große Tag der gemeinschaftlichen Therapie. Wissen Sie, hier gibt es Loite, die jedes Jahr dasselbe Kostüm tragen, so oft, bis es ihnen einen Spitznamen verpasst hat. Auf diese Weise nehmen sie diese Identität praktisch auch für den Rest des Jahres an. Sie gewinnen dadurch an Persönlichkeit. Ja, es gibt die, die sich nur mal eine rote Nase aufsetzen, die Dummen, wie Sie sagen, aber auch die, die sich tatsächlich in jemand anderen verwandeln wollen.«

»Und, Herr Goldstein, zu welcher der beiden Kategorien wollen Se sich zählen?«

Er seufzt und nickt und sagt: »Halten Sie bloß nach dem Vogel Ausschau.«

Doch wie soll ich bei dem Tempo irgendwas erkennen? Goldstein will sich nicht zu erkennen geben. Einer wie er hat's auch doppelt schwer. Richard sagt, ein Kapo-Jude soll er gewesen sein, einer, der sich über das Leid seiner Landsleute gestellt hat. Jetzt hat er nicht nur die Geschichte seines Volkes auf'm Buckel, sondern auch noch die seiner Vernichter.

»Vogel noch nich in Sicht«, sag ich. »… Sagen Se, Herr Goldstein, Se wissen sicherlich, was man hier so von Ihnen denkt. Jetzt, nachdem Se nun viel mehr wissen, hätten Se sich, von heute aus gesehen, damals lieber für den Tod entschieden?«, frag ich.

»Niemand kann sich aus der Zukunft betrachten. Wir Menschen sind Blindgänger und hoffen auf Glück. Daran hat sich trotz aller Kriege nichts geändert und wird sich auch nichts ändern. In zweihundert Jahren kräht kein Hahn mehr nach diesem Krieg, nu, vielleicht nach einem anderen, wer weiß das schon. Entscheidungen trifft jeder zu einem bestimmten Zeitpunkt an einem bestimmten Ort unter bestimmten Umständen, meine Froindin. Verheerender für die Menschheit ist diese beschissene Besserwisserei der Nachwelt –«

Goldstein macht eine Vollbremsung. Ich kann mich grade noch am Armaturenbrett abstützen, um nicht gegen die Scheibe zu fliegen.

»Langsam, Herr Goldstein! Ich hab noch meine fünf Jungs großzuziehen!«

»Verzeihen Sie, aber da war wieder ein Tier auf der Straße, ob echt oder nicht, tote Tiere kann ich nicht sehen«, sagt er.

»Was unterscheidet denn 'n totes Tier von 'nem toten Mann?«

Goldstein lacht immer so schrill, so gruselig.

»Das tote Un-Bewusstsein oder nennen Sie es einfach die tote Unschuld«, sagt er, mehr nicht.

Da sind wir. Friedhof Bischofroda. Ich versuche krampfhaft, mich an diese Filmmelodie zu erinnern, die ich pfeifen soll. Mir fallen gerade ein paar Akkorde ein, dazwischen probier ich's mit blöden Cowboy-Sprüchen. Goldstein schüttelt den Kopf und seufzt. Die Wege sind matschig, es ist stockduster, obwohl hier an den Gräbern der Katholiken sogar Kerzen brennen, die mir heute Morgen gar nicht aufgefallen sind. Die Totenstille hältste kaum aus, da biste doch lieber im Kreißsaal, Lilchen.

»Lassen Sie uns am Grab nachschauen«, sagt Goldstein und geht voran.

Ich hab keinen Schimmer, wo ich bin. Ua!

»Wo kommen die denn her?«, frag ich.

»Das sind Gruftis. Die gibt's auch das ganze Jahr über. Die spielen Leiche sein. Ein schauriges Trauerspiel.«

Ich halt mich an seiner Jacke fest. Hm, hm, hm, hm,

los, Cowboy, aufsitzen, denk ich mir, trau's mich aber nicht laut zu sagen.

»Pfeifen Sie doch bitte diese Musik, ich habe zwar kaum Hoffnungen, aber wenn doch, dann ist das die einzige«, sagt er.

»Ich kann se ja nich mal richtig. Uie uie uie uie … Komm raus, Cowboy, wir haben dich umstellt. Und lass das Schießeisen stecken, klar?«, ruf ich mehrmals laut hintereinander.

Wir erreichen das frisch zugeschaufelte Grab. Keine Spur von Cowboy. Aber eine angetrunkene Frau mit einer Flasche steht da, an Mutters Grab.

»Guten Abend. Standen Se meiner Mutter nahe?«, frag ich sie.

Kopfschütteln.

Haste Worte? Ich sehe Goldstein an.

»Hier lag noch bis vor ein paar Tagen meine Mutter begraben«, sagt sie und wankt ganz schön.

»Haben Se die Frau etwa wegen uns ausgegraben?«, frag ich Goldstein.

»Wo denken Sie hin? Das Grab war regulär abgelaufen, nach zwanzig Jahren. Zu Ihrem Glück.«

»Sie haben mich ja nicht mal einen Antrag auf Verlängerung stellen lassen! So geht man hier mit Toten um«, sagt sie und setzt eine Flasche Schnaps an.

»Haben Se nich?«, frag ich Goldstein.

»Die Frist war abgelaufen. Alles ganz regulär.«

»So wie es aussieht, liegt meine Mutter sowieso nich lange hier. Sie wird bald den Atlantik überqueren, dann nehmen Se sich einfach das Grab wieder zurück. Denken Se sich einfach, meine Mutter wär bloß zu Besuch«, sag ich. »Ist hier vielleicht in der Zwischenzeit 'n blauer Wellensittich herumgeflattert?«

Sie schüttelt den Kopf und setzt wieder die Flasche an.

»Dann noch 'n schönen Abend. Und saufen Se nich so viel.« Wir gehen.

»Wissen Sie, die meisten Menschen fangen an zu trinken, wenn ihnen die Phantasie fehlt oder die Ideen ausgegangen sind«, sagt Goldstein.

Oder beides.

Viktoria

Wunderbare Dunkelheit und Menschenlosigkeit. Nur Natur. Das kann ich nicht malen, selbst wenn ich wollte. Wolfgang und ich Hand in Hand, das letzte Mal hielten wir uns so, als wir vier waren und noch im schlesischen Lauterbacher Wald spazieren gingen. Wolfgang denkt offenbar, ich wäre einer seiner Rekruten. Er kommandiert mich herum. Das sei nicht böse gemeint, sagt er, sondern nur die taugliche Krisenkommunikationsstrategie. Wenn er's nur sagt!

»Im Krieg hat man k-k-keine Zeit für vollständige Sätze«, sagt er.

»Wir suchen Cowboy und stehen nicht an der Front«, flüstere ich.

Der Wald verbindet uns miteinander, seit wir laufen können. Und der Spaß, im Dunkeln durch den Wald zu schleichen. Wir können nichts sehen, nur riechen und ahnen. Das ist eine andere Herrschaftsform. Das Regime der Natur führt, und wir tasten uns hilflos an den Pflanzen vorbei. Wir haben keine Ahnung, was sich in diesem Reich so abspielt, welche Tiere uns beobachten. Wir kontrollieren nichts. Wir sind Besucher.

»Ich könnte ewig so herumlaufen«, sage ich.

»Das müssen wir auch, wenn wir den Vogel nicht finden. Kannst du diese Melodie pfeifen?«

»Nein. Ich kann aber zwitschern wie ein Vogel.«

»Ach. Na, l-l-l-lass mal hören, Schwesterlein.«

Das hätte ein nächstes Ölbild sein können: Kaum erkennbar laufen die nunmehr ältesten Geschwister zwitschernd durch den finsteren Wald.

»Psst! ... Mir war so, als hätte ich da K-K-K-Cowboys Pfeifen gehört«, sagt Wolfgang.

Wir laufen eine Weile, ohne zu rufen. Wenn wir zwitschern, sind wir in der Offensive, meint Wolfgang. Lauschen ist defensiv.

»Das ist eine g-g-gespenstische Stille«, sagt er.

»Weil du die Pflanzen nicht hören kannst, damit sind sie uns in jeder Hinsicht überlegen. Sie kommunizieren nur innerhalb ihrer Welt, nicht mit uns. Sie brauchen uns nicht, sie wollen uns auch nicht«, sage ich leise.

»Warum ist dann Gemüse so gesund für den M-M-Menschen?«

»Beim Menschen dreht sich immer alles nur um den Menschen!«

»Bei den Pflanzen doch auch. Du hast es eben selbst gesagt. Sie reden nur in ihrem L-L-Lebensraum miteinander. Und wollen uns nicht daran teilhaben lassen.«

»Wenn du hören könntest, wie sie schreien und wie schlau sie sind, du würdest vor Neid platzen. Äpfel sind in der Pflanzenwelt total unbeliebt, sie zerstören alles um sich herum.«

»Da hast du's wieder. Extremisten gibt's überall. Radikale Friedensstörer. Als gehörten sie in jedes System. Ich g-g-g-glaube an eine Theorie. Ohne innere Störungen kann kein System lange l-l-leben. Es kann sich nicht weiterentwickeln. Es wird bald von einem stärkeren überrannt –«

»Wenn Alfred mich damals nicht ins Forschungsprojekt gebracht hätte, würde er heute noch leben. Alfred ging immer so roh mit den Pflanzen um, riss ihnen absichtlich Blätter ab, damit er Reaktionen messen konnte. Er setzte sie Ungeziefern aus, tagelanger Dunkelheit, Überschwemmungen und anderen Plagen. Über einen Monat lang schlief ich kaum, weil ich sie nachts wieder davon befreite. Ich brachte ständig seine Forschungsergebnisse durcheinander. Schließlich stand ich kurz vorm Zusammenbruch. Dann hörte ich plötzlich diese Schreie, zum ersten Mal. Im Labor sagten sie mir, er habe ihre Schallschwingungen eingefangen, die Pflanzen zuvor in Angst und Schrecken versetzt. Diese Verzweiflung, diese Angst, die sie empfunden haben müssen. Ich lief in den Laborraum, wo Alfred gerade seinen nächsten Test begonnen hatte, er flutete wieder das Beet, grub die kleinen Pflanzen unter die Erde, so erstickten sie. Und diese Schreie dröhnten aus dem Lautsprecher. Ich nahm das elektrische Messer, das er immer in der Steckdose stecken hatte. Ich stellte es an und warf es in das Beet. Er hatte seine Hände noch drin, hatte wieder die Handschuhe vergessen. Er bekam sofort einen tödlichen Schlag. Das hatte ich nicht gewollt, es sollte ja nur ein Denkzettel sein. Die Polizei sagte, es wäre ein Unfall gewesen.«

Dunkel und still ist es. Wolfgang schweigt. Wir lauschen defensiv. Vielleicht noch weitere zehn Minuten.

»Dort, Wolfgang, das Licht im Dachfenster, das ist doch bei uns? Cowboy ist wieder zurück«, sage ich.

Schade eigentlich, ich könnte noch eine Weile hierbleiben.

Günther

Hey, the bird again on the chandelier, like a drunk in a midnight choir, I have tried in my way to be free. Gutes Timing, Cowboy. Spot auf ihn. Lob für den Heimkehrer. Keinen Moment länger hätten wir in dieser wundersamen Gesellschaft bleiben dürfen. Sonst hätten wir uns in Tier-Mensch-Maschine-Wesen verwandelt. Anna ist ganz aufgekratzt, summt, singt unentwegt, schwärmt von den Kostümen, der Musik.

»Alles war so neu und originell«, sagt sie. »Es war richtig … außerirdisch.« Schon wieder Außerirdische!

Begrüße das zurückgekehrte Exponat im Familienmuseum. »Mensch, Cowboy, du Streuner«, sage ich.

»Er ist die ganze Zeit auf dem Apfelbaum gewesen. Er hat sich dort so gut versteckt. Ich hab einfach den Eastwood eingelegt, das Fenster sperrangelweit aufgemacht und die Lautstärke voll aufgedreht. Wir haben alle drei zusammen aus dem Fenster gepfiffen. Nach einer Weile kam er dann angeflogen«, sagt Helga. Cassidy & Farnsworth haben den Abwasch gemacht. Das Geschirr gesegnet. Vom Schmutz der Profanität gereinigt. Von Alkoholspritzern befreit. Wer hat dann aus unseren Becherchen getrunken? Helga? Cassidy & Farnsworth? – Wahrscheinlich wurde mit dem Alkohol das Geschirr gereinigt. Oder die Sünden der Welt. *Bääääh, bööh*. Richard, ohne diesen Schatten im Gesicht, Frau Goldstein. *Bääääh, bööh*. Wolfgang, Blicktemperatur: 20 Grad Celsius, Viktoria an seiner Hand. Sie mit Schatten. Di di di daun di di. Wind bitte wieder aus!

Herbert

Das Manuskript im Toilettenhäuschen. Wie eine Streife drehten wir schon die zweite Runde durch die Straßen, ohne dass irgendeines der zweistöckigen Häuser mich an mein Elternhaus erinnerte. Erst beim dritten Mal bemerkte ich es hinter einem Eingeschosser, den jemand in den Vorgarten gebaut hatte. Nachdem wir den Barkas geparkt und uns zu Fuß genähert hatten, erkannte ich erleichtert, dass unser guter alter Toilettenanbau auch noch stand. Wir berieten kurz, wie wir vorgehen wollten. Mir grauste vor dem Gedanken, die jetzigen Bewohner könnten etwas von diesen Aufzeichnungen mitbekommen, deshalb gaben wir uns als Mitglieder des Komitees für deutsch-polnische Freundschaft aus, die die Bürger dieser Gegend über die Vorteile einer Mitgliedschaft informieren wollten. Das war eine geniale Idee von Jan, denn hier hasste man bloß die Juden (als ehemalige unbarmherzige Steuereintreiber des ukrainischen Adels) und die Ukrainer (als grausame Schlächter der Roten Armee. Wäre ich noch am Leben, hätte ich mir diesen Satz sicher verkniffen). Ausgerechnet die Deutschen betrachtete man inzwischen in dieser Gegend als Brüder.

Im Gegensatz zum Haus meiner Großmutter war das ehemalige Elternhaus bewohnt; wir klingelten, und eine

Frau Mitte fünfzig öffnete uns. Jan stellte uns vor, erzählte von der Arbeit des Komitees. Sie nickte, bat uns ins Haus und holte Tee und Gebäck. An dem Punkt, an dem die Vorteile einer Mitgliedschaft im Komitee eher unglaubwürdig zu werden schienen (Jan erzählte, es wäre geplant, mit dem Mitgliedsbeitrag künftig einmal im Jahr Anspruch auf eine kostenlose Reise ins Nachbarland zu gewähren), stand ich auf und fragte nach der Toilette. Nein, eine Innentoilette gebe es nicht, sagte die Frau. Wie ein kleiner Junge freute ich mich auf das kühle, feuchte Außenklo, das zu meinem Entsetzen gefliest worden war. Die Decke hatten sie weiß gestrichen, doch zum Glück die Holzpaneele vorher nicht abgenommen. Allerdings klebten sie derart fest, dass ich mit einem Taschenmesser nachhelfen musste. Dabei kam mir nebst Großmutters Aufzeichnungen die halbe Decke entgegen. Alles Dilettanten, dachte ich, was sollte ich jetzt machen? Ich nahm die Papiere, schlich mich raus, scheuchte Jan aus der Unterhaltung und sagte, wir müssten weiter und würden ihr bald Informationen sowie einen Aufnahmeantrag zusenden. Jan war erleichtert, denn trotz guter Ideen war er im Lügen wirklich schlecht. Wie Diebe machten wir uns davon, und ich schämte mich aufrichtig, dass ich die Decke des Toilettenhäuschens ruiniert hatte.

Helga

»Wir sind jetzt alle erschöpft. Ich bring belegte Brote und Getränke«, sag ich. »Will jemand noch Suppe?«

Keiner. Auch gut. Mutters Leichnam könnte schon im kommenden Januar nach Utah gebracht werden, hat Cassidy gesagt. Ich könnte schon im Januar hier raus sein! Sobald Richard zugestimmt hat. Ich mach es nur, wenn Richard seinen Segen dafür gibt. Ich werd ihm das gleich noch mal sagen. Auch Herrn Cassidy und Herrn Farnsworth hab ich vorhin gesagt, wie wichtig mir Richards Zustimmung ist, die volle Zustimmung der Familie brauch ich, sonst trau ich mich nicht.

»Ich habe nachgedacht«, sagt Richard. Bin ich froh, dass er den Anfang macht. »Um es kurz zu machen: Ich habe keine Einwände mehr gegen deinen Plan, Helga. Ich bin ein moderner Christ«, wie er jetzt zu den beiden schaut und vor allem zu Wolfgang. »… und damit auch bereit, von meinen religiösen Interessen abzusehen, wenn es um die Verwirklichung hehrer menschlicher Ziele geht wie die Umsetzung von Mutters Lebenstraum.«

Ich umarme ihn.

»Graben Sie den Sarg dann wieder aus, Herr Goldstein?«, fragt Anna.

»Für Ausgrabungen bin ich eigentlich nicht zuständig. Kann ich Ihnen nicht sagen, Gnädige.«

»Besser ist es«, sagt Lilian und erklärt uns: »Wir haben nämlich die Tochter der Vormieterin von Mutters Grab getroffen. Da kriegste einen zu viel. Keen bisschen Ruhe lässt man den Toten. Das nennt sich nun Friedhof.«

»Anders geht es leider nicht, meine Froinde. Wenn sie sich nicht einäschern lassen wollen oder in Stapelgräbern die letzte Ruhe finden, muss ein zeitlicher Rahmen her, sonst wäre auf dieser Welt kein Platz mehr für Tote und erst recht keiner für die Lebenden«, sagt Goldstein.

Sollten wir deshalb an die Auferstehung glauben?

Lilian

Cowboychen gurrt wieder in Helgas Ohr; ich sitze neben ihr. Er hat sich wohl was eingefangen bei der Kälte draußen. Wie er seinen Kopf in ihre Ohrmuschel legt und sich auf die Größe eines Katzenkopfes aufplustert, da weißte, wofür de dir diese Mühe eben gemacht hast. Immer mal ruckst er in unser gedankenvolles Kauen und Schlucken hinein. Die Stullen tun jetzt richtig gut.

»Er hat vorhin am Kartoffelpuffer geknabbert«, sagt Helga.

»Ich hätte stundenlang in dieser Dunkelheit durch den Wald laufen können«, schwärmt Viktoria.

»Günther und ich sind in eine Gruppe sonderbarer Wesen geraten, na ja, es war eine Faschingsfete, aber so ganz anders«, sagt Anna.

»Herr Goldstein hat mir gebeichtet, dass er keene toten Tiere sehen kann, nich«, sag ich.

»Sie müssen wissen, ich esse durchaus tote Tiere, ich brate sie, ich würze sie, aber vom Eintreten des Todes und der Art ihres Sterbens oder auch von ihrem erloschenen Leben möchte ich nichts mitbekommen, alles das, was zum Beispiel ein Jäger oder ein Zoodirektor mitmacht, sonst kann ich sie nicht mehr essen. Im Tiefkühlfach oder beim Fleischer ist davon ja nichts mehr zu sehen«, sagt Goldstein.

»Mir ist gerade der Appetit vergangen«, sagt Anna.

Wolfgang und ich lachen laut. Sogar Cassidy und Farnsworth nicken. Als breite sich Menschlichkeit gerade wie ein fliegender Teppich über unseren Köpfen aus, weil jeder irgendwie zustimmend bemerkt, niemals das Fleisch eines Tieres essen zu können, mit dem man sich bekannt gemacht oder angefreundet hat, komme, was da wolle. Cowboy piepst, schüttelt sich und fliegt in die Küche.

»Ich habe das Fenster geschlossen, er kann nicht raus«, sagt Helga.

»Kann ich kurz die Nachrichten sehen?«, fragt Wolfgang.

Er schaltet den Fernseher ein, bekommt aber mit der alten Antenne bloß die Tagesschau rein, der Wind, meint Helga, bestimmt hier an der Grenze das Fernsehprogramm. Also sehen wir die Tagesschau und noch mal, wie das Columbia Space Shuttle abhebt.

Anna dreht die Lautstärke auf. »Das Geräusch finde ich so stark«, sagt sie.

»Die Amerikaner verstehen was von Werbung«, sag ich leise.

Helga räumt den Tisch ab, die fleißige Biene, sie lässt

sich wieder von niemandem helfen. Kurz darauf hören wir einen Schrei aus der Küche.

Der Anblick, der sich uns darbietet, ist die schaurige Wahrwerdung unseres Gesprächs von eben. Cowboy liegt ertrunken in der lauwarmen Kartoffelsuppe. Was ist das für ein Ende? Übelkeit steigt in mir hoch, und heulen muss ich. Wir alle heulen, jetzt erst kommt's, als wäre Mutter erst jetzt richtig tot.

Anna

Ich habe diesen Vogel so ins Herz geschlossen, auch wenn ich ihn nur zweimal gesehen habe. Das ist ja fürchterlich!

»Kann nicht jemand mal den Deckel draufmachen? Das hält ja kein Schwein aus«, sage ich und finde verdammt noch mal mein Taschentuch nicht.

Dem Goldstein laufen Tränen über die Wangen, wer hätte das gedacht. Leb wohl, Mutter. Leb wohl, kleiner Vogel. Am Ende ist es so vielleicht noch besser. Etwas von Mutter bleibt hier.

»Kommt, lasst uns sein Lied pfeifen«, sage ich, krieg's aber nicht hin.

Wolfgang

»Tja, die ganze Suche für nichts und wieder nichts. A-a-a-armes Tier!« Petra würde jetzt weinen.

Viktoria

Ich habe Cowboy geliebt, ich wusste ja nicht, wie sehr. Wie wir da um diesen Topf herumstehen und weinen, wir alle weinen, unglaublich, da könnte man glauben, wir weinten um die Scheißkartoffelsuppe. Trockenen Auges würde ich sagen: Wir, Goldstein und die beiden Männer stehen weinend um den Suppentopf, in dem Cowboy mit dem Bauch nach oben schwimmt. Mehr kann ich gerade nicht erkennen. Ein Scheißende hat dieser Tag genommen. Das ist der letzte Ölschinken für heute.

Richard

Furchtbar. Dennoch dachte ich heute Morgen bereits, wie unvorstellbar es ist: Mutter ist tot, und Cowboy soll weiterleben. Deshalb fiel es mir den ganzen Tag über schwer zu glauben, sie sei wirklich gestorben. Jetzt überkommt mich auf einmal eine unendliche Traurigkeit.

»Dass er so enden musste«, sage ich.

»Weil wir vorhin über tote Tiere geredet haben«, sagt Lilian, und Goldstein gibt einen schweren Seufzer von sich.

»Nein, das hat damit nichts zu tun. Weil wir die Kartoffelsuppe gekocht haben. Wir wissen alle, was sie bedeutet. Wir haben damit seinen Tod geradezu herausgefordert«, sagt Anna mit einer so finsteren Miene, wie ich sie noch nie bei ihr gesehen habe.

»Meint ihr, es könnte etwas damit zu tun haben, dass wir Mutters Körper über den großen Teich bringen werden?«, fragt Helga zaghaft. In ihrem Gesicht steht unsichtbar die Antwort, die sie sich erhofft – das große, einstimmige »Nein, Quatsch«.

»Vielleicht hat Cowboy dagegen protestiert, dass wir sie als Vertriebene nach Amerika schicken wollen. Er hätte doch auch in der Fleischsoße oder im Rote-Bete-Saft ersaufen können«, sagt Viktoria.

»Meine Lieben, diese Raterei verschafft uns nur weitere Minuten dieses entsetzlichen Anblicks. Ich schlage vor, den kleinen Cowboy jetzt und hier im Vorgarten zu begraben«, sage ich.

»Mitsamt der Kartoffelsuppe«, sagt Anna.

»Unterm Apfelbaum«, sagt Helga.

»Ich würde diese Bestattung gern übernehmen, kostenlos, versteht sich«, sagt Goldstein mit merkwürdig zittriger Stimme.

Ich fühle mich taub und elend. Ich komme mir vor, als hätte ich heute gegen einen Drachen gekämpft. Farnsworth ist gerade in Ohnmacht gefallen. Religion Blauschlipse. Die sind ja alle beide noch blutjung, es fehlt die Erfahrung mit dem Tod. Da zeigt sich dann, wer den Trost in bedürftigen Augenblicken spenden kann. Immer diese neuen Moden! Neue Moden kommen und gehen, aber es sind die alten Hüte, die bleiben.

Günther

Hey, like a bird in the soup pot, like a drunk in a midnight choir, I have tried in my way to be free. Kein Licht jetzt. Nur einige Akkorde für die Tränen. Muss heulen. Mach's gut, kleiner Freund. Hätte dich gern mitgenommen, Cowboy. Kannst dich wieder mit Mutter vereinen. Lass dir dort ja keine Schlinge um den Hals legen, klar?

Cowboy musste sterben. *Dead cowboy*. Goldstein zeigt hier, zu welchem Mitleid er fähig ist. Den ganzen Tag über professionell, gruselig. Jetzt mit feuchten Augen. Was hat er denn angesichts dieses kleinen Todes zu verbergen? Was bringt ihn denn so zum Heulen, was rührt ihn bloß so schrecklich daran? Frau Goldstein auch: wie Espenlaub mit dem bedeckten Topf neben ihm. Verraten werden sie es nicht, wir haben ihnen auch nichts verraten.

»Bevor Sie die Suppe ins Loch schütten, könntest du, Anna, bitte noch kurz die Melodie auf der Mundharmonika spielen, das sind wir ihm und Mutter schuldig«, sagt Richard.

Lilian

Tote Unschuld macht den Unterschied.

Richard

»Bitte, Frau Goldstein, Sie können«, sage ich, und Helga zerdrückt mir dabei fast die Hand. Sie weint ununterbrochen. Ich weiß nicht, was in mich gefahren ist, aber kaum sind der Vogel und die Suppe in der Grube verschwunden, stürze ich mich auf die Erde, schütte das Loch mit meinen Händen zu und trample anschließend mit meinen Schuhen wie ein afrikanischer Regenkönig darauf herum. Ich wollte die Erde fest andrücken, eigentlich wollte ich das alles endlich hinter mir lassen und nach Hause zu Katharina fahren und sehen, ob ich ihr Lebenslicht zum Brennen kriege.

Günther

Hätte jetzt gern einen Joint. Hier versteht man bloß Wiese, wenn einer Gras sagt. Einen Schnaps. Mit Wolfgang. Hoch die Gläser. Du gewinnst sowieso, Bruder. Will gern dein Verlierer bleiben. VV, Vaterlandsverlierer, Vaterverteidiger wie du. Die Goldsteins sind gegangen, Cassidy & Farnsworth auch. Ratlose Mienen rings um die Tafel, in deren Mitte das jüngste Exponat fürs Familienmuseum liegt: Cowboys letzter Schisshaufen. Wie ein perlengroßes Monument in grün und weiß auf der Tischdecke, noch nicht ganz trocken. Alles, was von diesem Tage übrig bleibt. Ein Leben – ein Auswurf. Meiner in der Zugtoilette der Reichsbahn erreichte vielleicht sogar das angewiderte Gesicht der Verantwortlichen im Regiment der Reichsbahnputzkolonne. Einfach Fuß aufs Pedal, Luke öffnet sich, Schleudersitz, Stuhl stürzt in Muttererde. Heimweh. *We were just the nameless souls that sit inside wishing that we were someone on the outside*. Jetzt wieder die Mundharmonika. Di di di daun di di. Und Spotlight zum Kram auf dem Wohnzimmertisch.

»Will endlich Großmutters Augenzeugenbericht lesen«, sage ich.

»Vielleicht liest du ihn uns allen laut vor?«, bittet Anna.

Herbert

Mein Tod in Wrocław. Wir fuhren erst einmal auf dem kürzesten Weg nach Wrocław zurück. Ich wollte am übernächsten Tag noch einmal hierher zurückkehren, um Johanna zu besuchen. Ich zeigte Jan die fünf beschriebenen Seiten. Während er den Barkas durch die schwierigen Straßen steuerte, las ich laut vor:

Augenzeugenbericht über die unglaublichen Ereignisse in meinem Dorf, das hier zum Schutze seiner Einwohner ungenannt bleiben soll, am 20. Februar 1919.

Wahrheitsgetreu verfaßt und unterschrieben von Esther Wiehler, bezeugt durch Unterschrift und Fingerabdruck mit eigenem Blute von Emma Grimm.

* * *

An diesem Dienstag wird mir durch einen Boten eine Nachricht von meiner Freundin, der Hebamme Emma Grimm, zugestellt. In dem kurzen Brief steht: Esther! Ich glaube, der Himmel tut sich auf, und Gott macht mir Gesichter. Ich brauche Dich als Zeugin. Komm schnell zur Schmidt. Emma.

Adelheid Schmidt ist die alte Dorfjungfer. Mit Mitte vierzig steht sie kurz vor ihrer Niederkunft. Die Schwangerschaft, die sie bis heute geheimgehalten hat, habe sie sich laut ihrer eigenen Worte während ihres letzten Besuches bei ihrem Onkel im Norden eingehandelt. Sie sei an dem Tag allein am Strand spazierengegangen, als ein Mann auf einem Pferd auf sie zugekommen sei. Eine ungewöhnliche, rauhbeinige Erscheinung, die ausgesehen habe wie der hier gefürchtete Lenin – nicht sehr groß, eher klein, die Ledermütze, die Lederhose und der Ledermantel, mit diesem leichten Ziegenbart und einem Strohhalm im Mundwinkel – und die auch nicht ihre Sprache gesprochen habe, sondern eine vollkommen fremde, vibrierende, bei der er kaum die Lippen bewegt habe, als spräche er durch seinen Bauch. Er sei vom Pferd gestiegen, habe in den Satteltaschen herumgesucht und dabei unaufhörlich in dieser Sprache geredet, dabei immerzu die Tonhöhen gewechselt. Ein Singen, das ein normaler Mensch in dieser Gegend kaum lange ertragen könne. Adelheid habe ihn in der hierzulande üblichen Sprache gefragt, was er denn wolle. Er sei verstummt, habe sie lange betrachtet und wieder angefangen zu reden. Er redete und redete, bis Adelheid sich zu ihrem eigenen Schutze vor ihm bäuchlings in den Sand gelegt und lautstark gebetet habe, Arme und Beine von sich gestreckt. Wieder sei der Mann für eine Weile verstummt, habe sich dann im nächsten Moment unerwartet von hinten auf sie gelegt und sich schweigend an ihr vergangen. Sie habe dabei ja alles mögliche zusammengepreßt und danach tagelang an den Schmerzen gelitten. Er sei währenddessen stumm geblieben; sie habe die Luft angehalten und nur noch das Quietschen des Leders, die zuckenden Nüstern des Pferdes und das Knirschen der Hufe im Sand gehört und erst jetzt, viele Monate danach, genug Mut gefaßt, darüber zu sprechen. Soweit die Vorrede.

Was aber die Hebamme Emma Grimm dazu veranlaßt hat, mich kurz vor Adelheids Niederkunft an deren Bett zu bitten, sind indes die ihr zunächst unerklärlich erscheinenden Wandlungen der Himmelsfarbe, die sich seit Einsetzen der Wehen über diesem Haus vollziehen, die ich bezeugen soll und für deren Beschreibung und Untersuchung ihrer Meinung nach nur ich genug Begabung hätte. Adelheid Schmidt wohnt im obersten Stock dieses Mietshauses, in dem nur kranke Witwen und alte Jungfern leben, übrigens das einzige Mietshaus im ganzen Dorf. Ich stelle fest, mit jeder neuen Kontraktion und jedem Schrei der armen Jungfer zieht ein anderer Farbton am lokalen Firmament auf, das Blau verliert langsam seine Kraft. Nein, es handelt sich hierbei nicht bloß um einen Zufall. Inzwischen geht die Hebamme weiter ihren fürsorglichen Aufgaben nach, und ich untersuche die ursächlichen Zusammenhänge zwischen Adelheid Schmidts Niederkunft und diesen ungewöhnlichen Veränderungen des Himmels. Nachmittags um zwei Uhr zwanzig platzt die Fruchtblase, und gleichzeitig ziehen mehrere Bussarde kreischend am Fenster vorbei, während sich vor das zuvor heraufgezogene Himmelgrün eine dunkle rötliche Wolke geschoben hat, die jetzt von Minute zu Minute anschwillt. Jäh richtet die arme Jungfer sich im Bett auf und sagt unter Aufbringung großer Kräfte, der wie Lenin aussehende Mann im Ledermantel sei zu Pferde zu ihr unterwegs. Die Hebamme Emma Grimm stellt daraufhin den katastrophalen seelischen Zustand Adelheid Schmidts fest und will später in der Geburtsurkunde empfehlen, die Mutter in die Hände eines Nervenarztes zu geben und das Kind in die Obhut eines Waisenhauses. Währenddessen erreichen die Kontraktionen ihren Höhepunkt. Der Kopf des Kindes zeigt sich bereits. Draußen vor dem Fenster kommt ein ungestümer Wind von Norden her auf, der an der mit Rot und Schwarz vollgesogenen Wolke rüttelt und schiebt. Und mit der letzten Preßwehe

Adelheid Schmidts, mit der das Kind, ein Mädchen, und noch einige Exkremente den erschöpften Körper der Jungfer verlassen, folgt dem Wind ein greller Lichtkegel, dessen blaue Farbe zuvor dem Himmel entzogen worden sein muß, so natürlich wirkt sie. In dem Moment, als Emma Grimm die Nabelschnur durchtrennt und die Jungfer dem Kind den Namen Johanna gibt, wickelt sich das grelle Licht um das ganze Haus. Ich kann nicht sagen, dies wäre angsteinflößend, nein, darin fühlt es sich an, als stünde man inmitten eines sehr tiefen, aber weichen Tons, den man nur sehen, aber nicht hören kann. Besonders der Glanz ringsherum stimmt so milde und froh wie eine gute Nachricht. Die kleine Johanna Schmidt scheint der Anlaß für diesen Schimmer zu sein, den ich doch lieber einen »anderen Ort« nennen will. Zweifellos hat ihre Geburt diesen neuen Raum hervorgerufen, der so blau ist wie Vergißmeinnicht, so blau wie ein Traum in einem fremden Bett. Ich weiß nicht, ob hier an diesem Ort die Zeit vergeht, aber verlassen will ich ihn nicht mehr. Adelheid Schmidt schläft, sie verschläft diesen Aufenthalt so verlustreich, wie ihr die Erquickung im Empfängnismoment verschlossen geblieben ist. Johanna dagegen betrachtet still das Blau, wie unnatürlich ihre Augen die Farbe bereits fixieren. Emma Grimm legt sie neben Adelheid ins Bett. Kurz darauf erscheinen aus dem Blau heraus zwei menschliche Silhouetten, deren Gesichter ich mir irgendwie nicht merken kann. Ich sehe sie an, ich kann sie unterscheiden, weiß aber nicht, wodurch. Sie haben nichts Übermenschliches und ähneln Bürgermeister Nopp und Hüttenarbeiter Albert, sie sind es aber nicht, als hätten sie nur ihre Kostüme an. Sie wirken überhaupt nicht bedrohlich, sondern feierlich und wohlwollend. Sie benehmen sich, als gebe es keine Angst, als wären wir im Paradies. Soviel Arglosigkeit, Schuldlosigkeit habe ich noch nie an Menschen gesehen, nicht einmal an Adelheid Schmidt. Nur Johanna, wie Neugeborene überhaupt, verkörpert noch dieses Ungefährliche, dieses Friedfertige. Beim »Bürgermeister« ist es dieser Glanz, der von ihm ausgeht, der ein wenig heller ist, als das restliche Blau, der ihm Vernunft, nicht Wissen überträgt. Ob und wie sie bekleidet sind, das kann ich gar nicht sagen, es zeigt sich nicht, als wäre es nicht so wichtig. Der »Bürgermeister« streckt Emma Grimm die Arme entgegen, und sie übergibt ihm das Kind, als wäre dies ein Auftrag. Adelheid schläft weiter. Kurz darauf setzen wieder Farbveränderungen ein. Der »andere Ort« und die Gestalten mit der kleinen Johanna verschwinden, indem das Blau entzogen wird, nur das Blau, die anderen Farbtöne schweben erst herum und legen sich dann draußen irgendwo an ihren Platz – das Rot auf die Ziegel und Backsteine, das Grün in die Baumkronen. Nichts daran erscheint mir falsch. Daß sie Johanna mitgenommen haben, kommt mir wie eine Evakuierung und nicht wie eine Entführung vor.

Adelheid Schmidt erwacht erst am Abend um acht Uhr achtundfünfzig. Sie richtet sich auf, trinkt vom Tee und fragt nicht nach Johanna. Die Hebamme schlägt ihr eine Therapie vor. Adelheid willigt ein. Mehr gibt es nicht zu berichten. Wo Johanna jetzt ist, weiß ich nicht, auch Emma Grimm fällt nichts weiter dazu ein. Womöglich ist die kleine Johanna an diesem »blauen Ort«. Ob dieser Lenin sie hat, wie Adelheid Schmidt behauptet, erscheint uns eher fragwürdig. Da wir überhaupt die einzigen sind, die wissen, daß Johanna geboren wurde, schweigen wir so lange darüber, bis sich uns eine Erklärung der Ereignisse bietet.

Unterschrift:	Unterschrift:
Esther Wiehler	Emma Grimm

Jan bremste stark, ich flog mit dem Kopf gegen die Frontschutzscheibe, verletzte mich aber nicht ernsthaft. Er sah mich verwundert an und lachte. Er sagte, das höre sich wohl eher nach einem schlechten Scherz an. Ich hätte ihm sogar recht gegeben, aber Johanna lebte, ein schlechter Scherz konnte es also nicht sein. Gerade die Tatsache, dass Johanna sich erst in ihrem siebenten Lebensjahr in einem Kinderheim in einer belorussischen Kleinstadt ihres Lebens bewusst geworden war, deutete daraufhin, dass sie ihre frühe Kindheit an keinem dieser Orte verbracht hatte, an denen ein normaler Mensch seine frühe Kindheit verbringt. Jan sagte, die Geschichte lehre uns doch immer wieder: Kindheiten würden zu allen Zeiten und an allen Orten der Welt meistens unter anderer Flagge und an anderer Stelle als der Rest des Lebens verbracht. Die Erinnerung daran verschwinde eben auf unerklärliche Weise in den sich andauernd verändernden Zeitläuften. Die Bibel, so Jan, komme ihm da noch glaubhafter vor. Ich schlug vor, Nachforschungen anzustellen, ob andernorts vielleicht von ähnlichen Phänomenen berichtet worden sei. Dagegen sei nichts einzuwenden, sagte Jan und erklärte sich bereit, mir zu helfen. Während der verbleibenden Fahrt legte ich mir in Gedanken einen Ermittlungsplan zurecht, schlief allerdings darüber bald ein und hatte einen furchtbaren Traum. (Die neuen Bewohner unseres ehemaligen Hauses wissen alles von Großmutters Aufzeichnungen, lassen sie absichtlich im Toilettenhäuschen, weil sie ahnen, dass ich eines Tages zurückkehren werde. Sie haben jahrelang geduldig auf meine Ankunft gewartet. Während die Frau Tee und Gebäck aus der Küche holt, informiert sie die NeoGEW, eine pseudoreligiöse, sich am Überirdischen orientierende Untergrundorganisation, die die wahren Hintergründe für Johannas Verschwinden kennt und geheim halten will. Ich, als einziger noch lebender Mitwisser der Umstände, soll aus dem Weg geräumt werden. Während Jan und ich pfeifend und feixend im gelben Barkas nach Wrocław unterwegs sind, nehmen zur gleichen Zeit fünf NeoGEWs die Verfolgung in einem weißen Fiat Polski auf. Erst fünf Kilometer vor Wrocław fällt uns plötzlich der Fiat auf, der seltsam herummäandert und aus dem etliche Arme und Hände heraushängen, die Zigarettenstummel halten. Ich frage, was das für Hirnis seien? Provinzhirnis, antwortet Jan. Wir lachen und mäandern selbst für einen Augenblick. Doch als nach einem weiteren Kilometer der weiße Wagen erneut aus dem Schatten unseres Hecks heraustritt, neben uns herfährt, einer eine Harpune auf Jan richtet und uns zuruft, wir sollten anhalten, vergeht uns das Lachen. Jan holt aus dem Barkas alles heraus, was möglich ist, und das ist mehr, als die aus ihrem Fiat herausbekommen. Trotzdem bleiben sie uns hart auf den Fersen. In Wrocław tuckern wir plötzlich langsam am Flussufer entlang. Ich frage Jan, was los sei, aber er sagt nichts, und anstatt zur Universität zu fahren, biegt er plötzlich in den Hof einer Schlachterei direkt an der Oder. Kurz nach uns erreicht auch der Fiat Polski den Fabrikhof. Ich blicke verstört zu Jan und frage, ob er irre sei? Er reagiert nicht auf mich. Er bleibt stumm im Auto sitzen. Derweil nähern sich die fünf Männer aus dem Fiat und außer ihnen noch drei weitere Typen, die aus der Schlachterei kommen. Ich spähe zu den Aufzeichnungen, die zusammengerollt auf dem Rücksitz liegen, versetze Jan einen plötzlichen Schlag auf die Schläfe, greife nach der Rolle und renne Haken schlagend und schreiend zur Torausfahrt. Einer packt mich am Arm; ich schüttle ihn

ab, trete ihm heftig in den Schritt und renne hinaus, über die Straße zum Ufer, die anderen Männer hinter mir her. Offenbar zieht die NeoGEW hier überall die Fäden. Das Schlimmste ist, man erkennt sie nicht, sie haben keine Uniformen, kein einheitliches Erscheinungsbild in der Öffentlichkeit. Der mit der Harpune sieht aus, als wäre er der Herausgeber einer Lyrikzeitschrift, er hat eine Baskenmütze auf, trägt ein helles Hemd mit Wildlederweste und gestreiftem Schal statt Krawatte. Der daneben könnte ein Straßenbahnfahrer oder Schaffner sein mit seinem langen blassen Gesicht, den dünnen aschblonden Haaren, dem hell-dunkel-grau gemusterten Wollpullover und der grauen Synthetikhose. In der Hitze des Gemenges um die Papierrolle fällt mir nur noch einer genauer auf – ein Automechaniker, wie es scheint, im dunkelblauen Overall, der mir einen Schlag in den Magen versetzt. Ich verliere den Halt, kippe stöhnend übers Geländer und stürze die Uferböschung hinunter. Ich reiße mich zusammen und stehe wieder auf, als der Lyrikzeitschriftherausgeber die Harpune ansetzt und mir haargenau ins Herz schießt, woraufhin ich, die Aufzeichnungen fest umklammernd, rücklings ins Wasser stürze. Das Sternenzelt über mir zieht in diesem letzten Augenblick kometenhaft vorbei.)
Ich wachte auf, als wir in ein Schlagloch fuhren …

Günther

»Mir reicht's sch-sch-schon mit diesem Bericht. Mehr will ich von Großmutter gar nicht w-w-wissen. Mich interessieren diese alten G-G-G-Geschichten wirklich nicht«, sagt Wolfgang.

»Was denkste, was da dahintersteckt? Mich interessiert das schon«, sagt Lilian.

»Sonderbar und schön«, sagt Viktoria.

»Herbert muss besessen davon gewesen sein, ich bin sicher, dass das was mit seinem Tod zu tun hat«, sagt Helga.

»Wenn Herberts Kollege Jan Klemm morgen früh kommt, wissen wir mehr«, sagt Richard.

»Ich weiß gar nicht, ob ich das alles wissen will. Ich stelle mir seinen Tod einfach bedeutsam vor und hoffe, er ist nicht ohne Grund gestorben. Vielleicht sollten wir das ganze Zeug hier einfach mit Cowboy begraben«, sagt Anna.

»Würde es gern mit nach Berlin nehmen. Durcharbeiten. Gehe der Sache mit Großmutter auf den Grund, bin es Herbert schuldig. Wenn ich was weiß, ruf ich an«, sage ich.

»Mach, was du willst«, sagt Helga. »Ich fang neu an.« Sie blickt lange auf Cowboys grün-weißes Vermächtnis, dann zu uns, sagt: »Wer glücklich sein will, darf sich nur um seinen eigenen Mist kümmern!«

»Ich kümmere mich gern um fremden Mist, Helga, das macht mich glücklich«, sagt Richard.

»Mich macht Petra g-g-glücklich und die Wochenendausgabe«, sagt Wolfgang.

Anna spielt auf der Mundharmonika, etwas Eigenes. Lilian lächelt zu Viktoria lächelt zu Wolfgang lächelt mich an. Sehe auf Herberts Totenmaske. Bin an der Reihe: »Ein Glück, es gibt keine Zombies, ein Glück, Mutter kann nicht mehr morsen.« Ein Glück, das Leben ist mit dem Tod zu Ende. Ein Glück, das Leben. Einziges Paradies. Kratze Cowboys angetrocknetes Schisshäufchen mit einem Messer von der Tischdecke, halte es in der Küche unter den Wasserhahn, Kot wird vom Strahl hinabgerissen, verschwindet mit dem Sog des Strudels im Abfluss. Vorhang zu! Licht aus.

Herbert

Mein Tod in Wrocław. ... Kurz darauf parkte Jan den Barkas hinter der Universität. Verpasst hatten wir von der Konferenz nicht allzu viel – nur einen weiteren Vortrag, nach dem es angeblich beinah Mord und Totschlag gegeben hätte und über dessen Kernpunkt sie sich bis dahin nicht einig geworden waren. Auch diese Diskussion wurde irgendwann mit den Alkoholfahnen erstickt. Einige gingen ins Bett; schließlich saßen noch Jan und ich, die meisten Russen, ein tschechischer und ein ungarischer Kollege in der Mensa, und wir erreichten jenen Alkoholspiegel, bei dem jeder Kalauer aus der Kindheit erst einen übertriebenen Lachanfall und dann selbstmitleidige Tränen hervorruft. Als ich an der Reihe war, erzählte ich von der heutigen Reise und von Großmutters Augenzeugenbericht. Und natürlich wollten die Kollegen ihn sofort zu lesen bekommen. Jan meinte, diese Geschichte sei die richtige vor dem Einschlafen, aber man solle dafür nicht im Neonlicht der Mensa sitzen. Ich schlug vor, hinaus ins Mondlicht und hinunter an die Oder zu gehen. Die Kollegen nahmen noch Rum und Wodka mit, Jan holte eine Taschenlampe aus dem Auto, und wir begaben uns ans Ufer. (Hätte mich in dem Moment nur Mutter zur Vernunft bringen können!) Ich kam auf die Idee, mich trotz der (mindestens)

2,5 Promille, die ich intus hatte, mit dem Rücken zum Fluss wie ein Märchenonkel auf das Geländer zu setzen und dabei mit einer Hand die Taschenlampe, mit der anderen das Manuskript zu halten. Ich hatte nicht bedacht, dass ich noch eine weitere gebraucht hätte, um mich ans Geländer zu klammern. Die Kollegen lehnten sich an die parkenden Autos und verschränkten die Arme, während ich die besagte Taschenlampe und den Bericht haltend, rücklings auf die Zwischenstufe der ein Meter zwanzig hohen Uferbrüstung stieg, mich auf die zweite, die obere Stange setzte, die Aufzeichnungen aufschlug, den Taschenscheinwerfer ausrichtete und plötzlich merkte, wie die Köpfe meiner Kollegen sich von ihren Hälsen lösten, wie dieser blaue Lichtstrudel auftauchte, sich um mich herum zu drehen begann, wie die Köpfe darin herumtanzten, mir speiübel wurde und ich rückwärts übers Geländer fiel, die Uferböschung hinab. Scharfe Fels- und Betonkanten rissen mir dabei Bauch und Gesicht auf, und schließlich blieb ich kurz über dem Wasser mit dem Genick auf einen Stein schlagend tot liegen.

Abspann

So weit zu meiner Geschichte und zum Stand der Ermittlungen. Im Licht der Ereignisse und im Dunkel der angebrochenen Nacht kann ich nur sagen: Wenn morgen früh die Sonne wieder aufgeht, beginnt ein gewöhnlicher Tag. Meine Geschwister werden in alle Himmelsrichtungen aufbrechen und hoffen, dass sobald niemand stirbt oder heiratet, dass sobald keine Taufen oder Jugendweihen stattfinden. Sie werden das Echo des heutigen Tages noch eine Weile nachhallen hören, und über eines werden sich alle sieben schnell einig sein: Das Rätsel um Großmutter Esther ist gerade wegen des aufgetauchten Augenzeugenberichts unlösbar (und soll es auch bleiben). Damit haben sie nun gemeinsam Mutters Erbe angetreten.

Wären Großmutters Beobachtungen nicht derart mystisch, dann müsste ich als Toter eigentlich bloß ruhen und schweigen. Aber ein Toter aus Schlesien hat immer eine rätselhafte Geschichte zu erzählen, die ihn auch nach seinem Tod nicht zur Ruhe kommen lässt. Eines nämlich ist Großmutter Esthers Augenzeugenbericht ganz sicher: schlesisch. Wer dort noch niemanden ins Himmelblaue hat aufsteigen sehen, der wird auch nicht unsterblich sein.

Bleibt noch eine Frage: Was wird Mutter wohl sagen,

wenn sie im Januar den Atlantik in einem Flugzeug überquert und durch einen Ritz im Holz des geschlossenen Sargs den Himmel beobachtet? »Das Blau ist grau, dann grün, auch weiß und manchmal rot, orange oder lila.« Vielleicht.

Danksagung

Zuerst möchte ich mich bei der Robert Bosch Stiftung in Stuttgart für die großzügige Förderung der Recherche und der ersten Arbeitsmonate bedanken sowie bei der Stiftung Preußische Seehandlung in Berlin für das Arbeitsstipendium.

Ein besonders großer Dank gebührt meinem Mann Noam Braslavsky, der mich während der Arbeit an dem Buch unterstützt (verstanden!) und unzählige Male bekocht hat – und der sich als mein Recherchebegleiter auf den halsbrecherischen schlesischen Straßen, die leider bis heute nicht neupolnisch geworden sind, sondern altdeutsch belassen wurden, als exzellenter Chauffeur herausgestellt und mich zudem noch mit seiner Spontanität und seinem Talent als Kameramann unterstützt hat. Ich danke auch Wojciech Stamm, der uns auf der Reise als Dolmetscher unschätzbar hilfreich war, sogar tschechischen Pop übersetzen konnte und uns damit manche lange Fahrt kurzweiliger gestaltete. Er ist mir außerdem eine unerschöpfliche Quelle polnisch-deutscher Lebensart in Geschichte und Gegenwart geworden.

Ebenso inspirierend war auch unser Tag mit Olga Tokarczuk, die mir wichtige Anregungen zur Mythologie und zum (Seelen-)Zustand der Region gegeben hat.

Weiterhin danke ich Maciej Boryna, Direktor und

Gründer des »Muzeum ziemi Szprotawskiej im. Felixa Matuszkiewicza«, der sich beispiellos für die Darstellung des Zusammenlebens von Deutschen und Polen in der Region verdient macht und der mir eine wichtige Fundgrube beim Aufspüren von deutschen Lebensläufen war. Auch verdanke ich viele wichtige Details dem Stadtarchiv Szprotawa, dem »Archiwum Państwowe« in Stary Kisielin und dem »Archiwum Państwowe« in Legnica. Überhaupt bin ich allen verbunden, denen wir auf der Reise begegnet sind und die sich mit uns unbefangen unterhalten haben, wenngleich ich mir nicht bei jedem sicher sein konnte, dass er nicht doch ein Geist war.

Ein riesiges Dankeschön geht an meine Lektorin Ulrike Ostermeyer, wichtigste künstlerische Beraterin dieses Romanprojekts, die etliche Abende in der Joseph-Roth-Diele geduldig mit mir Fassung für Fassung durchgesprochen hat und der auch rein gar nichts entging. Im selben Atemzug danke ich Isabel Cole für das unermüdliche Brainstorming, das kritische Lesen des langen Textes und die vielen konstruktiven Hinweise.

Emma Braslavsky
Aus dem Sinn

Roman. www.list-taschenbuch.de
ISBN 978-3-548-60812-9

Im Jahre 1969 explodiert in Erfurt die Domuhr und der junge Mathematiker Eduard Meißerl verliert sein Gedächtnis. Beide Ereignisse sind zugleich Anfang und Ende dieser tragikomischen Geschichte über Eduard, seine Liebe Anna und den Freund Paul. Ein Roman über eine kleine Gemeinde vertriebener Sudetendeutscher, deren wunderliche Lebensspuren im Übergang zwischen Erinnerung und Zukunft deutscher Geschichte verlaufen.

»Ein leichtfüßiges Buch, voll hinreißender Frauengestalten, witziger Wendungen und schöner Schrullen.« *Brigitte*

List Taschenbuch

L328

claassen

Oya Baydar
Verlorene Worte
Roman

Aus dem Türkischen von Monika Demirel
464 Seiten / Gebunden mit Schutzumschlag
ISBN 978-3-546-00435-0

Sprache ist die verlorene Heimat des Menschen

Eine Familie aus dem heutigen Istanbul – Elif, Deniz und Ömer. Jeder von ihnen lebt ein anderes Leben, jeder dieser Wege repräsentiert die gesellschaftlichen Themen der modernen Türkei. Ein großer Gegenwartsroman, der Fragen nach Humanismus, Toleranz, Liebe und der Fähigkeit zur Selbstkritik in den Mittelpunkt stellt.

»Von seltener Schönheit ist dieser Gesellschaftsroman. Seine humanistische Sichtweise zwingt den Leser, sich Gewissensfragen zu stellen und über die Grundwerte des Menschen nachzudenken.« *Cumhurıyet*

»Eine Lektüre, die uns Hoffnung und Liebe, Leidenschaft und Betrug noch einmal erleben lässt.« *Dünya Kitap*